24 HEURES CHRONO

LA GRIFFE DU CHAT

24 HEURES CHRONO

LA GRIFFE DU CHAT

JOHN WHITMAN

D'après une série de Joel Surnow et Robert Cochran

Fleuve Noir

Titre original :
Cat's Claw

Traduit de l'anglais (États-Unis)
par Garance Massibo

ISBN : 978-2-265-08445-5

Après l'attentat de 1993 contre le Word Trade Center, une division de la CIA – la Central Intelligence Agency — a créé en son sein une unité destinée à protéger les États-Unis du terrorisme, la CAT (Cellule Anti-Terroriste). Son QG est établi à Washington, mais la CAT possède des bureaux dans différentes villes américaines. Au début, la CAT a rencontré hostilité et scepticisme de la part des autres agences fédérales. Cependant, en dépit de la résistance bureaucratique, cette organisation s'est rapidement imposée. Après le début de la guerre contre le terrorisme, certaines missions de l'agence ont été déclassées. C'est l'une de celles-ci qui est relatée ci-après…

Prologue

Un mois plus tôt.

La détective Mercy Bennet gara son Audi A4 le long de la grande demeure aux faux airs de ranch située dans Roscomare Road. Il était seulement cinq heures, mais les collines de Bel Air cachaient le soleil, plongeant ainsi la rue dans l'obscurité. Un lierre épais recouvrait le sol et courait jusqu'aux buissons de roses qui ornaient la façade de la maison. Mercy marcha au milieu de l'allée, veillant à rester le plus loin possible du lierre. Son père, qui avait été préposé à la lutte antiparasitaire, lui avait toujours répété que les rats adoraient cette plante. Mercy, elle aussi, luttait contre des parasites. Mais d'une autre espèce.

Elle franchit le seuil de la maison et regarda autour d'elle, curieuse. Bien que les montants de la porte soient lisses et la chaîne intacte, le tapis persan du vestibule qui couvrait le sol en marbre était tire-bouchonné et un lourd chandelier de cristal gisait, renversé, sur sa console. Derrière elle, le miroir à pans biseautés fixé au mur était penché. Sur sa droite, un escalier menait à l'étage et, devant elle, l'entrée se prolongeait par un couloir qui donnait sur une salle de séjour haute de plafond. Cette pièce était décorée avec la même élégance que le petit hall où elle se trouvait. Sous une voûte couleur chaux, les murs clairs mettaient en valeur les canapés de daim fauve et la table basse en fer forgé. Un peu plus loin, dans un coin, un guéridon supportait un échiquier de marbre, flanqué de deux chaises en vis-à-vis. Une lithographie de Klimt trônait au-dessus de la cheminée près de laquelle s'élevait, d'un cache-pot en osier, un ficus artificiel. Sans cette fausse note, la pièce aurait pu illustrer un article d'*Architectural Digest*.

Deux policiers en uniforme étaient déjà là, ainsi que deux infirmiers équipés d'un brancard et un expert scientifique. Au centre du vaste séjour, le médecin légiste était penché sur le cadavre étendu à plat ventre sur le tapis, la tête – ou ce qu'il en restait – baignant dans une mare de sang. Gordon Gleed, quarante-trois ans, divorcé. À sa connaissance, l'homme vivait seul. Mercy avait l'habitude de tirer des hypothèses des éléments dont elle disposait, avant de les éliminer, ou de les affiner, à mesure que les informations se précisaient. En l'occurrence, la victime menait une vie de célibataire dans sa luxueuse garçonnière de Bel Air et avait manifestement connu une belle réussite professionnelle. Mercy en arrivait donc aux spéculations suivantes : vol avec effraction, vengeance d'une ex-femme, jalousie d'un amant gay, ou représailles d'un associé floué. De véritables clichés, qu'elle garda cependant dans un coin de sa tête. Depuis qu'elle avait lu *Blink*[1] de Malcolm Gladwell, elle se fiait à ses premières impressions lorsqu'elle arrivait sur une scène de crime… même si, jusqu'à présent, son intuition s'était avérée peu concluante.

Mercy n'avait jamais rencontré les deux types en uniforme, mais elle connaissait Sam Kinsett, le médecin légiste, depuis qu'elle était entrée dans la police. Sa tignasse rousse avait perdu de sa superbe au même rythme qu'elle avait vu sa taille s'épaissir, mais l'un comme l'autre restaient tout à fait présentables après dix ans de carrière.

1. Livre de développement personnel sous-titré : Le pouvoir de l'intuition. *(N.d.T.)*

— Trauma brutal à la tête, fit Sam en guise de bonjour.

— Beau diagnostic. Et ça, ce serait l'arme ?

Mercy pointait son index en direction d'un chandelier, renversé sur le sol, du même type que celui du hall.

— Tout porte à le croire, répondit-il.

Un des policiers les rejoignit.

— Les voisins nous ont appelés en voyant la porte d'entrée ouverte. Ils ont aussi entendu des bruits de lutte. On s'est pointés et on l'a découvert comme ça.

— Et en ce qui concerne les autres pièces ?

— Sens dessus dessous, répondit l'autre policier. Vraiment. Tout a été retourné.

Le reste de l'équipe médico-légale rappliqua pour les photos et les empreintes pendant que Mercy parcourait la maison. Elle trouva la chambre à coucher dans un état indescriptible. On avait vidé les tiroirs et éparpillé les vêtements un peu partout dans la pièce. Quant aux tableaux, ils avaient été arrachés des murs. Le vandale avait également visité le bureau de Gordon Gleed, le contenu des tiroirs de sa table en acajou ayant été répandu alentour. La *blue box* servant de borne d'accès wifi était calée dans un coin, lumières toujours allumées, mais l'ordinateur portable avait disparu. Le meurtrier n'avait pas oublié la cuisine, brisant des assiettes sans prendre le temps de fermer les tiroirs. Même le réfrigérateur avait essuyé sa fureur.

Au bout d'un moment, Mercy revint dans la salle de séjour. Sam et son équipe rangeaient leurs affaires.

— On est prêts à emporter le corps, dit-il. Tu as trouvé des indices ?

Mercy ne répondit pas tout de suite. Quelque chose, dans cette maison, la tracassait, mais elle n'arrivait pas à mettre le doigt dessus.

— Vous avez fouillé son portefeuille ?

— Vide, répondit un des policiers. Il ne contenait pas un seul *cent*.

— Quant au lecteur de DVD, il a disparu, ajouta son collègue. Par contre, ils ont laissé le poste de télé. Ils n'ont pris que le plus simple à transporter.

— On n'a pas signalé d'autres cambriolages dans le voisinage ? demanda Mercy.

— Aucun.

— Le plus simple à transporter, répéta doucement la jeune femme en jetant de nouveau un coup œil autour d'elle.

Elle était certaine d'avoir déjà vu ces divans dans un catalogue de vente à distance. La table basse également. Et elle se rappelait leur prix, plutôt élevé. Mercy se dirigea vers le ficus artificiel et palpa le feuillage. Il paraissait vivant mais, au toucher, elle le trouva à la fois cireux et raide. La jeune femme tira sur une feuille qui lui resta aussitôt en main. Chacune d'entre elles était maintenue en place grâce à un système ingénieux de clip. Malgré la qualité de cet accessoire, elle estima qu'il jurait avec le reste du décor. Mercy s'accroupit et examina attentivement le cache-pot en osier qui contenait la plante. Elle l'empoigna à deux mains et poussa le tout sur le côté.

— Tiens, tiens, murmura-t-elle. Regardez ce que j'ai trouvé.

La plante artificielle dissimulait, sous le tapis, l'emplacement d'un petit coffre-fort. La jeune femme se pencha sur lui et, sans le toucher, en examina la serrure à code ainsi que les charnières. Elles étaient couvertes de poussière. Si le tueur cherchait des objets de valeur, il ne s'était pas donné beaucoup de peine. Néanmoins il s'était arrangé pour faire croire le contraire à la Police.

— Tout ça ne colle pas, pensa-t-elle. Personne ne commet un vol dans un quartier pareil pour n'emporter que quelques dollars et un lecteur de DVD.

Les deux heures suivantes passèrent très vite. Les

policiers frappèrent aux portes des voisins en vue de leur poser quelques questions. Mercy découvrit des exemplaires du magazine *Penthouse* sous une pile de vêtements répandus dans la chambre à coucher, ce qui ruina sa théorie sur un éventuel amant. Quant à l'ex-femme, elle était divorcée de lui depuis sept ans, gagnait très bien sa vie et s'était remariée. Il ne restait plus à Mercy qu'une piste à explorer.

— Intéressons-nous maintenant aux contacts professionnels de Monsieur Gleed.

Cinq jours plus tôt

Jack Bauer se tenait debout à la proue du *Catalina Express*, un énorme ferry qui transportait des passagers du continent en direction de l'île de Santa Catalina, à vingt-cinq kilomètres de là.

Teri, son épouse près de lui, pressait son chandail contre sa gorge et se collait à Jack pour se protéger de la brise que renvoyait le bateau en voguant le long des docks de Long Beach. (Elle ne l'avait plus touché depuis longtemps et lui ne s'en était pas plaint.)

— J'ai beaucoup apprécié ce voyage, dit-elle. Merci.

Bauer hocha la tête et la serra contre lui. Il ne méritait pas ces remerciements puisque l'idée de ce voyage n'était pas venue de lui. Les détails, oui, mais pas le concept. Leur mariage battait de l'aile depuis un an, mais c'était Teri, et non lui, qui avait eu le courage de réagir. Elle avait suggéré un week-end de détente. Voilà pourquoi Jack avait loué un logement à Hamilton Cove sur l'île de Santa Catalina.

Les cheveux de Teri répandaient une odeur sucrée qu'il huma longuement. Tout avait été parfait. Quand son épouse cessait de jouer les mères au foyer et que lui-même mettait fin à son obsession pour la CAT, ils formaient une belle équipe.

— Tu crois qu'on va pouvoir rester au top ? demanda-t-il à haute voix.

Elle se tendit.

— C'est facile d'être un saint quand on se trouve au sommet de la montagne.

Jack détestait les adages.

— Ce qui veut dire ?

— Que nous avons passé deux jours fabuleux mais hors du monde. Et nous y retournons, dans le vrai monde.

Teri désigna du menton les docks qui approchaient. Le *Catalina Express* voguait dans leur direction. Sur le ponton se pressait une foule considérable. Des gens s'agglutinaient près des bureaux de la compagnie, autour des immeubles de Long Beach, dans tout Los Angeles et même là-bas, dans les montagnes pas si lointaines.

Le bateau accosta, et Jack et Teri suivirent docilement les passagers dans leur lente reptation vers le débarcadère. Des membres de l'équipage s'occupèrent des bagages qu'ils déposèrent sur le pont-promenade. Jack porta leurs deux valises sur l'épaule et ils pivotèrent en direction de la file qui empruntait la passerelle de débarquement.

— On ne doit pas être les seuls à avoir passé le week-end à Santa Catalina, observa Teri.

Un des marins, qui avait entendu la remarque, grogna.

— L'île ne peut pas accueillir autant de monde. Ceux-là viennent tous de Mexico ou de ses environs. Une super brochette de manifestants.

— Et ils protestent contre quoi ? interrogea Jack.

En guise de réponse, l'homme haussa les épaules, avant de se détourner.

Hissant leurs bagages au-dessus de ses épaules, Jack plongea dans la foule. Il s'agissait d'un mélange d'américains du sud – la plupart du temps des hommes de petite taille et des femmes en guenilles – auxquels s'étaient joints des activistes politiques venus d'Amérique du Nord : une bonne vingtaine de blancs en dreadlocks et aux cheveux sales, arborant des tenues de seconde main méticuleusement choisies. Jack n'avait jamais eu affaire à ces types, mais on l'avait bien briefé sur leur profil et les motifs de leur mécontentement. Un sommet du G8 allait se tenir à Los Angeles dans quelques jours. Comme les réunions de l'Organisation Internationale du Commerce, les rencontres du G8 attiraient des vagues de manifestants qui protestaient contre la globalisation de l'économie, pendant que d'autres luttaient pour la sauvegarde de l'environnement.

Distrait, Jack n'aperçut pas l'autre homme avant de le heurter. Instinctivement il glissa sa main droite sous sa veste, comme si son arme s'y trouvait. L'inconnu trébucha et lança une imprécation que Bauer ne comprit pas. L'homme lui jeta un coup d'œil glacial qui laisserait dans la mémoire de Jack le souvenir d'un visage sombre et d'yeux à la fois brillants et brûlants. Puis l'inconnu s'empressa de se noyer dans la foule, suivi du regard par Jack Bauer.

— Surtout ne tente rien, lâcha Teri, mi-plaisantant mi-sérieusement. C'est toi qui lui es rentré dedans, tu sais.

— Ouais, répondit-il distraitement. (Il fit quelques pas, puis ajouta :) Le visage de ce type me dit quelque chose.

— Un mec du boulot ou un vieil ami ?

Jack n'avait pas besoin de regarder son épouse pour comprendre qu'elle venait d'esquisser une grimace de mécontentement. D'un coup, ils dégringolaient du haut de la montagne.

— Ça n'a aucune espèce importance, s'empressa-t-il d'ajouter, tout en observant la silhouette de l'inconnu disparaître dans la foule.

1

LES ÉVÉNEMENTS SUIVANTS SE DÉROULENT ENTRE 7 H ET 8 H DU MATIN

7:00
Immeuble fédéral, à l'ouest de Los Angeles

Il était 7 heures du matin à peine, et la foule s'agglutinait déjà devant l'immeuble fédéral. La police de la ville – la LAPD – avait bloqué le boulevard Wilshire, une des plus importantes voies de communication de Los Angeles, sur plus de deux kilomètres. Les forces de l'ordre y avaient été obligées devant l'ampleur de la foule qui enflait sans cesse. D'après le plan initial, la police devait tenir les contestataires à l'écart sur au moins cinq pâtés d'immeubles, en ceinturant le bâtiment fédéral ; mais personne ne croyait que les manifestants allaient obéir à cet ordre – et tout le monde refusait de voir des images de la police cognant et gazant les contestataires dans la presse du lendemain. C'est la raison pour laquelle il avait été décidé, lors d'une réunion entre les deux parties, que la police n'userait pas d'une force excessive. À condition que la foule ne franchisse pas l'immense pelouse qui cernait le bâtiment, et qu'ils se tiennent à bonne distance du parking en béton leur faisant face. Les contestataires avaient promis qu'ils défileraient de manière pacifique et assuré que leur troupe ne pénétrerait pas dans les espaces interdits.

Aucun des deux camps ne pensait que l'autre briserait l'accord conclu.

Jack Bauer s'avançait dans la foule, dans le sillage de Kim. Il s'efforçait de marcher calmement et arborait un regard neutre. Tout ça pour sa fille. Il ne voulait pas qu'elle pense qu'il était en mission.

— Ah, voici mes copains, fit Kim Bauer en se retournant vers son père et en lui adressant un bref sourire.

Elle s'élança en direction d'un groupe d'adolescents qui formaient une sorte d'îlot au milieu de la marée humaine. Beaucoup d'entre eux portaient des T-shirt bleus avec les mots « Jeunes Plantes » inscrits devant et derrière. Comme Kim les rejoignait, un petit homme nerveux, chauve avec des lunettes et un sourire las sur le visage, se fraya un chemin dans la foule pour atteindre Jack. Il lui tendit la main.

— Marshall Cooper. Vous êtes l'un des parents accompagnateurs ? demanda-t-il précipitamment, en lui jetant un regard fatigué.

— Jack Bauer. Non, pas vraiment…

— Je suis là, je suis là, fit soudain une voix de femme, à la fois rauque et forte.

Il s'agissait d'une grande bringue avec des cheveux blonds et brillants. Elle portait un sac en faux léopard et se précipita vers Cooper pour lui secouer la main.

— Je m'appelle Andi Parks. Vous devez être Monsieur Cooper, pas vrai ? Cindy m'a dit que vous étiez le type des céréales. On se trouve tous ici pour ça, non ? Pour des machins génétiques qui ruinent les céréales… ce qui a déclenché le concept des « Jeunes Plantes », je ne me trompe pas ?

Elle avait déballé ces quelques phrases comme on dirait bonjour. Marshall Cooper amorça une réponse – Jack crut comprendre qu'il évoquait son rôle de conseiller des « Jeunes Plantes » – mais il n'avait aucune chance de contrer la logorrhée d'Andi Parks. D'ailleurs la femme n'arrêta pas de parler au petit homme, jusqu'à ce qu'elle s'intéresse enfin au groupe des jeunes écologistes. Cooper en profita pour lancer à Jack Bauer un regard suppliant qui semblait dire : *Vous êtes sûr de ne pas vouloir jouer les accompagnateurs* ? Jack haussa les épaules en grimaçant un sourire.

— Kim ! Kim ! appela-t-il, en tentant de couvrir le bruit de la foule.

Sa fille détourna son attention d'un garçon aux cheveux raides et aux yeux marron.

— Je vais chercher du café. J'en profiterai pour vérifier quelque chose, poursuivit Bauer, sans savoir si Kim avait compris ce qu'il lui disait.

Elle sourit cependant, hocha la tête et reporta son attention vers le garçon. Jack examina la marée humaine des manifestants qui entouraient sa fille. Il y avait là toute une collection de jeunes et de trentenaires auxquels se mêlaient des gens plus âgés, certainement nostalgiques des années soixante. Les manifestants se réunissaient par petits groupes qui, eux-mêmes, se mélangeaient à d'autres. Quelques-uns partageaient un véritable objectif commun. Mais pour la plupart, une seule chose les rassemblait, un même ennemi – en l'occurrence, le G8.

Ce fameux G8 réunissait les huit nations les plus industrialisées du monde. Il s'agissait des États-Unis, de la Grande Bretagne, de la France, de l'Allemagne, de l'Italie, du Japon, du Canada et de la Russie. C'était, en fait, un vieux réseau d'influence issu de la Seconde Guerre mondiale, car aujourd'hui d'autres pays pouvaient prétendre faire partie de cette union. Ainsi l'Italie, dont le potentiel économique demeurait inférieur à celui de certains pays asiatiques, s'acharnait pour garder sa place à la même table que les huit autres grands. En fait, l'éventuelle admission de la Chine au sein du G8, pays dont le dynamisme économique faisait trembler les autres marchés de la planète, constituait l'un des enjeux de cette réunion.

Tous les bureaux de la CAT, à Los Angeles, avaient bénéficié d'un briefing sur ce fameux G8, évidemment. Ce qui n'avait pas servi à grand-chose. Depuis le 11 septembre, les journaux, ainsi que les agences locales d'application de la loi, utilisaient l'expression « cibles potentielles » pour désigner des événements – comme le G8 – qui ne manqueraient pas d'intéresser Al-Qaïda. Les terroristes, liés aux islamistes fondamentalistes, affectionnaient particulièrement deux cibles : les objectifs militaires basés dans les pays arabes et les civils, pour répandre le peur et la confusion. Al-Qaïda et ses complices n'ignoraient pas que le G8 était protégé par un système de sécurité impénétrable. Jack savait que leurs membres n'interviendraient pas dans ce type d'événement. Les terroristes n'ignoraient pas qu'une attaque contre une cible politique générerait plus d'indignation que de terreur. Quand Al-Qaïda déciderait de frapper à nouveau sur le sol américain, Jack était certain qu'ils préféreraient s'en prendre, soit à un train, soit à un centre commercial, une cible de ce genre promettant de plus « juteux » résultats.

Cependant, il existait plein d'autres organisations terroristes pour qui le G8 représentait une cible beaucoup plus logique. En à peine deux semaines, Jack avait assisté à pas moins de cinq réunions consacrées à ces problèmes de sécurité intérieure. Chacune avait donné lieu à une étude complète – et exténuante – des différents niveaux de sécurité. Pour parer au mieux à toute éventualité, il avait été décidé que des hommes de la CAT seraient placés à la fois à l'intérieur et à l'extérieur de l'immeuble fédéral. Des agents en civil avaient infiltré les milieux contestataires, tandis que d'autres avaient noyauté certains groupes d'activistes. Avec toutes ces précautions, inutile d'ajouter encore un agent de la CAT à la foule des civils.

C'était exactement ce que Christopher Henderson, le chef de la section, avait proclamé à Jack Bauer.

— On n'a pas besoin de vous ici, avait affirmé Henderson, la veille, rejetant sa requête.

— Mais je vous dis que je l'ai vu, avait protesté Jack.

Henderson avait tenté, mais sans succès, de cacher son scepticisme. Il savait d'expérience que Jack Bauer ne s'insurgeait jamais pour rien. Bauer était passé au-dessus de la chaîne de commandement ; il avait également ignoré les opinions de ses collègues, ce qui l'avait amené à risquer sa vie ainsi que celle de ses proches. Si Jack surgissait dans son bureau en clamant qu'il avait découvert un complot visant à assassiner tous les membres du gouvernement, Henderson l'aurait probablement cru. Mais ça…

— Ainsi, il vous a simplement suffi de vous balader le long des docks de Long Beach, avait résumé Chris, pour tomber, comme par enchantement, sur Ayman al-Libbi.

— C'est exact, approuva Jack qui le répétait pour la dixième fois de la journée.

— Ayman al-Libbi, Jack ! Une des cartes maîtresses de notre jeu, un des dix terroristes les plus recherchés de la planète.

Jack hocha la tête.

— Il est temps de le mettre hors d'état de nuire. Les Libyens ont cessé de l'utiliser depuis que Kadhafi est pétri de religion. Les Palestiniens ne veulent plus en entendre parler. C'est un électron libre maintenant. N'importe qui désirant semer la panique dans cette réunion du G8 peut se louer ses services. Et il acceptera, juste pour se retrouver une fois encore sous les feux de la rampe.

Chris posa ses pieds sur son bureau et fit un réel effort pour reprendre les rênes de la conversation. Jack arpentait nerveusement la pièce et il était facile de se laisser emporter par son énergie. Après un moment de silence, Henderson avait dit :

— Bon, admettons que vous ayez raison et qu'al-Libbi traîne dans les parages, qu'il soit même en ville. Que comptez-vous faire ? Vous balader autour de l'immeuble fédéral pour l'attraper dès que vous l'apercevrez ?

Déambulant au milieu des manifestants, Jack grimaça en se rappelant cette réplique. Sacré Henderson. Pour quelqu'un qui était au charbon depuis quelques années, il n'avait pas son pareil pour prendre des décisions rapides. Voilà pourquoi Jack se trouvait là, au milieu d'un millier de manifestants, certains hurlant contre les États-Unis et leurs alliés, d'autres protestant contre la globalisation de l'économie, la dégradation de l'environnement, le mépris des droits de l'homme ou le sort des animaux de compagnie. Dans une telle foule, les chances qu'il avait de repérer son terroriste étaient quasiment nulles.

Bien sûr Jack ne s'était pas embarqué là-dedans sans filet.

— Unité deux ? murmura-t-il dans son minimicro, en feignant de se frotter le nez pour dissimuler l'objet clipé sous sa manchette.

— Présente, grommela dans son écouteur une voix ensommeillée.

Il reconnut celle de Tony Almeida, un de ses agents de terrain.

— Je t'ai réveillé ?

— Non, je dors encore.

— Super marrant. Le FRS est prêt ?

7:10
Centre de commandement de l'immeuble fédéral
À l'ouest de Los Angeles

Tony Almeida était assis à califourchon sur une chaise en plastique, ses bras croisés sur le haut du dossier, le menton sur ses mains. Il parlait à voix basse, d'un ton traînant. Ses yeux de chien battu achevaient de faire croire que c'était quelqu'un de placide. Ce qui était loin d'être le cas.

Tony s'était installé dans la salle de sécurité, au sous-sol de l'immeuble fédéral. Semblable à un bunker, elle était devenue le centre de commandement de toutes les agences chargées de la sécurité pendant le G8. Parce que l'immeuble était la propriété du FBI, ce dernier y exerçait sa juridiction, mais comme on pensait que la foule des manifestants allait encore grossir – d'après les dernières estimations, elle devrait atteindre près de dix mille personnes –, l'Agence avait accepté le renfort de la LAPD, de la Beverly Hills PD et de la L.A. Sheriff Departement. Le FBI constituant la tête pensante de l'ensemble, il estimait n'avoir besoin que d'une simple aide matérielle, voilà pourquoi on n'avait pas convié les agents de la CAT. Quand il s'était pointé au centre de commandement afin, avait-il prétendu, de jeter un coup d'œil aux écrans de sécurité, Tony n'avait pas reçu un accueil chaleureux. Les deux agents de la sécurité du FBI qui travaillaient dans ce centre de surveillance étaient des types pâlots qui, Tony l'aurait parié, allaient passer toute leur carrière à s'user les yeux devant des écrans d'ordinateurs. Ils lui avaient laissé une petite place à contrecœur. Mais aucun d'eux ne lui avait offert une chaise plus confortable.

Tony se trouvait devant une vingtaine d'écrans vidéo sur lesquels il voyait des images de la manifestation, relayées par des caméras disposées un peu partout autour du bâtiment fédéral et sur la place. Dans cette pièce étroite, les caméras surveillaient la foule selon différents angles, et rien ne leur échappait.

Mais ces moniteurs n'intéressaient pas Tony. Il observait cinq petits écrans disposés sur la console de droite qui prenaient au hasard, en gros plans, le visage de manifestants. Les traits de chacun d'eux étaient ensuite analysés par un système sophistiqué de reconnaissance faciale – le FRS – qui établissait la comparaison entre ces images et la base de données de terroristes reconnus ou de simples suspects dont disposait le gouvernement.

— Le FRS est prêt, répondit finalement Tony, parlant dans son minimicro. Mais pour l'instant, il ne s'agit que d'images choisies de manière aléatoire.

La voix de Jack Bauer crachota dans la petite radio, encore plus rauque que d'habitude.

— Concentre-toi sur tous les types qui ont des cheveux courts et noirs.

Tony se mit à rire.

— Jack ! Près de cinq mille personnes sont venues d'Amérique Centrale pour protester contre la déforestation en Amazonie. Les deux tiers de cette foule ont, justement, les cheveux courts et noirs. Je trouverais plus facilement des types comme toi, à la peau bien blanche, tu sais.

— Si tu voulais un boulot facile, tu aurais dû devenir facteur, rétorqua Bauer.

— Et j'aurais lu le courrier au lieu de le distribuer...

7:13
Federal Plaza, à l'ouest de Los Angeles

Jack se permit un petit sourire en se déconnectant. Tony Almeida et lui n'étaient pas les meilleurs amis du monde et ne le seraient sans doute jamais. Cependant, quelques récentes affaires les avaient rapprochés, et ils avaient tous deux appris à se respecter. Leurs relations de travail, froides quelques mois plus tôt, s'étaient suffisamment réchauffées pour qu'ils échangent, maintenant, quelques menues plaisanteries. Almeida prenait trop peu d'initiatives au goût de Jack, mais dans la mesure où il faisait toujours très bien son job, on ne pouvait pas le blâmer.

Le portable de Jack sonna. Il s'approcha d'un lampadaire sur Wilshire Boulevard, pour s'extraire de la foule.

— Bauer, j'écoute.

— Jack, c'est Mercy.

Jack ressentit un pincement au cœur, comme le jour où, des années plus tôt, son sergent avait décidé de procéder à une inspection surprise dans son baraquement ou, plus loin encore dans le temps, quand il avait croisé pour la première fois une voiture de police. Il s'agissait d'une réaction irrationnelle, d'un réflexe de culpabilité alors qu'il n'avait pourtant rien fait de mal.

— Mercy, lâcha-t-il d'une voix hésitante. Que me vaut le plaisir de cet appel ?

— Relax, Jack. Il s'agit de business.

— Ah, fit-il, et son sentiment de malaise s'évanouit aussitôt.

— Je travaille sur une affaire dont j'aimerais te parler. Je pense qu'elle pourrait intéresser ton équipe.

— OK, dit-il, avec l'impression que sa langue reprenait son élasticité. Tu veux qu'on se voie demain ?

— Je préférerais tout de suite, en fait. Je vais à ta rencontre. Où es-tu ?

— Près de l'immeuble fédéral.

— C'est vrai, le G8… Où puis-je te retrouver ?

Jack Bauer jeta un œil autour de lui. Il était noyé dans un océan de têtes et de corps mouvants. Le soleil, maintenant assez haut dans le ciel, éclairait la Federal Plaza et commençait à échauffer les manifestants qui s'agitaient de plus en plus.

— Je ne sais pas si le moment est vraiment bien choisi.

— Tu trouveras un abribus à l'angle de Wilshire et de Federal, tout près du building, fit Mercy.

— D'accord, acquiesça Jack en le repérant, au loin. On dirait bien que l'endroit va devenir le quartier général de ces Messieurs les Producteurs de Café Sud-américain…

Sa plaisanterie tomba à plat.

— Rendez-vous à huit heures, lança Mercy nerveusement.

— Il y a un monde fou. Tu ne seras jamais ici en vingt minutes.

— Jack, on est à L.A. On peut aller n'importe où en moins de temps qu'il n'en faut pour le dire, tu ne le savais pas ?

7:35
Ouest de Los Angeles, Californie

Il ne se voyait pas comme un homme d'action. C'étaient uniquement les circonstances qui l'avaient obligé à le devenir. Il avait commis quelques actes violents, et il prévoyait, sous peu, de récidiver, mais il n'aimait pas la violence pour autant, comme certains de ses confrères. Malheureusement, il ne pouvait pas la dénoncer. Il la considérait comme un outil qui s'avérait parfois bien utile et il avait décidé depuis longtemps de recourir à tous les outils à sa disposition pour satisfaire ses ambitions.

Il était allongé sur le lit de sa chambre et étudiait les dessins aux murs, formés par le ciment inégalement réparti. Ces lignes lui faisaient penser à une carte aérienne du Croissant fertile. Le plâtre beige représentait le désert ; les pièces rapportées évoquaient les montagnes arides ; quant aux longues fissures, elles se frayaient un chemin sur le mur comme les fleuves s'écoulaient entre les roches de la région.

La pièce était quasiment vide, ce qui ne le gênait pas puisqu'il ne devait pas y rester longtemps. Il avait déjà dormi dans de beaux hôtels à travers le monde, et avait aussi campé à plusieurs reprises, sous le splendide ciel du désert, comme un dais piqueté d'étoiles. Chaque lieu ne représentait pour lui qu'un endroit stratégique à partir duquel il planifiait ses attaques contre les pouvoirs qui lui barraient la route.

Au début de sa croisade, il s'était battu au nom du peuple qui l'avait adopté. Cet idéal lui avait donné le courage nécessaire et aussi l'énergie de protéger tous ces gens menacés, et souvent dominés, par les colonialistes. Ensuite le combat s'était transformé en affaire personnelle. Plus les années passaient, et plus son désir de rendre justice avait enflé en lui, jusqu'à ce qu'il comprenne, aujourd'hui, qu'il menait au fond une croisade contre l'injustice mondiale.

Il sourit. Il était assez sensé pour savoir que cette image de croisé n'était là que pour flatter son ego. Même si elle n'était pas complètement fausse.

Son téléphone mobile se mit à sonner. Il reconnut le numéro qui s'affichait. L'appel venait d'un sympathisant de sa cause, quelqu'un de bien placé et qui s'était déjà révélé utile. Il prit la communication.

— Oui, dit-il d'une voix calme.

— Les Fédéraux sont impliqués.

Une brève douleur lui serra l'estomac, mais il s'efforça immédiatement de se relaxer.

— De toute façon, ils étaient déjà là depuis un moment, non ? N'êtes-vous pas vous-même un de ces « Fed » ?

— Ils ont envoyé une équipe spéciale. Ces types cherchent quelqu'un en particulier.

Le correspondant au bout du fil procéda à une rapide description de l'homme recherché.

— Il pourrait s'agir de n'importe qui, remarqua l'inconnu de l'hôtel.

— Et donc de vous. Je tenais à vous transmettre l'information.

— Ces « types » dont vous parlez… Vous les connaissez ?

— De réputation seulement. Celui qui les commande s'appelle Jack Bauer. C'est lui qui vous cherche.

— Pensez-vous qu'il sait où me trouver ?

— Pas vraiment. Mais c'est un teigneux.

— Je vois, fit l'homme de l'hôtel. Bien, il faudrait que j'en sache plus sur ce Monsieur Bauer. Et si on lui rendait une petite visite ?

7:45

Federal Plaza, à l'ouest de Los Angeles

Jack avait marché normalement en direction des « Jeunes Plantes » et il s'approchait de Kim, quand son oreillette vibra.

— Jack, c'est Tony. Tu ne vas pas me croire.

— Dis toujours.

— Je pense qu'on a une piste.

— Al-Libbi ?

— Non, quelqu'un d'autre. En combien de temps penses-tu pouvoir atteindre l'angle sud-ouest de l'immeuble ?

— On m'a dit qu'à L. A., où qu'on se trouve, il ne fallait pas plus de vingt minutes.

— D'accord, grouille-toi. J'aimerais te montrer quelque chose.

Jack tourna les talons. Il avait pratiquement rejoint l'angle nord-est de la Federal Plaza, ce qui l'éloignait de son point de rendez-vous avec Mercy. Pour gagner l'autre côté plus vite, il lui fallait couper la Plaza elle-même. Mais, en regardant par-dessus la vague mouvante des crânes des contestataires, Jack aperçut une rangée d'unités anti-émeutes tout autour du périmètre. Elles aussi, tout comme les manifestants, suivaient à la lettre les décisions entérinées quelques heures plus tôt.

Il se dirigea vers l'est en suivant le trottoir sur Wilshire, se frayant un chemin parmi la foule. Cela devenait de plus en plus difficile car le nombre des manifestants n'arrêtait pas d'enfler. Les rapports du G8 et les séances officielles avaient été fixés à huit heures trente ; les contestataires se tenaient prêts à passer à l'action. Ils brandissaient des centaines de pancartes barbouillées de slogans hargneux. Certains avaient quitté leur tenue de ville pour enfiler un déguisement. Jack écarta d'un coup de coude un type arborant une tête de mort qui agitait un écriteau, sur lequel il avait inscrit : « La globalisation tue ».

Bauer s'approchait de l'angle nord-est et coupa brutalement par la pelouse, très près maintenant de la place. Son téléphone sonna, mais cette fois c'était Teri qui l'appelait.

— Ouaip, fit-il en ralentissant l'allure.

— Salut. Comment ça se passe ? demanda son épouse.

— Il y a beaucoup de monde. Impossible de traverser la foule pour aller chercher un café.

— Et elle, elle va bien ? interrogea Teri d'une voix anxieuse.

Elle avait posé la même question, sur le même ton, dix fois depuis la veille.

— Ben oui.

Jack donna un nouveau coup de coude pour passer entre deux étudiants qui arboraient un T-shirt à l'effigie de Che Guevara.

— L'étudiant responsable la maintient hors de la mêlée. Si jamais les choses dégénéraient, ils seraient à l'abri.

— Et puis, tu es avec elle, alors…

Jack prit cette phrase pour un avertissement : hors de question que des milliers d'activistes et des pelotons de policiers sur le qui-vive le séparent de sa fille.

— Je t'assure qu'elle va bien, lui répéta-t-il.

Il entendit le combiné grésiller.

— Jack, tout va bien, tu es sûr ?

— Moi ? Bien entendu.

— On dirait que tu es préoccupé.

— C'est à cause de la foule, répliqua-t-il. Elle me rend nerveux.

— Calme-toi. Aujourd'hui tu ne sauves pas le monde. Tu prends simplement soin de ta fille.

— Sauver le monde, c'est finalement plus simple, ironisa-t-il. Je te parlerai plus tard, OK ?

7:55
Angle sud-est de l'immeuble fédéral
À l'ouest de Los Angeles

Jack avait éteint son téléphone depuis à peine soixante secondes quand son écouteur bourdonna.

— Tony, j'y suis, dit-il. Que dois-je faire ?

— Je t'ai sur mon écran, fit Almeida de son poste de contrôle. Effectue un quart de tour vers la droite et avance dans la rue. Regarde vers le sud, dans la Veteran Avenue. Dépêche !

Jack obéit et se faufila à travers la foule en direction de la Veteran Avenue, une des rues longeant l'immeuble fédéral qui avait été fermée pour raisons de sécurité. On avait même disposé une barricade à un bloc de là, derrière laquelle se pressait un groupe de manifestants. Des policiers fouillaient minutieusement chacun d'entre eux pour s'assurer qu'ils n'étaient pas armés. Ensuite, ils les laissaient passer le barrage et grossir les rangs de la foule qui s'était massée autour du building. Obéissant toujours à Almeida, Jack avisa un homme, dans la direction opposée à la sienne.

— T-shirt bleu, douilles longues, cheveux noirs, énuméra-t-il. C'est lui ?

— Oui. Cible verrouillée.

Jack hâta le pas.

— Qui suis-je censé chasser ?

— Le programme FRS pense que le type serait Muhammad Abbas.

Jack se mit à courir.

— C'est quoi ce bruit d'explosion ? demanda-t-il en entendant un grondement dans l'écouteur.

— Les micros sont ultrasensibles...

Muhammad Abbas. Un réfugié palestinien qui avait été élu au parlement libanais pour le compte du PLO[1]. Au Moyen-Orient, Abbas avait travaillé dans l'ombre comme fonctionnaire pendant près de vingt ans. De fait, il avait servi d'homme à tout faire à un autre terroriste : Ayman al-Libbi.

— Je suis à hauteur de la barricade dressée par la Police, fit Jack, le souffle court.

Il ne voyait rien au-delà de la barricade et de la foule qui attendait de la franchir. Il chercha autour de lui, aperçut un monticule de gravats et y grimpa rapidement. Cette fois, il repéra le T-shirt bleu près d'une Toyota Camry dont la portière était ouverte. Il y avait un autre homme près de la voiture. Mais la distance qui les séparait de Jack l'empêchait de les identifier.

— Je n'arriverai pas à les atteindre à temps, fit-il. Et les micros directionnels ? Ils fonctionnent ?

— Oui, mais...

— Mais quoi ? lança Jack. Oriente-les de manière à ce que je puisse entendre ce qu'ils se disent.

— Jack, ils sont sortis du périmètre fédéral. Nous n'avons pas le droit de...

— Branche-moi ces foutus micros ! ordonna Jack. Il s'agit de Muhammad Abbas. Nous obtiendrons toutes les autorisations dont nous avons besoin plus tard. Allez, exécution !

Dans la radio, Tony grogna doucement mais, une minute plus tard, il y eut un grésillement, puis Jack entendit les voix des deux hommes qui discutaient, à un bloc à peine de l'endroit où il se trouvait.

1. Palestine Liberation Organization, autrement dit Organisation de Libération de la Palestine. *(N.d.T.)*

— … Nous pensions qu'on ne pouvait rien faire ici.

Se fiant aux mouvements des inconnus, Jack en déduisit que celui qui parlait était l'homme au T-shirt.

— … La rencontre aura lieu dans une heure ou deux. Je vous recontacterai pour régler tous les détails.

— Êtes-vous sûrs de réussir ?

Jack perçut un rire, froid et sec.

— Si la mission était si simple, vous n'auriez pas fait appel à nous. Mais nous n'échouons jamais. Ils seront…

Un camion passa près des deux hommes, interrompant momentanément le signal.

— … Morts.

Jack jura.

— Tu as entendu ça ?

— Négatif, avoua Tony. Saloperie de trafic !

2

LES ÉVÉNEMENTS SUIVANTS SE DÉROULENT ENTRE 8 H ET 9 H DU MATIN

8:00
Angle sud-est de l'immeuble fédéral
À l'ouest de Los Angeles

— Foutez le camp de là !

Jack sentit que quelqu'un attrapait sa cheville. Sans prendre le temps de réfléchir, il utilisa son autre jambe pour écraser le poignet de l'inconnu. C'est seulement après qu'il vit le costume du flic qui se tenait en contrebas, son visage colérique se déformant instantanément sous le choc et la douleur. Le policier lâcha la cheville de Jack pour tirer de sa veste une matraque pliante. D'un geste rapide du poignet, il ouvrit la matraque, la brandit et frappa le tibia de son adversaire. La vision de Jack se voila et il perdit l'équilibre, tombant sur le policier qui s'effondra sous son poids.

— Un policier à terre ! cria quelqu'un.

Une seconde plus tard, Jack reçut plusieurs coups de poing dans le flanc, puis des mains le tirèrent rudement en arrière, libérant l'agent. Ensuite, quelqu'un posa son genou sur sa nuque. Bauer était maintenant à plat ventre, le visage plaqué contre l'asphalte rugueux.

— Bon Dieu, mais lâchez-moi ! lança-t-il d'un ton hargneux. Je suis un Fed.

— Boucle-la ! jeta quelqu'un à son oreille. Tu as le droit de garder le silence, tout…

— Je suis agent fédéral, répéta Jack.

— Croyez-le ou non, il dit la vérité, lança quelqu'un.

Bauer entendit la voix de Mercy retentir avec calme pour couvrir le bruit ambiant.

L'assaillant poussa quelques grommellements que Jack ne put comprendre – Le genou contre sa nuque avait glissé et écrasait maintenant son oreille – mais, un moment plus tard, celui qui pesait sur son dos se dégagea, le libérant enfin. Jack s'assit et vit la détective Mercy Bennet qui le regardait en souriant et lui tendait la main. Elle était flanquée de quatre policiers en uniforme. L'un d'eux frottait son poignet manifestement amoché.

Jack prit la main tendue et fut rapidement remis sur pieds.

— Désolé pour tout ça, dit-il à l'intention du flic blessé.

— Je pense que vous l'avez cassé, grogna l'homme, mécontent. Vous devriez vous présenter avant de vous mettre en rogne comme ça. L'endroit est potentiellement dangereux.

— Essayez de lui pardonner, fit Mercy. Jack n'a jamais su travailler en équipe. Se tournant vers Jack, elle ajouta : On fait quelques pas ensemble ?

L'agent fédéral jeta un œil par-dessus son épaule. Les deux suspects qu'il filait avaient disparu, certainement chassés par son altercation avec le flic. *Nom de Dieu !*

Il parla dans le micro.

— Tu as vu par où ils sont partis ?

— Négatif, répondit Almeida, sur un ton dégoûté. Ils ont sûrement descendu la rue, mais je n'en sais pas plus. Les mouvements de la foule gênent les caméras. Ces types ont fichu le camp.

Jack lança au flic un regard chargé de colère, mais s'en tint là. Au fond, ce n'était pas la faute de ce type.

— Allô, Jack… Tu te souviens de moi ? demanda Mercy en lui agitant la main devant le visage.

— Je sais que tu voulais me voir, mais quelque chose m'a distrait. Excuse-moi.

Au même moment, la voix de Tony Almeida murmura son prénom dans l'oreillette.

— Ne quitte pas, fit Jack.

Il s'intéressa de nouveau à Mercy. Il la trouva aussi attirante que le jour où ils avaient décidé, d'un commun accord, de ne plus se revoir. Son corps était une combinaison de formes fascinantes, tout comme son adorable visage rond au nez pointu encadré de cheveux noirs coupés court. Cette fille avait un charme naturel, mais elle refusait tout compliment, menaçant d'un coup de pied bien placé quiconque la qualifierait de courageuse. Elle portait un tailleur veste pantalon, d'un bleu électrique, le tout accompagné d'un chemisier blanc qui soulignait sa poitrine.

Mercy Bennet avait passé six mois au LAPD pour représenter la CAT, une besogne ingrate qui requérait de la diplomatie, de la patience et du tact.

Mercy n'avait pas très bien fait son boulot.

La première fois que Jack l'avait rencontrée, elle marchait à grands pas dans la salle de conférences de la CAT, décidée à accuser Ryan Chappelle de ne pas divulguer d'informations importantes et de mettre en garde à vue des suspects de la LAPD, sans en avertir les autorités locales. Les expressions qu'elle avait employées approchaient quelque chose du genre « sale fils de pute » ou encore « sombre crétin ».

Jack l'avait tout de suite appréciée.

— OK, fit Jack en souriant à ces souvenirs. Si tu m'en disais un peu plus ?

8:10
À l'ouest de Los Angeles

— … N'avez qu'à le liquider, venait de dire le type du téléphone.

— Non, Nick, répondit l'homme dans la chambre. Nous ne tuerons personne si ce n'est pas nécessaire. De toute façon, l'éliminer éveillerait davantage de soupçons…

— On s'amollirait pas un peu, par hasard ?

L'homme grimaça, non parce que son autorité était remise en question, mais plutôt par lassitude. Il n'avait aucune envie de se justifier. Nick était son homme de main, un des plus fiables – mais comme tout homme d'action, il avait constamment besoin d'être remotivé, et d'avoir confiance dans l'autorité de son chef.

— J'économise mes forces, répondit l'homme dans la chambre. Depuis le temps, tu devrais le savoir.

— Ouaip, mais il faudrait quand même t'occuper de ce gars, répondit Nick. J'ai entendu dire que Bauer est le genre de type difficile à arrêter dans sa lancée.

— A-t-il flairé l'embrouille ?

— Il vient de retrouver la détective chargée de l'affaire Gordon Gleed.

L'homme de l'hôtel hésita. Il était rarement surpris et ne perdait pas souvent son sang-froid. Mais cette information l'étonnait et il ne pouvait la rayer d'un trait de plume. Il n'aurait jamais cru que l'affaire Gleed irait aussi vite devant les fédéraux.

— Dans vingt-trois heures, tout cela n'aura plus aucune importance. Il ne nous reste plus qu'à convaincre Monsieur Bauer de mettre un terme à ses investigations.

8:16
Angle sud-est de l'immeuble fédéral
À l'ouest de Los Angeles

— Alors, de quoi s'agit-il ? demanda Jack à la détective.

Mercy venait juste de lui parler de sa théorie concernant la mort suspecte de Gordon Gleed, chez lui. Dès les premiers instants, elle avait été persuadée que l'homme n'avait pas été victime d'un simple cambriolage. La maison sens dessus dessous et les objets manquants n'étaient qu'une couverture. On avait éliminé Gleed pour des raisons politiques.

— Gordon Gleed était le président de la Free Enterprise Alliance. C'est une compagnie qui apporte son soutien au développement rural.

— Le développement rural ? s'étonna Jack Bauer.

— Un nom fantaisiste pour englober les intérêts des bûcherons et des promoteurs, des types de ce genre. La Free Enterprise Alliance cherche à annuler les procès intentés par les protecteurs de l'environnement et combat le Clean Water Act[1]. Cette FEA fait partie de ces groupes sans scrupule qui, sous couvert de préserver la nature, aident en sous-main ses exploiteurs.

— Et en quoi ça nous concerne ?

— J'ai effectué quelques recherches. La Free Enterprise Alliance a rencontré quelques problèmes avec d'autres groupes dissidents, comme le Earth First ![2], un groupe écologiste radical. Ces groupes dissidents,

1. Loi américaine de 1977 qui prévoit de contrôler les rejets polluants dans les « eaux navigables ». Les gouvernements successifs ont inclus dans ce contrôle non seulement les lacs et les cours d'eau mais aussi les marais ou les rivières qui apparaissent suite à des pluies importantes. *(N.d.T.)*

2. Organisation radicale écologiste qui a vu le jour en 1980. En Français « La Terre d'abord ». *(N.d.T.)*

comme le Earth Liberation Front et d'autres, figurent sur la liste des terroristes dressés par la CAT.

Jack ne put s'empêcher de rétorquer :

— Une bande de mabouls qui adorent les arbres sont sur une liste de terroristes ?

— Tu devrais examiner plus à fond le dossier de ces « mabouls », Jack. Il ne s'agit pas de simples agités du bocal mais d'écoterroristes, très organisés et bien équipés. Ils ont tué des gens et procédé à des sabotages. Ils sont aussi radicaux que n'importe quel autre mouvement terroriste.

— Ils n'ont pas planifié d'envoyer des avions dans des immeubles quand même ?

— Non, mais ne t'y fie pas. Les dissidents de Earth First ! ont quitté cette organisation car ils la trouvaient trop molle. Ils ont envoyé une demi-douzaine de menaces à Gordon Gleed l'année dernière...

— Même si ce mec a été assassiné par des écoterroristes, je ne vois toujours pas de lien avec tout ça.

Jack Bauer embrassa l'espace autour de lui d'un geste ample avant de continuer.

— Mes préoccupations actuelles se limitent au G8 et à l'arrestation d'un terroriste politique connu.

— C'est la raison pour laquelle je suis venue te trouver. Parce que Gordon Gleed avait quelque chose à vendre. Comme personne au bureau fédéral n'a voulu l'écouter, il a mené ses investigations en enquêtant sur le groupe dissident. Je pense qu'il avait compris que quelqu'un préparait une action d'éclat pendant le G8. Voilà pourquoi on l'a tué.

— Mais qu'ont-il planifié ?

— Jack, si je le savais, j'aurais commencé par ça, tu ne crois pas ? répliqua la jeune femme, énervée.

— Enfin, Mercy ! répondit Jack avec brusquerie. Que veux-tu que je fasse de ton tuyau ? Tu voudrais que j'abandonne la traque d'un homme responsable d'une centaine d'actes terroristes ces dix dernières années, pour m'intéresser à un type que ses petits copains, genre Greenpeace, auraient trucidé après avoir perdu la boule ?

Mercy rougit de colère. Elle rétorqua, en phrases courtes mais bien senties.

— Gleed était intelligent. Tout ce qu'il a appris, il l'a transmis au FBI, même si celui-ci ne s'y est pas intéressé. Il a également entamé ses propres investigations. Il a compris que le groupe en question planifiait quelque chose pour le G8. Quelque chose d'énorme.

Jack leva les mains devant lui, en guise d'apaisement.

— D'accord. Ce n'est pas beaucoup, mais c'est quand même un début. Ce groupe dissident, il a un nom ? Un chef ?

La jeune femme s'agita.

— Ils se sont baptisés *Les Singes de la clé à molette*.

— *Les Singes de la clé à molette* ! répéta Jack, incrédule. Tu n'es pas sérieuse ?

— Ça m'a fait rire, moi aussi, fit Mercy, sur la défensive. Mais ça colle. *Les Singes de la clé à molette* est un clin d'œil au bouquin écolo écrit par Edward Abbey[1]. Cet ouvrage a inspiré les fondateurs de la Earth First ! En un sens, il s'agit du roman qui a inspiré tout le mouvement écoterroriste.

— Et son leader s'appelle King Kong, peut-être ?

Mercy se contenta d'un maigre sourire.

— Suivant les notes de Gleed, il s'appelle Seldom Seen Smith.

Comme Jack ouvrait tout grand les yeux, elle ajouta :

— Une autre référence au livre.

— Bon. *Les Singes de la clé à molette*. Seldom Seen

1. Edward Abbey, né en Pennsylvanie, après une vie d'errance, a écrit *The Monkey Wrench Gang*, « Le gang de la clé anglaise » (ou à molette), livre hilarant décrivant un trio d'éco-terroristes radicaux, bien que ne se prenant pas au sérieux. *(N.d.T.)*

Smith. Mercy, je t'ai écoutée mais, même si tu as raison, maintenant je dois y aller.

— J'ai les notes de Gleed. Étudie-les avec moi. À nous deux, nous finirons bien par trouver quelque chose.

— J'ai peut-être vu ici Ayman al-Libbi et certainement un de ses lieutenants. Je préfère rester concentré sur eux. Pourquoi n'en parlerais-tu pas à quelqu'un d'autre ?

Ce fut au tour de Mercy de se montrer sarcastique.

— Après ce qui s'est passé entre nous, tu crois vraiment que je suis venue te voir en premier ?

Sa déclaration lui fit l'effet d'une gifle. Elle n'avait pas désiré le revoir. Elle avait tout fait pour éviter la confrontation. Elle n'était venue le trouver qu'en dernier ressort.

— Mercy..., commença-t-il.

— Le FBI a eu la même réaction que toi. Ces types échappent à la surveillance grâce à leur nom ridicule. Et personne ne met les écoterroristes en haut de la liste. Eh bien, attendez qu'ils fassent quelque chose d'énorme. Nom d'un chien ! Les frères musulmans, ça sonne comme des personnages de comic books, et pourtant tu les prends au sérieux. Alors pourquoi pas eux ?

— Oublie tout ça une minute, proposa Jack. Je voudrais – Il jeta un œil autour de lui mais aucun flic ne leur prêtait attention – te parler de toi et de moi, tu permets ?

Aucun muscle du visage de Mercy ne bougea, mais Jack comprit qu'elle se fermait. Il y avait maintenant comme un mur entre eux deux.

— Il n'y a rien à en dire, lâcha-t-elle, la voix calme.

— Tu ne penses pas ce que tu viens de dire, pas plus que moi d'ailleurs, insista Jack. Nous avons rompu mais cela ne signifie pas pour autant qu'on ne ressent plus rien l'un pour l'autre.

Mercy était dans la boîte depuis trois mois à peine quand ses relations avec la CAT se transformèrent en tête à tête avec Jack Bauer, et ces réunions se multiplièrent, puis se muèrent en une relation amicale, avant de déboucher sur des dîners…

Mercy lui sourit, le regard légèrement triste.

— Je n'ai pas dit qu'il n'y avait plus rien, mais qu'il n'y avait rien à en dire.

Elle était si proche que, malgré l'odeur d'asphalte brûlant de Los Angeles, Jack pouvait sentir son parfum.

— Jack, je te veux. On s'amuse bien ensemble. Et je ne prétends pas que tu dois d'abord quitter ta femme. Mais je refuse de dormir avec toi simplement parce que tu as besoin d'un peu de nouveauté. S'il y a quelque chose de sérieux entre nous, je suis partante. Mais si tu cherches juste à tirer un coup, tu te trompes de cible.

Jack sourit gauchement. Il la haïssait pour ce qu'elle venait de lui confier, et en même temps, il l'en aimait davantage. Elle était brutale, précise, efficace. L'esprit comme un projectile. Elle avait évoqué son problème sans tourner autour du pot. Il respectait cette qualité chez elle.

— OK, dit-il. Je jetterai un coup d'œil sur cette affaire dès que possible. Mais seulement parce que c'est toi et…

Il s'empressa de conclure.

— Je tenais juste à ce que tu saches que, peu importe ce qui arrivera, l'endroit ou la situation dans laquelle nous nous trouverons… Tu pourras toujours compter sur mon soutien. Toujours.

Mercy sourit à nouveau, les yeux brillants.

— Merci.

Elle ouvrit la porte de sa voiture et, se penchant, en sortit un dossier.

— Tiens, un peu de lecture, dit-elle. Quand tu auras terminé, si tu ne repères rien d'inquiétant, oublie cette histoire. Et moi avec. Mais si l'affaire t'intéresse, tu sauras où me trouver.

Elle lui tendit le dossier. Comme il s'en emparait, elle passa son index le long de sa main en disant :

— Je t'appellerai bientôt.

Elle se faufila dans la voiture, la fit démarrer et disparut.

8:30
Angle nord-est de la Federal Plaza
À l'ouest de Los Angeles

Kim Bauer continuait à parler avec le garçon dont les cheveux raides rappelaient ses yeux couleur havane. Il s'appelait Brad Gilmore. C'était un beau mec qui avait motivé Kim à rejoindre les « Jeunes Plantes ».

— En quoi ce rassemblement implique-t-il l'environnement ? demanda Kim à Brad, une fois qu'ils eurent fini d'élaborer leurs pancartes.

Bien sûr, elle connaissait déjà sa réponse, mais elle en savait aussi beaucoup sur les garçons. Ils adoraient pérorer, jouer les importants, et les filles intelligentes n'ignoraient pas cette coupable faiblesse.

Brad ramena deux longues mèches derrière ses oreilles.

— Le G8 réunit les pays les plus puissants du monde, dit-il, l'air faussement détaché. Je veux dire, pas forcément les plus puissants, mais en tout cas les plus pollueurs. Actuellement, ils s'apprêtent à accueillir la Chine, en passe de devenir un des pays les plus destructeurs de l'environnement. D'ailleurs, cet été avec ma mère, je vais me rendre dans la ville de Beijing pour tester la qualité de l'air.

— Alors, des manifestations comme celle-ci peuvent aider à lutter contre la pollution ?

Kim avait dit ça en cherchant à rendre sa voix à la fois maniérée et timide, mais étant la fille de Jack

Bauer, elle n'avait pu s'empêcher d'y glisser aussi une pointe de suspicion.

Brad se tortilla sur place. Il n'avait manifestement pas envie d'entamer un débat politique avec la jeune fille.

— Je ne sais pas, avoua-t-il. Je veux dire, il s'agit de notre planète, pas vrai ? Et son état nous concerne plus que les pollueurs, notamment parce que, dans la mesure où on est plus jeunes qu'eux, on va y rester plus longtemps. Et puis, c'est vraiment cool d'être ici, non ?

— Ça, c'est la citation du jour, fit une voix.

Kim et Brad pivotèrent en même temps pour voir qui leur adressait la parole. L'homme qui se tenait devant eux était petit et rond. Son ventre proéminent semblait sur le point de faire craquer sa chemise bleue boutonnée. Il arborait un large sourire qui enflait ses joues, sur lesquelles reposaient de petites lunettes rondes. Il portait un badge, suspendu à un ruban rouge. Il le brandit devant eux.

— Alors, que faites-vous ici ? demanda-t-il en ajoutant aussitôt, très affable : Je me présente, Martin Olivera du *L.A. Weekly*. Auriez-vous du temps à m'accorder pour une brève interview ?

Kim jeta un œil en direction de Brad et de Marshall Cooper, le conseiller du club. Ce dernier examina la carte de presse avant de sourire et de hocher la tête en signe d'assentiment.

— Bien sûr, fit-il.

Martin Olivera pêcha un stylo dans la poche de sa chemise et se munit d'un petit carnet noir.

— Qu'est-ce qui amène un groupe de jeunes gens à une manifestation politique telle que celle-là ?

— Hé bien, dit Kim en adressant un clin d'œil à Brad, il s'agit de notre planète, n'est-ce pas ? Et je pense que nous allons encore y passer un bout de temps…

Olivera reporta sa réponse sur son carnet.

— C'est bon, vraiment très bon. Pourriez-vous me donner votre nom pour l'article ?

— Kim Bauer, répondit la jeune femme. Et lui, c'est Brad Gilmore.

— Merci infiniment. Bonne journée.

Le journaliste fit demi-tour et Kim se retourna vers Brad.

— Ah, juste un dernier mot, fit l'homme.

Il revint vers la jeune fille et lui donna un petit coup de la pointe de son stylo. Celle-ci la piqua comme une minuscule abeille.

— Aïe ! gémit Kim.

— Oh, excusez-moi, fit Olivera en prenant l'air désolé. Je voulais juste m'assurer de l'orthographe de votre nom. C'est bien B-a-u-e-r, n'est-ce pas ?

— Exactement. Mais faites donc attention avec votre truc, dit Kim en portant son poignet à ses lèvres et en suçotant la minuscule blessure.

— Merci encore, répondit Olivera avec un large sourire. Au revoir.

8:45
Centre de commandement de l'immeuble fédéral
À l'ouest de Los Angeles

Grâce à la caméra, toujours branchée, Tony Almeida observait Jack qui parlait à la femme détective. Il l'avait déjà vue dans les locaux de la CAT – en fait, elle n'était qu'un agent de liaison – mais il ne se souvenait plus de son nom. Jack ayant éteint son micro, il n'entendait rien de leur conversation.

— Elle est canon, lâcha un des techniciens du FBI.

L'autre avait fait une pause. Celui qui avait parlé arbora une moue appréciative à l'intention de Tony. Il ressemblait à un Slave, avec son visage aux traits rudes, origine que démentait son corps mince.

— On pourrait brancher le micro directionnel, proposa-t-il.

Tony fronça les sourcils.

— Vous attendez toujours de vous retrouver seul pour jouer les voyeurs ?

— Bof, on fait tous ça quand la planque est rasoir, rétorqua le technicien avec une grimace.

Tony haussa les épaules.

— Vous vous êtes présentés quand je suis arrivé. McKey et Dyson, c'est ça ? Et vous, vous êtes ?

L'autre s'esclaffa.

— Interchangeables.

— Je ne savais pas que Quantico[1] clonait ses agents…

— Et pourtant, vous en voyez un bel exemple ! Moi, c'est Nick Dyson, fit le technicien en tendant la main à Tony. Alors, pour le micro directionnel, on fait quoi ?

Tony secoua la tête.

— Si Bauer avait souhaité qu'on entende, il aurait laissé son micro ouvert.

— Comme tu veux, concéda Dyson en haussant les épaules. Il se retourna vers la succession des moniteurs et soupira : à mon avis, on va s'ennuyer comme des rats morts. Qu'en penses-tu ?

Almeida observa la marée humaine qui s'agitait derrière et devant les barricades.

— J'espère que tu as raison, pria-t-il tout bas.

8:55

Federal Plaza, à l'ouest de Los Angeles

Le privilège du métier d'agent fédéral, c'est d'avoir toujours une place de parking, songea avec amusement Jack. Quand il avait emmené Kim à la manifestation, il s'était garé dans son box, réservé aux agents de terrain.

1. Ville américaine dans l'État de Virginie où est basé le FBI. *(N.d.T.)*

Jack grimpait dans son tout-terrain noir quand son téléphone cellulaire vibra.

— Salut Jack, fit la voix de Teri. Comment ça se passe ?

— Très bien. Écoute, tu devrais appeler Kim sur son portable et lui dire que je vais revenir. Il faut que je passe quelques minutes au bureau.

Il sentit alors son portable se transformer en glaçon.

— Jack, tu es supposé rester avec elle.

— Un chaperon veille sur elle, se défendit-il. Et je ne serai absent que quelques minutes. Je dois vérifier quelque chose. Tu peux la prévenir ?

— D'accord, répondit Teri, d'une voix sèche. Je te rappellerai plus tard.

Et elle raccrocha.

Jack savait que sa femme lui ferait payer ça plus tard. Mais, pour l'instant, il n'y pouvait rien. Il démarra la voiture, roula sur quelques mètres et tourna dans la Federal Avenue. Il serait arrivé plus vite au bureau en bifurquant en direction du nord pour prendre par Wilshire Boulevard. De là, il aurait filé sur Dowtown, ce qui l'aurait amené près du Siège de la CAT. Hélas, Wilshire Boulevard était bloqué. Il ne lui restait donc plus qu'à effectuer de nombreux détours en se faufilant dans des ruelles étroites où se succédaient des petites demeures de style espagnol, couvrant plusieurs quartiers aux noms exotiques de Holmby Hills ou Rancho Park, qui laissaient croire qu'on se trouvait dans une autre région. Pourtant on était toujours à Los Angeles. D'après les propriétaires, les noms choisis pour ces maisons hispaniques faisaient grimper la valeur immobilière.

Jack aurait dû se concentrer sur Ayman al-Libbi, ou sur les écoterroristes. Au lieu de ça, il ne cessait de penser à Mercy Bennet ainsi qu'à Teri. Son esprit allait de l'une à l'autre, comme un mauvais journaliste qui n'aurait pas su donner à ses interlocuteurs le temps de parole adéquat. Mercy avait eu raison de tenir leur relation à bout de bras. La moitié des hommes qu'il connaissait admettaient tromper leur femme, et les autres qui ne l'avouaient pas demeuraient des menteurs. Mercy n'avait pas demandé à Jack de prendre une décision – elle voulait s'assurer qu'il ne la considérait pas comme une simple récréation dans son drame personnel.

Hélas, il ne pouvait rien lui promettre. Il appréciait beaucoup la jeune femme, c'est vrai. Mais il aimait Teri, même si elle l'agaçait au plus haut point. Il n'avait jamais pensé la quitter pour une autre, même au plus fort de leur crise conjugale… jusqu'à ce que Mercy entre en scène. Elle le soumettait à une nouvelle tentation, différente de toutes celles auxquelles il avait résisté. Elle représentait plus qu'une simple distraction. Et il aurait du mal à ne pas succomber. Il la voyait au fond comme une alternative susceptible de le sortir de son mal-être.

Au final, Jack savait qu'il avait utilisé Mercy.

— Désormais, tu sais très bien ce qui te met la tête à l'envers, s'admonesta-t-il. Le fait de penser encore à toute cette histoire. Tu dois absolument te concentrer sur ton job.

Il venait juste de prononcer ces paroles à voix haute, quand un pick-up l'emboutit de plein fouet, côté passager.

3

LES ÉVÉNEMENTS SUIVANTS SE DÉROULENT ENTRE 9 H ET 10 H DU MATIN

9:00
Hôtel Four Seasons, Beverly Hills

Kassim Turkel avançait dans le hall de l'hôtel avec le même émerveillement que lorsqu'il était arrivé aux États-Unis, et qu'il s'était retrouvé face aux gigantesques immeubles de la ville. Cette impression constante d'abondance l'écrasait. Les doubles portes se composaient d'un assemblage complexe de fer forgé et de vitrage. Sur les dallages du hall, immenses et brillants, se reflétaient, de part et d'autre, de lourdes tables en pierre supportant d'énormes vases en porcelaine fine, emplis de bouquets de fleurs chatoyantes. Kassim se dirigea vers la réception, constituée d'un petit bureau en bois veiné derrière lequel se tenait un jeune homme de belle taille, portant une veste bleue, qui lui souriait en professionnel.

Instinctivement, Kassim hésita et ralentit le pas. La main de Nurmamet Tuman lui toucha le bras pour le rassurer.

— Relax, murmura Nurmamet en ouïgour[1]. Nous

1. Langue du peuple du même nom habitant le Xinjiang, ancien Turkestan Oriental. *(N.d.T.)*

allons juste au bar. C'est quelque chose qui se fait tout le temps ici.

Nurmamet s'adressa en anglais au réceptionniste avec un accent prononcé.

— Bonjour. Pourriez-vous nous dire où se trouve le bar, s'il vous plaît ?

Le jeune homme pointa son doigt au-dessus de l'épaule de son interlocuteur.

— C'est là-bas, Monsieur. Mais je suis désolé, à cette heure-ci, on n'y sert plus à boire.

— Merci bien, fit Nurmamet. Nous cherchons juste un endroit tranquille pour nous asseoir quelques minutes.

Kassim hocha la tête et adressa un sourire au jeune homme, puis se dépêcha de suivre Nurmamet qui tourna à droite. Ils se retrouvèrent devant une double porte vitrée, encadrée de bois. Elle ouvrait sur un bar cossu, en vieux chêne sculpté et patiné, devant lequel trônait une rangée de tabourets rembourrés de coussins moelleux. Tout autour de la pièce, on avait disposé une escouade de tables gardées par une petite armée de fauteuils en cuir. Conformément à ce que leur avait appris le type de la réception, le bar était fermé. Dans la pièce vide, il n'y avait qu'un homme, assis à une des tables, une jambe posée nonchalamment sur l'autre, un journal ouvert devant lui dissimulant son visage. Il semblait ne pas avoir remarqué l'arrivée des deux hommes.

Sans se laisser démonter, Nurmamet se dirigea vers lui et s'assit, invitant Kassim à l'imiter. L'homme dans son fauteuil ne leva pas le nez de son journal. Il portait un costume de soie bleu à rayures si fines que Kassim ne les avait tout d'abord pas remarquées. Sa cravate couleur vert d'eau était nouée en un triangle impeccable. Dans cet hôtel de grande classe, face à cet homme qui arborait un costume sorti d'un des meilleurs tailleurs de la ville, Kassim Turkel se sentait encore plus mal habillé, même si Nurmamet lui avait assuré qu'ici, à

Los Angeles, les tenues négligées pouvaient passer pour très chic. L'attitude, avait-il conclu, comptait parfois autant que l'apparence.

Kassim jeta un regard en coin en direction de Nurmamet. Pour la première fois depuis longtemps, celui-ci semblait nerveux. Il ouvrit la bouche et annona, d'un ton embarrassé :

— C'est la… première fois que vous descendez au… au Four Seasons ?

L'homme tiré à quatre épingles abandonna sa lecture et regarda enfin les nouveaux venus. Ses yeux étaient globuleux, ses paupières lourdes et gonflées, comme quelqu'un qui venait de pleurer.

— Ça suffit avec les phrases codées ! dit-il d'un ton sec. Ce n'est pas nécessaire.

Nurmamet s'agita.

— Mais Monsieur al-Libbi s'est montré très clair sur le fait que nous devions nous identifier les uns les autres.

— Vous n'appartenez pas au FBI, leur signala l'homme avec un sourire. Je le sais puisque vous ne m'avez pas arrêté.

— Nous pourrions cependant être des agents sous couverture, lâcha Kassim. Chargés de savoir pour qui vous travaillez.

L'homme bien habillé tourna son regard triste en direction de Kassim et lâcha :

— Êtes-vous des Feds ?

Kassim se figea, sans répondre et l'homme rit de nouveau.

— Non, je ne crois pas. Si vous apparteniez au FBI, je serais déjà dans un endroit déplaisant en train de répondre à des questions non moins déplaisantes.

Il tendit alors lentement sa main vers eux et, après un instant d'hésitation, Nurmamet et Kassim la lui serrèrent.

— Je m'appelle Muhammad Abbas. Si vous disposez

du reste de la somme, je vous conduirai à Monsieur al-Libbi.

Kassim était dérouté. Tout ça ne collait pas. Il regarda en direction de Nurmamet qui paraissait également déconcerté.

— Nous ne devions pas procéder ainsi. J'avais compris que nous allions rencontrer Monsieur al-Libbi ici, pas son assistant.

— En effet, mais vous n'êtes que des amateurs. Ayman al-Libbi se méfie toujours des amateurs.

— Ce n'est pas vrai !

— Ne niez pas, fit Abbas calmement. Vous êtes des amateurs, point barre. Vous m'avez dit que vous pourriez appartenir aux Feds. Pourquoi m'avouer ça de but en blanc ? Peut-être suis-je un agent chargé de vous rouler.

Kassim l'observa, en tentant, en vain, de calmer les battements irréguliers de son cœur.

— Vous travaillez pour le FBI ? demanda-t-il, la voix tremblante.

Sa repartie naïve amusa Abbas.

— Bonne réaction, mon vieux. Ce type n'est pas trop mauvais, Nurmamet ! Chez vous, on doit le considérer comme un caïd, hein ? ricana-t-il.

Le susnommé grimaça.

— Allez, mon vieux, ajouta Abbas en s'adressant à Kassim. Ne vous sentez pas offensé, surtout. Monsieur al-Libbi a du boulot à vous proposer. Une mission plus difficile à mener que cet entretien.

9:16
Culver City, Californie

Jack se réveilla. Il avait la sensation d'avoir dormi comme une masse et d'avoir le cerveau en compote. Un moment plus tôt, lui semblait-il, il avait entrevu l'éclair d'un pickup de couleur rouge qui heurtait son véhicule.

Ses oreilles bourdonnaient encore, suite au tonnerre étourdissant produit par la collision, suivi immédiatement du « plop » ridicule de l'airbag. Puis il s'était évanoui.

Il ouvrit les yeux, ou du moins lui sembla-t-il, l'obscurité autour de lui étant totale. Il était étendu sur une surface dure, couverte de petits renflements, pareils à des cailloux coupants. L'endroit puait. Jack s'assit avec précaution, étendant ses mains de chaque côté dans le noir pour évaluer l'étendue du lieu. Même sans voir le plafond, celui-ci lui sembla assez haut pour lui permettre de se redresser. Ses genoux fléchirent un instant sous lui. Jack s'aida de ses mains pour se maintenir debout. Il ne paraissait pas blessé. Seul son visage était sensible, certainement en raison du contact brutal avec l'airbag. Par contre, son épaule gauche ainsi que son ventre lui faisaient mal, probablement à cause de la sa ceinture de sécurité. Il ressentit une nouvelle douleur, cette fois du côté du bras gauche. Elle était très localisée, désagréable, comme une contusion à l'intérieur de son coude.

OK, se dit Jack. *J'ai eu un accident. À présent je me trouve quelque part, et ce « quelque part » ne me dit rien qui vaille*. Il chercha son automatique mais s'aperçut que son Sig-Sauer 9 mm avait disparu de son holster.

— Votre arme vous sera rendue quand nous en aurons terminé, Agent Bauer, dit une voix, à la fois ferme et polie.

Qui êtes-vous ? Et où suis-je ? furent les deux questions qui fusèrent dans l'esprit de Jack. Pourtant, il les garda pour lui. L'individu qui l'avait fourré dans ce trou n'avait certainement pas l'intention de lui répondre. Jack décida néanmoins d'en poser une autre :

— Que voulez-vous ?

Il entendit un grognement d'approbation – provenant certainement de quelque part au-dessus de lui.

— Une question précise. J'aime ça. À la vérité, agent

Bauer, je ne veux rien. Disons que, littéralement parlant, je ne veux rien. Pour être encore plus précis, c'est vous qui ne ferez rien… pendant, disons, les prochaines vingt-quatre heures.

J'ai été kidnappé, se dit Jack. *Et fourré dans un trou quelconque. Merde.*

— Je suppose que je vais rester ici un petit moment ?

Malgré ses efforts, Jack n'y voyait toujours rien mais il essaya de deviner d'où venait la voix.

— Pas du tout, répliqua son ravisseur. Même si, je l'avoue, j'ai en effet envisagé cette hypothèse. Tentante, mais pas vraiment réalisable. Si vous disparaissiez, vos collègues se lanceraient sûrement à votre recherche. C'est pourquoi j'ai l'intention de vous relâcher dans à peu près dix minutes.

— Bien, répondit Jack.

Qui était ce type ? Inconsciemment, Bauer tirait des conclusions de l'inconnu : il s'agissait d'un homme éduqué, sûr de lui, réactif. Il parlait un anglais parfait, mais butait sur des mots par moments, comme s'il avait l'habitude de s'exprimer dans une autre langue.

Les mains tendues, Jack fit un pas en avant, toujours en quête d'une quelconque source lumineuse. En vain. La pièce ne produisait aucun écho, ce qui signifiait qu'elle n'était pas étendue. S'il parvenait à toucher un mur, il pourrait peut-être trouver un moyen de filer.

— Avant que je vous relâche, reprit son geôlier, il me faut la garantie que vous ne tenterez rien de la journée.

— D'accord, je vous le promets.

L'homme émit un petit rire sec.

— Cher Monsieur Bauer ! Dans un monde bien meilleur que celui-ci, votre promesse signifierait quelque chose. Mais dans le nôtre, votre simple parole ne suffit pas, malheureusement. À la Cellule Anti-Terroriste, vous avez la réputation de quelqu'un de tenace. Et je suppose que vous n'êtes pas le genre d'homme qui, après avoir été capturé et emprisonné, oublie ce qu'il a subi… Je me trompe ?

Jack s'autorisa à rire à son tour.

— Votre initiative risque en effet d'entraver notre relation amicale, railla-t-il.

Son ravisseur s'avérait courtois et sembla apprécier cet échange. Bauer aurait préféré lui tirer une balle en pleine tête, mais il se réservait ce plaisir pour plus tard. Il avança à nouveau d'un pas, puis d'un autre. Ses chaussures crissèrent doucement sur le sol.

— Nous ne sommes pas destinés à devenir des amis, répondit l'homme. Pour vous expliquer comment je compte m'y prendre pour m'assurer que vous n'interviendrez pas, laissez-moi vous parler d'un certain… virus.

Jack frissonna. Au mot *virus*, il modifia ses priorités. À présent, s'échapper devenait secondaire. Il lui fallait se concentrer sur les informations que lui donnerait son geôlier sur ce nouveau danger.

— Ce virus se développe progressivement. Une fois injecté dans le sang, il commence à se répandre en se multipliant dans un laps de temps compris entre douze et vingt-quatre heures. Ceci, sans provoquer aucun symptôme apparent dans le corps de la personne infectée. Après ce laps de temps, le virus contamine les cellules et le malade est définitivement incurable. Rien ne peut plus le sauver.

Jack prit alors conscience de la minuscule douleur qu'il ressentait dans son bras gauche.

— Vous m'avez injecté ce virus, grommela-t-il.

Son geôlier se mit à rire.

— Pas qu'à vous. D'après ce qu'on m'a dit, vous ne craignez pas la mort outre mesure. J'ai donc aussi contaminé votre fille.

9:30
Siège de la CAT, Los Angeles

Chris Henderson s'assit au bout de la table de conférence, et détailla les visages qu'il avait en face de lui. Il commençait à bien connaître les membres de l'équipe, depuis qu'on l'avait nommé directeur des opérations sur le terrain. Il s'agissait d'une excellente équipe. Il les avait vus accomplir toutes sortes de prouesses, et il avait lu les rapports des missions qu'ils avaient remplies avant sa désignation. C'était un sacré groupe.

— Tony, pouvez-vous nous faire un bref topo de la situation au bureau fédéral ? demanda-t-il, en s'adressant au haut-parleur trônant au milieu de la table, dont la forme l'apparentait à un minuscule vaisseau spatial.

La voix de Tony Almeida résonna dans le petit appareil.

— La manifestation a commencé depuis environ une heure. Pour l'instant rien à signaler. La LAPD estime la foule à près de dix mille personnes, mais ce chiffre va certainement doubler avant ce soir. La situation deviendra alors plus difficile à gérer, aussi nous redoublons de vigilance.

Tony Almeida est un malin, pensa Chris. Même si les supérieurs de la CAT continuaient à presser Henderson de réduire son budget de fonctionnement, il refusait de se défaire d'un tel collaborateur.

— Où en êtes-vous avec Muhammad Abbas ? demanda Chris. Jack a-t-il arrêté de cogner des flics ?

Almeida s'esclaffa puis, reprenant son sérieux, il répondit.

— On a perdu Abbas. Jack est en route pour le bureau afin de suivre l'affaire.

Nina Myers, un autre de ses meilleurs agents, prit la parole.

— S'il s'agit vraiment d'Abbas, et s'il continue à travailler pour le compte d'al-Libbi, alors Jack a raison et Ayman al-Libbi se trouve bien en ville. Il vise certainement le G8, n'est-ce pas ?

— Ou un des membres du G8, précisa Almeida. Car que gagnerait notre homme en s'attaquant de front à tout le sommet ? Le dernier client d'al-Libbi était l'Iran, qui a acheté des armes à la France. Pourquoi voudrait-il envoyer une bombe sur le représentant français ?

— Nous devons savoir qui a engagé al-Libbi, fit Nina Myers.

Chris Henderson approuva.

— En ce moment, qu'est-ce qui motive al-Libbi ? s'enquit-il.

— L'argent, répondit laconiquement Nina. La CIA nous a appris qu'il a abandonné la religion depuis quelques années. Maintenant, il se vend au plus offrant. Il avait établi sa dernière base d'opération en l'Irak, mais il en a été expulsé au début de 2001. Il a par la suite fricoté avec les Iraniens. Aujourd'hui, al-Libbi n'est plus qu'un dangereux porte-flingue.

— Ce qui signifie qu'il peut travailler pour n'importe qui, précisa Almeida. Les États-Unis constituent une cible potentielle, c'est vrai, mais la Russie également. Notre homme intéresserait sûrement les tchétchènes, par exemple.

— Et n'oublions pas la Chine, fit Nina. La moitié des manifestants qui sont descendus dans les rues protestent contre le G8, car ce dernier s'apprête à accueillir ce pays dans son sein.

— Qui figure parmi les activistes anti-chinois ? demanda Chris.

Nina attrapa la télécommande qui contrôlait l'écran de la salle de conférences. Elle tapota sur plusieurs boutons et une liste de noms s'afficha.

— Il y a le Free Taiwan et le groupe religieux Falung Gong. En ce qui concerne les Chinois proprement dits, il existe environ quarante groupes dans la région autonome du Xinjiang Ouïgour, c'est-à-dire à l'est du

Turkestan. Ils varient en nombre, certaines factions étant plus violentes que d'autres. De toute façon, on les a toutes localisées.

Chris hocha la tête. Toutes ces recherches avaient été effectuées quelques semaines avant le sommet. Beaucoup d'agences chargées de la sécurité – le FBI, le Homeland Security, la CIA et, bien sûr, la CAT – pensaient que la présence de la Chine était susceptible de mettre le feu aux poudres, mais personne ne croyait à une attaque terroriste. Les organisations assez puissantes qui disposent d'armes sophistiquées pour lancer une attaque sur le sol américain – comme Al-Qaïda – chercheraient à nuire avant tout aux intérêts des États-Unis ou de la Russie. Néanmoins, Henderson s'inquiétait de ne pas savoir grand-chose sur les groupes terroristes chinois.

— A-t-on au moins des contacts avec l'un d'entre eux ? demanda-t-il.

Jessi Bandison, un des analystes politiques de l'équipe, répondit sans regarder Chris.

— Pas vraiment. Le gouvernement chinois fait du bon boulot pour répertorier tous les groupes terroristes établis sur son territoire, mais il refuse de livrer la moindre information les concernant.

— Sait-on au moins si l'un de ces groupes opère en ce moment aux États-Unis ? insista Chris.

— On en recense un seul, répondit Nina. Il s'agit du Mouvement pour l'indépendance du Turkestan Oriental – le MITO. Mais ce petit groupe n'a rien fait de bien méchant, excepté dans leur propre région. Pour la CIA, il ne représente pas un très grand danger. Leurs idéaux politiques n'ont rien pour susciter l'implication d'al-Libbi. Et puis leur budget ne suffirait pas à payer le salaire conséquent de notre homme.

Chris soupira.

— D'accord, mais laissons quand même quelqu'un sur l'affaire. Où est passé Jack ?

9:39
Culver City

Jack sentait le sang pulser dans ses oreilles. Ses doigts se crispèrent quand il s'imagina ôter la vie de son ravisseur, où qu'il soit.

— Votre fille va bien, agent Bauer, le rassura-t-il. Je détiens un antidote au virus.

— Laissez-la partir. Je veux la voir !

— Elle n'est pas ma prisonnière. Vous oubliez un détail. Je sais comment ces histoires se terminent. S'il y a un meurtre, soudain le chat sort de sa cage et bondit sur tous les gens considérés comme responsables de ce meurtre. Je me garderai bien d'agir de la sorte. Pour l'instant, personne ne manque à l'appel, agent Bauer. Votre fille se sentira bien tout au long de la journée. Elle ignore qu'elle porte le virus et ne sera contagieuse qu'au bout de vingt-quatre heures. Je vais vous relâcher, et vous poursuivrez vos activités comme si de rien n'était. Mais vous ne quitterez pas votre bureau et vous cesserez vos investigations. Demain, vous recevrez un petit paquet contenant l'antidote. Administrez-le à votre fille à sept heures du matin, et tout ira bien. Me suis-je bien fait comprendre ?

— Tout à fait, grommela Jack.

— Bien. Il me reste une dernière chose à ajouter, ensuite nous en aurons fini. Je ne vous quitterai pas d'une semelle, agent Bauer. Je surveillerai également votre fille. Je saurai où vous vous trouverez à chaque minute de cette journée. C'est pourquoi je tiens à ce que vous alliez au bureau et que vous y restiez cloîtré durant les prochaines vingt-quatre heures. Si vous le quittez, on m'en avisera. Si vous tentez d'envoyer votre fille à l'hôpital, j'en serai averti. Au moindre faux pas, votre fille mourra. Au revoir.

Jack entendit un bruit, comme le chuintement produit par des vêtements glissant contre un revêtement. Quelques secondes plus tard, il y eut un claquement, puis un disjoncteur fut mis en marche. Une lumière violente éclaira le réduit. Jack, habitué à l'obscurité totale, en fut aveuglé. Il cligna des yeux, attendant que ses pupilles s'adaptent à cette nouvelle clarté. Quand ce fut le cas, il comprit qu'il se trouvait dans un étroit sous-sol bétonné. De la poussière recouvrait le sol, et des toiles d'araignée pendaient aux quatre coins de la pièce. Il aperçut les vestiges d'un escalier aux marches brisées. Une échelle en aluminium, posée à côté, permettait d'accéder à l'étage.

Jack s'en approcha et y grimpa rapidement. Il se retrouva dans un couloir qui donnait sur un magasin, manifestement abandonné. Les fenêtres avaient été recouvertes de papier kraft. La lumière du matin passait quand même par les interstices. Bauer s'approcha de la porte d'entrée, tout en récupérant certains de ses effets personnels : son automatique, son portefeuille et son téléphone portable, tous posés sur différents meubles pleins de poussière.

Il ouvrit la porte et déboucha sur un parking entouré d'autres bâtiments, tous désertés et défraîchis. Il le traversa et se retrouva sur le trottoir. Il reconnut aussitôt l'endroit : il se trouvait au coin de Barrington et d'Ocean Park. Quatre ou cinq voitures s'éloignaient dans la rue. Chacune pouvait contenir l'homme qui avait empoisonné sa fille.

9:44
Siège de la CAT, Los Angeles

Le téléphone d'Henderson se mit à sonner.

— Henderson, j'écoute.

— Chris, ici Jack Bauer.

— Jack. Je croyais que vous deviez nous re…

— Il faut que quelqu'un vienne me chercher immédiatement. Je suis à Culver City, au coin de Barrington et d'Océan Park.

Chris comprit, au ton de Jack, qu'il y avait urgence.

— Attendez.

Il passa sur une autre ligne.

— Nina ?

— Je suis occupée.

— Je vous envoie récupérer Jack entre Barrington et Ocean Park. Quelque chose ne tourne pas rond.

— J'y vais.

Chris reprit l'autre ligne.

— Nina est en route. Que pouvez-vous m'apprendre ?

— Rien par téléphone.

Jack réfléchissait à toute allure pour désigner les personnes auxquelles accorder sa confiance.

— Quand j'arriverai, retrouvez-moi avec Almeida et Nina, d'accord ?

— Pas de problème.

— Merci.

Jack palpa la petite ecchymose qu'il avait dans le creux du bras gauche et ajouta :

— Il me faudrait aussi une équipe médicale et des scanners au quartier général. Je pense que j'ai chopé une saleté. Je voudrais m'en assurer.

— Ce sera fait.

— Bien.

Jack raccrocha sans cérémonie. Tout de suite après, il composa un nouveau numéro.

— Kimmy ? lança-t-il, aussitôt la connexion établie.

— Salut Pa'. Dis, tu ne devais pas me rapporter un café ?

Bauer tenta de ne pas laisser sa nervosité gagner sa voix.

— Désolé, j'ai oublié. Maman ne t'a pas appelée ?

— Si. Allez, Papa, relax. Je voulais juste te faire marcher. Tu reviens me chercher ou faut-il que je demande à quelqu'un de me raccompagner ?

— Je vais essayer de venir. Écoute. Il hésita : Comment ça se passe ? Il n'y a pas eu de problème ?

Kim baissa la voix comme si elle lui confiait un secret.

— Pour l'instant, on s'ennuie grave. Monsieur Cooper dit qu'il faut absolument rester là pour montrer notre force. Mais ça craint. Brad Gilmore ne sait rien faire d'autre que de parler du gaz à effet de serre.

— Est-ce que… Est-ce que vous avez rencontré quelqu'un ? Je veux dire… Avez-vous eu des problèmes avec un groupe de manifestants, par exemple ?

— Pa', arrête de voir des problèmes partout. Tout va super. J'ai simplement rencontré un journaliste. Il mettra mon nom dans son article. Génial, non ? Même si je l'ai trouvé un peu bizarre. Il m'a presque agressé avec son stylo au beau milieu de l'interview, tu te rends compte.

Le cœur de Jack se serra.

— Son stylo ?

— Enfin, j'exagère un peu, il ne m'a pas vraiment agressé. Il m'a juste piqué avec la pointe. J'ai d'ailleurs une marque rouge à cet endroit.

Jack espérait que son mystérieux ravisseur avait bluffé. Cet espoir venait de s'évanouir.

— Tu te sens bien ?

— Oh, Pa', tu te mets à parler comme maman…

Il ne pouvait rien lui dire. Rien faire. Pour le moment, en tout cas.

— Bon, on se retrouve plus tard.

9:53
Hôtel Four Seasons, Beverly Hills

Kassim avait passé la dernière demi-heure à écouter Muhammad Abbas lui donner les détails de sa mission. Il était en nage. Il trouvait ce monde-ci vraiment différent de celui qu'il connaissait. Non seulement en raison de la profusion des hôtels de luxe et des costumes en soie, mais surtout des affaires qui s'y tramaient. Chez lui aussi il avait échafaudé des plans pour commettre des attentats, mais simples et immédiatement réalisables. Et puis, c'était lui qui agissait. Au fond de son cœur, il déconsidérait les mercenaires tout comme Allah lui-même le méprisait pour ce qu'il faisait. En même temps, le Tout-Puissant l'avait mis sur le chemin de Nurmamet, et avait rendu tout cela possible. Peut-être que Kassim se dépréciait ainsi sans le renfort d'Allah.

— Comme je le dis, fit Abbas d'un ton important, il faut que les membres de ton groupe poursuivent normalement leurs activités. S'ils avaient prévu de se joindre à la manifestation, qu'ils y aillent. Et tu les y accompagneras. Votre absence serait préjudiciable et mettrait la puce à l'oreille du FBI.

— Et cela nous fournira également des alibis, ajouta Nurmamet.

— Dont vous aurez besoin, assura Abbas. Demain, toutes les agences de renseignements vont fondre sur le G8, pour protéger la réunion, pareilles à des mouches attirées par l'odeur d'une vieille carcasse.

4

LES ÉVÉNEMENTS SUIVANTS SE DÉROULENT ENTRE 10 H ET 12 H DU MATIN

10:00
Siège de la CAT, Los Angeles

Nina rétrograda, mais Jack n'attendit pas l'arrêt total du véhicule pour en bondir et se dirigea vers le bâtiment de la CAT à grandes enjambées. Il passa le contrôle et se retrouva face à Henderson qui l'attendait dans le hall.

— L'équipe médicale ? demanda Jack.

— Dans la salle de conférences, répondit Henderson.

Nina sur les talons, il suivit Jack vers la salle de conférences où trois techniciens avaient installé un équipement compliqué et attendaient. Bauer ôta sa chemise et leur montra la petite ecchymose qu'il portait à l'intérieur du coude, pareille à celle d'un donneur de sang.

— Je vais tout vous expliquer dans une minute, dit-il à ses collègues.

Aux techniciens, il ajouta :

— Voici de quoi il s'agit. Je pense que quelqu'un m'a inoculé un virus. Voyez ce bleu sur mon bras. J'ai la certitude que c'est par là qu'on m'a injecté cette merde. Trouvez-la.

Il s'assit sur la table de conférences tandis qu'ils commençaient à l'examiner. Par-dessus leurs épaules, il s'adressa à Henderson et Nina, se livrant à un compte rendu rapide de ce qui lui était arrivé une heure plus tôt.

— Je pense avoir rencontré al-Libbi, dit-il. Le type était manifestement un professionnel. « L'entrevue » n'a pas duré plus d'une heure.

Henderson avait pris quelques notes en attendant Jack.

— On n'a trouvé aucun témoin de votre accident, mais quelques riverains nous ont signalé que votre voiture avait été emboutie par un pick-up rouge qui a été abandonné sur place. Le LAPD a fait venir ses experts sur les lieux mais je pense que je vais aussi y envoyer quelques-uns de mes agents.

— Il faut agir avec prudence, fit Jack. Je crois que mon ravisseur a introduit une taupe quelque part.

Nina ouvrit grand les yeux.

— Tu veux dire, ici, à la CAT ?

— Je ne pense pas. Il a parlé de notre agence comme d'une « Cellule contre l'anti-terrorisme », au lieu de « Cellule Anti-Terroriste ». Cette petite erreur signifie qu'il ne nous connaît pas bien. Mais il en sait beaucoup. Notamment qu'on m'a chargé des investigations concernant al-Libbi et que j'ai une fille. Il savait aussi où la trouver. Il s'agit là d'une masse d'informations qu'on ne peut récolter en quelques minutes. Quelqu'un travaillant à la sécurité le renseigne donc sûrement.

Chris pressa le bouton de l'interphone de la salle de conférences.

— Jamey ?

— J'écoute.

— Donnez-moi le listing complet de ceux, toutes agences confondues, qui travaillent sur la sécurité du sommet, et qui sont en relation avec la CAT.

— Toutes les agences ? répéta le programmeur, incrédule. Vous réalisez que nous parlons du G8, n'est-ce pas ? Ça signifie que l'on va devoir s'intéresser, non seulement à toutes les agences locales, mais également à celles de Californie, à la CIA ainsi qu'à la DOD[1] intelligence…

— J'ai dit toutes.

Jack s'immisça dans la conversation.

— Commence par tous les agents qui ont été en contact avec Tony.

— Allez, Jamey, au boulot, fit Chris en interrompant la liaison.

Jack en avait oublié la présence des techniciens, mais l'un d'eux se rappela à lui.

— Excusez-moi.

— Avez-vous trouvé quelque chose ?

— Non, enfin rien de particulier, répondit le technicien.

Jack s'en étonna.

— Vraiment ? Ce type semblait pourtant sûr de lui quand il m'a dit qu'il m'avait contaminé.

Nina haussa les épaules.

— Il bluffait. Il racontait certainement des craques au sujet de Kim aussi. On devrait la faire venir pour l'examiner.

Le technicien prépara une petite seringue.

— Tout ce que je peux vous dire, c'est qu'il n'y a aucune trace de minicapsule sous la peau. Rien non plus dans vos vêtements, d'ailleurs. A mon avis, ils ne vous ont rien injecté. On va néanmoins vous prélever un peu de sang pour s'assurer qu'il n'est pas infecté.

Nina éclata de rire.

— Le sang de Jack est rempli de venin, vous ne le saviez pas ?

1. Sigle du Department of Defense, ministère du gouvernement des États-Unis chargé de commander aux forces militaires du pays. *(N.d.T.)*

10:12
Bureau Ouest, département de la police de Los Angeles

Mercy Bennet venait tout juste de regagner son bureau au LAPD. À part quelques dossiers concernant des affaires en cours, la pièce était vide. Elle n'avait pas eu le temps de la décorer, en mettant par exemple une photo de *Tank*, son Labrador, ou sa pensée favorite. « Rien n'est jamais tout blanc ni tout noir ». Elle avait écrit cette phrase juste après être devenue détective. Lors de sa première affaire – elle avait enquêté sur le meurtre d'un petit dealer à Venise qui, avait-elle cru, la mettrait sur la piste d'un vrai trafic –, elle avait griffonné ces quelques mots, en s'apercevant que les indices ne la menaient nulle part. La maxime l'avait accompagnée dans chaque moment de sa vie, de sorte qu'elle avait fait plastifier cette phrase et l'avait même inscrite sur l'écran de son ordinateur. Ses yeux se posaient dessus chaque fois qu'elle apprenait de bonnes ou de mauvaises nouvelles.

Pour l'instant, rien de neuf, la jeune femme n'en avait pas besoin. Elle avait pris ses fonctions six mois plus tôt comme inspectrice dans ce quartier. Elle avait manœuvré pour grimper peu à peu les échelons, et se voir confier des affaires importantes. Son obstination avait fini par payer car on l'avait nommée à la prestigieuse Division des Vols et des Homicides. Elle y avait passé deux ans, travaillant sur des cas qui requéraient de gros budgets, jusqu'à ce qu'elle retienne l'attention du chef adjoint qui recherchait des esprits affûtés et des agents courageux suite au 11 septembre. Le Homeland Security[1] avait été créé et le département avait besoin d'un agent qui travaillerait en relation avec les Fédéraux

1. Ministère de la Sécurité Intérieure. *(N.d.T.)*

et la CAT. Mercy s'était proposée, sachant que si on retenait sa candidature, elle bénéficierait d'une nouvelle promotion. Elle avait envie de traquer des tueurs de flics, des meurtriers particulièrement retors ainsi que des terroristes.

Mais comme pour de nombreux départements chargés de la sécurité intérieure, sa tâche s'était rapidement étendue – ou limitée – à un travail administratif et bureaucratique sans intérêt. Au lieu de participer à des raids contre des membres d'Al-Qaïda, Mercy avait joué les nounous pour les officiers de la LAPD, passant son temps à écouter leurs jérémiades concernant les juridictions. Mais dès qu'ils se retrouvaient face aux officiers fédéraux, ils ployaient devant l'ego démesuré de ces types qui bénéficiaient de gros budgets. Elle n'aimait pas son boulot mais, les premiers mois, elle l'avait fait honnêtement, et réagi comme toute personne sensée, confrontée à des tâches administratives inadmissibles : elle avait serré les dents et s'était tue. Il ne lui restait plus que huit mois à tenir pour que s'ouvrent devant elle les portes dorées donnant sur un nouveau département.

Malheureusement pour Mercy, ses projets s'étaient effondrés lorsqu'elle avait rencontré le – oh combien désagréable – Ryan Chappelle. Ce dernier dirigeait le bureau régional de la CAT. Un sombre crétin. Les autres chefs de section avaient eux aussi des egos démesurés – George Mason et Chris Henderson, par exemple – mais on ne pouvait pas remettre en question leurs compétences. Chappelle, lui, était engoncé dans ses costumes et ses principes, et elle ne manquait pas une occasion de le lui dire.

En travaillant avec la CAT, elle avait néanmoins eu la chance, ou le malheur, de rencontrer Jack Bauer. Au premier regard, elle avait compris qu'ils étaient sur la même longueur d'onde. Elle savait qu'il était marié et dès qu'ils avaient commencé à collaborer, Mercy avait soigneusement évité toute ambiguïté. Elle s'était tenue à cet objectif et avait donc appris à le connaître comme un ami. Jack fonçait toujours droit devant lui. Bien qu'il ne restât jamais en place, Mercy le voyait comme un gros rocher inébranlable au milieu d'un fleuve agité. Il avait un sens du devoir et de l'honneur hérité des siècles passés qu'il réussissait à remettre au goût du jour. Et, très vite, elle se surprit à passer de plus en plus de temps avec lui.

Malheureusement, ses propres contradictions lui avaient coûté son job. Chappelle, cette espèce de crapaud, avait rapidement compris qu'elle aimait travailler à la CAT et décida d'y remédier. Il s'opposa donc à ce qu'elle poursuive sa carrière au sein de la cellule. Mercy fut également renvoyée de la Division des Vols et des Homicides et mise au placard dans le bureau qu'elle occupait en ce moment. Son boulot consistait à s'occuper d'un cambriolage dans une cité résidentielle (certainement des écoliers) et de faire un rapport sur des personnes disparues (une épouse qui avait fugué, si elle en croyait le dossier).

À sa grande surprise, alors qu'elle avait quitté la CAT depuis une semaine, Jack Bauer l'avait appelée. Ils avaient pris un café puis, plus tard, avaient partagé un dîner. Ensuite… ils étaient devenus très proches. Mercy était cependant assez intelligente pour comprendre que Jack ne se livrait pas totalement, à cause de son épouse. Non parce qu'il l'avait épousée – le mariage n'arrêtait pas la plupart des hommes –, mais tout simplement parce qu'il l'aimait. Cette idée interrompit Mercy dans ses rêveries. Jack avait éveillé en elle le désir de rencontrer quelqu'un. Et ce quelqu'un, c'était lui. Elle se sentait prête à franchir la ligne jaune avec lui, à commettre l'adultère, mais seulement s'il l'aimait, s'il la *voulait* vraiment. En revanche, s'il gardait son cœur pour sa femme, Mercy n'insisterait pas.

Cette histoire la préoccupait depuis de longues semaines, bien plus que les affaires pour lesquelles elle travaillait.

Tout avait changé le jour du meurtre de Gordon Gleed. Le destin s'en était mêlé, puisque le quartier Bel Air était placé sous sa juridiction et que, petit miracle, Mercy était en service ce jour-là. Elle aurait vite classé cet homicide, si l'assassin ne s'était pas donné tant de mal pour brouiller les pistes. Le faux cambriolage l'avait poussée à fouiller dans les affaires de Gleed, un mec *clean*. Tout du moins, la loi n'avait rien à lui reprocher. Par contre, d'un point de vue éthique, le bonhomme posait problème. Les dix-sept interviews, quatre biographies rédigées par quatre écrivains différents et deux articles dans les magazines *Business Week* et *Fortune*, s'accordaient pour qualifier Gordon Gleed d'un homme d'affaires impitoyable. Cette qualité lui avait d'ailleurs permis d'amasser une belle fortune. Cependant, il avait passé les quatre dernières années de sa vie à fonder une association à l'étrange intitulé : « Fournisseurs de ressources rurales naturelles ». Cet organisme avait pour but de lutter contre la réglementation liée à l'environnement. Il était financé par des sociétés d'élevage, des compagnies pétrolières et de grands propriétaires. Plusieurs groupes de défenseurs de l'environnement se répandaient dans leurs journaux sur la *Gleed Free Entreprise Alliance*, décrite comme étant une « gestapo au service du complexe industriel US ». Gleed lui-même avait été comparé à un « Faust au petits pieds ayant vendu notre âme au lieu de la sienne ».

D'après Mercy, ces groupes de pression se composaient essentiellement d'intellectuels qui avaient passé trop de temps dans les ateliers d'écriture de leur Université.

Mercy savait que les protecteurs radicaux de l'environnement avaient troqué la violence contre la rhétorique depuis quelques années. Gleed devait certainement figurer parmi les premiers sur la liste de ceux qui défendaient les arbres en voulant s'attacher à l'un d'eux. Bientôt, cependant, l'inspectrice avait découvert que le riche homme d'affaires avait mené une autre campagne. La *Free Entreprise Alliance* avait conduit des recherches sur le groupe Earth First ! et ses satellites. Si le Sierra Club[1] avait un côté docteur Jekyll, Earth First ! lui, ressemblait à s'y méprendre au méchant Mister Hyde. Pendant que d'autres écologistes s'enchaînaient aux arbres pour empêcher qu'on les abatte, les membres de Earth First ! eux, criblaient de clous le tronc des arbres menacés pour empêcher les bûcherons d'utiliser leur tronçonneuse. Inutile de dire que de pareilles pratiques se révélaient dangereuses.

Mercy avait obtenu un mandat de perquisition pour fouiller dans les dossiers de Gleed. Ils indiquaient que l'existence du mouvement Earth First ! ne reposait sur rien de concret. En réalité, il ne semblait même pas avoir d'identité réelle. Et pourtant, l'organisation avait fait publier plusieurs déclarations au cours des dernières années. Dans l'une, elle expliquait que l'association n'avait jamais été condamnée ni pour avoir clouté des arbres, ni pour violence. Une autre encourageait ses partisans à trouver d'autres méthodes plus appropriées pour défendre leurs idéaux sans préciser lesquelles.

Apparemment, les enquêteurs de Gleed suggéraient le ralliement d'Earth First ! à d'autres mouvements plus radicaux. Impossible, car ses membres avaient perdu leurs « couilles ». Voilà pourquoi on créa d'autres associations pour la remplacer, telles que la *Earth Liberation Front*[2], la *Rain Forest Network*[3] ou *Les Singes de la clé à molette*. Les informations dont disposait Mercy ne suffisaient pas à déterminer si ces nouvelles organisations

1. Première association américaine écologiste non gouvernementale, fondée en 1892, à San Francisco. *(N.d.T.)*

2. En français, Front de Libération de la Terre, présent dans les pays anglo-saxons. Il prône l'action directe sous la forme de sabotage économique. *(N.d.T.)*

3. Organisme écologiste qui cherche à sauver la forêt tropicale. *(N.d.T.)*

dépendaient d'Earth First ! ou non. Elle savait que Gleed leur collait au train. *Les Singes de la clé à molette* avait revendiqué trois incendies déclenchés aux États-Unis, mais également dans la forêt amazonienne. Sur les lieux de ces sinistres, on avait retrouvé des caravanes ou des engins tout-terrain appartenant aux compagnies qui finançaient les activités de la *Gleed Free Enterprise Alliance*. L'homme d'affaires avait usé de toute son influence politique pour faire tomber les membres des organisations dissidentes.

Au vu de tous ces éléments, le signal d'alerte de Mercy s'était mis à biper. Il existait une relation entre la mort de Gleed et lés investigations qu'il avait commanditées. Ses enquêtes avaient dérangé certaines organisations écologistes, dissidentes de la sienne, raison pour laquelle elles l'avaient éliminé. Mais les collègues de Mercy n'étaient pas si faciles à convaincre.

Le mot écoterroriste résonnait comme un mauvais jeu de mots. Chaque enquêteur, qu'il vienne du FBI ou de la LAPD, considérait les activistes écologistes comme des mangeurs de salades qui aimaient les arbres et s'avéraient, au fond, de gentils et doux pacifistes. Seule la *Free Entreprise Alliance* semblait savoir ce que cachaient les organisations dissidentes. De plus, l'impartialité de la FEA était discutable. Elle avait en effet tout intérêt à jeter l'opprobre sur les autres organisations écologistes. Ce qui n'arrangeait pas du tout Mercy. Elle décida donc d'appeler quelqu'un de son entourage. Willow, un écologiste de terrain, lui-même très impliqué dans la préservation des forêts.

— Salut poulette, fit Willow, la voix traînante.

— Comment savais-tu que c'était moi au bout du fil ? s'étonna Mercy.

Elle l'appelait en effet en numéro masqué.

— Je l'ignorais. Je réponds toujours comme ça au téléphone.

La première fois que Mercy avait rencontré Willow,

elle avait pensé pouvoir l'inculper pour trafic de drogue. Mais elle avait vite réalisé qu'il n'avait rien d'un dopé – malgré sa voix traînante et son côté un peu stone.

— Willow, j'ai à nouveau besoin de toi.

— Ça craint, répondit-il. Les types après qui tu cours, sont de sacrés empêcheurs de danser en rond, non ?

— Tu n'en as pas idée.

À la vérité, Mercy, elle aussi, était une sacrée enquiquineuse. Pourtant Willow l'avait à la bonne et elle en profitait lâchement. Elle se lança.

— Personne ne veut me croire quand je dis que des écoterroristes préparent une grosse attaque pour le sommet du G8.

À l'autre bout du fil, il y eut un long silence. Apparemment Willow ne voyait pas ce qu'elle attendait de lui. Ou il feignait de ne pas comprendre.

— À ton avis, qu'est-ce qu'ils trament ? Will, j'ai besoin de tes lumières, insista Mercy.

— Je n'en sais rien, répondit enfin son interlocuteur. Je t'ai toujours dit que je ne me sens pas très à l'aise avec certains de mes confrères… Je ne traîne plus avec eux depuis un bon moment déjà. J'ai simplement entendu dire qu'ils travaillent pas mal ensemble et qu'ils ont parlé de déboulonner le G8.

Mercy soupira intérieurement. Elle n'accordait pas beaucoup de crédibilité aux informations de Willow en temps normal. Mais comme, d'après elle, on avait assassiné Gordon Gleed pour l'empêcher de dévoiler ses renseignements concernant un probable attentat, l'inspectrice devait s'assurer de la fiabilité de ces « on-dit ».

Elle décida donc de jouer cartes sur table.

— Willow, il faut que tu me dises de qui tu tiens cette histoire et je veux le savoir tout de suite.

— Tu n'es pas cool avec moi, tu sais. J'ai juré de renoncer à toute violence, mais j'ai couplé ça avec une autre promesse : celle de ne jamais donner un ami, alors…

— Tes deux serments sont parfaitement contradictoires. Si tu ne me dis rien concernant ton informateur, je te garantis que ton premier vœu volera en éclats. Tu te retrouveras complice d'un acte d'une violence comme on n'en a encore jamais vu. Alors ?

Il y eut un nouveau silence, puis Willow soupira et lâcha :

— Je vais te le dire… Viens chez moi. Je préfère éviter de parler de ça par téléphone.

Mercy avait tiré une feuille de papier d'un des dossiers sur laquelle figurait son adresse.

— Je serai chez toi dans dix minutes.

Elle ferma son portable, prit son portefeuille, se leva et, avant de partir, elle décrocha son téléphone fixe.

— Envoyez une unité au 16150 West Washington, dit-elle. Le suspect est un mâle Caucasien de vingt-six ans, un mètre soixante, cheveux bruns, pesant approximativement une cinquantaine de kilos. Vous le surveillerez jusqu'à ce que j'arrive.

10:17
Siège de la CAT, Los Angeles

Jack reboutonna sa chemise, une fois que les techniciens lui eurent fait sa prise de sang.

— Si ce salaud essaie de me filer, je le sèmerai, dit-il à Chris. Mieux encore, je renverserai les rôles, le suivrai et lui soutirerai des informations.

Jamey Farrell apparut à la porte, en repoussant ses cheveux noirs en arrière.

— Quelle rapidité ! fit Chris Henderson, impressionné.

— Oh, on a à peine débroussaillé le terrain, répondit Jamey, d'un ton mêlant fierté et déception. Mais je voudrais vous communiquer nos premières conclusions. On a effectué un premier tri parmi toutes les différentes agences chargées de la surveillance du sommet. On y a inclus les équipes du FBI qui œuvrent au bureau fédéral et, bien sûr, tous les membres de la CAT.

Nina sursauta, manifestement décontenancée.

— Vous voulez dire que vous nous soupçonnez, nous aussi ?

Jamey haussa les épaules.

— Il s'agit d'une PS, dit-elle, c'est-à-dire d'une Procédure Standard. De toute façon, personne ici n'a rien à se reprocher. On n'a pas trouvé le moindre indice compromettant l'un d'entre vous avec al-Libbi. Nous avons étudié tous les relevés d'écoutes effectués depuis un moment, sans rien trouver d'anormal. Personne ici, ni même dans les autres agences d'ailleurs, ne travaille sur un dossier potentiellement suspect. Pas de relations équivoques avec un quelconque groupe de contre-espionnage basé en Irak, en Afghanistan ou en Israël.

— Vous êtes remonté loin dans le temps ? demanda Chris.

— Trois ans, l'informa Jamey. On a jugé inutile d'aller plus loin, car les agents de la liste n'avaient pas encore pris leur poste actuel à l'époque. Le G8 est une grosse affaire, mais nous ne parlons que de surveillance locale. À mon avis la taupe – si elle existe – ne sert d'informateur que ponctuellement. Et rien ne porte à croire qu'il y en ait un, si ce n'est…

Comme la jeune femme s'était retournée vers Jack, celui ci répliqua avec humour.

— Moi. Je sais. Mais jusque-là, mon intuition ne m'a jamais trompé. Est-ce que vous avez cherché du côté des congés pris par les agents ?

Jamey ouvrit les mains, comme pour lui répondre : *Tout le monde en prend, Jack, sauf vous, bien sûr.*

— Nous n'avons pas fait l'impasse sur ça, bien sûr. Certains des agents se sont rendus aux Bahamas, d'autres au Costa Rica, certains dans la forêt amazonienne. Mais personne n'est allé se dorer la pilule en Iran, finit-il en plaisantant.

— Je veux la liste de tous les contacts que chaque agent a eus l'année dernière. Voyez si les vacances de quelqu'un coïncident avec les déplacements d'al-Libbi.

Jamey Farrell ouvrit de grands yeux.

— Jack, vous vous rendez compte du travail…

— Cet enfoiré a menacé ma fille ! beugla Jack.

Il se sentait prêt à exploser, sa colère débordant de tous côtés comme un volcan en éruption. Il réalisa alors qu'il avait tout fait jusqu'ici pour endiguer l'exaspération qui l'envahissait, tel un flot tempétueux afin de se focaliser sur le problème posé par son mystérieux ravisseur. Maintenant que la pression redescendait, il était à deux doigts de péter les plombs.

— Je me fous du travail que ça vous donne ! Faites-le, c'est tout ! poursuivit-il quand même, sur le même ton véhément.

Chris Henderson intervint, d'une voix apaisante.

— Jack… Jusqu'à présent nous ne nous sommes pas intéressés aux déplacements d'al-Libbi, pour la simple raison que nous ignorions qu'il était ici.

Cette évidence fit baisser la tension d'un cran dans la pièce. Henderson savait comment parler à Jack qui, de son côté, reconnaissait les compétences de son patron. Ce dernier avait déjà connu des situations aussi dangereuses que celle à laquelle ils étaient aujourd'hui confrontés.

— Peut-on imaginer l'absence d'informateur ? demanda Nina, sur un ton prudent. Ce type a bluffé pour le poison. Peut-être t'a-t-il menti aussi sur le reste ?

Jack balaya la suggestion d'un revers de main.

— Il me connaissait. Il n'ignorait pas que je le poursuivais. Il n'a pas appris ça dans le *Los Angeles Times*.

Henderson fronçait les sourcils, perdu dans ses pensées. Au bout d'un moment, il lança :

— Jack, allez chercher votre fille. Sortez-la de la

manifestation. Assurez-vous qu'elle va bien. Nous avons des yeux et des oreilles tout autour du bâtiment fédéral. S'ils tentent quoi que ce soit, nous aviserons avec ou sans vous. Vous vous sentirez mieux une fois que vous serez rassuré sur le sort de votre fille.

Bauer hocha la tête à regret. Henderson se montrait raisonnable mais Jack n'arrivait pas à garder la tête froide. La colère continuait à enfler en lui. Il se mordit la lèvre inférieure pour se laisser distraire par sa douleur. Il lui fallait domestiquer sa rage, comme il l'avait déjà fait maintes fois auparavant. Il ne la réveillerait que le moment venu…

… Où il se retrouverait devant al-Libbi.

10:22
Culver City

Mercy gara sa voiture devant une bouche à incendie, face au numéro 16150. Deux policiers se tenaient devant une résidence aux murs ocre. Ils se battaient avec un jeune homme d'environ vingt ans, vêtu d'un jean et d'un T-shirt orange. Avant que Mercy ait eu le temps de sortir de son véhicule et de traverser la pelouse, un des agents avait donné un coup de poing dans l'estomac du jeune qui s'effondra à terre.

— Salut Willow, lui lâcha Mercy avec un sourire.

Le jeune type leva la tête, en grimaçant. Il lui lança un regard assassin comme pour lui signifier qu'il la rendait responsable de ce qui lui arrivait.

— Vous pouvez le lâcher maintenant, ordonna l'inspectrice aux agents.

Les policiers aidèrent leur victime à se relever. Willow avait les cheveux en bataille et le menton orné d'un léger duvet.

— Salut, inspecteur… T'aurais pas viré ta cuti depuis la dernière fois qu'on s'est vus ?

Elle sourit.

— En fait, j'étais déjà un mec avant de te rencontrer.

Comme ils avaient à peu près la même taille, Mercy le força à la regarder droit dans les yeux.

— J'ai besoin de connaître l'identité de ton copain. Alors tu vas me la donner maintenant.

— Pas question ! protesta Willow.

— Je sais... Tu vas me dire que parce que tu es un pacifiste convaincu, tu détestes qu'on fasse du mal aux gens, hein ? Mais si tu ne me réponds pas, beaucoup risquent de mourir, tu comprends ? C'est ce que tu veux ?

— Non. Mais je refuse de vendre mes potes à des fascistes !

Mercy réalisa alors qu'elle s'y prenait mal. Elle brandissait son bâton sans promettre de carottes.

— Écoute, Willow, je te donne ma parole que je n'arrêterai pas ton copain. Je me fous de ce que lui ou tes copains ont fait d'illégal. Je veux juste savoir ce qu'il sait pour éviter que des gens innocents soient tués.

Maintenant, Willow cherchait à son tour à lire dans le regard de la détective. Elle le laissa l'étudier en lui servant son plus innocent sourire. Elle ignorait si elle avait réussi à le rassurer, mais elle n'avait pas d'autre carte à jouer. Elle appréciait ce garçon malgré son côté amorphe, mangeur de céréales. Au fond, c'était un chic type bien différent de certains de ses copains qui, eux, étaient prêts à employer la violence au nom de leurs idées.

Au bout d'une minute, la sympathie qu'il lut dans ses yeux – ou peut-être la peur d'être embarqué sous un prétexte quelconque –, lui fit lâcher le morceau.

— Elle s'appelle Frankie Michaelmas. Elle fricote avec le Earth Liberation Front. C'est elle qui m'a dit qu'elle avait entendu des trucs... Des mecs se sont vantés du bordel qu'ils foutraient au G8.

— Super ! Où puis-je trouver cette Frankie ?

— Elle est à la manif'. Ma tête à couper qu'elle s'y trouve.

— Tu as son numéro de portable ?

Willow hocha la tête.

— Génial. Tu vas donc lui passer un coup de fil.

10:28
Hôtel Four Seasons, Beverly Hills

Nurmamet et Kassim étaient partis. Muhammad Abbas but une petite gorgée de café en jetant un œil sur le *New York Times*. Au même moment, Ayman al-Libbi entra dans le bar désert. Rasé de près, ses cheveux noirs coupés court, il portait un costume bleu foncé à trois boutons par-dessus une chemise bleu clair, sans cravate. Ayman ressemblait ainsi à un fils d'immigrés venus d'Europe de l'Est, ou à un Latino. Il parlait anglais avec un accent californien et marchait avec l'assurance tranquille d'un homme qui obtient ce qu'il veut. Il avait acquis cette allure de parfait gentleman grâce aux ouvrages qu'il avait lus et parfaitement assimilés et de ses voyages dans des dizaines de pays depuis.

— Comment ça s'est passé ? demanda-t-il en s'asseyant.

Muhammad reposa le *Times*.

— L'argent est dans une mallette, sous la table. Je suppose que le plan se déroule sans accroc ?

— On verra bien, répondit Ayman avec nonchalance.

Muhammad avait déjà entendu son chef employer ce ton, ces derniers mois. Ayman lançait chacun de ses projets avec la même efficacité, sans faire de sentiments. Mais une fois qu'on mettait le plan à exécution, il semblait perdre le contrôle de lui-même. Muhammad avait craint pour la vie d'Ayman à Bali. Cette fois-ci, il avait peur de perdre la sienne. On pouvait leurrer les américains, mais quand ils étaient sur une piste, on ne les arrêtait plus. Muhammad n'avait aucune envie de finir ses jours à Guantanamo.

— Ton homme obéira-t-il aux ordres ? demanda-t-il avec intérêt.

— Je le contrôle. Tu as compté l'argent ?

— Ils ne nous arnaqueraient pas, Ayman. Oui, bien sûr ! ajouta Muhammad aigrement, en tapotant sa tasse avec nervosité.

Une question lui traversa l'esprit ; question qu'il avait déjà eue envie de poser. Il jeta un œil vers le journal, posé sur la table, comme si la réponse pouvait s'y trouver. Finalement, il demanda, d'un ton légèrement tremblant :

— Tu ne t'intéresses plus qu'à l'argent maintenant, Ayman ?

Al-Libbi posa son bras sur le dossier de sa chaise et répondit, avec un sourire :

— Muhammad, tu sais très bien que je ne me suis jamais intéressé à rien d'autre…

Son téléphone se mit à sonner. Il le sortit de la poche intérieure de sa veste, le porta à l'oreille.

— Allô ? *Salam aleykoum.*

Il écouta un moment, attentivement. Puis lâcha :

— OK. Je m'en occupe.

Il ferma son portable d'un coup sec et ajouta :

— Apparemment, mon nouvel ami commence à poser quelques problèmes.

10:39
Siège de la CAT, Los Angeles

Jack avait à peine dépassé cinq pâtés de maisons en voiture quand son portable se mit à vibrer.

— Ici Bauer.

— Agent Bauer, vous n'avez pas obéi à mes ordres.

La liaison était pure comme du cristal et la voix parfaitement reconnaissable.

— Allez au diable ! fit Jack à l'homme qui avait menacé sa fille.

— Pour l'instant, ce n'est pas de ma vie prochaine que vous devriez vous préoccuper. Je vous demande de ne pas poursuivre vos investigations. Vous semblez vous rendre quelque part, je me trompe ?

— De quoi parlez-vous ? grommela Jack.

— Du fait que vous avez pris vers l'ouest, en direction de Santa Monica Boulevard.

Jack braqua violemment le volant et se gara en oblique. L'arrière de son tout-terrain barrait quasiment la rue.

— Ah, s'écria l'homme, satisfait. Je préfère ça.

Jack cogna violemment du poing le tableau de bord. Le type mystérieux – Jack n'était plus sûr qu'il s'agissait d'al-Libbi –, le suivait à la trace. Bien qu'il ait décidé, à la dernière minute, de prendre un véhicule sans en référer à personne, l'autre l'avait su immédiatement. Quelqu'un avait dû coller un mouchard sous sa voiture. Jack frotta doucement son ecchymose. Puis il prit une décision et, ouvrant la portière, quitta son véhicule. Il commença à marcher en direction de l'ouest.

— Oh, oh, lança son mystérieux correspondant, vous êtes de nouveau en mouvement, Jack. Je tiens à ce que vous compreniez bien, agent Bauer. Votre fille a été infectée par un virus. Elle pourra en guérir, mais je vous garantis que je suis la seule personne à connaître l'antidote. Si je vois que vous quittez votre bureau, vous n'entendrez plus jamais parler de moi… mais votre fille en mourra.

Jack se figea. Les techniciens l'avaient ausculté sans rien trouver d'anormal. Son ravisseur avait certainement implanté un mouchard, quelque part dans son corps, puisqu'il détectait le moindre de ses mouvements. Pris d'une intuition, il leva la main et salua un quidam qui se trouvait à une fenêtre, dans un des immeubles, face à lui. Son interlocuteur n'eut aucune réaction.

Bauer retourna à la voiture, ignorant les conducteurs qui klaxonnaient, et s'installa au volant. Furieux, il fit demi-tour dans un crissement de pneus et se retrouva dans les embouteillages, sur la route qui le reconduisait au bureau.

10:45
Immeuble fédéral, à l'ouest de Los Angeles

Vingt minutes après avoir soutiré son information à Willow, Mercy se retrouva devant l'immeuble fédéral où elle avait rencontré Jack Bauer. La foule était encore plus nombreuse. Elle apprit, en passant près d'un groupe de policiers, que l'assemblée des mécontents comptait désormais près de dix mille personnes. Les manifestants se pressaient contre les barrières de sécurité, pareils à des gamins qui veulent absolument rentrer dans la chambre du grand frère. La foule était si dense qu'elle avait repoussé de tous côtés les autres haies censées les contenir à plus de trois pâtés d'immeubles de là. On aurait dit une marée humaine qui avançait, menaçant d'engloutir une île, que représentait l'immeuble fédéral.

Mercy engagea sa voiture vers la Federal Avenue, maintenant envahie par une multitude de cars de police et d'ambulances, le tout parqué un peu partout sur Wilshire Boulevard. Elle trouva une place, se gara et plaça son autorisation officielle sur son pare-brise. Elle sortit de son véhicule et se fraya un chemin au milieu d'un groupe d'agents qui discutaient.

Mercy avait su tirer avantage du franc parler de Willow. Quand le jeune homme avait appelé sa copine Frankie Michaelmas, le ton de sa voix n'avait trahi aucune nervosité, de sorte qu'en quelques mots la détective sut à quoi ressemblait la jeune femme et où elle l'attendrait. Elle et quelques-uns de ses amis manifestaient au Sepulveda Park, situé à l'angle sud de la Federal Plaza. Il y avait tellement de monde à l'endroit indiqué que le gazon avait disparu sous la cohue. Trouver quelqu'un de précis équivalait à chercher une aiguille dans une botte de foin, aussi Willow avait-il gentiment facilité la tâche de Mercy. Il avait donné rendez-vous à Frankie près de la fontaine, située non loin du terrain de football.

Mercy traversait la rue en face de l'immeuble fédéral, quand les manifestants commencèrent à lancer des slogans. La détective n'arriva qu'à en deviner le contenu qui ressemblait à quelque chose du genre : « Sabordons le G8, le pouvoir au peuple ». Elle se demanda pourquoi les contestataires reprenaient toujours les mêmes rythmes et les mêmes slogans enfantins. Étaient-ils vraiment aussi naïfs que des gamins ? Ou assez intelligents pour savoir que les meilleurs messages sont aussi les plus simples ?

Dans le parc, personne ne chantait. Ici, on se serait davantage cru à un sit-in – ou à un pique-nique – qu'à une manifestation. Des milliers de jeunes entre vingt et trente ans en shorts, mélangés à d'autres ethnies, les cheveux courts et noirs, arborant des looks latinos ou incas, s'étaient installés dans l'herbe. Mercy pensa avec une ironie désabusée que toute cette scène lui rappelait une publicité pour Benetton. Elle traversa des nuages de clous de girofle et de marijuana et sourit brièvement en imaginant un de ses collègues en train d'arrêter un quidam pour détention de quelques grammes de hash. Le peuple ne fait pas les lois, se dit-elle. Ces dix ou vingt mille personnes ont décidé que la consommation d'un peu d'herbe ne pose aucun problème. Leur nombre fait leur force...

Sur ces entrefaites, Mercy atteignit enfin la fontaine. Une jeune fille se tenait debout, ses yeux furetant autour d'elle avant de se fixer sur Mercy. Elle était de petite taille, le corps robuste et musclé aussi sculptural que celui d'une gymnaste. Ses cheveux longs étaient bouclés et – supposa la détective – décolorés. Elle arborait un piercing couleur rouge sang à la narine gauche et correspondait au signalement que lui en avait donné

Willow. Mercy se présenta à la jeune fille en lui montrant son insigne.

Frankie lui jeta un regard acéré et l'inspectrice mit donc en pratique la théorie de Gladwell.

— *Pense à ses pieds. Bien ancrés dans le sol, écartés l'un de l'autre... Ils témoignent d'une personnalité qui refuse l'autorité et qui sait recourir à la violence s'il le faut.*

Ses premières impressions furent corroborées par la réaction de Frankie. Une sorte de flash brutal traversa son regard puis s'évanouit. Mais Mercy avait perçu cette étincelle de méchanceté pure, et elle tâcha de la garder précieusement, dans un coin de son cerveau.

Frankie n'ouvrait pas la bouche, se contentant de l'examiner avec hostilité.

— Inspecteur Mercy Bennet, de la LAPD, se présenta-t-elle. Vous et moi avons des choses à nous dire.

La jeune femme avait appris depuis longtemps qu'il ne fallait jamais demander la permission de parler. Dans le cas contraire, on se mettait dans une position de sujétion dont le suspect pouvait profiter. Mercy savait qu'elle devait attaquer immédiatement, ou elle perdrait l'avantage.

— Je ne vous accorderai que quelques minutes... Que voulez-vous savoir ? dit enfin Frankie Michaelmas, de mauvaise grâce.

— Je n'en attendais pas moins de vous, l'interrompit Mercy, le ton chargé de sarcasmes. Parlez-moi du Earth Liberation Front.

À présent, certains des manifestants les regardaient, mais sans animosité. Mercy pria pour qu'aucun ne soit des amis de la jeune fille. En fait, elle la soupçonnait d'être venue seule au rendez-vous, craignant de présenter Willow, trop pacifiste, à ses petits camarades.

— Willow vous a tout balancé... J'aurais dû m'en douter. Mais vous vous adressez à la mauvaise personne, là, vous savez ?

Mercy s'approcha d'un pas. Elle n'avait pas l'habitude

d'être plus grande que les suspects qu'elle interrogeait. Et elle se surprit à en retirer une certaine satisfaction.

— Je sais que vous lui avez dit qu'il se passerait quelque chose de violent aujourd'hui. Je veux savoir de quoi il s'agit.

Frankie rejeta une mèche de ses cheveux blonds en arrière, dans un geste de défi.

— J'attends que vous me le disiez ! cracha celle-ci.

— Je pense que vos amis du Earth Liberation Front sont dans le coup.

La jeune fille sourit.

— Je ne suis pas membre de ce groupe de… Libéra quoi ?

— Earth Liberation Front, répéta patiemment Mercy.

Elle soupira, car la réticence de Frankie masquait sa vraie personnalité. L'inspectrice décida donc de miser sur le peu d'estime que la jeune fille semblait avoir d'elle-même.

— Je ne vous pensais pas assez bornée pour me mentir ainsi, lança-t-elle avec mépris. Techniquement l'ELF ne prend pas d'adhérents, donc personne n'en est membre. Laissez-moi vous dire une chose.

Mercy se rapprocha encore jusqu'à ce que son menton touche le front de son interlocutrice. Frankie était maintenant obligée de lever les yeux vers elle.

— Je me fiche pas mal de savoir que vous n'appartenez pas au même club, alors que vous passez votre temps collés les uns aux autres. Puisque vous refusez de parler, je vous place en garde à vue. Et dès que ça tournera mal, je vous arrêterai pour de bon.

Frankie baissa les yeux quelques secondes. Un instant plus tard, elle se redressait et, toisant Mercy, lui annonça.

— Vous allez m'arrêter au milieu de tous ces gens ? Je ne crois pas, non.

Elle pivota et s'enfonça dans la foule.

Mercy esquissa un sourire et la suivit.

10:58
Siège de la CAT, Los Angeles

Furieux et profondément humilié, Jack revint au Siège de la CAT. De son bureau, Chris Henderson, qui étudiait les résultats des différentes analyses, le vit entrer en trombe et se leva donc pour l'accueillir.

— Les techniciens se sont plantés, gronda Jack.

Il brandit son téléphone cellulaire devant Henderson en ajoutant :

— Ce fils de pute m'a appelé sur mon portable ! Il savait que je me déplaçais même une fois que j'étais sorti de la voiture.

Chris haussa les épaules.

— OK, dit-il, on va refaire tous les tests.

— Ce ne sera pas nécessaire, Monsieur.

Le technicien qui s'était occupé de Jack venait d'apparaître. Son visage arborait plusieurs expressions mêlées : la surprise, la peur et une certaine admiration.

— Nous avons terminé votre bilan sanguin, agent Bauer.

— Vous feriez mieux d'avoir trouvé ce maudit transmetteur. Si minuscule soit-il…

Le technicien acquiesça.

— On l'a trouvé, oui. Mais il n'est pas juste minuscule… Il est…

— Je me fous de connaître sa taille ! grinça Jack. Enlevez-le-moi !

— On ne sait pas comment, avoua le technicien, l'air désolé. Il ne s'agit pas d'une puce électronique qu'on aurait insérée à un endroit précis. Ce transmetteur est *partout* dans votre corps, assimilé à votre sang.

5

LES ÉVÉNEMENTS SUIVANTS SE DÉROULENT ENTRE 11 H ET 12 H DU MATIN

11:00
Federal Plaza, à l'ouest de Los Angeles

Il n'était pas aisé de suivre une fille de vingt ans, qui s'enfuyait au milieu de la foule des manifestants sur la Federal Plaza. Mercy la filait en se repérant aux cheveux blonds, mais Frankie était si petite qu'elle disparaissait parfois dans l'océan de têtes gesticulantes. Cependant la masse compacte ralentissait aussi considérablement la progression de la suspecte. Plusieurs fois de suite, elle s'était retournée pour voir si l'inspectrice la suivait et ne la trouva pas. Mercy avait veillé à se décaler sur le côté pour évoluer, parallèlement à elle.

Il était maintenant onze heures du matin. Le soleil dardait ses rayons brûlants, transformant les vingt mille manifestants en autant de corps ruisselant de sueur. Mercy réalisa aux odeurs qui l'assaillaient que peu de gens, parmi cette foule, se préoccupaient de leur hygiène corporelle. Elle percuta un homme aux cheveux bruns bouclés, et sentit contre elle son bras luisant de transpiration. Elle eut l'impression d'entrer en contact avec une fine pellicule de film transparent.

Après s'être éclipsée, Frankie s'était jetée sur son portable pour passer un coup de fil. Mercy regretta de n'avoir pas l'appui de Jack. Si elle avait disposé des moyens de la CAT, elle aurait pu non seulement écouter la conversation, mais aussi localiser l'appel, plutôt que de donner des coups de coude dans cette masse grouillante pour ne pas perdre Frankie. À présent, celle-ci se trouvait près du Veteran park. De toute façon, où qu'elle aille, Mercy était bien décidée à ne pas la quitter d'un pas.

11:04
Centre de commandement de l'immeuble fédéral
À l'ouest de Los Angeles

Tony Almeida revint de la salle de bains en bâillant et en s'étirant. Il n'avait pas envie de se rasseoir sur sa chaise en plastique, face à la dizaine de moniteurs. Habitué à s'ennuyer dans son travail, il fallait néanmoins admettre que ce réduit sans ouverture semblait avoir été construit tout exprès pour pourrir la vie du plus déterminé des agents.

— Du neuf ? demanda-t-il.

Un des deux agents du FBI s'était absenté un moment. L'autre, le plus mince, qui ressemblait à un slave, secoua négativement la tête.

— Rien d'intéressant. J'ai vu votre copine, l'inspectrice. Il semble qu'elle ait pris contact avec un informateur dans la foule. Regardez.

De l'index, il désigna un des douze écrans qui montrait un plan large de la foule, certainement pris par une caméra disposée en haut de l'immeuble. L'agent tourna un bouton sur la table de contrôle et la caméra se mit à zoomer. Tony vit un flic du LAPD qui avançait parmi les manifestants. Il reconnut l'inspectrice qui avait travaillé un moment en liaison avec la CAT. Il ne la connaissait pas très bien, mais il se rappelait néanmoins son prénom : Mercy.

— Ne la lâchez pas, dit-il. J'ignore ce qui se passe, mais j'aimerais bien savoir quelle piste suit cette fille.

— Je vais essayer, répondit l'agent en appuyant sur quelques touches.

— Votre copain est parti depuis un moment, remarqua Tony.

— Problème de vessie, répliqua l'agent du FBI. Il boit trop de café.

Il indiqua la corbeille qui débordait de gobelets en carton.

— Et vous non ? demanda Tony. Je n'ai jamais vu d'agent du FBI qui ne siphonnait pas des litres de café pendant une planque.

— Oh, si, j'en bois, reconnut l'homme avec un air de connaisseur. Mais pas n'importe lequel. Surtout pas du jus de chaussette. Si vous voulez un vrai café, essayez celui qui vient du Costa Rica.

— Moi, je me contente de n'importe quel jus, fit Tony en s'asseyant enfin.

— Vous n'êtes pas le seul, dit l'agent en faisant une moue dépréciative. Mais les arômes venus du Brésil ou du Costa Rica sont les meilleurs. Vous savez, au nord-est de Rio de Janeiro, dans la province de Minas Gerais, on trouve des grains d'une fraîcheur extraordinaire.

Tony jeta un coup d'œil aux écrans.

— Je n'en ai jamais goûté.

— Vous devriez, pourtant. J'y suis déjà allé. La jungle est…

L'agent sourit, perdu dans son rêve.

— Oubliez ça. Quand je parle de la forêt, on ne m'arrête plus. Je suis accro aux arbres, vous savez.

— J'ai moi-même effectué un stage de survie, avoua Tony distraitement. Vous savez, descendre en rappel d'un arbre… J'ai adoré, sauf le moment où j'ai failli me faire mordre par un singe.

Il jeta un coup d'œil à l'écran devant lui et ajouta :

— On dirait que l'inspectrice suit cette blondasse, là.

L'agent du FBI observa l'écran plus attentivement. La flic avançait parallèlement et légèrement, derrière une fille courte sur pattes, certainement une fausse blonde. Malgré la foule, Tony comprit tout de suite que Mercy réglait son pas sur celui de la fille.

— Ouais, c'est à mon tour d'aller pisser, déclara Nick en se levant. À propos, j'ai moi aussi fait un stage identique au vôtre… Je souhaiterais que tout le monde s'y colle. Montrer aux gens ce qu'est une forêt tropicale permettrait certainement de mieux la préserver.

— Ça pourrait certainement aider, répondit Tony, le regard fixé sur les écrans.

— Les chercheurs annoncent que la plupart des espaces verts disparaîtront au cours des dix prochaines années.

— Eh bien, nous n'aurons plus à nous inquiéter pour les singes, du coup, ricana Tony.

11:08
Siège de la CAT, Los Angeles

Il s'agissait d'un marqueur électronique, également connu sous le nom d'émetteur chimique. Une importante quantité de ce composé chimique émettait un signal sur une basse fréquence identifiable par satellite. Les laborantins ignoraient jusqu'à son existence, mais Jack en avait entendu parler. Le projet avait été initié par les militaires, quelques années auparavant, afin de parfaire l'intelligence artificielle, mais n'avait pas abouti. Les marqueurs électroniques ne fonctionnaient pas mieux que des transmetteurs conventionnels que l'on pouvait miniaturiser à l'extrême.

— D'accord, vous savez qu'ils m'ont injecté ces

saloperies dans le sang, admit Jack. Il ne vous reste plus qu'à m'en débarrasser.

Le technicien secoua la tête.

— Nous avons appelé le Département de la Défense, dit-il. Mais, à mon avis, personne ne saura comment procéder pour les enlever. Ce n'est pas dangereux, donc ils pensent que votre organisme l'éliminera un jour de lui-même.

Jack ricana.

— Eh bien, on va l'y aider aujourd'hui même. Sortez ces saloperies de mon corps ! Tout de suite !

Le technicien recula d'un pas alors que Chris Henderson posait sa main sur le bras de Jack, comme un dompteur tentant de calmer un lion furieux.

— On va vous garder ici, Jack. Je mettrai quelqu'un d'autre sur l'affaire.

— Il s'agit de ma fille ! lança Bauer, en repoussant Henderson. Il doit bien y avoir un moyen pour filtrer ces *trucs* de mon sang !

Jamey Farrell intervint alors dans la conversation, via l'intercom.

— Chris, j'ai quelqu'un en ligne pour vous. Il veut vous parler de Jack.

— Le Département de la Défense ?

— Non, de l'Intérieur.

Chris leva les sourcils. Pourquoi le Département de l'Intérieur appelait-il la CAT ?

— Passez-le-moi.

On entendit un déclic, et la voix d'un homme résonna dans la salle de conférences.

— Heu… Bonjour.

— Chris Henderson, chef de section en charge des missions de terrain. Je vous écoute, mon vieux.

— Enchanté… Heu… Que puis-je faire pour vous ? demanda la voix d'un ton nerveux.

Chris leva les sourcils.

— Je n'en sais rien. C'est vous qui nous avez appelés.

— Ah, oui, bien sûr. On m'a demandé de vous contacter, en fait. Je veux dire, j'ai reçu un appel du Secrétaire lui-même, ce qui n'arrive jamais d'ailleurs et…

— Mais qui êtes-vous ? demanda Chris, en s'efforçant de rester courtois.

La voix glapit.

— Professeur Martin Shue. Que puis-je faire pour vous ? Vous comprenez, on m'a ordonné de prendre contact avec vous sans m'expliquer pourquoi.

La nuque de Chris se colora de rouge et il se mordit les lèvres, mais quand il parla, sa voix était neutre.

— Quelle est exactement votre spécialité, Professeur ?

— Je travaille sur l'environnement, fit Shue.

Sa voix avait pris de l'assurance, manifestement soulagé de pouvoir enfin répondre à une question.

— J'ai travaillé pour l'EPA[1] pendant dix ans, et maintenant je suis devenu zoologiste.

— Et c'est donc l'Intérieur qui vous a demandé de nous appeler ?

— En effet. Ils m'ont dit qu'il s'agissait d'une urgence.

Chris haussa les épaules.

— Auriez-vous des informations à nous donner sur les marqueurs électroniques… ou bien les émetteurs chimiques, par hasard ?

— Oh oui, bien sûr. Évidemment, quelle question !

La voix du zoologiste monta dans les aigus et ajouta :

— Cherchez-vous à suivre un animal ou quelque chose dans ce genre ? Je suis votre homme.

Chris souriait. Nina, elle, rit doucement, tandis que Jack rougissait.

1. Sigle de l'Environnemental Protection Agency, agence gouvernementale pour la protection de l'environnement. *(N.d.T.)*

— Pas exactement, répondit Chris. Nous souhaiterions extraire cet émetteur du corps de quelqu'un. Connaîtriez-vous la marche à suivre ?

— L'extraire de quelqu'un ? répéta le docteur Shue. Je... Je ne pensais pas qu'on continuait à faire des essais sur des êtres humains. La technologie de l'infiniment petit n'a pas donné, pour l'instant, de bons résultats, sauf pour les gens de ma profession. Nous utilisons cette technique pour traquer les animaux qui sont trop petits ou trop fragiles pour porter des transmetteurs conventionnels...

— Comment se débarrasser de cette saleté ? intervint brutalement Jack.

Sa voix forte rompit la confiance de leur interlocuteur, qui se remit à bégayer.

— Hé bien... Je ne sais pas vraiment. Ce problème n'a jamais figuré parmi nos priorités évidemment. Ces agents chimiques ne présentent aucun danger. Ils... s'autodétruisent dans l'organisme au bout d'un ou deux ans.

— Il faut que nous procédions à cette extraction au plus vite, fit Chris. C'est une urgence absolue. Avez-vous une idée de la procédure à suivre ?

— Hé bien, non, pas vraiment. Sauf que... Oui, peut-être que...

Le docteur Shue bafouillait tant que Jack ne put s'empêcher de se dire qu'il faisait un scientifique parfaitement crédible.

— Décidez-vous ! C'est oui ou c'est non ?! s'exclama-t-il, exaspéré.

— En fait, nous ne nous sommes encore jamais penchés sur la marche à suivre pour extraire un marqueur électronique, reconnut le docteur Shue. Ce n'était pas nécessaire. Il faut filtrer votre sang. Vous pourriez utiliser une machine à dialyse, par exemple.

— Une dialyse, fit Henderson. Comme pour les patients souffrant d'un problème aux reins ?

— Exactement. Je ne vous garantis pas le résultat, mais…

— Merci, le coupa Henderson en interrompant abruptement la conversation.

Jack se passa une main dans les cheveux. Une lueur d'espoir dansait dans son regard.

— Une dialyse. Ça prend des heures, non ?

Chris hocha la tête.

— Nous allons mettre des gens sur le coup.

— Excusez-moi, intervint alors le laborantin.

— … Je vais charger Nina de s'occuper de votre fille. Elle peut l'emmener chez vous, dans un endroit sûr en tout cas…

— Je pense que je pourrais, reprit le technicien, en haussant la voix.

— … et nous verrons si Tony peut obtenir d'autres renseignements sur al-Libbi.

— S'il vous plaît ! hurla soudain le laborantin.

Les agents de la CAT, peu accoutumés à être interrompus, jetèrent un œil glacé au technicien, dont le visage vira au rouge.

— Heu… J'ai une idée, fit l'homme doucement.

— On vous écoute, l'encouragea Henderson.

— Il y a un dialyseur à l'UCLA[1] qui vous nettoie le sang en une demi-heure seulement.

11:14
À l'ouest de Los Angeles

Le portable se mit à vibrer et l'homme que Jack Bauer aurait rêvé de rencontrer face à face répondit. Il avait quitté son hôtel et regagnait sa prochaine planque. La

1. Ou University Of California, autrement dit l'Université de Californie à Los Angeles. *(N.d.T.)*

nuit s'annonçait longue. Il lui restait encore beaucoup de choses à faire avant le lever du soleil.

— Oui ? lança-t-il d'une voix calme.

— Un de vos petits collaborateurs est actuellement suivi, lui apprit son informateur. La fille blonde, bâtie comme une borne à incendie.

— Frankie, fit l'homme. Merci. Assurez-vous que personne ne vous causera de problème…

Il raccrocha et jeta un coup d'œil à sa montre, se demandant où se trouvait Frankie à cet instant précis. Il se renfrogna. L'intervention des forces de l'ordre à cette étape du plan aurait des conséquences catastrophiques pour la suite. Il fallait réagir. Il composa un autre numéro.

11:16
Centre de commandement de l'immeuble fédéral
À l'ouest de Los Angeles.

Tony Almeida allait d'un écran à l'autre pour suivre la policière qui filait la jeune blonde à l'intérieur du Veteran Park. La foule avait diminué comme une peau de chagrin et Mercy se tenait à bonne distance de la fille, pour ne pas la perdre ni se faire repérer. Un bon flic, pensa Tony.

La suspecte allait bientôt sortir du champ de la dernière caméra. Tony zooma, mais elle restait malgré tout minuscule à l'écran. Il crut la voir sortir son portable, le porter à son oreille pendant quelques minutes, puis le ranger. La seconde d'après, elle bifurqua sur Sepulveda Boulevard, puis elle se dirigea vers un parking qui séparait l'immeuble de l'YMCA[1] de la rue.

1. Nom d'une association caritative d'obédience chrétienne, fondée en 1844 par sir George Williams. Elle prône l'équilibre entre le corps, l'intellect et l'esprit et a essaimé dans de nombreux

Mercy tourna elle aussi à l'angle pour la suivre.

Frankie atteignit le trottoir et fila droit vers le sud, et les grandes artères embouteillées. Mercy était un peu plus loin.

— Hey, fit l'amateur de café, revenu à son poste. Vous regardez cet écran comme s'il vous avait hypnotisé.

— Elle va bientôt sortir du champ de la caméra, grommela Tony, le regard rivé sur le moniteur.

Des voitures vrombissaient sur Sepulveda Boulevard. Un gros van bleu descendit doucement la rue et, pendant un moment, Tony pensa que la blondinette allait monter dedans. Mais elle continua à marcher droit devant elle sans lui prêter la moindre attention. À son tour, Mercy passa près du van sans le remarquer. Au moment où elle parvint à la hauteur du véhicule, une porte coulissa, des mains en jaillirent et s'emparèrent de Mercy, lui jetèrent un tissu noir sur la tête et la tirèrent à l'intérieur du camion. La porte se referma brutalement.

— Merde ! jura Tony.

Il se précipita vers sa radio.

Il sentit un mouvement derrière lui, mais ne s'en méfia pas, jusqu'à ce que quelque chose de dur s'abatte sur la base de son crâne. Mais il était trop tard.

11:19
Sepulveda Boulevard, à l'ouest de Los Angeles

Mercy tenta de reprendre sa respiration en sentant le tissu qu'on lui collait sur la bouche. Elle le repoussa tant bien que mal, et envoya valser son pied droit en avant. Elle ne voyait rien, pas même un visage, mais elle eut la récompense d'entendre quelqu'un pousser un cri de douleur. On lui tordit le bras, mais elle se servit

pays. C'est un de ses membres, James Naismith, qui a inventé le basket-ball. *(N.d.T.)*

de l'autre et donna un coup de poing sur sa gauche. Elle sentit que des mains se refermaient sur son biceps et son poignet. Elle choisit celui de son agresseur et enfonça violemment ses ongles dans cette chair à sa portée.

— Saloperie ! hurla un type.

Une violente douleur embrasa son visage, et Mercy comprit qu'on venait de la frapper. Elle continua cependant à enfoncer ses griffes dans le poignet de son agresseur, mais un autre coup lui donna l'impression que sa tête explosait. Elle sombra aussitôt dans l'inconscience.

11:21
Centre de commandement de l'immeuble fédéral
À l'ouest de Los Angeles.

Tony Almeida était allongé, face contre terre. Il essayait de reprendre ses esprits pour comprendre ce qui venait de se passer. Il crut un moment entendre Nick Dyson lui dire de s'allonger, comme lorsqu'il avait fait son stage de survie, et un groupe de singes se chamailler autour de lui. Il comprit très vite que s'il s'était retrouvé par terre, c'est parce qu'on l'avait frappé. Et les bruits qu'il percevait provenaient des deux hommes qui se battaient.

Il s'aida de ses coudes pour se redresser et une vague nauséeuse le submergea. Il pivota vers la droite et aperçut l'agent fédéral Nick Dyson aux prises avec son collègue, McKey. Des deux mains, ce dernier pressait le visage de Dyson, appuyant fortement sur ses joues.

— … Lâche-moi, Bon Dieu ! Mais lâche-moi !

— … Je vais te tuer !

Tony avait la tête qui tournait. Il ne savait pas qui hurlait ni pourquoi les deux hommes se battaient. Il n'était sûr que d'une chose : l'un d'eux l'avait assommé. Il vit Dyson donner un coup de genou dans le ventre de son adversaire. McKey se plia en deux. Dyson l'attrapa par les cheveux et l'envoya violemment contre un écran vidéo. Assommé, McKey s'écroula par terre, comme une poupée de chiffons.

Tony tenta de se relever mais, même avec l'aide de ses mains et de ses genoux, il n'y parvint pas. De plus, un terrible grondement résonnait dans son cerveau. La pièce semblait s'être transformée en cabine de bateau, de sorte que le sol tanguait sous lui et qu'il avait toutes les peines du monde à se tenir debout. Dyson, par contre, franchit l'espace qui les séparait en deux enjambées, attrapa Tony par les cheveux, comme il l'avait fait avec McKey. Almeida ne tenta pas de parer le coup. Il envoya son avant-bras droit dans la jambe de Dyson, et frappa de nouveau, visant cette fois le genou de son adversaire avec le tranchant de la main. Profitant de l'effet de surprise, avec l'autre bras, il cogna de toutes ses forces dans le ventre de Dyson, le poing fermé. L'agent du FBI poussa un grognement et se pencha par-dessus l'agent de la CAT. Tony se redressa, et envoya un coup de crâne dans la mâchoire de son adversaire. Celui-ci le lâcha et chancela. Tony releva alors son genou droit et l'enfonça violemment dans la poitrine de Dyson, pour ensuite l'envoyer valser au centre de la petite salle. L'autre s'écroula lourdement et son crâne heurta le sol, y laissant une trace humide.

Tony se courba en avant et vomit.

11:24
Siège de la CAT, Los Angeles

Il fallait être un homme déterminé pour effectuer le trajet séparant le centre médical de l'UCLA du Siège de la CAT, à Los Angeles, en dix minutes. Et encore plus pour convaincre quelqu'un d'autre de s'y rendre à sa place. Onze minutes après le coup de fil de Jack, une ambulance arrivait près de l'immeuble, sirènes hurlantes et une équipe de médecins en jaillit, courant comme si leur propre vie en dépendait. Jack et Mina Myers avaient laissé les portes ouvertes à leur intention, et les attendaient près du poste de sécurité.

— Plus vite ! cria Jack.

— Je suis le docteur Viatour ! lança, mécontent, le chef de l'équipe médicale, sa longue tunique blanche flottant autour de son grand corps maigre. Si vous étiez venus au laboratoire, nous aurions gagné du temps…

— C'était impossible, le coupa Jack. Je vous expliquerai tout pendant que vous installez le matériel.

Trois techniciens suivaient le docteur Viatour, chacun chargé de multiples appareils qui semblaient très complexes.

— Nous nous apprêtons à vous faire une dialyse péritonéale ou CAPD. Au lieu de procéder à une classique hémodialyse, ce système va utiliser un minuscule tube péritonéal que nous allons vous glisser dans l'abdomen pour filtrer votre sang et…

— Super, le coupa Jack. Et tout ça ne prendra qu'une demi-heure, n'est-ce pas ?

Le docteur Viatour recula devant la brusquerie de son interlocuteur.

— Heu, oui… Laissez-nous quelques minutes pour vous préparer, puis on procédera à la purification de votre sang en une demi-heure. Cela vous ira ou…

— Ne prenez pas plus de trente minutes, fit Nina. Jack n'arrivera jamais à rester sans bouger plus longtemps.

Pareil à un entraîneur d'une équipe sportive, Jack bouscula l'équipe médicale en la poussant dans la salle de conférences.

— Allez, allez ! ne cessait-il de hurler.

Le docteur Viatour finit par lui jeter un regard furieux.

— Monsieur ! Nous faisons partie de l'unité de dialyse ; nous ne travaillons pas aux Urgences.

— Aujourd'hui si, fit Jack, péremptoire. Des vies dépendent de votre intervention. Allez !

Le docteur Viatour trottina vers son équipement, tandis que Chris Henderson s'adressait à Jack.

— Que fait-on avec votre fille ? Si elle a réellement été infectée par quelque chose…

Jack Bauer secoua la tête.

— Je vais aller la chercher.

— Quoi ? s'insurgea Chris. Si vous voulez la voir, on peut la ramener ici.

— Je m'en charge, fit Jack d'une voix glacée. Quoi qu'ait planifié al-Libbi, il aura certainement tout prévu. Il m'a pris de vitesse sans problème, et il a empoisonné Kim avec une saleté de virus. Ce traceur électronique est très sophistiqué. Il m'a dit qu'il me voyait, et je le crois. Il a certainement injecté le même micro espion à Kim. Elle ignore qu'elle est impliquée dans cette histoire. Je dois tenir compte de tous ces paramètres.

— De quelle sorte d'infection s'agit-il ? demanda Nina. Le CDC[1] trouvera certainement un moyen de te soigner et…

Chris Henderson s'assit dans un fauteuil et croisa les doigts.

— J'ai bien réfléchi. Ayman al-Libbi est un fabricant de bombes, non un ponte de la médecine. Il dynamite, il balance des grenades au milieu d'une foule de femmes et d'enfants. Il ne tue pas des gens en leur injectant des virus rétroactifs, ni même en traquant un agent fédéral avec un engin électronique sophistiqué. Ça ne correspond pas à son mode opératoire.

À cet instant, le docteur Viatour réapparut.

— Bon, tout est prêt. La procédure va durer trente

1. Center for Disease Control and Prevention, agence principale en matière de protection de la santé et de la sécurité publique. Il en existe dans chaque état américain. *(N.d.T.)*

minutes, montre en main, bien que normalement je prenne un peu plus de temps pour préparer mes patients.

— On commence quand ? grogna Jack.

Viatour haussa les épaules. Il leur montra un tube fin et long.

— Nous allons insérer ce cathéter dans votre abdomen et y faire passer une solution saline de dilution. Quand votre sang passera à travers la membrane péritonéale de votre abdomen, la solution saline filtrera les impuretés. Allongez-vous sur la table.

Jack obéit, remplit ses poumons d'air et expira lentement en se disant :

— Trente minutes. Pense à toutes les fois où ces trente minutes t'ont paru trop courtes. Fais-en sorte que, cette fois-ci, ce soit la même chose.

11:29
Hôtel Century Plaza, à l'ouest de Los Angeles

La vraie réunion ne se tenait pas dans l'immeuble fédéral. Les huit chefs d'état s'étaient retrouvés, pour la forme, dans ce bâtiment, assez tard dans la journée, mais les commissions, elles, avaient lieu dans des pièces sécurisées, loin du bruit de la manifestation. Les protestataires avaient choisi le bâtiment fédéral comme symbole du pouvoir abusif du gouvernement contre lequel ils s'insurgeaient. Ils s'étaient détournés du Century Plaza Hotel qui, en tant que propriété privée, pouvait refuser l'accès à la foule.

Ainsi, tandis que des dizaines de milliers de manifestants se pressaient autour de l'immeuble fédéral, à moins d'un kilomètre de là, les huit hommes qui contrôlaient le monde s'étaient tranquillement réunis au Century Plaza Hotel et discutaient de l'avenir.

— Enfin, nous ne sommes pas vraiment huit, pensa le Président Barnes. Ce G8 compte bien la France et l'Italie, mais aucun de ces deux pays n'est en mesure, aujourd'hui, d'influer sur l'ordre du monde.

Le chancelier allemand Gerhardt Schlessinger, assis en face de lui et le président russe Novartov, à sa droite, comptaient réellement aux yeux de Barnes. Le premier ministre japonais Kokushi Matsumoto, un allié fidèle, avait pris place à la gauche du président américain et le premier ministre de la Grande Bretagne, Chistopher Straw, s'était installé à l'extrême bout de la table. Straw, bien sûr, constituait l'allié le plus précieux du président américain.

Le président français Jacques Martin monopolisait la parole comme à son habitude.

— … Et je voudrais que ce sommet soit l'occasion de réviser la clause sur l'environnement, disait-il de sa voix de baryton. Si vous refusez, nous prendrons seuls les mesures nécessaires. Je tiens à ce que vous sachiez que la France accorde la plus haute importance aux problèmes écologiques.

Le président russe Novartov sourit. On aurait dit un loup affamé.

— N'est-ce pas votre pays qui a coulé un bateau de Greenpeace ? glissa-t-il.

— Il y a de nombreuses années de cela, rétorqua Martin, en sursautant. Les Verts rallient de plus en plus d'électeurs, c'est pourquoi il faut que l'opinion publique sache que nous nous préoccupons de l'environnement et agissons en fonction.

Barnes pointa son doigt en direction du président Français.

— Vous voulez *faire croire* qu'on agit, corrigea-t-il. Nous connaissons tous le véritable ordre du jour de cette réunion : la Chine.

La Chine… Le mot résonna dans la pièce et personne autour de la table ne pouvait plus l'ignorer. La Chine, ce voisin un peu frustre que personne ne souhaitait inviter à la fête mais dont chacun recherchait malgré tout l'amitié.

L'Anglais Christopher Straw prit alors la parole.

— Écoutez, Messieurs, parlons peu mais parlons bien. Nous ne pouvons pas accepter ce pays sans aborder le problème qu'il pose du point de vue des droits de l'homme. Je n'imagine pas voter pour l'entrée de la Chine, si elle ne fait pas de progrès de ce côté-là.

— Je suis d'accord avec le premier ministre du Royaume-Uni, approuva Novartov. La Chine doit faire des efforts sur ce plan, avant de pouvoir s'asseoir à notre table.

L'Allemand Schlessinger s'agita sur son siège.

— Nous perdons du temps. Nos ministres des finances et nos représentants débattent en ce moment des vrais sujets de la journée. Vous savez aussi bien que moi qu'on ne peut plus rejeter ce pays.

— Je ne vois pas pourquoi, répondit Novartov d'un ton cassant. Mais il ajouta ensuite, d'une voix beaucoup plus douce : enfin, à l'issue des négociations, je me rangerai à l'avis général, évidemment.

— Le monde évolue, Monsieur le Président, grommela Martin. On ne peut pas l'arrêter.

Barnes se cala dans son fauteuil. Il n'aimait pas parler philosophie, particulièrement avec le président français. Mais il savait aussi que Jacques Martin avait raison. La Chine venait vers eux tel un raz de marée et, si on ne l'invitait pas à rejoindre le G8, elle le rendrait inévitablement obsolète.

Bien sûr, d'autres vérités demeuraient en suspens mais personne ne souhaitait vraiment les évoquer. Comme le fait qu'en Russie, par exemple, on bafouait les droits de l'homme autant qu'en Chine. La Russie refusait l'entrée de la Chine dans le G8, car les deux pays se posaient en rivaux depuis de longues années. Novartov n'avait aucun intérêt à ce que son concurrent prenne plus d'importance. Sa réaction viscérale – en opposition brutale avec la proposition de Schlessinger – intéressait Barnes, davantage que son soi-disant renoncement. Que manigançait Novartov ? Les droits de l'homme constituaient en fait, pour tous ces pays, un moyen de pression commode pour marchander auprès de la Chine des accords commerciaux.

— Mais revenons à l'environnement, fit le Président Martin qui, décidément, était intarissable. N'oubliez pas que plus de cinq mille personnes sont venues d'Amérique du sud, principalement du Brésil, tout spécialement pour manifester contre ce sommet. Plus de cinq mille ! Incroyable, non ? Le Brésil sera le prochain à vouloir s'asseoir à notre table. Nous devons régler la question de l'environnement dès *maintenant*.

Novartov éclata de rire.

— Je m'y intéresserai le jour où les arbres auront le droit de vote ! s'exclama-t-il.

— Si on ne les a pas tous coupés d'ici là, fit Barnes sombrement.

11:35
Siège de la CAT, Los Angeles

Jack observait les tubes qu'on lui avait enfoncés dans l'abdomen. Une solution saline diluée continuait à lui être injectée, créant une pression au niveau de son ventre. Il imaginait le liquide se mélangeant à son sang, filtrant le transmetteur chimique. Il ressentait des picotements, certainement imaginaires, puisqu'on lui avait administré un anesthésique contre la douleur. Son cerveau n'arrivait pas à accepter l'idée que des corps étrangers se baladaient en lui sans qu'il en ait réellement conscience.

L'opération avait débuté depuis six minutes déjà. Il en restait encore vingt-quatre…

Le téléphone de la salle de conférences sonna. Avant

qu'il ne sonne une seconde fois, Henderson avait fait irruption dans la pièce.

— Vous devriez écouter ceci, dit-il, en mettant le haut-parleur. Allez-y, Tony. Jack est à côté de moi.

— Salut, Bauer, lança Tony d'une voix faible.

— Tony, ça n'a pas l'air d'aller ?

— Si, très bien et... Nom de Dieu, mon nez se remet à saigner. Attends quelques minutes.

Il y eut une pause. Chacun dans la pièce entendit Tony s'éloigner. Puis, au bout d'une minute, il reprit le combiné.

— Me revoilà, Jack. J'ai trouvé la taupe.

Les yeux de Bauer brillèrent.

— Garde-le-moi au chaud encore vingt-minutes.

— Oh, inutile, répondit Almeida. Il y a un problème. J'avais remarqué quelque chose au cours de ma surveillance avec les types du FBI... Un de ces types m'a soudain matraqué. J'aurais crevé sans l'intervention de son collègue, McKey. Il a compris pour Dyson – c'est le nom du traître – avant moi... J'ai réussi à mettre la taupe hors circuit, mais depuis il n'a pas repris conscience malheureusement... Il est sûrement dans le coma. Désolé.

Jack se mordit la lèvre. Ce type aurait pu lui fournir des renseignements précieux si Almeida y était allé moins fort. Il ne pouvait néanmoins lui en vouloir d'avoir défendu sa vie.

— Ne t'inquiète pas pour ça, répondit-il, en cachant sa déception. As-tu découvert quelque chose qui pourrait nous aider ? Des infos sur les antécédents de ton Dyson ?

— Jessi Bandison s'en occupe. Pour l'instant, aucune relation avec al-Libbi n'a été faite, mais on trouvera bien quelque chose.

— Qu'est-ce qui a motivé l'attaque du type ? Tu es resté avec ces gens du FBI toute la matinée, pas vrai ? Quelque chose a sûrement dû se produire pour qu'il se décide à te tomber dessus.

— Attends. Laisse-moi réfléchir une seconde… J'étais sur le point de donner l'alerte et… Oh, merde ! jura Tony, en se rappelant de ce qui s'était passé. Mon cerveau est vraiment en bouillie. J'allais justement t'appeler car je venais de voir la détective – Bennet, je crois – se faire kidnapper.

D'une voix toujours chevrotante, Almeida décrivit le kidnapping de Mercy Bennet. Jack tenta de ne pas céder à sa frustration.

— Cela ne serait jamais arrivé si on ne s'était pas vus. J'aurais dû me montrer plus prudent.

— J'ai également pris contact avec la LAPD, poursuivit son collègue. Ils ont examiné les images du kidnapping, mais la caméra n'était pas placée dans le bon angle, de sorte qu'on ne peut pas distinguer la plaque minéralogique du van bleu. Mais ils ont trouvé sur quoi travaillait Bennet.

Tony informa Jack que Theodore Ozersky – alias Willow – avait été mis en garde à vue après avoir donné le nom de Frankie Michaelmas, la blonde que filait Mercy.

— OK, dit Jack. Il faut passer un marché avec cet Ozersky. Il est comment, ce type ?

— Je pense qu'il ne nous posera aucun problème, assura Tony. Je dois conduire l'agent Dyson à l'hôpital… et subir moi-même un check-up complet.

— Bon, intervint Henderson. Tenez-nous informés de la suite des événements.

— Désormais, cherchons du côté de la mort de ce Gordon Gleed, dit Jack. C'est son meurtre qui a fait démarrer l'enquête de Mercy. Il doit forcément y avoir une corrélation entre cette histoire et la présence d'al-Libbi.

— Ne perdons pas une seconde, alors ! s'exclama Henderson. Un complot terroriste se prépare pour ce soir, et nous n'avons pas le moindre indice pour l'instant.

Jack jeta un nouveau coup d'œil sur les tubes qui reliaient son estomac à la machine. Il grogna comme un animal en cage.

Il fallait encore patienter vingt minutes.

11:40
À l'ouest de Los Angeles

Il s'installa confortablement dans son fauteuil, tout en avalant un quartier de pomme maracuja qu'il mâcha lentement. Les espagnols avaient appelé la maracuja « fruit de la passion », parce que les larges fleurs blanches rappelaient aux conquistadors la passion du Christ. Les indigènes, étant doués d'un plus grand sens pratique, avaient depuis longtemps compris les bienfaits de cet agrume. Pris en quantité, la maracuja comportait les propriétés d'un sédatif. Consommée avec modération, comme il le faisait, la pulpe produisait les effets d'un léger tranquillisant.

Sur la table, près de lui, se trouvait un GPS. Un petit bouton vert clignotait, indiquant la position du quartier général de la CAT. Il étalonna de nouveau le GPS et un petit point rouge apparut en plein milieu de l'immeuble fédéral. Pour l'instant, Jack Bauer et sa fille obéissaient aux ordres.

L'homme venait de recevoir un appel d'un de ses espions. La détective Mercy Bennet était maintenant à sa merci. On l'amenait dans un des deux repaires dont il disposait à Los Angeles. Le premier avait servi à retenir momentanément Bauer. L'implication de la CAT et les investigations de la LAPD lui causaient une certaine inquiétude mais, à présent, grâce à la maracuja, il se sentait plus détendu. Il avait l'impression qu'une eau fraîche se répandait dans ses veines. Il se demanda s'il n'aurait pas dû tuer Jack Bauer. Ce n'était pas quelqu'un de délicat, puisqu'il avait déjà supprimé des gêneurs auparavant quand les circonstances l'imposaient. Il n'avait pas cru devoir en arriver à cette extrémité avec l'agent de la CAT. Certes, les agents de la Centrale d'espionnage – ou de n'importe quelle autre agence gouvernementale – pouvaient très bien découvrir son projet. Peu de ses hommes connaissaient son vrai nom ou ses intentions. De toute façon, il ne s'agissait que de vrais partisans. Personne ne le trahirait. Demain, bien sûr, tout le monde saurait qui il était mais trop tard. Il aurait déjà gagné un lieu sûr, loin du pays. Il lui fallait tenir la CAT à l'écart pour quelques heures afin d'avoir les coudées franches.

Au fond, Jack Bauer le dérangeait beaucoup moins que la détective de la LAPD qui avait trouvé une faille à son plan. Il l'avait mise sur la touche mais combien de temps pourrait-elle rester hors circuit avant que son absence ne soit signalée ?

L'homme haussa les épaules. Il trouvait qu'il adoptait une attitude très zen, peut-être grâce à la maracuja. La journée, finalement, ne s'annonçait pas aussi mauvaise qu'il l'avait craint.

Il prit une fiole qui se trouvait près du GPS. Elle contenait un liquide clair, semblable à de l'eau, mais qui s'avérait non potable. Et pour cause : il s'agissait d'un des virus les plus agressifs que la nature ait jamais conçus, provoquant une fièvre hémorragique si violente qu'un homme sain en mourait en quelques heures. Il suffisait d'une seule goutte pour arriver à ce résultat. Après une journée d'incubation, et si l'antidote n'était pas donné à temps, le virus détruisait irrémédiablement le corps du sujet infecté. Il avait injecté un dérivé de ce germe à la fille de Bauer. Bientôt, elle commencerait à se sentir souffrante. Cependant, jusqu'au lendemain matin, elle ne courait aucun réel danger.

11:45
Federal Plaza, à l'ouest de Los Angeles

Kim Bauer trouvait ce soir que cette manifestation tournait au fiasco. La chaleur avait encore grimpé de quelques degrés. La jeune fille était entourée de gens dégoulinant de sueur – dont la plupart semblaient n'avoir pas pris de bain depuis des lustres. Quant à Brad Gilmore, il les avait quittées un peu plus tôt afin de jouer au sergent major. Pour couronner le tout, elle avait l'impression de couver quelque chose depuis quelques minutes.

— Comme si je brûlais intérieurement, confia-t-elle à Janet York, une de ses meilleures amies, qui semblait aussi ennuyée par la présence des « Jeunes Pousses » qu'elle l'était elle-même.

— Je suis tellement poisseuse… Je me dégoûte, fit sa copine, en agitant légèrement son chemisier pour y faire passer un peu d'air. Ça va durer encore longtemps ?

Kim jeta un coup d'œil à sa montre.

— On est censées rester ici pendant les heures de cours, si on veut justifier notre exposé de sciences naturelles.

Janet poussa un soupir.

— Puisqu'il le faut… Mais ça ne m'enchante pas.

Elle décocha un coup d'œil en direction de Marshall Cooper, leur chaperon, occupé à séparer Brad Gilmore et un autre garçon qui avaient commencé à se bagarrer, sans raison apparente.

— Tu veux qu'on s'éclipse ? On pourrait aller au centre commercial par exemple.

Kim porta la main à son front, dégoulinant de sueur. *Quelle fille super sexy tu fais, ma belle*, pensa-t-elle railleusement.

— Je suis partante pour me tirer d'ici, mais je n'ai pas très envie de faire du shopping. Éloignons-nous d'abord, on verra après.

11:51
Siège de la CAT, Los Angeles

Le portable de Jack vibra.

— Ici Bauer.

— Agent Bauer…

C'était toujours la même voix.

— Oui, dit Jack en adressant un signe à Henderson pour qu'il repère d'où venait l'appel.

Henderson hocha la tête et, silencieusement, il sortit de la pièce, accompagné de Jamey Farrell.

— Je tenais à vous féliciter d'être un aussi bon garçon, fit le ravisseur. J'espère que vous n'avez parlé à personne de notre petit arrangement.

— À personne, mentit Jack en jetant un coup d'œil aux agents qui se pressaient autour de lui.

— Malheureusement, il semble que votre fille ne soit pas aussi obéissante que vous. J'espère qu'elle ne compte pas se rendre dans un hôpital ?

Jack fronça les sourcils.

— De quoi parlez-vous ?

— Je vous parle de votre fille qui a quitté les environs du bâtiment fédéral et qui se dirige vers Wilshire Boulevard. Je tenais à vous rappeler, agent Bauer, que je ne bluffe pas. Vous ne trouverez aucun docteur dans tout Los Angeles sachant faire refluer la fièvre que le virus va provoquer en elle dans quelques heures. Dès que les symptômes apparaîtront, sachez qu'elle sera morte avant qu'ils aient pu procéder à un quelconque diagnostic.

— Je n'ai pas parlé à Kim depuis une heure, répondit Jack. Elle est sûrement allée déjeuner.

— Nous verrons bien. Si elle fait plus de deux kilomètres à partir du bâtiment fédéral, je ne vous rappellerai plus. Vous savez ce que cela signifie, n'est-ce pas ?

La communication fut coupée. Henderson revint

dans la pièce, l'air navré. La conversation n'avait pas duré assez longtemps par leur permettre de localiser l'appel.

Jack cogna violemment du poing sur la table. Trois autres longues minutes venaient de s'écouler.

11:55
Federal Plaza

Kim avait à peine fait quelques pas quand son téléphone sonna.

— Salut, Pa', dit-elle.

— Kim, écoute-moi. Je dois passer au bureau quelques minutes, mais je reviens très vite. Tu n'as pas bougé, n'est-ce pas ?

— Bien sûr que non, pourquoi ?

Bauer grimaça. Il ne pouvait pas en vouloir à sa fille d'exceller dans le mensonge. Elle devait sûrement tenir ça de lui.

— Bien, mentit-il à son tour. Je voulais juste vérifier. Je viens te voir sous peu.

Kim referma son téléphone en soupirant. Elle dit à Janet :

— Je pense qu'il vaut mieux ne pas trop s'éloigner…

11:56
Minas Gerais, Brésil

Rickson Aruna se dandina devant la maison de Constantine Noguera. Il n'était pas encore midi et sa hanche le lançait déjà. Il devenait trop vieux pour être le policier du village mais, bien sûr, n'accepterait de prendre personne d'autre à sa place. On disait partout que lui, Rickson, avait fait ses preuves mieux que quiconque durant toutes ces années. En réalité, personne d'autre ne voulait de ce boulot. Le village était sale, la paye médiocre, et on le considérait plus comme un vieux bavard que comme un officier de police. Il faut dire que, lorsqu'il voulait jouer au flic, il se retrouvait toujours devant des affaires indignes de sa fonction : des troubles causés par des bûcherons soûls et, maintenant, par des manifestations et des sabotages fomentés par les écologistes.

Généralement, les écologistes et les bûcherons s'affrontaient pour des raisons politiques. La police fédérale s'en était donc mêlée. Rickson avait pensé en profiter pour le laisser se charger seul de régler ces conflits. Après tout, il était censé veiller sur le village et non défendre les forêts. Il n'aimait pas tous ceux qui vivaient du commerce du bois. Il avait grandi dans un village loin de la rivière, mais maintenant, toute la région était presque entièrement déboisée et l'érosion en avait noyé une grande partie. Pourtant, il se voyait mal lutter tout seul contre les grandes compagnies du Nord.

Par contre, il pouvait réagir au silence de la maison de Constantine Noguera. Un silence bizarre. Inquiétant. Il cogna contre la porte, en bois grossier, en élevant la voix.

— Constantine ! Tu es toujours aussi soûl ?

Il n'y eut aucune réponse, même pas un grognement.

Rickson frappa de nouveau.

— Allez, Constantine, lève-toi ! Personne ne t'a vu depuis hier. Sors un peu. Le soleil va te faire du bien, crois-moi.

Comme aucune réponse ne lui parvenait, Rickson tapa encore une fois à la porte. Cette fois si fort que le pêne, abîmé, lâcha prise ouvrant ainsi l'accès à Rickson Aruna. Le policier avança de quelques pas dans la pièce qui servait à la fois de cuisine et de living-room. Suivait une autre pièce qui faisait office de chambre. Une odeur fétide de chair faisandée le submergea et il chancela.

Reprenant ses esprits, il avança en direction de la « chambre ». Quand il l'atteignit, une puanteur nauséabonde l'assaillit. Son odorat lui avait appris la mort de Noguera, mais il n'était pas préparé à ce qu'il vit : le corps du malheureux était allongé sur le lit. La chair semblait avoir été digérée par les os et de repoussantes pustules recouvraient l'ensemble de son corps.

Terrifié, Rickson tenta de retenir sa respiration. Il avait déjà vu ces marques auparavant, enfant et la maladie avait ravagé son village, comme une tempête, emportant quatre-vingt pour cent de la population. Cette épidémie s'était développée bien avant l'apparition de la médecine moderne. Il ignorait si les docteurs avaient baptisé cette maladie, ou s'ils en avaient déjà entendu parler. Les vieilles femmes de son enfance, elles, la connaissaient. Elles l'appelaient : *La griffe du chat, uña de gato*.

6

LES ÉVÉNEMENTS SUIVANTS SE DÉROULENT ENTRE 12 H ET 13 H

12:00
Siège de la CAT, Los Angeles

Jack Bauer essayait d'arracher lui-même les tubes branchés sur son corps.

— Hey ! cria le docteur Viatour. Attendez au moins qu'on ait fini de tout drainer.

Trente minutes après lui avoir injecté la solution de dialyse dans son corps, l'équipe médicale l'avait faite s'écouler à l'extérieur, via un tube de plastique. À l'intérieur, le liquide avait un aspect peu ragoûtant qui ressemblait à de la bile.

Le docteur reprit.

— Voici la solution de filtrage. En théorie, elle a débarrassé toutes les impuretés que contenait votre sang, notamment le marqueur chimique.

— Que voulez-vous dire par « en théorie » ?

Viatour haussa les épaules.

— En fait, une dialyse péritonéale fonctionne très bien, mais le patient la fait trois ou quatre fois par jour d'habitude. Je ne connais rien à ce marqueur chimique, c'est pourquoi je ne peux pas affirmer que mon traitement a produit son effet.

— On va le savoir très vite, répondit Jack. Allez, enlevez-moi tout ça !

Toujours allongé, il laissa les médecins terminer leur boulot. Il se sentait nauséeux. Ils avaient rempli sa cavité abdominale d'une solution saline. Le sang qui passait par là se mélangeait avec le liquide et donc, en théorie, le mélange filtrait les impuretés contenues dans son corps. Ce qui incluait également le marqueur chimique dont Ayman al-Libbi lui avait fait cadeau. Pendant l'intervention, Jack était resté immobile et brûlant d'impatience. Mais maintenant que tout était fini, il se sentait fourbu. Son ventre gonflé et distendu lui faisait un mal de chien depuis que les analgésiques avaient cessé leur effet.

— Chris, lança-t-il à l'attention d'Henderson. Dès que je serai sur pieds, je quitterai le Siège pour voir s'ils me contactent à nouveau.

— Et si notre inconnu ne vous donne pas d'autre avertissement et vous laisse vous débrouiller, vous et Kim ?

— De toute façon, répondit Jack avec résolution, je sors. S'ils connaissent effectivement les propriétés de ce virus, ils vont sûrement l'intégrer au plan. Notre « ami » a l'intention de s'en servir pour le G8. Je vais chercher Kim et m'assurer qu'elle ne court pas de danger. Je veux aussi qu'on lui fasse un check-up complet.

— Et si al-Libbi continue à vous observer, malgré la dialyse ?

— Ne vous inquiétez pas. J'ai un plan.

12:05
Centre médical de l'UCLA

Tony Almeida s'assit dans la chambre, en tenant une compresse glacée contre sa nuque. Face à lui, sur le lit, se trouvait l'agent Dyson, immobile, dans le coma.

Deux policiers en uniforme gardaient la porte dans le couloir, et des agents du FBI n'avaient pas arrêté d'entrer et de sortir toute la journée. Ils avaient tous posé à Tony les mêmes questions. Ils l'avaient interrogé sur les agissements de Dyson et sur ses motivations supposées. Au fond, cette trahison ne surprenait pas vraiment Almeida. Au cours de sa carrière, ce n'était pas la première fois qu'il voyait un agent du FBI jouer les taupes pour d'autres services.

Contrairement aux collègues de l'Agence qui, après avoir appris que Dyson était plongé dans le coma, étaient tous repartis, Tony Almeida avait, lui, décidé de rester. D'abord parce qu'il avait l'impression que sa tête avait été tranchée en deux par une hache, ensuite parce qu'il refusait de laisser Dyson s'en tirer à si bon compte. Il tenait à se trouver là quand le traître rouvrirait les yeux.

Tony s'enfonça dans son siège, soudain lessivé. Il pouvait prendre un peu de repos. Si Dyson revenait à lui, Tony se chargerait lui-même de l'interroger avant de l'envoyer, cette fois, définitivement *ad patres*.

12:07
À l'ouest de Los Angeles

Mercy Bennet s'était évanouie et avait retrouvé momentanément ses esprits par intermittence. Chaque fois qu'elle émergeait, son visage tuméfié l'élançait. La cagoule qu'on lui avait passée autour de la tête l'aveuglait. Ensuite, la jeune femme plongeait à nouveau dans l'inconscience.

Enfin, elle reprit définitivement conscience. Elle se rendit compte qu'elle était allongée sur le côté. Sa tête était encapuchonnée et on lui avait lié les mains et les chevilles. Le sol sur lequel elle reposait était en dur. Elle entendit des voix, tout près, et elle prêta l'oreille.

— … la tuer… Au point où on en est… Je ne sais pas quelle différence cela fait, lançait une voix.

— Une sacrée différence, répondit quelqu'un d'un ton très calme. Un fossé sépare celui qui tue au nom d'une juste cause de l'assassin. Tu le sais aussi bien que moi.

— Ça te va bien de me dire ça, répliqua la première voix. Tu ne risques pas la prison, toi au moins. Si on me chope, moi, on me jettera en taule. Et je refuse tout net de moisir dans une cellule !

Mercy décontracta doucement les bras, tentant de faire circuler le sang. En bougeant, elle sentit quelque chose contre une de ses mains. Ça ressemblait à un clou. Elle agita un poignet et ses doigts se posèrent sur la corde qui l'enserrait. Elle tendit l'oreille à nouveau, mais les voix s'éloignaient. Elle ne percevait aucun autre bruit alentour. Si quelqu'un se trouvait dans cette pièce avec elle, il était aussi silencieux qu'un fantôme. Elle commença donc à frotter la corde contre le clou…

12:10
Federal Plaza, à l'ouest de Los Angeles

Conduisant un 4×4, toute sirène hurlante, Jack mit peu de temps à atteindre Federal Plaza. Il ne reçut aucun coup de fil pendant le trajet, ce qui signifiait que la dialyse avait réussi ou que le terroriste avait décidé de ne plus l'appeler, comme il l'en avait menacé. Mais Jack se fichait bien de connaître les raisons de ce silence. Il avait passé assez de temps allongé à laisser sa fille sans défense. Il devait la ramener avec lui.

Cette journée entière avait tourné à l'enfer. Il l'avait pourtant parfaitement planifiée, mais tout était très vite parti en vrille. Tout avait commencé avec son rendez-vous devant l'immeuble fédéral avec Mercy Bennet.

Jack n'aurait jamais cru que cette entrevue l'entraînerait à perdre ainsi le contrôle de la situation et que sa fille en souffrirait. Il avait décidé de reprendre les choses en main, maintenant.

Tout en conduisant, Jack dressait la liste de ses objectifs. Il devait tout d'abord sortir sa fille du guêpier dans lequel elle était fourrée, par sa faute. Il lui fallait aussi retrouver al-Libbi et son virus afin de l'empêcher de nuire au G8. Et il y avait Mercy. Des terroristes l'avaient kidnappée et l'avaient sans doute tuée ou pire : torturée. Et il ne pouvait rien faire pour les en empêcher. Il se rappela ses paroles : *Tu pourras toujours compter sur mon soutien. Toujours.* Ces mots avaient désormais perdu de leur sens. Jack avait failli à ses promesses par le passé. Il avait menti, et trompé pour le bien de sa mission. Pour coincer l'ennemi. On le payait pour ça. Mais Mercy était une alliée et il lui avait fait une promesse. Il les avait toujours tenues lorsqu'elles s'adressaient à ses amis. Jusqu'à aujourd'hui…

Il tourna vers Westwood Boulevard qui marquait la barrière est du périmètre de la manifestation, et prit plein sud par Wilshire Boulevard jusqu'à ce qu'il atteigne Olympic Boulevard. Arrivé là, il se dirigea vers l'ouest pour rejoindre Veteran Avenue. Il choisit le parking près duquel avait disparu Mercy et y rangea son utilitaire. Il descendit et regarda autour de lui à la recherche des policiers les plus proches.

— Messieurs, s'il vous plaît, pouvez-vous m'aider ? demanda-t-il à deux agents, en brandissant sa plaque.

Un des flics pivota vers lui et Jack le reconnut immédiatement au bandage qui entourait son poignet. Il s'agissait de l'homme avec lequel il s'était bagarré, quelques heures plus tôt.

— Oh, c'est vous, fit l'autre en se figeant sur place. Vous êtes revenu pour qu'on remette ça ?

Jack hésita une fraction de seconde. Puis il appliqua

la règle de base qu'on enseigne dans l'infanterie : dans une embuscade, toujours attaquer le premier.

— Agent spécial Jack Bauer, de la Cellule Anti-Terroriste, lâcha-t-il d'une voix sèche. J'ai besoin de l'aide de quelques-uns de vos gars ! Suivez-moi, s'il vous plaît.

12:20
Brentwood, Californie

Ayman al-Libbi gara sa Toyota Sentra bleu nuit le long du trottoir d'une rue résidentielle à Brentwood, en Californie. Brentwood constituait la prochaine enclave de Westwood, de l'autre côté de l'autoroute 405. Le quartier, ni aussi étendu et riche que celui de Beverly Hills, respirait néanmoins l'opulence. Les voisins étaient assez aisés pour remarquer son véhicule d'occasion, mais ils en déduiraient qu'il appartenait à un domestique. Une fois la nuit tombée, cela n'aurait plus aucune importance.

Al-Libbi repéra l'adresse. Il s'agissait d'une demeure à un étage avec une pelouse bien entretenue, un toit de tuiles rouges et un patio au mur rugueux. Ayman observa la maison qui lui rappela l'architecture espagnole. Un pick-up vert stationnait devant la maison et il pouvait entendre la plainte stridente d'un aspirateur de feuilles.

Ce bruit désagréable le mit immédiatement en colère. Pour lui, ce genre d'engin représentait ce qu'il détestait le plus en Occident. Les habitants de cette région du monde étaient trop paresseux pour ramasser à la main les feuilles qui tombaient sur leur sacro-saint gazon. Ces engins consommaient de l'essence importée du Moyen-Orient, et n'hésitaient pas à bombarder ces pays pour maintenir le prix du pétrole au plus bas. Ces aspirateurs constituaient le symbole de la décadence occidentale.

Alors qu'Ayman atteignait la maison, le bruit cessa. Un mexicain ventripotent en pantalon et T-shirt vert apparut sur le trottoir et vida le contenu du sac empli de feuilles dans la benne de sa camionnette. Il s'empara d'une petite pelle et pivota vers la maison. Tandis qu'Ayman s'approchait, l'homme s'agenouilla devant un massif de fleurs du Nil, courant le long du mur. Il commença à retourner lentement la terre.

— Ces agapanthus sont très jolies, fit Ayman en arborant un large sourire.

Le jardinier tourna vers le nouvel arrivant son visage cramoisi, recouvert d'une fine pellicule de transpiration.

— Hein ? Oh, merci…, répondit-il, en soulevant sa pelle pour le saluer.

Ayman se rendit compte qu'il avait un léger accent mexicain. Lui qui parlait quatre langues, savait combien il était difficile de s'en débarrasser.

— C'est vraiment la saison pour planter des agapanthus ? demanda al-Libbi.

Le jardinier s'était retourné pour poursuivre son travail. Il pivota à nouveau, mais cette fois entièrement et sourit à son interlocuteur.

— Pas vraiment, mais…

Il pointa sa petite pelle en direction de la maison pour signifier à al-Libbi qu'il se conformait aux ordres de ses employeurs.

Ayman secoua la tête.

— On travaille tous pour quelqu'un, pas vrai ?

Le mexicain se releva et s'essuya le front avec son avant-bras.

— C'est vrai. Même si j'aime penser que je travaille avant tout pour mon compte.

Il passa devant Ayman et se dirigea vers sa camionnette dont les flancs indiquaient, en grosses lettres : *Sanchez paysagiste*.

Al-Libbi avait suivi l'homme jusqu'à son véhicule.

— Au début, quand on commence, on croit qu'on va pouvoir se passer de patron. Mais, au final, on travaille toujours pour quelqu'un. Cela fait longtemps que vous avez monté votre petite entreprise ?

Sanchez ouvrit la porte, côté passager, et allongea le bras pour prendre une carte de visite.

— Neuf ou dix ans, je pense.

Il se retourna pour la donner à Ayman et fut surpris de le trouver si proche de lui. Ce dernier poussa le jardinier avec douceur contre le fauteuil. Sanchez ne résista pas et perdit l'équilibre ; Ayman en profita pour sortir un .22 automatique muni d'un silencieux et lui tira une balle en pleine tête.

12:34
Siège de la CAT, Los Angeles

Jessi Bandison tâtonnait. Elle n'avait pas trouvé de terme plus adéquat pour définir son boulot depuis que Chris et Jamey lui avaient demandé d'étudier les liens éventuels existant entre al-Libbi et d'autres groupes terroristes susceptibles de commettre un attentat au cours du G8. Elle en recensa une bonne centaine capable de s'illustrer en perpétrant un attentat. Bien sûr, tous n'avaient pas les moyens de réaliser ce projet. Voilà pourquoi Jessi s'était d'abord concentrée sur les groupes importants : Al-Qaïda, évidemment ; Falung Gong en Chine ; Jemaah Islamiya – même s'il opérait seulement dans le sud-est asiatique, et quelques autres encore. Relier al-Libbi et Falun Gong revenait à coupler une carpe et un lapin. Et trouver des liens entre Al-Qaïda et al-Libbi s'avérait difficile, puisque le second n'avait rien d'un islamiste radical.

Après ce premier débroussaillage, Jessi avait étudié les motivations de tous ces groupuscules. Falun Gong avait été rapidement écarté. Le MITO – le Mouvement pour l'Indépendance du Turkestan Oriental – semblait le seul à nourrir quelques griefs contre le G8. Il disposait d'un bureau à Los Angeles, ce qui sous-entendait qu'il ne manquait pas de moyens. Mais quand elle avait creusé la question, elle s'était rendu compte que le fameux bureau n'était rien d'autre qu'un restaurant qui servait soi-disant des spécialités venues de Mongolie. Elle ne dénicha aucune autre information pour étayer son hypothèse, pourtant séduisante. Le Parti Communiste Chinois, toujours puissant, aurait appris l'existence d'un tel groupuscule et l'aurait démantelé aussitôt.

— Alors ? demanda Henderson.

— Rien, soupira la jeune femme.

Il s'était toujours montré aimable avec elle, mais parfois sa présence la mettait sur les nerfs. Notamment quand les recherches qu'elle entreprenait ne donnaient rien.

Les lignes de chiffres qui s'alignaient sur son écran éclairèrent son visage très mat et ses joues rondes.

— Nous n'avons relevé aucun signe d'activité de ce groupe terroriste en Chine. Je nage dans la purée.

Chris lut les données qui s'affichaient à l'écran, conscient que ses mains étaient toutes proches des épaules de Jessi.

— Laissez tomber. Il s'agit d'une fausse piste.

— Pas sûr. Beaucoup d'éléments portent à croire que MITO est dans le coup. J'ai entré dans le programme tous les noms d'associations d'origine chinoise, aux activités inhabituelles, comme par exemple, de trop nombreux voyages en avion, des transferts de fonds fréquents, ce genre de chose… Je crois avoir utilisé toute la mémoire vive du système pour cela et je m'étonne que Jamey n'ait pas…

La jeune femme s'interrompit car, sur son ordinateur, venait de s'afficher une longue liste de transactions.

— Regardez ! triompha-t-elle. Je savais bien que je finirais par trouver quelque chose.

Désormais une suite de logarithmes qui étudiaient les différentes probabilités qu'elle avait entrées dans le programme défilaient à l'écran. La première ligne attira son attention. Elle fronça les sourcils, et se concentra sur les chiffres qui étaient apparus :

TRSP 2 000 000 $
From 343934425 To 904900201 Caïman Islands
Account No. Activity Match : Eastern Turkistan Independence Movement

— Hé bien, murmura Jessi, stupéfaite.

Henderson posa une main sur son épaule.

— Je vais vous offrir un week-end à Vegas.

— Super, répondit-elle.

Si les informations fournies s'avéraient exactes, ces chiffres prouvaient qu'on avait transféré deux millions de dollars sur un compte dans les îles Caïman. Cette transaction était liée au mouvement MITO, censé jouir de peu de ressources financières.

— Laissez-moi voir qui a effectué ce transfert, fit Jessi, en pianotant sur son clavier.

Henderson jeta un œil au travail de la jeune femme. Il l'avait appréciée depuis son premier jour en tant que directeur des opérations de terrain. C'était certainement un crack dans le domaine informatique, mais chaque agent de la CAT pouvait prétendre exceller en ce domaine. Jessi Bandison avait surtout une tête bien faite et le sens de l'investigation. Voilà pourquoi Kelly Sharpton, celle qu'elle avait remplacée, avait rédigé un rapport des plus élogieux sur celle qui lui succéda.

— Voici, lança la jeune femme en désignant l'écran.

Henderson cessa de l'observer.

— Marcus Lee, lut-il. Un américain d'origine chinoise, vivant à Los Angeles. Maintenant, notre boulot va consister à chercher les raisons pour lesquelles ce Monsieur Lee a voulu donner deux millions de dollars au groupe MITO.

12:40
Federal Plaza, à l'ouest de Los Angeles

Kim tapait impatiemment du pied.

— Je me fous de ce que peut bien dire mon père, il faut que je me tire d'ici !

Son visage était congestionné. Elle transpirait tellement que son maquillage en avait sûrement pris un coup.

— On devrait se casser, fit Janet, en rejetant ses cheveux en arrière. Il ne se passe plus rien d'intéressant ici de toute façon.

Au moment où elle terminait sa phrase, Brad Gilmore et un autre type des « Jeunes Plantes » fondirent sur elles, poussant Janet sur le côté et écrasant un des pieds de Kim.

— Hé ! Faites attention ! cria la jeune fille.

— Ce n'est pas nous, s'excusa Brad. Mais eux !

Près de Brad, deux ou trois individus que Kim ne connaissait pas avaient commencé à se bousculer les uns les autres. Il y avait là un homme entre deux âges avec des cheveux gris et un jeune qui ressemblait à un collégien. Ils s'insultaient et Kim pouvait presque entendre ce qu'ils se disaient. Ils se poussaient et les gens, autour d'eux, les encourageaient pour certains, tandis que d'autres leur demandaient de cesser ce tumulte.

Peu de temps après, quatre ou cinq policiers surgirent. Ils continrent les spectateurs de l'algarade et s'emparèrent des deux hommes.

— Excusez-moi, mademoiselle.

Kim cessa de discuter avec Janet et, se retournant, elle se retrouva face à trois policiers, arborant des visages impassibles.

— Oui ?

— Suivez-moi, je vous prie, dit l'un d'eux.

Kim regarda autour d'elle pour savoir si c'était bien à elle que l'homme s'adressait. La bagarre était terminée et elle n'y avait même pas participé.

— Que me voulez-vous ?

— Il y a un problème, monsieur l'agent ? demanda Marshall Cooper, le conseiller, qui venait de franchir la petite foule autour d'eux.

Un des policiers, qui arborait un bandage à la main, répondit :

— Restez en dehors de ça, monsieur. Nous allons conduire Mademoiselle à l'intérieur du bâtiment pour lui poser quelques questions.

Kim fronça les sourcils.

— Mais qu'est-ce que j'ai fait ? interrogea-t-elle, la voix tremblante.

— Conduite contraire aux bonnes mœurs, jeta le policier.

— C'est ridicule ! cria une voix haut perchée.

Andi Parks surgit, bousculant Cooper pour s'interposer entre Kim et les agents.

— C'est n'importe quoi, ajouta-t-elle. Je n'ai pas bougé d'ici et cette jeune fille n'a rien fait. Vous ne voyez pas qu'elle se sent mal ? Comment allez-vous, Kimmy ?

Sa « charge » eut assez d'effet pour que les trois officiers de police hésitent un peu, mais ils reprirent très vite leurs esprits.

— Écartez-vous, Madame, lui ordonna le policier à la main bandée. Nous faisons simplement notre boulot. Maintenant, venez avec nous, Mademoiselle.

Il prit Kim par le bras, doucement, mais fermement.

Celle-ci regarda en direction de Janet, d'Andi Parks

et de Monsieur Cooper, qui semblaient à la fois confus, choqués et désolés de leur impuissance.

12:45
Federal Plaza, à l'ouest de Los Angeles

Jack regardait la foule en restant à bonne distance. Il portait la casquette bleue des Dodgers[1] de Los Angeles, pour dissimuler ses cheveux blonds. Il gardait la tête baissée, enfouissant la moitié de son visage dans le col de sa chemise. Si quelqu'un surveillait Kim et ceux qui l'entouraient, il était persuadé que personne ne le reconnaîtrait parmi tous ces gens.

Maintenant les policiers entraînaient sa fille vers l'entrée de l'immeuble fédéral. Jack les imita. Il était vaguement conscient que les cris et les mouvements de la foule se poursuivaient derrière lui.

12:50
À l'ouest de Los Angeles

Une idée fixe peut aider quelqu'un à se sortir d'une mauvaise passe. Pour Mercy Bennet, cette idée consistait à user ses liens contre la pointe aiguisée d'un simple clou. Elle pliait les coudes, tendait les bras, recommençait, tout entière concentrée sur ce désir de se libérer de la corde qui l'emprisonnait. Ce mouvement répétitif était devenu un geste capital. Et sa vie en dépendait.

Les inconnus avaient de nouveau évoqué sa mort. À force de les écouter, au travers de sa capuche, Mercy avait compris qu'ils étaient cinq à se relayer pour garder la porte. Elle ne pouvait mettre aucun visage sur chacune de ces voix, mais elle en savait plus maintenant

1. Célèbre équipe de Baseball de Los Angeles. *(N.d.T.)*

sur eux. Les noms qu'ils utilisaient pour se désigner étaient codés : il y avait un certain Jack Mormon, un Rudolf le Rouge, etc. Au bout d'un moment, elle devina que leur chef se faisait appeler Smith. Elle supposa qu'il s'agissait de Seldom Seen Smith, le leader des *Singes de la clé à molette*. À un moment, il lui sembla que ce dernier quittait la pièce voisine. Ses deux complices, restés seuls, parlèrent de lui, avec respect et un zeste de mépris.

— Que lui arrive-t-il ? demanda une voix mâle.

— Calme-toi, Rudolf, répondit une femme. C'est sûrement la fatigue…

— Ouais, ben moi, je ne crois pas. Il me fait de plus en plus penser à Hayduke, cracha le dénommé Rudolf.

Mercy se félicita d'avoir lu jusqu'au bout le livre d'Edward Abbey duquel les terroristes avait tiré leurs pseudonymes. Hayduke était un des personnages les plus vénérés de ce bouquin écologiste, car il évitait toujours soigneusement de nuire aux innocents.

— Ce n'est quand même pas si terrible, si ? interrogea la femme, d'un ton peu convaincu.

Rudolf répliqua, de manière agressive.

— Ça pourrait le devenir s'il s'obstine dans cette attitude. On doit agir et non pas bavasser sans arrêt ! Sinon, autant rejoindre les rangs de la Sierra Club[1].

— Tais-toi, ordonna une autre voix, que Mercy identifia comme étant celle de Frankie Michaelmas. Je l'ai accompagné au Brésil. J'ai vu ce qu'il a infligé à ces géomètres… Crois-moi, quand le temps sera venu, il tuera cette fille.

De telles conversations avaient tout pour motiver Mercy. La détective avait roulé sur elle-même afin d'être plus libre de ses mouvements. À présent, elle

1. La Sierra Club est la première association américaine écologiste qui s'est occupée d'environnement. Elle a été créée en 1892. *(N.d.T.)*

pouvait plus facilement user la corde qui entourait ses poignets. Elle ignorait toujours si on avait placé quelqu'un dans la pièce pour la surveiller. Cependant elle s'efforçait de ne pas trop bouger. Elle entendit par deux fois des pas qui s'approchaient de la porte. Elle s'immobilisa, frissonnante, craignant qu'un de ses gardiens vienne vérifier si elle était toujours ligotée. Mais personne n'entra. Angoissée, elle attendait toujours quelques minutes avant de se remettre à limer la corde contre le clou.

Après ce qui lui sembla durer des heures, la détective parvint à tailler la corde et, en tirant, fit sauter le dernier toron. Elle étouffa un cri. Elle avait libéré ses mains, mais pas ses pieds. Si elle s'asseyait maintenant et que quelqu'un s'avisait d'entrer, elle était perdue. Mercy s'efforça de calmer son cœur qui battait à tout rompre, tendant l'oreille pour écouter les bruits de la pièce voisine. Elle ne perçut aucun son, ni mouvement. C'était le moment ou jamais…

La jeune femme s'assit prudemment et ôta la capuche. Elle se trouvait dans une pièce nue, au parquet abîmé, et dont les murs étaient badigeonnés d'une peinture s'écaillant par endroits. La seule fenêtre du lieu était bouchée par un drap, la pièce ne contenait aucun meuble et la porte était fermée.

Hâtivement, Mercy s'occupa de la corde enserrant ses chevilles. Le nœud était très serré et elle eut un mal de chien à le défaire. Son cœur battait la chamade car, à chaque seconde, quelqu'un pouvait faire irruption et la surprendre.

Calme-toi, se dit-elle tout bas. *Agis vite et bien, et tu t'en sortiras.*

Elle tira sur le bout de corde et sentit qu'il commençait à se détendre.

12:53
Siège de l'immeuble fédéral
À l'ouest de Los Angeles

Le cœur de Kim Bauer bondissait comme un cabri au moment où elle passa entre les détecteurs de métaux à l'entrée de l'immeuble fédéral. Les portes se refermèrent en chuintant derrière elle, et les bruits de la foule – les clameurs – s'atténuèrent d'un seul coup, comme si quelqu'un avait baissé le son. On aurait dit une scène vue au travers d'un écran de télévision. Les manifestants se trouvaient à un peu plus de cent mètres du bâtiment ; elle les voyait derrière les grandes baies vitrées, mais ils semblaient appartenir à un autre monde bien différent de celui du bâtiment officiel, calme et frais grâce à l'air conditionné.

Les trois policiers l'entouraient toujours, et l'un d'eux gardait son arme à la main.

— Puisque je vous dis que je n'ai rien fait, dit Kim, en tremblant. Ce sont les types près de vous qui ont commencé à se battre.

— Possible, marmonna le policier à la main bandée.

Kim suivit les trois hommes jusqu'à un ascenseur qui les conduisit au premier étage. Là, ils longèrent un couloir beige éclairé de néons. Des pièces s'ouvraient de chaque côté. Chacune d'elles était occupée par des hommes et des femmes ayant les mêmes armes que celle de son père.

Les agents s'arrêtèrent devant une porte qui s'effaça devant eux. A l'intérieur se tenaient deux hommes . le type aux cheveux gris et le hippie. Kim ouvrit de grands yeux.

— Les voilà, bégaya-t-elle en se retournant vers les policiers. Ce sont ces types qui ont déclenché la bagarre.

L'homme aux cheveux gris lui sourit et s'adressa à quelqu'un, dissimulé derrière lui.

— Cette gamine est très observatrice, constata-t-il, moqueur.

Il fit un pas sur le côté, dévoilant l'identité de l'homme à qui il venait de s'adresser : Jack Bauer.

— Papa ! s'écria Kim.

Elle se précipita vers lui et Jack la prit dans ses bras, pour l'étreindre avec émotion. Comme si, par ce geste, il avait le pouvoir de lui ôter le virus du corps.

— Tu vas bien ?

— Oui, Pa', mais ces policiers m'ont arrêtée alors que je n'ai rien fait et…

— Je sais, je sais, ne t'inquiète pas, la rassura-t-il. On ne t'arrêtera pas.

Il avait déjà décidé de ne pas lui parler ni d'al-Libbi, ni du virus. Il ne voulait pas l'effrayer. De toute façon, pour autant qu'il le savait, le terroriste avait menti sur son sacré virus. Alors lui aussi eut recours au mensonge.

— C'est un subterfuge pour te faire quitter la foule, dit-il, alors que les policiers s'en allaient. On nous a informés qu'il y aurait du grabuge lors de la manifestation. Je voulais m'assurer qu'il ne t'arriverait rien.

— Mais Janet, Brad et d'autres copains sont restés dehors…

— Ils vont bien. On les a raccompagnés chez eux, mentit-il une nouvelle fois. Je voulais vraiment être sûr que tu allais bien. Mais on ne dirait pas pourtant : tu es toute rouge.

Kim repoussa ses cheveux blonds en arrière.

— Il fait une de ces chaleurs, dehors. J'ai l'impression d'avoir de la fièvre.

Jack sauta alors sur l'occasion. Il s'était demandé comment s'y prendre pour prélever du sang à sa fille, et c'était elle qui le lui permettait désormais.

— On va s'occuper de ça. On a une doctoresse excellente sous la main. Avec ta permission, je vais l'appeler. Elle te fera un check-up complet ; qu'en dis-tu ?

12:58
À l'ouest de Los Angeles

Mercy glissa un doigt dans le nœud et chercha à le défaire. Elle dut s'y reprendre à plusieurs fois avant de se libérer. Elle chercha à se relever, mais ses jambes ne la portaient pas et elle tangua, la peau comme piquée par des centaines de petites épingles.

A ce moment-là, un jeune type portant un T-shirt noir de rocker fit irruption dans la pièce. Il ouvrit la bouche et commença :

— Mais, qu'est-ce que… ?

Mercy se rua sur lui aussi vite que ses jambes encore flageolantes le lui permettaient. Le garçon eut tout juste le temps de lever ses mains devant lui quand elle lui donna un coup de poing. Il réussit à parer son attaque et la frappa lui-même maladroitement au front. Ignorant sa souffrance, Mercy le cogna dans l'aine.

Le garçon n'avait rien d'un combattant, mais c'était quelqu'un de têtu. Courbé de douleur, il réussit à ouvrir les bras et les referma sur les jambes de la détective. Elle faillit perdre l'équilibre mais elle plia les genoux, posa ses tibias sur les épaules de son assaillant et, s'aidant de son poing droit, elle l'écrasa sur le visage du garçon. Il gémit et glissa à terre. Mercy en profita pour se libérer de son étreinte, l'enjamba et fila par la porte ouverte.

Elle se retrouva dans une salle de séjour, aussi vide que la pièce où elle avait été enfermée. Il y avait seulement cinq ou six grosses caisses en bois ouvertes et remplies d'un grand nombre d'ampoules de verre. Trois individus, venant du couloir voisin, surgirent dans la pièce et parurent aussi surpris que le jeune type qu'elle venait de mettre hors d'état de nuire. L'un d'eux, cependant, réagit sur-le-champ. Il était jeune, nerveux, arborant un air féroce et il se jeta sur Mercy. Elle n'eut pas le temps de s'écarter. Le garçon ne dépassait pas l'inspectrice, mais sa force surpassait de loin celle de la jeune femme. Il l'étreignit si violemment qu'elle eut l'impression qu'il la brisait en deux.

Mercy s'était déjà battue auparavant. Formée à l'École de Police de la ville, qui lui avait appris à combattre au corps à corps, elle avait très vite rejoint la division féminine de Los Angeles où la vie n'avait rien d'une sinécure. En dépit de la terrible étreinte, elle sut comment réagir. Elle parvint à lever ses avant-bras et enfonça ses pouces dans les yeux de son adversaire. Le jeune homme poussa un cri et la lâcha, hurlant maintenant de douleur. Elle lui assena un coup sur le nez puis, alors qu'il se penchait en avant, aveuglé et crachant ses poumons, elle n'hésita pas à lui administrer un coup du tranchant de la main, cette fois à la base du cou. Son adversaire émit un cri étranglé et poussa Mercy qui perdit l'équilibre et alla heurter les caisses ouvertes. Les éclats de verre entamèrent sa chair par endroits et elle sentit un liquide tiède descendre dans son dos.

— Espèce d'idiote ! hurla quelqu'un.

Mercy distingua la silhouette d'un homme grand, dans les quarante ans, à la calvitie prononcée, qui lui jetait un coup d'œil féroce. Elle reconnut la voix de Seldom Seen Smith.

— Vous réalisez ce que vous avez fait ? continua-t-il, toujours en hurlant.

Son visage devint livide. Il commença à reculer en bredouillant.

— Putain ! On est fichus !

Derrière lui, une fille se mit à débiter une suite d'obscénités. C'est seulement au bout d'une minute que Mercy se rendit compte qu'il s'agissait de Frankie Michaelmas. La fille regarda dans sa direction tout en s'éloignant elle aussi. Instinctivement Mercy l'imita et s'éloigna au plus vite des ampoules brisées. Elle ignorait les raisons de leur frayeur mais, suivant son instinct, elle leur intima, comme si elle les menaçait avec son flingue :

— Hey, vous deux ! À genoux !

Ni Smith ni Frankie ne lui obéirent. Au contraire, tous deux jetèrent un dernier coup d'œil aux éclats de verre qui jonchaient le sol et se mirent à courir comme s'ils avaient le diable à leurs trousses.

12:59
Immeuble fédéral, à l'ouest de Los Angeles

Jack Bauer sortit du hall du bâtiment fédéral. Il savait que Kim se retrouvait en de bonnes mains désormais et il ne pouvait être d'aucune utilité pendant que la doctoresse l'examinait. Et puis, il craignait de laisser paraître son inquiétude. Il avait donc décidé de prendre un peu l'air. Il comprit immédiatement que quelque chose clochait. Les policiers chargés de manipuler les détecteurs de métaux se tenaient maintenant près des grandes baies vitrées. Deux d'entre eux s'étaient postés juste derrière les portes d'entrée, l'arme à la main.

Jack regarda de l'autre côté et comprit pourquoi ils avaient abandonné leur poste.

Autour de l'immeuble fédéral, le flot humain s'était transformé en gigantesque torrent. La foule avait envahi le gazon et la place. Des policiers munis de casques et de tenues anti-émeutes avaient surgi de nulle part pour former une barrière improvisée entre l'immeuble et les contestataires. Un panache de fumée provenant de gaz lacrymogènes se répandit.

La manifestation avait brusquement viré à l'émeute.

7

LES ÉVÉNEMENTS SUIVANTS SE DÉROULENT ENTRE 13 H ET 14 H

13:00
Immeuble fédéral, à l'ouest de Los Angeles

Les portes de l'ascenseur s'ouvrirent devant Jack. Une escouade de policiers, le crâne protégé par un casque anti-émeutes, en sortit. Chacun armé d'un solide bouclier en plastique se plaça à côté d'un collègue. Ils avançaient tous les deux rapidement en direction des portes d'entrée.

La LAPD avait mis en place un périmètre de sécurité d'environ une dizaine de mètres entre l'immeuble et la foule. Une marée de boucliers formaient une rangée défensive devant les émeutiers. Ces derniers provoquaient les forces de l'ordre, en lançant des slogans hostiles et en entonnant des chants révolutionnaires. La rumeur se transforma en clameurs, puis en hurlements. La violence qui émanait de cette foule s'intensifiait de minute en minute. On aurait dit deux armées prêtes à lancer l'assaut, n'attendant plus qu'un ordre pour se ruer l'une contre l'autre.

Mais ces dix mille personnes chauffées à blanc avaient besoin d'exprimer leur frustration. En regardant par-dessus les têtes grimaçantes des émeutiers, Jack aperçut un panache de fumée dans la rue, pas très loin, et il en conclut qu'il s'agissait d'une voiture qui brûlait. Il eut un sourire méprisant. Depuis son engagement dans les troupes du shérif de L. A., puis son passage par la Delta Force jusqu'à son actuelle affectation dans la CAT, il avait déjà assisté à de nombreuses manifestations. Il savait très bien qu'une telle assemblée produit une énergie susceptible d'exploser n'importe comment et n'importe où. Mais il n'acceptait pas pour autant de tels débordements. Le soldat qui dormait en lui n'éprouvait que du dédain pour la violence gratuite. Il reconnaissait à la foule le droit de protester sur la voie publique, accordé par la démocratie. Il était prêt à risquer sa vie pour que ce droit soit respecté, qu'il approuve ou réprouve les motifs d'une telle manifestation. Mais lorsque des casseurs, profitant de l'aubaine, détruisaient la propriété privée et multipliaient les actes de violence, ils se mettaient, de fait, hors la loi. Ils n'agissaient plus comme des citoyens mais comme des terroristes, et on devait les traiter comme tels.

Il en était là de ses réflexions quand son téléphone sonna. Il l'ouvrit et comprit qu'il s'agissait de quelqu'un de la CAT.

— Bauer, j'écoute.

— Jack, ici Chris. J'ai en ligne une équipe du FBI chargée de la surveillance de la manifestation postée dans l'immeuble fédéral.

— Moi aussi, j'y suis.

— Je sais, mais comme Almeida est parti à l'hôpital, ils ignoraient comment vous joindre. Ils m'ont donc appelé. Je vous les passe.

Il y eut un déclic, et Jack répéta.

— Bauer.

— Agent Bauer, bonjour. Cynthia Rosen, du FBI. Vous êtes encore dans nos murs ?

— Oui, au rez-de-chaussée. J'ai une vue imprenable sur tout ce bordel.

— Écoutez. Vous m'excuserez de n'être pas très sûre de ce que j'avance, mais mon équipe a repris sa surveillance, après ce qui s'est passé ce matin… On ne sait plus où donner de la tête, vous pensez bien. Votre unité a demandé à ce qu'on lui fournisse des renseignements sur certains individus... Des suspects que vous auriez filés ce matin, c'est cela ?

— Tout à fait, répondit Jack en suivant, du coin de l'œil, un cocktail Molotov projeté de la foule sur le bouclier d'un policier.

— Eh bien, le programme de reconnaissance facial a identifié l'un des types filmés par la caméra de surveillance.

Jack sursauta.

— Vous voulez parler de Muhammad Abbas ?

— Non. On s'est basé sur la vidéo que vos hommes ont prise et le programme a reconnu celui avec lequel cet Abbas parlait. On n'a pas son nom, mais on avait déjà des images de ce mec dans nos fichiers. Et les visages correspondent.

— C'est mieux que rien, répondit Bauer. Vous l'avez localisé ?

— Affirmatif. À l'angle nord de l'immeuble fédéral.

— Bien reçu ! fit Jack, en refermant son téléphone et en se précipitant vers la porte d'entrée du bâtiment.

13:03
À l'ouest de Los Angeles

Mercy Bennet n'avait ni arme, ni plaque, pas même de portable, et elle poursuivait deux suspects à pied. Frankie et Seldom Seen Smith se sauvaient à toutes jambes à travers les rues du quartier résidentiel. Les petites maisons de style espagnol lui indiquèrent qu'elle se trouvait dans l'ouest de Los Angeles, mais aucun autre indice ne le lui confirma.

Frankie et Smith coururent l'un derrière l'autre pendant dix bonnes minutes, puis ils se séparèrent, la première prenant vers l'ouest et Smith continuant vers le nord. Mercy décida de suivre le second. Elle avait du mal à courir. Après être restée si longtemps sans bouger, son sang ne circulait pas bien. Elle aurait tout donné pour disposer d'un téléphone et appeler des renforts, mais elle refusa de s'avouer vaincue. Elle voulait mettre la main sur ce *bâtard*, et ainsi prouver à Jack Bauer qu'elle n'avait rien inventé.

Heureusement pour Mercy, Smith n'était pas un athlète. Elle ne gagnait pas de terrain sur lui mais il ne la distançait pas non plus. De plus, il avait évité de couper par les petites rues, préférant courir en ligne droite, ce qui facilitait la tâche de la jeune femme. Elle remercia Dieu d'avoir créé des terroristes peu physiques.

Elle restait concentrée sur la silhouette du fuyard, ce qui ne l'empêcha pas de remarquer que Smith – et elle, par conséquent – se précipitait au devant de futurs désagréments. Ils longeaient tous deux un grand immeuble et Mercy entendait à présent des clameurs et quelques explosions. Ils traversèrent une autre rue résidentielle. Les villas espagnoles laissèrent place à de petits immeubles et à des duplex tout neufs. La jeune femme aperçut un petit nuage de fumée qui s'élevait non loin de là d'où ils se trouvaient. Elle se dit qu'il devait y avoir un incendie dans le coin. Une minute plus tard, elle sentit l'odeur caractéristique de la chlorobenzylidene et comprit qu'il s'agissait de gaz lacrymogène. Elle leva la tête et reconnut aussitôt la haute silhouette de l'immeuble fédéral.

Elle revint à Smith qui, maintenant, avait ralenti. Elle jeta un coup d'œil au-delà, devant lui, et aperçut une foule massée, bruyante, allant et venant par vagues tumultueuses, comme les lames d'un océan en fureur. Une nouvelle explosion se fit entendre. Puis des sirènes auxquelles se mêlèrent les grondements de dizaines de milliers de manifestants.

Mercy comprit alors que Smith voulait disparaître dans la foule. Malgré un terrible point de côté qui l'empêchait presque de respirer, elle accéléra sa course en serrant les dents. Si jamais le terroriste arrivait à ses fins, jamais la jeune femme ne parviendrait à le retrouver dans le flot des manifestants.

Et l'homme atteignait déjà les premiers contestataires.

13:12
Siège de la CAT, Los Angeles

Trouver les pièces manquantes de ce puzzle agaçait autant Jessi Bandison que de démêler les nœuds dans ses boucles. Elle les détestait et pouvait passer des heures à coiffer ses cheveux pourvu qu'elle finisse par s'en débarrasser.

« Marcus Lee » était un nom qui ne cessait de l'embrouiller depuis qu'elle s'était penchée dessus. Elle avait effectué une rapide recherche, obtenu une foule d'informations sur lui, mais rien que de très banal. Lee, un Américain d'origine chinoise, avait émigré aux États-Unis en 1998, pour y rejoindre une partie de sa famille qui y vivait déjà depuis quelques années. Le FBI avait réuni un dossier sur lui, qui ne l'accusait de rien d'anormal.

Jessi avait contacté la CIA, espérant qu'ils avaient fouillé un peu plus loin le passé de ce ressortissant chinois. Grâce à leur base de données, elle s'était arrangée pour obtenir des informations venant du gouvernement chinois. Mais cette piste n'avait rien donné de probant. Né à Shenzhen, ayant suivi ses études à l'UCLA[1], il était retourné en Chine pour travailler dans le domaine informatique, mais n'avait jamais entretenu de liens véritables avec le Parti Communiste de son pays. Il avait obtenu un visa et avait émigré aux USA où sa connaissance des logiciels lui avait permis d'entrer dans une entreprise de softwares. Il habitait Brentwood

1. Université de Los Angeles. *(N.d.T.)*

et payait ses taxes comme un bon citoyen américain. Certes, il avait eu quelques contraventions pour excès de vitesse ou stationnement interdit, mais rien de plus.

Jessi n'aimait pas ça. Son parcours lui semblait plausible mais trop banal pour être honnête.

— J'ai deux possibilités, se dit-elle, le regard rivé aux chiffres qui se succédaient en colonnes sur son écran. Soit je me suis plantée dans les données que j'ai rentrées dans la bécane, et ce compte n'a rien à voir avec Monsieur Marcus Lee, honorable citoyen…

Mais ça ne collait pas avec son mauvais pressentiment. Autant, donc, ne pas l'envisager. Elle poursuivit à mi-voix :

— … Soit j'ai bien mis le doigt sur une malversation… et alors Marcus Lee n'est pas le citoyen modèle qu'il prétend !

La clé de l'énigme résidait dans ce numéro de compte. Comment Lee y accédait-il ? Plutôt que de tourner autour de l'homme, Jessi reporta son attention sur les îles Caïman. Elle pianota les chiffres qui l'intéressaient : 343934425. À l'image des banques suisses, les comptes de ce paradis fiscal exotique demeuraient confidentiels mais, contrairement aux établissements helvétiques, ceux des îles Caïman n'avaient pas pour coutume de résister aux pressions, lorsqu'on tenait vraiment à connaître le titulaire d'un compte. En poursuivant ses investigations, la jeune femme trouverait sûrement dans les archives du FBI ou de la CIA, une enquête reliant Lee au compte numéro 343934425.

Après une bonne heure de recherches infructueuses, elle tomba enfin sur quelqu'un qui s'était intéressé à ce fameux compte. À sa grande surprise, il s'agissait d'un Russe. Jessi resta scotchée sur l'écran, stupéfaite. Mais il n'y avait pas d'erreur possible : c'étaient bien les Services Secrets russes qui avaient communiqué l'information à la CIA. La jeune femme comprit qu'elle touchait là du doigt quelque chose d'important.

Heureusement, à ce stade de l'enquête, elle connaissait un homme capable de lui donner un coup de main. Elle composa un certain numéro, qu'elle connaissait par cœur, même si elle refusait de le reconnaître.

— Salut, fit une voix à l'autre bout de la ligne.

— Bonjour, c'est moi Kelly, fit Jessi. Comment vas-tu ?

— Hé bien, beaucoup mieux maintenant. J'espérais que tu m'appellerais.

— Il s'agit de boulot, précisa la jeune femme.

— Ah bon…

Kelly Sharpton avait été son supérieur pendant un petit moment à la CAT. Il avait remplacé Jack Bauer quand ce dernier avait été momentanément destitué. Entre Kelly et Jessi, quelque chose s'était passé, mais Sharpton n'avait fait qu'un passage éclair, insuffisant pour transformer l'étincelle qu'ils avaient tous deux ressentie en véritable brasier. Du moins était-ce ce que pensait la jeune femme. Ils s'appelaient de temps en temps, chaque fois que Kelly passait en ville et le courant passait toujours entre eux.

— Tu as quelques contacts chez les Russes, n'est-ce pas ?

— J'avais. Il y a longtemps de ça.

— Je suis une piste qui relie un dossier de la CIA aux Services Secrets russes. Tu crois pouvoir m'aider ?

— Si j'y gagne un dîner avec toi en échange, peut-être, répondit Kelly en riant.

Jessi sentit son cœur s'emballer. Elle ne devait pas flirter avec lui. Il était plus vieux qu'elle, il voyageait sans arrêt, son boulot risquait de les placer en rivaux et…

Et elle s'entendit répliquer :

— … Cela dépendra de la qualité de ton aide.

— Super deal, fit Kelly. Je te rappelle dès que j'aurai une info intéressante.

13:20
Angle nord de l'immeuble fédéral
À l'ouest de Los Angeles

Jack Bauer se glissa entre les doubles portes et longea la file des policiers qui défendaient un cordon défensif devant l'immeuble fédéral.

Les événements échappaient rapidement à leur contrôle. Un cocktail Molotov éclata à quelques mètres de Jack, derrière lui. Une fumée noire se mélangea à un panache de gaz lacrymogène et il comprit que les manifestants avaient mis le feu quelque part. Probablement à une voiture. Il savait aussi qu'au-delà du Mémorial des vétérans, à un kilomètre à peu près de là, la LAPD avait modifié son unité à cheval. Si les violences se poursuivaient, ses hommes chargeraient en descendant Wilshire Boulevard, refoulant la foule à coup de balles en caoutchouc.

Jack atteignit le côté nord du bâtiment fédéral.

— J'y suis, dit-il dans le micro de son portable. Allez-y.

Il était resté en contact avec Cynthia Rosen qui se trouvait au centre de commande, à l'étage. Elle répondit aussitôt :

— Le suspect n'a pas bougé. Ne le perdez surtout pas de vue. Il y a de plus en plus de monde autour de lui.

— OK.

Il se situait au nord du bâtiment, dans un passage assez étroit qui n'excédait pas dix mètres, donnant sur une pelouse d'une vingtaine de mètres de large. Au-delà il y avait la rue. Le plan originel du LAPD prévoyait d'en bloquer la circulation et d'obliger les manifestants à occuper le boulevard, afin de maintenir un large périmètre de sécurité entre la foule et l'immeuble. Les premiers incidents avaient tout bouleversé et, quand Jack atteignit le coin de la tour, la foule commença soudain à avancer en avant. Le cordon des policiers résista à la poussée et fit preuve d'une admirable discipline selon Jack. Ils contenaient les manifestants à l'aide des boucliers de plastique sans que, pour l'instant, l'utilisation des matraques ne soit nécessaire.

— La cible est à neuf heures, fit Rose. L'homme à la chemise bleue.

Jack pivota vers la gauche et inspecta la foule incapable d'avoir une vision précise, en raison des boucliers qui renvoyaient la lumière du soleil et de la multitude hurlante qui refluait. Mais un flash bleu attira son attention et Jack se focalisa dessus. L'homme ne se trouvait pas au premier rang des manifestants, mais juste derrière. Il levait le poing et vociférait à l'attention des policiers.

Bauer hésita un moment. Quelque chose clochait dans la présence du terroriste, ici. Pourquoi donc un tel individu, qui travaillait main dans la main avec Ayman al-Libbi, se retrouvait-il ici, en pleine manifestation politique ? Il aurait plutôt dû éviter de se faire remarquer. Al-Libbi savait certainement que les agents fédéraux surveillaient la foule et qu'ils ne manqueraient pas de repérer son agent. Soit l'homme occupait une place dérisoire dans la chaîne de commandement et donc al-Libbi ne lui accordait aucune importance… Soit une autre raison secrète avait poussé ce type à se montrer à cette manifestation. Jack rangea ces deux hypothèses dans un coin de son cerveau et avança.

Il ne voulait pas que le suspect ou quiconque d'autre le voit venir de l'immeuble fédéral, il rebroussa donc son chemin à l'angle du bâtiment, puis se glissa au milieu des policiers.

— Hé ? Où croyez-vous aller comme ça ? fit un des gradés.

— Agent fédéral, dit Jack, en exhibant son badge.

Il ne s'arrêta pas, la main toujours levée, s'attendant à ce que d'autres policiers lui posent la même question.

En passant au milieu des forces de l'ordre, Jack eut l'impression d'être un marin dirigeant son frêle esquif vers une mer agitée, représentée par la foule qu'il atteignait enfin.

— Qui tu es, toi ? demanda un jeune type, en saisissant Bauer par le revers de sa veste.

Jack lui donna un coup de poing dans le ventre.

— Quelqu'un qu'il ne faut surtout pas chercher !

Il s'immobilisa au milieu de l'espace créé par le jeune qui venait de glisser à terre en gémissant. Quelques individus l'insultèrent et deux ou trois voulurent le frapper, mais il les ignora. Quelques mètres plus loin, il se retrouva au milieu de manifestants qui n'avaient pas assisté à la bagarre et ne lui prêtaient donc pas attention. Ils chantaient tous différents slogans sur le même rythme, mais les paroles changeaient, selon les groupes qu'il rencontrait, comme s'ils appartenaient chacun à des mouvements différents, réunis par hasard. Comme il continuait à progresser dans la multitude houleuse, un jeune latino le poussa sur le côté, à l'angle du bâtiment, et lança une bouteille. Jack vit l'engin enflammé heurter le bouclier d'un policier, sur lequel il rebondit. Le jeune type sourit à Bauer et lui lança quelque chose d'incompréhensible en espagnol. Certainement une insulte à l'intention des policiers anti-émeutes. Jack fit de gros efforts pour ne pas lui envoyer son poing dans la figure. Il décida de continuer son chemin.

Il avançait à travers la foule et atteignait enfin l'angle nord. Utilisant l'immeuble comme point de repère, Jack localisa bientôt l'endroit où il avait aperçu l'homme en chemise bleue. Ce dernier se trouvait au milieu des manifestants, allant et venant avec eux, à chaque fois que les gens refluaient ou avançaient. Jack longea quatre ou cinq latinos en ponchos. Ils arboraient des pancartes sur lesquelles il lut le slogan suivant « Laissez l'Amazonie tranquille ». Il joua du coude avec deux hommes qui portaient une bannière proclamant : « Dites non à la Chine ! Souvenez-vous de Tienanmen ».

Pour finir il se fraya un chemin vers le suspect.

Bauer avait pensé qu'il serait typé Moyen Oriental, mais fut surpris de découvrir un homme ressemblant davantage à un chinois, ou à un slave. Jack avait déjà parcouru les satellites de l'Union Soviétique. Il connaissait l'Ouzbékistan, le Turkestan, le Kirghizstan, et d'autres états de cette partie du monde. L'homme à la chemise bleue lui rappelait les habitants de ces régions. Cette appartenance ethnique faisait écho à quelque chose entendu dans un briefing, quelques semaines plus tôt, mais il n'arrivait pas à mettre le doigt dessus pour le moment.

Jack sortit son portable et mit en marche la minuscule caméra qui y était intégrée. Il savait que l'homme ne faisait pas attention à lui. Il feignit de composer un numéro de téléphone et, approchant l'appareil de son oreille, il commença à crier.

— Quoi ? Qu'est-ce que tu dis ?

Il leva son téléphone comme s'il avait soudain perdu la réception et en profita pour prendre un cliché du suspect qui lui montrait justement son visage de face. Une seconde plus tard, il envoyait la photo aux membres de la CAT.

13:35
Centre médical de l'UCLA

Tony Almeida se réveilla soudain quand son menton heurta sa poitrine. Son mal de crâne était moins dur à supporter, mais l'handicapait toujours. Toutes les dix minutes il lui semblait recouvrer sa lucidité, puis il réalisait, dix minutes plus tard, que son cerveau pédalait dans la choucroute… et ces deux impressions contradictoires se reproduisaient, encore et encore.

L'agent de la CAT jeta un coup d'œil à la grosse horloge de l'hôpital. Il ne s'était endormi qu'une minute ou deux. Dyson était toujours allongé sur le lit, immobile. Seuls les moniteurs bipaient doucement dans la pièce.

Tony se leva et fut heureux de constater que, cette fois, le sol ne tanguait pas sous ses pieds. Il fit quelques pas, se dirigea vers le lit, observa Dyson. Un tube d'oxygène sortait de son nez, traversait son visage et était relié à une machine. Une bande entourait le crâne du blessé, fracassé dans la chute.

Pour qui travailles-tu ? demanda Tony silencieusement. *Pourquoi donc as-tu tenté de me tuer ?*

Le FBI avait étudié les bandes-son de Dyson sans résultat. La CAT avait procédé à ses propres recherches et Jamey Farrell, qui était une analyste tenace, avait fouillé dans le passé de l'agent. Mais aussi loin qu'elle était remontée, elle n'avait pas trouvé la moindre preuve reliant Dyson à Ayman al-Libbi ou à d'autres groupes terroristes.

Tony ouvrit son portable et appela la CAT.

— Jamey Farrell.

— Salut, ici Tony. On a quelque chose sur les ravisseurs de l'inspecteur Bennet ?

La jeune femme sembla agacée.

— Pas encore. La fouille du van n'a rien donné. On s'est intéressé à Frankie Michaelmas… mais personne n'a de dossier la concernant. Qu'est-ce qui te fait penser qu'elle aurait quelque chose à voir avec Ayman al-Libbi ?

— C'est une intuition de Jack. Pourquoi cette question ?

— Ozersky est un hippie connu sous le nom de Willow. La fille lui ressemble : une écologiste déjantée et non une activiste politique. Détiendrais-tu par hasard une info que j'ignore ? ajouta-t-elle, d'un ton acerbe.

— Non. Je sais juste que les pressentiments de Jack se vérifient souvent.

Tony raccrocha. Jamey n'avait jamais vu jusqu'où il était allé pour vérifier une des « géniales » intuitions de Jack, comme la plupart des membres de la CAT. Et cela valait mieux.

— Et pour l'instant, tu es ma seule piste dans cette affaire, lâcha Tony en regardant Dyson.

Sur ces mots, il baissa les yeux et aurait pu jurer qu'il avait vu les doigts du suspect bouger.

13:45
Immeuble fédéral, à l'ouest de Los Angeles

Mercy se rapprochait peu à peu de Seldom Seen Smith.

Ce dernier avait quasiment réussi à la semer. Mercy l'avait effectivement perdu au moment où il avait plongé dans la foule, massée au sud de l'immeuble fédéral. Elle l'avait suivi, slalomant entre des groupes qui semblaient désormais hésiter sur la conduite à tenir. Les slogans avaient cessé, remplacés par un brouhaha causé par l'intervention de la police, à environ un pâté de maisons de là. Elle se faufila au milieu de la foule, se mit sur la pointe des pieds, ce qui réveilla la douleur dans ses jambes.

Ensuite, elle arracha un portable des mains d'une jeune manifestante.

— Hé ! fit celle-ci, furieuse.

Mercy l'ignora et composa le 911, mais la ligne était occupée. Elle essaya alors de joindre directement son bureau mais, après plusieurs sonneries, elle tomba sur le répondeur :

— Merci de contacter le département ouest de la Police de Los Angeles. S'il s'agit d'une urgence, veuillez raccrocher et appeler le 911…

Mercy ferma l'appareil et le rendit à la fille. Si elle avait besoin d'un autre téléphone cellulaire, elle n'avait autour d'elle que l'embarras du choix. Elle avança, ne sachant trop quoi faire d'autre, consciente que Smith cherchait à tout prix à lui échapper dans cette foule bruyante. Tout en fendant la manifestation, elle se remémora son signalement : mâle caucasien, de plus de un mètre quatre-vingt et d'environ quatre-vingt-dix kilos. Signes distinctifs : une calvitie prononcée et des yeux noisette…

C'est alors qu'elle l'aperçut. Smith avait continué tout droit, en ralentissant son pas pour ne pas attirer l'attention. Mercy l'aurait raté si la chance ne l'avait pas placée sur le même chemin que lui. Leurs regards se croisèrent. Il la dévisagea avec méchanceté, avant de pivoter et de s'en aller, Mercy sur ses talons.

Elle avait réussi à suivre sa trace à travers la foule jusqu'à présent, et il atteignait désormais l'angle du bâtiment fédéral. Au-delà, Mercy aperçut une rue déserte. L'inspectrice repéra alors deux policiers postés au coin du bâtiment. Sans quitter des yeux le fugitif, elle alla à leur rencontre.

— Je suis flic, dit-elle. Détective Bennet, bureau ouest. J'ai perdu ma plaque pendant une poursuite. J'ai besoin de votre aide pour procéder à une arrestation. Pouvez-vous appeler pour demander du renfort ?

— Qui voulez-vous qu'on appelle ? ricana un des policiers. Ils sont déjà tous ici.

— Dans ce cas, je me contenterai de vous deux.

— Et pourquoi on le ferait ?

— Parce que je ne vois personne d'autre ici qui viendrait se vanter de travailler pour les poulets du bureau ouest.

Les deux hommes hochèrent la tête, pas forcément convaincus, mais décidés à jouer le jeu. Ils la suivirent au milieu de la foule. Smith les avait vus. Comme ils s'approchaient de lui, il rebroussa chemin pour s'enfoncer lui aussi dans la foule. *Qu'est-ce qu'il fabrique ?* s'interrogea Mercy. Elle ne le perdrait pas puisqu'il était ralenti dans sa fuite par tous ces manifestants.

En fait, il s'était pratiquement arrêté, de sorte que les deux agents purent facilement le rejoindre. Mercy s'approcha à son tour. Smith, immobilisé, les laissait venir. Jetait-il l'éponge ?

Le policier qui se trouvait sur sa gauche esquissa un mouvement. Smith leva la main et cria :

— Je me rends ! Je me rends ! Arrêtez de me tabasser !

L'agent s'immobilisa, stupéfait par le hurlement, alors qu'il ne l'avait même pas touché.

— Stop ! À l'aide ! poursuivit Smith de plus belle.

Il se rapprocha de l'agent qui leva les mains devant lui pour se défendre. Smith le heurta tout en continuant à hurler :

— Laissez-moi ! Au secours !

— Hé, Mec, il ne se bat pas contre toi, lança un manifestant qui se tenait non loin de là.

— Laissez-le tranquille, espèce de fasciste ! clama un jeune blond qui portait un T-shirt Von Dutch.

— Aidez-moi ! Aidez-moi ! continua à gémir Smith.

Voyant que son partenaire était pris dans la lutte, le second policier intervint et repoussa violemment Smith sur le gazon.

— Saleté de flic ! hurla le blond, rouge de colère.

Mercy assistait à la scène, impuissante. Smith se redressa et empoigna le policier, l'empêchant de se relever, tout en hurlant.

— Au secours ! Au secours ! Il veut me casser le bras !

Deux manifestants proférèrent des insultes et, attrapant l'agent par-derrière, le tirèrent en arrière. Le policier tomba lourdement, non sans donner un coup de poing dans la figure du blond. Celui-ci répliqua. Voyant que les choses tournaient mal, le partenaire du policier se lança à sa rescousse. Une énorme rixe avait commencé, engloutissant les deux hommes sous une pile de corps furieux.

Smith en profita pour s'éclipser.

13:47
Siège de la CAT, Los Angeles

Jamey Farrell détestait les téléphones cellulaires à cet instant précis. Elle avait l'impression qu'ils promettaient plus qu'ils ne pouvaient donner.

Elle avait reçu la photo envoyée par Jack Bauer, mais il s'agissait d'un cliché granuleux et très sombre qui aurait fait une belle peinture impressionniste. Jamey connaissait son boulot et travaillait bien. À peine quelques minutes après avoir reçu le portrait, elle commença à le retravailler, grâce à un programme de traitement d'images. Elle passa un rapide coup de fil à Jack pour confirmer que le suspect était bien un asiatique venu d'Europe de l'Est, et elle rentra la donnée dans son ordinateur qui reconstitua le visage du terroriste. Ensuite, sur l'écran, elle vit les traits du sujet se préciser et une première version de son identité s'inscrivit quelques minutes après. À présent, il ne restait plus qu'à envoyer le résultat au service de reconnaissance faciale de la CAT.

Elle utilisa la ligne interne du bureau et appela Donovan Exley, un jeune analyste expert en graphisme.

— Van, je vais t'envoyer une image. Tu peux la comparer à la base de données de la FRS[1] ?

— Pas de problème, répondit son collègue.

Jamey envoya le dossier et hocha la tête avec satisfaction. Grâce aux miracles de la science, l'image impressionniste de Jack Bauer donnerait accès à la biographie complète du terroriste.

1. FRS : Facility Registry System ; programme appartenant à l'organisme des États-Unis pour la protection de l'environnement. *(N.d.T.)*

13:50
Angle nord de l'immeuble fédéral
À l'ouest de Los Angeles

Jack attendait impatiemment que Jamey Farrell lui fournisse les nouvelles informations qu'il recherchait. *Elle pourrait se magner le cul*, pensa-t-il. Il savait qu'il aurait dû se montrer patient – Jamey étant un des meilleurs analystes qu'il connaissait. Mais rester au milieu d'une foule de dix mille manifestants en délire, avec tout autour des nuages de gaz lacrymogène, ne l'aidait pas à faire preuve d'empathie.

Il regarda en direction de l'est, d'où avaient été envoyés les premiers lacrymos. Un nuage noir s'était formé, provenant probablement d'une voiture qui brûlait, mais il ne vit personne accourir de cette direction. Il supposa que l'incident était isolé. On avait certainement recouru aux gaz pour chasser les vandales de cet endroit.

Le type à la chemise bleue n'avait pas bougé. Jack avait passé son temps à observer les gens qui l'entouraient, des slaves et des asiatiques, manifestement contre l'entrée de la Chine au G8. Jack se joignit à eux et entonna le slogan qu'ils chantonnaient, en boucle : « Le G8 ne doit pas accepter la Chine. La Chine est hors-la-loi ». Tout en cherchant une explication à la présence de la chemise bleue parmi les manifestants. Il n'en voyait qu'une : en fait, le terroriste tenait à ce qu'on le voit. Comment justifier autrement sa double apparition dans un lieu public. Lorsque les caméras de surveillance l'avaient filmé en compagnie de Muhammad Abbas, on avait cru à un coup de chance. Au fond, Abbas s'était tenu à l'écart du bâtiment fédéral comme un vampire fuit les églises. Mais, à présent, le type en bleu faisait tour pour qu'on le remarque.

Il appartient certainement à un groupe politique antichinois, se dit Jack. *Quelqu'un lui aura donné l'ordre de se joindre à la manifestation. Quoi qu'il se passe au sommet, ils savent que les différents Services Secrets se tiennent en alerte. Il va donc rester bien tranquille et ne commettre aucun acte répréhensible.*

Jack grimaça un sourire. Devant l'intelligence *Bauerienne*, les ordinateurs ne pouvaient que s'incliner...

Quelques minutes plus tard, son humeur changea. Une vague d'inquiétude parcourut la foule, et des murmures s'élevèrent un peu partout, comme mus par une angoisse viscérale. Des centaines de têtes pivotaient vers l'immeuble fédéral et l'est. Quelqu'un parmi les manifestants se mit à hurler.

Jack se plaça sur la pointe des pieds pour tenter d'apercevoir quelque chose. En vain. À côté de l'enceinte de la place, près du trottoir, on avait édifié des petits pylônes en béton. Conçus soi-disant pour la décoration, on les avait en réalité disposés pour empêcher que des voitures piégées se garent près de l'immeuble. Jack recula, se retrouva rapidement près d'un de ces pylônes sur lequel il grimpa pour se retrouver au-dessus de la foule. Les clameurs redoublèrent. Les slogans se muaient désormais en cris de terreur.

De son poste d'observation, Jack avait une vue imprenable sur l'enceinte ouest et il aperçut un nombre considérable de gens qui refluaient en désordre. Il comprit ensuite ce que les gens fuyaient.

Une cohorte de policiers de la LAPD à cheval, descendait Wilshire Boulevard en galopant. Il s'agissait d'une image archaïque mais bien réelle : on n'apercevait plus que la ligne mouvante de chevaux, bouillonnants d'écume, les yeux roulant comme des billes dans leur orbite, montés par des cavaliers anti-émeutes qui brandissaient fusils à pompe et matraques. Sur leur passage, les manifestants, pris de panique, se dispersaient comme autant de châteaux de cartes.

Le téléphone de Jack vrombit à cet instant.

— Jack, c'est Chris, fit la voix d'Henderson. Vous êtes toujours au milieu de la foule ?

— Hélas oui.

— Fichez le camp ! commanda Henderson. Des manifestants ont tué deux policiers… La LAPD a appelé la cavalerie. Ils vont utiliser des balles en caoutchouc.

Jack raccrocha et inspecta l'espace autour de lui pour chercher une échappatoire. Il savait déjà qu'il était trop tard.

8

LES ÉVÉNEMENTS SUIVANTS SE DÉROULENT ENTRE 14 H ET 15 H

14:00
Siège de la CAT, Los Angeles

Le portable de Jessi Bandison se mit à vibrer.

— Oui, dit-elle.

Il s'agissait d'un appel du central de la CAT.

— Un membre de l'ambassade russe voudrait vous parler.

— Passez-le-moi.

— Jessi Bandison, dit-elle, quand on lui transféra la communication.

— Miss Bandison ? Anastasia Odolova au bout du fil, mais appelez-moi Anna, si vous voulez, dit une voix dans un anglais précieux.

Elle terminait ses phrases, par un léger accent traînant.

— Et moi, c'est Jessi. Que puis-je faire pour vous ?

— Un ami commun m'a suggéré de vous contacter. Je serais susceptible de vous donner un coup de main sur le dossier qui vous occupe en ce moment, a-t-il précisé.

Jessi se demanda à quoi pouvait bien ressembler Odolova. On aurait cru reconnaître à sa façon de parler un personnage de dessin animé et Jessi se l'imaginait facilement avec les attraits d'une vamp vêtue d'une robe en lamé noir moulante. Jessi était l'exact opposé de son interlocutrice, avec ses quelques kilos en trop et sa peau bien bronzée.

— Je vous en remercie. J'espérais que…

— J'ai appris que vous vouliez en savoir plus sur Marcus Lee.

— En effet, reconnut Jessi en écarquillant les yeux.

Sans doute était-ce en raison de l'accent de la Russe – qui lui faisait rouler les « r » – mais elle avait l'impression de jouer dans un film des années 50, au temps de la guerre froide. Pour un peu, elle se serait bien vue porter un trench-coat.

— J'ai déjà obtenu quelques informations sur lui, qui m'ont été fournies par nos services et le SVR, expliqua-t-elle, en se référant au Service de Renseignement Extérieur Russe. J'aimerais bien connaître les données dont vous disposez pour savoir si elles corroborent les miennes.

Jessi appliquait ainsi la procédure en vigueur lorsqu'il s'agissait de traiter avec les services secrets étrangers : ne jamais reconnaître qu'on manquait d'informations. Mais Jessi n'avait jamais excellé dans l'art du mensonge et sentit que sa déclaration sonnait faux.

Son interlocutrice la perça à jour très vite.

— Je suis heureuse de vous aider, dit-elle, en roulant toujours les « r » à chacun de ses mots. Je pense avoir ce que vous cherchez. Notre dossier sur Marcus Lee est assez épais et comprend notamment…

La Russe laissa sa phrase en suspens avant de reprendre.

— … son véritable nom.

Jessi ressentit une pointe au cœur. Aucun pseudonyme ne figurait dans son dossier, ni même dans celui qu'elle avait pu consulter grâce aux Chinois. Une analyste comme elle considérait le patronyme comme un passe-partout susceptible de lui ouvrir bien des portes.

— Lequel ?

— Je vous suggère de vous intéresser à Nurmamet Tuman. Vous apprendrez qu'il ne vient pas de la région de Shenzen, mais qu'il est né dans la région autonome du Xinjiang.

Jessi fronça les sourcils.

— La région autonome du Xinjiang ? Vous êtes sûre ?

— Les séparatistes lui donnent aussi un autre nom : le Turkestan Oriental.

14:04
Immeuble fédéral, à l'ouest de Los Angeles

Une mer humaine occupait maintenant Wilshire Boulevard et Kassim Turkel était emporté par le courant. La foule avait brusquement surgi, poussée par la charge des unités à cheval. Pendant quelques secondes, Kassim voulut résister à la pression, mais il comprit bien vite qu'il risquait de tomber et d'être piétiné par des milliers de gens terrifiés qui fuyaient à toutes jambes. Il courut lui aussi au milieu des manifestants, pareil à un nageur pris dans le cours furieux d'un fleuve qui tente désespérément de rejoindre la rive. Chaque personne qu'il avait le malheur de bousculer paniquait et le poussait en avant. Ils avaient tous cessé de chanter leurs slogans. Ils s'étaient transformés en une horde d'animaux cherchant à survivre coûte que coûte. Les cris de colère et de peur résonnaient aux oreilles de Kassim, ponctués par des coups de feu sporadiques.

Le terroriste avait déjà vécu pareille situation. Il se souvenait des rues d'Urumchi quand les soldats chinois avaient chargé les manifestants pro-indépendance. À l'époque, Kassim n'était encore qu'un adolescent. Dans sa mémoire, cette fin d'après-midi là s'était résumée à une suite de courses-poursuites, de cris d'effroi, de fumée et de gaz lacrymogènes. Totalement paniqué, le jeune homme avait entendu des coups de feu et vu des crosses de fusil s'abattre violemment sur le crâne de femmes ouïgoures. Des enfants réclamaient leurs parents en hurlant tandis qu'on amassait nombre d'hommes dans des camions bâchés. Ces images terrifiantes, comme d'autres ensuite, étaient encore imprimées dans sa mémoire, dix ans après les faits. Cette nuit-là inaugura la métamorphose de Kassim, le sacrifice de son innocence. Il était devenu, en quelques heures, un véritable combattant pour la liberté.

Les images du passé s'estompèrent et Kassim Turkel réintégra le moment présent. Il ignorait où il se trouvait. Il savait seulement que les policiers à cheval étaient derrière lui, mais sans les voir. Leurs silhouettes étaient noyées par des nuages de fumée – certainement ceux d'un ou de plusieurs véhicules incendiés – qu'accompagnaient des volutes de gaz lacrymogène. La police se rapprochait et il craignait que les flics ne cherchent à les coincer là pour tous les tuer. Quelque part dans son cerveau, une idée le rassurait : les américains n'étaient pas capables de se montrer aussi féroces, mais la peur et l'angoisse ne cessaient de grandir en lui. L'effroi gagnait ses forces vives, tout comme la foule dans laquelle il se retrouvait englué.

En pleine confusion, Kassim regarda autour de lui dans l'espoir de trouver un moyen de s'échapper. Ses yeux s'arrêtèrent sur le visage d'un Américain aux cheveux blonds qui portait une chemise verte. Ce dernier le fixait avec intensité. À cet instant, le même instinct qui l'avait poussé à suivre la masse dans sa course effrénée lui murmura que cet homme était devenu un prédateur et Kassim sa proie.

Oubliant la foule, le terroriste bifurqua à un angle, au risque de se faire piétiner et il batailla un moment pour rejoindre l'autre côté de la rue, n'hésitant pas à cogner pour avancer. Un manifestant poussa un cri perçant et lui griffa le visage, mais Kassim le repoussa. L'homme s'effondra. Le terroriste enjamba son corps et continua.

Il atteignit enfin le trottoir d'en face. À cet endroit, il y avait moins de gens. Il savait que le mur devant lui cachait un vaste espace – un cimetière militaire, le Mémorial des Vétérans. Kassim longea le rempart, malmené par des manifestants qui fuyaient la charge de la police et le bousculaient au passage. Il atteignit enfin l'angle de la rue. L'immeuble fédéral se trouvait à quelques centaines de mètres en contrebas, au sud. Ici, dans la partie nord, il observait une vaste fresque sculptée sur la façade du mémorial. Elle représentait trois soldats en albâtre, chacun issu d'une époque différente dans l'histoire américaine. Derrière le monument, Kassim aperçut une autre rue, bien moins investie par la cohue. Le terroriste commença donc à courir dans cette direction.

Au même moment, il sentit un poids lourd s'abattre sur ses épaules. Il s'effondra et heurta durement le sol. Sa nuque craqua et il eut l'impression que ses poumons expulsaient tout l'air qu'ils contenaient dans un dernier souffle. Il ouvrit instinctivement la bouche pour reprendre un peu d'oxygène. Avant de recouvrer ses sens, des mains fortes l'attrapèrent par les épaules et le retournèrent. Kassim cligna des yeux face au ciel bleu et au soleil éblouissant, et se posèrent ensuite sur l'homme aux cheveux blonds, au regard de prédateur.

— Pas un geste ! commanda l'homme d'une voix grave. Je suis agent féd…

Ses paroles furent interrompues. Au moment où il avait commencé à parler, deux ombres étaient apparues derrière lui, dissimulant soudain le soleil. Des mains saisirent le type blond, lui firent lâcher Kassim et le projetèrent sur le sol. Le terroriste s'apprêtait à profiter de l'aubaine pour filer, mais le genou d'un inconnu vint se planter en plein milieu de sa poitrine.

— LAPD ! Bouge pas ! ordonna quelqu'un.

Kassim obéit.

Du coin de l'œil, il vit les policiers en uniforme

se battre avec l'homme blond, qui leur criait quelque chose. Un des agents envoya une bombe lacrymo à la figure du type. On entendit le bruit d'un gaz qui s'échappait, puis le blond commença à tousser et à cracher ses poumons.

14:08
Immeuble fédéral, à l'ouest de Los Angeles
Le chaos et l'enfer.

Voilà les deux mots que se répétait Mercy en boucle, tel un monstrueux mantra. Dans les environs de l'immeuble fédéral se jouait une scène d'émeute grandeur nature. Des groupes de manifestants couraient dans tous les sens, la plupart cherchant à échapper au désastre annoncé. D'autres semblaient avoir sorti de nulle part des masques ou des foulards. Près de Mercy, un Latino, arborant un T-shirt sur lequel était marqué *Sauvons la forêt tropicale*, lança soudain un cocktail Molotov en direction d'un car de Police. Un couple passa non loin de l'inspectrice en chancelant, chacun supportant son voisin. Tous les deux avaient le visage ensanglanté.

Mercy avait mis vingt minutes pour franchir la distance qui la séparait des trois pâtés de maisons où elle se trouvait, du Mémorial des Vétérans. Poursuivant toujours Smith, tous deux avançaient à contre-courant de la foule qui avait maintes fois ralenti la progression de la jeune femme.

— N'allez pas par là ! conseilla un contestataire, manifestement bien intentionné, en posant sa main sur l'épaule de Mercy. Ils sont à cheval ! Ils matraquent tout le monde.

Elle se dégagea et lança.

— Je suis flic !

— Dans ce cas, va te faire mettre ! hurla l'homme qui fut aussitôt entraîné par le mouvement des corps.

Après vingt minutes passées à lutter contre la marée humaine, Mercy arriva à ses fins. Alors qu'elle atteignait les abords ouest de la manifestation, elle aperçut de nouveau Smith. Il se montrait astucieux, parfois il courait sur quelques mètres, ralentissait ensuite pour caler son rythme à celui de la foule, et il changeait souvent de direction. Il était sournois, mais Mercy ne lâcherait pas le morceau aussi facilement. Elle le gardait à portée de vue et s'interdisait de le perdre.

Même si la détective ne se trouvait pas à proximité des échauffourées et des projections de gaz lacrymogènes, ses yeux pleuraient. L'air était saturé d'émanations irritantes et chaque manifestant en ressentait les effets nocifs : nez qui coule, larmes aux yeux, respiration difficile. Mercy pria pour que cela ne la pousse pas à ralentir. Elle avait plus galopé en une heure que durant toute l'année écoulée. Elle se jura qu'une fois cette affaire résolue, elle replongerait avec délices dans le train-train routinier de son boulot de flic.

Elle ne discernait plus grand-chose à présent. Elle réalisa cependant qu'elle se trouvait près du cimetière des vétérans, en apercevant la sculpture en albâtre. Smith venait de passer devant. Mercy pressa le pas quand elle aperçut des policiers qui poussaient des manifestants dans un panier à salade.

14:10
Immeuble fédéral, à l'ouest de Los Angeles

Jack Bauer toussait et crachait, en évacuant un peu de mucus. Il cherchait désespérément à retrouver son souffle pour s'expliquer. Ces tarés de flics lui avaient envoyé assez d'OC[1] pour exterminer une prison entière. Il était

1. Sigle de l'oléoresum capsicum, une des substances irritantes qui composent certains gaz lacrymogènes. *(N.d.T.)*

aveuglé et pouvait sentir son nez obstrué, morveux. Sa bouche écumait. Ses mains étaient prisonnières de menottes flexibles, derrière son dos. On le redressa sans ménagement.

— Hé ! Bon Dieu, arrêtez ! Je suis un Fed et…

— Ta gueule et avance ! hurla un flic à son oreille, tout en lui donnant un violent coup de poing dans l'estomac.

14:11
Immeuble fédéral, à l'ouest de Los Angeles

Mercy avisa deux policiers traînant un manifestant vers leur panier à salade. Un des agents donna un premier coup dans l'estomac du prisonnier, qui se recroquevilla sur lui-même. C'est alors qu'elle se rendit compte que l'homme avait les cheveux blonds.

— *C'est Jack !* pensa-t-elle immédiatement.

Elle fit un pas en direction des policiers mais hésita. Elle allait perdre Smith, et *Les Singes de la clé à molette* disparaîtraient dans la nature. Elle ne savait toujours pas si elle avait réussi à mettre un terme à leur plan… Jack prendrait certainement bien soin de lui. Les flics finiraient par réaliser qu'ils avaient arrêté un agent fédéral et ils le relâcheraient. Elle avait des vies à sauver et un terroriste à capturer.

14:12
Immeuble fédéral, à l'Ouest de Los Angeles

Smith regarda derrière lui pour voir s'il était toujours suivi. Lui aussi avait aperçu les flics qui se trouvaient au coin de la statue des vétérans et l'officier de police qui cognait son prisonnier. Il n'en avait pas cru ses yeux.

L'agent Bauer ! Il fallait admettre que ce type avait

de la ressource. Le dernier signal du GPS lui avait indiqué que Bauer était toujours assis dans son bureau, au centre de commandement de la CAT. Comment avait-il pu se débarrasser des marqueurs chimiques ?

Smith sentit tout à coup toute l'énergie qu'il avait mise dans l'élaboration de son plan s'enfuir, aspirée de son corps, comme un arbre se vidant de sa sève. Mercy Bennet avait brisé les ampoules contenant le virus. Jack Bauer avait réussi à se débarrasser de son traceur chimique. C'était plus qu'il ne pouvait en supporter ! Il s'était mesuré à toutes les forces du gouvernement fédéral et se retrouvait complètement démuni. Heureusement, ils ne l'avaient pas encore démasqué. L'émeute lui avait procuré une couverture idéale et Mercy Bennet n'avait pas réussi à l'attraper. S'il réussissait à lui glisser entre les doigts, sans qu'elle découvre sa véritable identité, il aurait le temps de se ressaisir et de sortir du pays. Il retournerait en Amazonie, où il se sentait chez lui, et il vivrait au cœur de la forêt tant que celle-ci resterait debout.

Il se mit à courir.

14:15
Siège de la CAT, Los Angeles

Jessi présenta ses conclusions devant l'équipe quasiment au complet. Chris Henderson, Nina Myers, Jamey Farrell, le directeur du district George Mason et également le directeur de la division régionale, à savoir Ryan Chappelle assistaient à la réunion.

— Cette affaire a commencé sur une initiative de Jack Bauer, commença Jessi.

Immédiatement Ryan Chappelle s'agita sur son siège. Le directeur de la division régionale perdait patience dès qu'il s'agissait de cet homme qu'il considérait comme un fauteur de troubles.

— L'agent Bauer est certain d'avoir repéré le terroriste Ayman al-Libbi dans la foule qui, à bord d'une flottille de bateaux, venait d'Amérique Centrale pour protester contre le sommet du G8. Ses soupçons se sont renforcés quand Bauer a été brièvement capturé, puis relâché par un inconnu. Nous avons toutes les raisons de croire qu'il s'agissait d'al-Libbi. Nous avons donc commencé à lancer des recherches pour établir des liens qui uniraient al-Libbi et le G8.

— Depuis quelque temps, al-Libbi n'est qu'un simple porte-flingue, fit Chappelle de sa voix forte, qui, associée à son visage étroit, contribuait à lui donner l'allure d'une fouine.

— Vous avez raison, Monsieur, approuva Jessi. Depuis que la Chine figure à l'ordre du jour du G8, nous avons constitué des dossiers sur les mouvements terroristes qui entretenaient des relations avec elle. Nous avons mené des recherches au hasard et sommes tombés sur un transfert de deux millions de dollars effectués sur un compte au nom du Mouvement pour l'Indépendance du Turkestan Oriental, ou MITO. Deux millions de dollars, c'est une grosse somme pour une association aussi peu influente. L'argent a été immédiatement retiré de la banque et reversé sur un compte inconnu. On a creusé cette piste, et on s'est aperçu d'où venait le virement : des îles Caïman, du compte d'un certain Marcus Lee, un nationaliste d'origine chinoise.

— Pourquoi donc un Chinois voudrait-il aider un groupe séparatiste du Turkestan oriental ? interrogea Mason.

— Au début, nous n'arrivions pas à apporter une réponse à cette épineuse question, répondit Jessi. Puis j'ai pensé que nous pourrions compléter nos informations concernant Marcus Lee et les îles Caïman grâce au Service de Renseignement Extérieur russe, le SVR. J'ai pris contact avec eux et j'ai ainsi appris que Marcus Lee était un faux nom chinois. L'homme a voulu nous berner.

En fait, il s'appelle réellement Nurmamet Tuman. Il est né en Urumchi, plus précisément dans le Xinjiang, une région autonome ouïgour.

— Le Turkestan Oriental, murmura Chappelle, rêveur. Ainsi, l'argent provient de ce Nurmamet et certainement de MITO et a été ensuite confié à al-Libbi. Mais pour quoi faire ? À part Bauer qui croit avoir vu un individu ressemblant à ce al-Libbi, y a-t-il quelqu'un d'autre qui aurait aperçu notre homme ?

Henderson grimaça. Chappelle venait de résumer l'affaire en deux phrases : il avait l'esprit vif, capable de lier tous les indices entre eux en un rien de temps. Bien sûr il en avait profité pour remettre en cause celui qui avait fait le boulot avant lui.

— Nurmamet Tuman, précisa Jessi, voici notre première piste. Sous la fausse identité de Marcus Lee, il habite à Los Angeles.

— Je vais me débrouiller pour l'amener ici, fit Chris.

Il jeta un coup d'œil en direction de George Mason qui hocha la tête, en signe d'approbation.

— Vous avez dit qu'il s'agissait de notre première piste, nota Chappelle. Vous en avez d'autres ?

— Très tôt ce matin, une caméra de surveillance a filmé l'aide de camp de al-Libbi, Muhammad Abbas, en train de converser avec un sujet inconnu. Un peu plus tard, Bauer, qui se trouvait toujours dans l'immeuble fédéral, a repéré le même individu.

Jessi fit signe à Jamey Farrell de poursuivre l'explication.

— Jack Bauer nous a envoyé une photo du suspect, dit-elle. On l'a entrée dans l'ordinateur et je l'ai retravaillée avec notre programme de reconnaissance faciale. Il y a quatre-vingt-dix-neuf pour cent de chance pour que l'homme en question se nomme Kassim Turkel. C'est un autre nationaliste chinois. Nous avons accédé à son dossier plus facilement qu'à celui de

Tuman. Même si nous n'avons rien trouvé de concret à lui reprocher, l'homme vient également d'Urumchi.

Henderson croisa les doigts.

— Résumons-nous : Turkel rencontre Abbas. La présence de ce dernier signifie qu'al-Libbi est dans les parages. Une grosse somme d'argent a transité de Nurmamet Tuman vers MITO, puis elle a disparu. Vous pensé qu'on l'a versée sur le compte d'al-Libbi en paiement d'une action terroriste qu'il aurait planifiée. Puisqu'il se trouve actuellement à L. A., c'est donc le G8 qui est visé.

— Qu'a-t-on de concret concernant l'agenda de la réunion ? demanda Mason. Quelles sont les cibles potentielles ?

— Voilà justement le problème, répondit Chris. Nous en avons recensé beaucoup. Cependant la sécurité est au top niveau. Une affaire comme celle-là, complexe à mettre sur pied, ne semble pas correspondre à la manière d'al-Libbi.

— Rappelez-vous quand même son implication dans la conférence pour la paix entre la Russie et Israël, en 1994, dit Chappelle.

— Son plan a échoué cette fois-là et a failli être pris, observa Mason. Il n'a plus jamais retenté un coup pareil par la suite.

— Il a certainement un grand besoin d'argent, supposa Chappelle. De toute façon, il faut que nous interrogions ce Marcus Lee – quel que soit son véritable nom…

Chris hésita.

— C'est là que… l'affaire se complique. Les Chinois refusent catégoriquement d'admettre un lien entre Marcus Lee et MITO. Ils insistent sur le fait qu'il ne s'agit pas de Nurmamet Tuman. Ils ont prétendu qu'on avait capturé la mauvaise personne.

Henderson vit le visage de Chappelle changer, virer au rouge et ses yeux lancer des éclairs. Plus que tout, Chris priait pour entendre Chappelle ordonner sans appel : *Je me fiche de ce qu'ils peuvent dire. Amenez-moi le suspect!* Mais il savait que le directeur de la division régionale était un animal politique. En ce moment même, il étudiait les différents paramètres de l'affaire : d'une part, les États-Unis voulaient que la Chine entre dans le G8 et, pour cela, elle jouait les bons offices. D'un autre côté, des agents fédéraux américains s'apprêtaient à arrêter un Chinois nationaliste que ses compatriotes eux-mêmes avaient innocenté…

— On va procéder avec beaucoup de doigté, fit Chappelle au bout de quelques minutes. Envoyez quelqu'un récupérer ce nationaliste chinois. Nous saurons vite s'il a quelque chose à se reprocher.

Henderson avait compris ce qui allait s'ensuivre. Il s'adressa aussitôt à Nina.

— Allez rendre visite à notre suspect… Soyez bien gentille avec lui.

14:25
Immeuble fédéral, à l'ouest de Los Angeles

Les effets du gaz s'estompaient peu à peu. Jack était maintenant assis dans le fourgon de police – un large camion dans lequel deux bancs de métal se faisaient face. On l'avait installé sur l'un d'entre eux, à moitié aveugle et suffoquant, semblait-il, depuis des heures. Il savait pourtant que cela faisait à peine cinq ou dix minutes qu'on l'avait embarqué. Ses mains étaient toujours attachées dans son dos. On l'avait capturé en premier, puis on avait fait entrer d'autres manifestants qui l'avaient repoussé au fond du camion.

— Hé, hurla-t-il, en collant sa tête contre le mur métallique qui le séparait de l'avant du fourgon, je suis agent fédéral !

Une petite glissière de fer s'ouvrit, à hauteur de sa tête, révélant le visage d'un policier. Celui-ci le fixa.

— Qu'est-ce que vous voulez ?

— Je suis agent fédéral. J'ai tenté de donner mon matricule à vos collègues, mais ils ne m'en ont pas laissé le temps.

— Vous pouvez le prouver ?

— Vos collègues m'ont fouillé, fit Jack, se souvenant que des mains l'avaient palpé. Ils ont dû trouver ma plaque.

— Attendez un peu.

La glissière se referma brutalement. Tandis que les effets du gaz s'estompaient, l'anxiété de Jack, elle, augmentait. Il pensait à sa fille, à al-Libbi, au G8 et à Mercy Bennet... Et dire que toute cette histoire n'avait commencé que depuis quelques heures.

La petite porte de métal glissa de nouveau.

— Désolé, mec, on n'a rien trouvé. Pas de plaque dans les affaires récupérées. Bien essayé.

Le panneau commença à se refermer.

— Attendez ! fit Jack.

Il repensa à la bagarre qui l'avait opposé à l'homme à la chemise bleue. Sa plaque avait dû tomber pendant l'affrontement.

— Écoutez, je vous dis la vérité. Appelez la CAT à Los Angeles.

— La CAT ? fit le policier, surpris.

— La Cellule Anti-Terroriste, précisa Jack impatiemment.

Bien entendu, la CAT était une unité relativement clandestine. Il n'y avait aucune raison pour que tous les flics de Los Angeles en aient entendu parler. Jack donna le numéro d'urgence et ajouta :

— Appelez-les. Ils savent qui je suis.

Le flic s'amadoua.

— D'accord. Je vais faire ça, mais ne prenez pas vos désirs pour des réalités, hein ? La situation a viré au cauchemar en ville et ça risque de prendre un certain temps.

— Mais je n'ai pas de temps à perdre, objecta Jack.

— Vous n'avez pourtant pas le choix.

La petite glissière métallique se referma avec un bruit sec.

Jack Bauer fulminait. Le temps lui était compté, car il savait que sa fille allait mourir dans quelques heures et qu'Ayman al-Libbi s'apprêtait à commettre un attentat visant le G8. Pour la première fois, depuis son entrée dans le fourgon, il se tourna vers les autres prisonniers. Il y en avait quatre... incluant le type à la chemise bleue, assis sur le banc opposé au sien et coincé près de la porte. Jack jeta un œil à celui qui se trouvait près de lui, un jeune type.

— Bouge ! grommela-t-il, en passant devant lui de manière à se retrouver lui aussi près de la porte, et donc près de sa cible.

Il observa l'homme sans poser une seule question. Il aurait bien voulu le faire, mais seulement s'il était sûr d'obtenir des réponses. Le jeune qui avait pris sa place lui demanda.

— Tu as bien dit que tu étais flic ?

Jack ne répondit pas, mais le jeune éclata de rire.

— Tu es flic ?... J'adore. Qu'est-ce que ça fait alors d'être jeté dans le panier à salade par des fascistes ?

Jack l'observa : il portait un T-shirt Von Dutch, avait la peau bronzée, le genre à passer beaucoup de temps sur une planche de surf, le style de type sans problème. Il n'avait pas encore assez vécu pour s'être frotté aux difficultés de la vie, et n'était pas assez vieux pour savoir que ceux qu'il taxait de « fascistes » risquaient quotidiennement leur peau pour permettre à des mecs comme lui de se la couler douce.

— Je peux savoir pourquoi on t'a arrêté ? demanda-t-il au jeune.

Le garçon se rengorgea.

— Observe la belle bosse que j'ai à la tête. Trois flics m'ont sauté dessus.

— Et qu'as-tu fait pour mériter ça ?

— Je leur ai envoyé une pierre, mais seulement…

Jack l'interrompit brusquement.

— Ces flics, tu vois, passent leur temps à écumer la ville de nuit pour que tu puisses dormir tranquille. Beaucoup d'entre eux ne demandent aucun remerciement ni aucune louange pour ça. Penses-y la prochaine fois que tu voudras les caillasser.

14:33
Centre médical de l'UCLA

— Je ne ferai rien de tel, affirma le docteur pour la troisième fois.

Tony Almeida se passa la main droite dans ses cheveux noirs. Il repéra le badge du docteur.

— Écoutez… docteur Gupta, fit-il, il s'agit d'une question de sécurité nationale. Cet homme détient des informations susceptibles de sauver des vies.

— C'est une question d'éthique, vous le savez bien, répondit le praticien, un homme jeune, d'à peine plus de vingt ans, avec un visage lisse, des yeux sombres et un maintien ferme.

— Si je lui administre un médicament pour le sortir du coma, cela peut le tuer.

— Mais il se réveillera juste le temps qu'il faut.

Le docteur fronça les sourcils et, à court d'argument, se tourna vers le groupe qui s'était rassemblé derrière lui. Il y avait là une infirmière armée d'un plateau sur lequel avait été posée une seringue emplie d'une médication quelconque ; le chef des internes ; deux conseillers juridiques et deux policiers qui étaient venus là juste pour assister à la scène.

Aucun des membres de ce groupe n'offrit à Gupta la moindre assistance, aussi le docteur revint-il vers Tony.

— Agent Almeida, lança-t-il d'une voix pleine de reproches. Je ne suis pas un bourreau.

— Pas plus que moi, affirma Tony. En fait, le seul bourreau présent dans cette pièce, c'est lui (il désigna Dyson). Je vous ai dit que j'ai vu ses doigts bouger. Je ne pense pas qu'il soit encore plongé dans le coma et dans le cas contraire…

— Vous n'avez aucune qualification pour…

— Dans le cas contraire, reprit Almeida en parlant plus fort, le risque de le tuer n'est rien en comparaison de ce qu'il sait. Je pense que cet homme a pris connaissance d'un plan terroriste qui devrait voir le jour dans les prochaines vingt-quatre heures. Je veux savoir de quoi il s'agit.

Le docteur hésita.

— J'ai prêté serment de ne faire aucun mal à quiconque.

Tony poussa un soupir.

— Mais moi, non !

Il contourna Gupta, se retrouva devant l'infirmière et s'empara de son plateau. Avant que quelqu'un ait pu réagir, il fit sauter la petite capsule protégeant la seringue et enfonça le bout de celle-ci dans le torse de Dyson. L'infirmière suffoqua tandis que le docteur poussait un cri. Il attrapa Tony par l'épaule, mais l'agent se dégagea facilement et continua à vider la seringue. Il jeta un coup d'œil aux moniteurs, placés près du lit. La courbe du cœur ralentit et se stabilisa. Après quelques minutes, le bip accéléra. Dyson grogna. Les conseillers juridiques lâchèrent un soupir, mais restèrent immobiles.

Tony se pencha au-dessus du lit.

— Dyson… Dyson, réveille-toi !

Les paupières de l'agent du FBI frémirent. Tony lui donna quelques petites tapes sur les joues.

— Allons ! J'ai dit, réveille-toi.

Enfin Dyson ouvrit lentement les yeux. Le docteur

Gupta repoussa Tony et brandit son stylo lumineux, éclairant les yeux de l'agent du FBI.

— Réaction positive des pupilles, murmura-t-il. Il inspecta la courbe du cœur. Il est stable, continua-t-il.

— Dyson, pour qui travailles-tu ? demanda Tony, repoussant avec force Gupta. Dis-moi pour qui tu travailles ? Allez !

L'agent clignota des paupières deux ou trois fois. Ses yeux vagues se fixèrent sur Tony pendant quelques instants, puis devinrent vitreux. Un petit sourire déforma un coin de sa bouche. Il eut un petit rire et grommela.

— Clé à Mollette… Les Singes de la clé à…

Ses lèvres continuèrent à bouger, mais les mots s'entremêlaient, incompréhensibles.

— Dyson ! fit Tony, en secouant l'agent.

Le moniteur qui enregistrait les battements de cœur commença à sonner. Les courbes se firent plus espacées. Au même instant, le niveau d'oxygène dans son sang chuta subitement.

Quelques minutes plus tard, le cœur de Dyson cessa de battre.

14:35
Mountaingate Drive, Los Angeles

Nina Myers arriva à Mountaingate Drive par une route privée creusée dans les Santa Monica Mountains. Elle passait au-dessus de Sepulveda Pass et donnait sur l'autoroute 405 à l'est, et sur toute la cuvette de Los Angeles au sud. À Mountaingate, les propriétaires payaient le prix fort en fonction de la vue qui s'offrait à eux. Et si chaque maison surplombait la vallée, une seule possédait un panorama exceptionnel : une énorme bâtisse blanche qui se dressait sur le versant sud de la corniche et embrassait non seulement toute la vallée de Los Angeles, mais aussi la baie de Santa Monica.

Nina ne s'intéressait pourtant pas à cette demeure mais à un autre édifice : Le complexe Vanderbilt – que les gens du coin appelaient simplement « Le Vanderbilt », vaste bâtisse d'apparence majestueuse, édifiée sur la corniche. Construit sur une moins forte déclivité que les autres habitations, le complexe Vanderbilt était assez volumineux pour gâcher une partie de la vue de la grande maison blanche, située en amont. Les habitants de Mountaingate s'en étaient plaints, mais leur fortune ne pouvait rivaliser avec celle du complexe Vanderbilt, riche et très visité. Il s'agissait d'un énorme musée édifié autour de la collection privée des anciens propriétaires. L'entrée du musée était gratuite, et l'ensemble avait l'ambition de mettre l'art en valeur, sous toutes ses formes. L'État californien, propriétaire de ce musée, avait fait des pieds et des mains auprès de l'administration de la ville pour obtenir toutes les autorisations nécessaires. Les écologistes avaient dénigré ce projet qui portait atteinte à la Sepulveda Pass, l'un des rares endroits encore préservés autour de Los Angeles. Cependant, les défenseurs de la nature comme les habitants de Mountaingate avaient fini par admettre qu'ils trouvaient la construction impressionnante. Perchée sur une crête, elle offrait une vue unique sur toute la ville. La photo du bâtiment avait fait la couverture du *L. A. Weekly*, le journal local, avec le titre suivant : *Acropolis Now*[1]. Des centaines de tonnes de marbre de Carrare avaient été importées d'Italie pour les murs et les sols. Une route privée permettait d'accéder au musée, mais beaucoup de visiteurs prenaient un petit train électrique qui les conduisait, à travers la montagne, vers le bâtiment. Le Vanderbilt abritait des peintures classiques, une impressionnante collection de photographies des grands maîtres du début du siècle précédent, et des

1. Référence transparente au film de Francis Ford Coppola, *Apocalypse Now*, célèbre pour sa démesure. *(N.d.T.)*

livres rares, notamment un original de la Bible de Gutenberg, ainsi qu'une des treize copies originales de la Déclaration d'indépendance de 1776.

Alors qu'elle jetait un œil en direction de la bâtisse à partir du sommet de la montagne, Nina estima le musée idéal pour procéder à la surveillance. La route à une voie menant au complexe était facile à contrôler de là. Par ailleurs, on ne pouvait pas accéder jusque-là par les autres versants de la montagne trop à pic. Le ciel, bien découvert, permettrait aisément aux VIP de fuir en hélicoptère, si nécessaire. En raison de son isolement et des normes de sécurité en vigueur pour protéger ses précieux trésors, le Vanderbilt présentait toutes les caractéristiques idéales pour recevoir des dignitaires, désireux de tenir un meeting en toute quiétude. Un seul élément posait problème : la présence dominante de la maison blanche, située au bout de Mountaingate Drive.

Nina se gara non loin de là. La bâtisse était énorme, les murs badigeonnés d'un très beau blanc crème. Agrémentée d'une belle allée circulaire, elle ressemblait à un manoir datant d'avant la guerre de Sécession, avec le Jocko[1] porteur d'une casaque rouge, et tenant un anneau à la main, placé dans l'allée. Nina longea la sculpture et frappa à la porte. Aucun bruit ne provenait de l'intérieur, mais un intercom, fixé près de la porte, vibra. Une voix d'homme s'en échappa.

— Oui ?

— Bonjour. Je voudrais voir Monsieur Marcus Lee, s'il vous plaît, déclara Nina en empruntant un ton professionnel.

— Qui dois-je annoncer, je vous prie ? demanda l'intercom.

1. Statuette traditionnelle d'un jockey noir que l'on trouvait, comme ornementation, dans les jardins des grandes villas du Sud des États-Unis. Elles sont devenues un symbole de liberté. *(N.d.T.)*

Nina sut intuitivement que son interlocuteur n'était autre que Monsieur Lee en personne.

— Je m'appelle Nina Myers, Monsieur. Je suis agent fédéral. J'ai quelques questions à vous poser.

Il y eut un déclic et Nina se tendit. Allait-il la faire poireauter ? La jeune femme aimait l'action et cette idée la révulsa. Mais, un moment plus tard, la porte s'ouvrit devant un asiatique à l'âge indéterminé. Il lui sourit chaudement.

— Je suis Marcus Lee, dit-il avec gentillesse. Entrez, je vous en prie.

14:41
Immeuble fédéral, à l'ouest de Los Angeles

Jack repoussa légèrement ses menottes qui emprisonnaient ses poignets, par frustration plus que dans l'espoir de se libérer. Elles entraient si profondément dans sa chair, qu'il savait n'avoir aucun moyen de les enlever. Seule une paire de cisailles aurait pu réussir. Il ne se souciait pourtant pas de la douleur. Il restait concentré sur le jeune type à la chemise bleue. Celui-ci le fixait bravement, mais sa colère et sa défiance décrurent face au regard noir de Jack.

Quelque chose percuta soudain contre le car de police.

— Qu'est-ce que c'est ? demanda un des prisonniers.

— Quelqu'un vient de nous heurter, fit le blond, assis près de Jack.

Au même moment, ils entendirent la voix anxieuse du policier qui conduisait.

— Putain, mais faites-les déguerpir ! hurla-t-il, d'une voix aiguë.

Tout le monde entendit un échange de coups de feu, à l'extérieur, qui laissa place au silence ensuite.

— Vous avez passé ce foutu coup de fil ? cria Jack à l'attention des policiers.

Personne ne répondit.

14:43
Mountaingate Drive, Los Angeles

Nina se trouvait dans le salon de Marcus Lee. Elle plissa les paupières en raison de la forte luminosité. Le mur derrière elle se composait d'une succession de portes-fenêtres qui ouvraient sur une pelouse s'arrêtant au pied de la colline. Au-delà, Nina apercevait les toits du complexe Vanderbilt et, plus loin, le miroitement bleu de la baie de Santa Monica. Sur sa gauche, elle vit des panaches de fumée blanche et noire qui semblaient venir des environs de l'immeuble fédéral. Elle entendit aussi les plaintes des sirènes dans le lointain.

— Que puis-je faire pour vous, Agent Myers ? demanda Marcus Lee.

Il était poli et accueillant, ce qui mit tout de suite Nina sur la défensive. La plupart des gens qu'elle rencontrait se montraient nerveux quand elle leur sortait sa plaque d'agent fédéral. Lee avait regardé l'insigne comme quelqu'un lirait les gros titres du journal du matin. Il s'était ensuite tourné et l'avait invitée à le suivre dans la maison. Il lui avait même proposé à boire et, suite à son refus, l'avait escortée dans le salon.

Nina décida de ne pas passer par quatre chemins.

— Je voudrais vous parler de votre rôle dans le mouvement MITO.

Elle observa soigneusement le visage de Lee. Ses yeux brillaient mais il demeura imperturbable.

— Je ne suis pas sûr de comprendre ce que vous me dites.

— Monsieur Tuman. Si, vous m'avez bien comprise.

Il sursauta.

— Pardonnez-moi ?

— Votre véritable nom est : Nurmamet Tuman, fit Nina, en jetant un œil au carnet qu'elle tenait à la main.

Elle lui parlait sur le même ton que lui.

— Vous vous êtes présenté aux services d'immigration comme Chinois, mais en réalité vous venez de la province de Xinjiang et êtes d'origine ouïgour.

Elle releva la tête, le regarda droit dans les yeux et répéta.

— Vous êtes certainement impliqué dans le mouvement MITO.

Il eut de nouveau un léger sursaut, mais son expression demeura inchangée. Marcus Lee – alias Nurmamet Tuman – devait certainement très bien jouer au poker.

— Je m'appelle Marcus Lee, affirma-t-il. Et je ne vois pas ce qu'est ce Mit… quelque chose.

— Vous connaissez assez les membres de cette organisation pour leur avoir offert deux millions de dollars. Peut-être même les avez-vous mis en relation avec Ayman al-Libbi ? À moins qu'ils ne soient entrés tout seuls en contact avec lui…

Cette fois, Lee se tendit, aussi Nina se tint prête à dégainer son arme. Mais, au lieu de fondre sur elle ou de s'enfuir, Lee se frotta la tempe comme s'il souffrait soudain d'un sérieux mal de tête.

— Agent Myers, je ne peux ni confirmer ni infirmer ce que vous venez de dire. Néanmoins, laissez-moi vous dire ceci. J'entretiens de bonnes relations avec le gouvernement chinois. Je vous enjoins de contacter Monsieur Richard Hong, qui travaille à l'ambassade de Chine, ici même, à Los Angeles. Il vous donnera des informations susceptibles de vous éclairer.

L'estomac de Nina se contracta. Elle ne connaissait pas ce Richard Hong mais, à moins qu'elle n'ait perdu toute intuition, Marcus Lee la renvoyait à un officier des Services Secrets chinois parce qu'il en faisait lui-même partie. Cela signifiait qu'une seule phrase avait rendu cette affaire bien plus complexe qu'elle ne l'était déjà.

— En fait, dit Lee, j'ai sa carte professionnelle sur moi.

Il cessa de se frotter la tempe et, doucement, alla chercher le bout de carton qu'il tendit à son interlocutrice en la tenant dans ses deux mains, à la manière chinoise, et en n'oubliant pas de s'incliner devant elle.

Nina lut ce qui était écrit sur le bristol.

— Restez ici, commanda-t-elle.

Elle emprunta le couloir et, gardant Lee dans son champ de vision, elle sortit son portable. Elle appela la CAT et discuta avec Jamey Farrell.

— Jamey, ici Nina. Pourrais-tu procéder à un rapide contrôle d'identité ? Il s'agit d'un certain Richard Hong. Il travaille à l'ambassade chinoise de L. A. Tu me mets en relation avec eux et si ce Richard n'y est pas, arrange-toi pour qu'on me passe un de ses collaborateurs.

Nina attendit quelques minutes, ne quittant pas Marcus Lee des yeux. Ce dernier s'était assis sur un gros pouf et semblait parfaitement tranquille.

— Nina ? fit la voix de Jamey au bout du fil. Ils ont d'abord tenté de noyer le poisson, mais j'ai fini par avoir Hong. Je te le passe.

Il y eut un cliquetis et Nina demanda.

— Monsieur Richard Hong ?

— Lui-même. Qui est à l'appareil ?

La jeune femme se présenta et lui confia ensuite où elle se trouvait. Richard Hong l'interrompit.

— Je pense que nous devrions nous voir en tête à tête pour clarifier la situation.

Nina comprit que cette conversation téléphonique ne l'enchantait guère.

— Pouvez-vous venir à mon bureau ? ajouta Hong.

— Pas si Tuman en profite pour décamper, une fois que j'aurai franchi le seuil de sa maison.

— Il ne représente aucun danger. Je vous le garantis.

La jeune femme fit rapidement le point sur les options qui se présentaient à elle. Si elle suivait la procédure habituelle, elle tiendrait compte de l'avertissement et s'en irait. Mais elle avait très envie de garder Lee sous contrôle, et d'ignorer les considérations de Chappelle qui désirait faire preuve de doigté. Peut-être Hong accepterait-il qu'elle emmène Lee avec elle pour une confrontation ? Elle s'apprêtait à le suggérer à son interlocuteur, quand la sonnerie de la porte d'entrée retentit. Lee se leva et s'approcha de la jeune femme, lui demandant, par signe, s'il l'autorisait à répondre. Nina hocha affirmativement la tête et suivit le Chinois.

— Merci de ce que vous venez de m'apprendre, Monsieur Hong, dit-elle en baissant instinctivement la voix. Mais je pense qu'il est important que j'aie d'abord une conversation avec Monsieur Lee. Attendez quelques instants…

Nina s'arrêta tandis que le Chinois ouvrait la porte. Trois hommes vêtus de costumes sombres, les yeux masqués par des lunettes de soleil, se tenaient sur le seuil. Les inconnus observèrent Nina avec, sembla-t-il, une certaine curiosité.

— Monsieur Lee, lança l'un d'eux.

Il sortit une carte de sa poche et la présenta à son interlocuteur, tout en gardant les yeux rivés sur Nina.

— Clay Lonis, Département du Trésor. Qui est-ce ?

Il désignait Nina. Lee fit un pas de côté et ouvrit les bras, comme s'il invitait la jeune femme à les rejoindre.

— Monsieur Lonis, voici l'agent Myers.

Nina serra les dents. Département du Trésor… Pourquoi donc les Services Secrets rendaient-ils visite à Marcus Lee ?

14:46
Immeuble fédéral, à l'ouest de Los Angeles

Un nouveau coup brutal fit trembler le fourgon de police. Cette fois, le véhicule en fut réellement ébranlé, un peu comme si une main gigantesque s'était emparée de lui et le secouait. À l'extérieur, les cris redoublèrent, mais il ne s'agissait plus d'appels au secours. Un chant syncopé les avait remplacés, et le véhicule épousa ce nouveau rythme. Merde, pensa Jack.

14:48
Mountaingate Drive, Los Angeles

Nina déclina son identité auprès de Clay Lonis. Il eut, pour seule réaction, de hausser les épaules. Tout en ôtant ses lunettes, il demanda, en désignant la porte :

— Pourrais-je vous dire un mot ?

Nina hocha la tête et le suivit à l'intérieur de la maison, après s'être assurée que les deux autres agents des Services Secrets restaient avec Lee. Évitant l'ombre du porche, elle s'arrêta près de la balustrade qui dominait l'allée circulaire. La propriété était vraiment splendide et le jardin admirablement composé, mais la tension dans l'air lui fit comprendre qu'elle était tombée sur un sacré sac de nœuds.

Clay Lonis semblait tout droit sorti d'un manuel du FBI : il mesurait un peu plus d'un mètre quatre-vingt dix, avait les cheveux blond roux, soigneusement taillés, et le menton volontaire. Il remit ses lunettes, ce que Nina trouva agaçant.

— Agent Myers, puis-je vous demander ce que vous faites ici ?

— Que veulent les Services Secrets ? lança-t-elle.

— Non ! Répondez d'abord à ma question, rétorqua Lonis avec un sourire.

Nina se renfrogna, non en raison d'une quelconque rivalité entre services, mais juste parce qu'elle n'aimait pas qu'on vienne fourrer son nez dans ses affaires.

— Je fais mon boulot, répondit-elle évasivement. À votre avis, Tuman représente-t-il un risque quelconque pour la sécurité intérieure ?

Malgré les lunettes qui dissimulaient son regard, la jeune femme saisit la réaction de surprise de son interlocuteur.

— Vous voulez parler de Lee ?

Nina grimaça.

— On l'appelle comme ça de temps en temps… Mais je comprends, à votre réaction, que ma question n'a pas lieu d'être. Si jamais Lee présentait un quelconque danger, vos collègues se seraient déjà assurés de sa personne, non ? Alors, dites-moi : qu'est-ce qui se passe ?

Cette fois, Lonis l'examina par-dessus ses lunettes.

— Rien de dramatique. Ce n'est qu'une des pièces du puzzle.

— Mais encore ?

— Peut-être pourriez-vous d'abord m'éclairer sur votre enquête. Vous et vos collègues appartenez au contre-espionnage… Et compte tenu de mon boulot, cela me rend nerveux.

Nina comprit que si elle voulait obtenir un minimum d'informations, il lui faudrait en lâcher d'abord quelques-unes. Dans le cas contraire, la conversation allait vite tourner court. Elle se jeta à l'eau.

— Nous avons quelques questions à poser à Lee… concernant un de ses noms d'emprunt, et aussi à propos d'un gros transfert d'argent qu'il a effectué pour une organisation terroriste.

Lonis digéra ce que Nina venait de lui apprendre, puis répondit.

— Voilà qui est inquiétant. Mais je crois sincèrement que vous faites fausse route. Nos services ont également enquêté sur Monsieur Lee avec l'aide du gouvernement chinois. Il ne représente aucun danger potentiel. C'est tout ce que je peux dire.

Quelque chose clochait, Nina en était convaincue, mais pour l'instant, elle ignorait quoi. Le gouvernement chinois et les Services Secrets américains ne la laisseraient certainement pas emmener avec elle Marcus Lee, aux fins d'interrogatoire, sans lui mettre des bâtons dans les roues. Elle botta donc en touche.

— J'ai un rendez-vous urgent. Je suppose que vos hommes vont rester ici un bout de temps ?

Avant que Lonis n'ait le temps de lui répondre, elle ajouta :

— Je suis sûre que, quand ils veillent sur quelqu'un, ce sont des pros. Qu'ils gardent un œil sur notre homme, je n'en demande pas plus. Je tiens juste à ce que Lee ne puisse pas s'enfuir. Il faut que j'aille m'entretenir avec quelqu'un.

L'agent secret hocha la tête.

— Lee n'ira nulle part. Je vous le promets.

L'agent de la CAT s'éloigna de quelques pas et mit son téléphone à l'oreille. Richard Hong avait bien entendu raccroché, aussi passa-t-elle de nouveau par ses services pour être remise en relation avec l'ambassade.

— J'arrive, dit-elle laconiquement. Je pense que je vais avoir besoin de quelques explications.

— Je suis très heureux de pouvoir vous aider, répondit Richard Hong, avec une politesse toute orientale.

14:55
Immeuble fédéral, à l'ouest de Los Angeles

Le fourgon de police était secoué si brutalement que les prisonniers furent projetés les uns sur les autres plusieurs fois. À un moment, Jack Bauer cala ses pieds sous le rebord du banc sur lequel il était assis. Le véhicule fut de nouveau ballotté, si fort cette fois que l'agent spécial se retrouva pratiquement debout, avant de perdre l'équilibre et de se cogner contre la cloison métallique.

— Mais qu'est-ce qu'ils foutent ? hurla le blondinet. Ils sont dingues…

— Ils veulent nous libérer, répondit Jack en se relevant péniblement.

Le fourgon était remué sporadiquement depuis de longues minutes. Les brèves interruptions s'accompagnaient de cris et de hurlements. Jack supposa que les policiers cherchaient à reprendre le contrôle de la situation, mais les manifestants étaient trop nombreux. De plus, chaque groupe d'émeutiers, après avoir semé la panique, se retirait, aussitôt remplacé par un autre, plein d'allant. Une seule fois Jack entendit quelqu'un entrer, côté conducteur, et tenter de faire démarrer le fourgon, sans succès.

Cette agitation durait depuis un bon quart d'heure, et Jack pria pour que la police n'ait pas renoncé à intervenir. Mais peut-être les agents ignoraient-ils que le fourgon retenait des prisonniers ? À moins qu'ils s'en moquent et dans ce cas, cela signifiait qu'ils avaient cédé devant les émeutiers.

Le fourgon fut de nouveau violemment ébranlé. Ses essieux gémirent. Cette fois, il parut sur le point de se renverser et resta penché d'un côté, en équilibre instable un moment, comme s'il avait tout son temps pour se décider. Dehors, une série de sifflements et d'applaudissements retentirent, jusqu'à ce que le camion retombe sur ses pneus dans un bruit d'enfer. De nouveau les émeutiers s'en prirent au véhicule, le secouant comme un prunier.

— Ils vont nous tuer ! se lamenta le blond. Il faut qu'ils arrêtent !

— Mets ta tête dans tes bras, recommanda Jack. Si jamais le fourgon se renverse, surtout protège ta nuque.

Les chants reprirent et le fourgon fut ballotté de

droite à gauche, encore plus violemment que précédemment. Jack colla ses pieds contre la cloison, s'attendant désormais au pire.

— Tiens-toi prêt, lança-t-il au blondinet au bord des larmes.

Sur une dernière poussée, la carcasse métallique se mit à trembler, comme si elle allait se déglinguer. Jack avait rentré la tête dans les épaules, priant pour que le fourgon se renverse exactement comme il l'avait prévu, ce qui lui permettrait de garder son équilibre. Du moins, il fallait l'espérer. Hélas, le véhicule s'effondra méchamment sur le côté, envoyant Jack valdinguer, cul par-dessus tête. L'agent de la CAT se retrouva les épaules collées au sol, la nuque comprimée contre la paroi métallique. Le fourgon frémit encore, puis glissa sur plusieurs mètres dans un hurlement de tôles froissées. L'impact brutal entre le métal et l'asphalte provoqua dans la nuque de Jack un gigantesque choc électrique.

Dehors, la foule clamait sa joie.

9

LES ÉVÉNEMENTS SUIVANTS SE DÉROULENT ENTRE 15 H ET 16 H

15:00
Centre de commandement de l'immeuble fédéral
À l'ouest de Los Angeles

Kim Bauer était assis sur un petit lit, dans le sous-sol de l'immeuble, depuis à peu près deux heures. Elle se trouvait dans une sorte de minihôpital, avec d'autres lits destinés à recevoir des patients, des paravents amovibles, des perches sur roulettes avec des crochets pour y suspendre des perfusions.

On avait fermé la lourde porte du dispensaire, mais de temps à autre des gens entraient, parfois pour s'occuper d'elle, ou aller prendre des médicaments dans une réserve attenante. Chaque fois que Kim demandait si elle pouvait se lever, la femme ou l'homme à qui elle s'adressait lui lançait un « non » sans appel avant de tourner les talons.

Plus le temps passait, et plus les demandes de la jeune fille se faisaient pressantes, mais les réponses demeuraient inchangées. Entre deux allées et venues, elle aperçut dans le couloir des employés fédéraux, quelques-uns en uniformes de policiers, d'autres en civils, qui pressaient le pas.

À un moment, deux officiers de la sécurité entrèrent,

soutenant un de leur collègue dont la tête avait été hâtivement bandée. Du sang tâchait le pansement et ruisselait sur son front et une joue. Ils l'installèrent sur un lit. Un médecin – la femme qui s'était occupée de Kim – tira un rideau derrière elle afin de le dissimuler aux yeux des curieux.

— Excusez-moi, mais je dois y aller, lança Kim en s'adressant à un des officiers.

Ce dernier la regarda. Il avait un visage rond, rouge et transpirait sous sa casquette.

— Croyez-moi, vous n'irez nulle part maintenant, dit-il. Ça barde, dehors.

— Laissez-moi au moins appeler ma mère, insista Kim. Elle doit être dans tous ses états.

— Vous avez un portable ?

— Plus de batterie.

L'officier soupira.

— Venez avec moi.

Il conduisit Kim le long de la pièce principale qui bruissait d'activité.

— C'est ici, l'informa-t-il, en désignant un téléphone mural.

Puis il tourna les talons et la laissa seule.

Kim composa nerveusement le numéro de la maison. Sa mère décrocha après la première sonnerie.

— Maman, c'est moi, ne t'inquiète pas…

— Kim ! Merci, Mon Dieu ! Mais où diable es-tu ? Tu sais qu'il y a une émeute…

— Je vais bien, Maman. Pa' m'a emmenée dans l'immeuble fédéral avant que tout commence.

— Il n'aurait jamais dû te laisser au milieu de cette foule !

La voix de sa mère était tendue et Kim savait qu'elle n'avait pas cessé de se ronger les sangs pour elle. Si son portable avait été en état de marche, elle aurait certainement reçu une bonne douzaine de SMS angoissés, la pressant de rentrer.

— Il ne pouvait pas savoir que ça dégénérerait, fit la jeune fille. Tu devrais te montrer moins dure avec lui.

— Lui et ses collègues sont toujours au courant de tout, Kim ! répliqua sa mère d'une voix sèche. Ton père sait plein de choses, plus qu'il ne veut en dire, crois-moi. Laisse-moi lui parler.

— Il n'est pas là… Il est… parti.

Sa mère jura.

— Bon ! Je viens te chercher.

— À mon avis, tu ne pourras pas, Maman. C'est l'enfer dehors. Mais ne t'inquiète pas, je suis en sécurité ici. Tu devras attendre un peu que le calme revienne.

Kim apprit également à sa mère que son portable n'avait plus de batterie et promit de la rappeler une demi-heure plus tard. Elle raccrocha le combiné et palpa doucement son bras à l'endroit où la doctoresse lui avait prélevé du sang.

15:10
Laboratoire du National Health Services,
Los Angeles

Célia Alexis se frotta les yeux avant de regarder dans l'œilleton du microscope. La journée avait été longue et les nouvelles des émeutes près de l'immeuble fédéral n'aidaient pas à sa concentration. Elle savait que John – son petit ami du moment – pouvait prendre soin de lui, mais elle n'ignorait pas non plus que, dès qu'il voyait quelqu'un en difficulté, il courait prendre sa défense, sans tenir compte du danger encouru. Elle l'avait déjà vu à l'œuvre en Haïti, quand ils étaient enfants, et même adulte, il se montrait tout aussi imprudent. Quand elle le lui reprochait, il éclatait de rire, en lui lançant qu'un shérif adjoint à L. A. était supposé réagir face aux problèmes, mais elle savait – oh ça, oui, elle le *savait* – qu'il se tenait toujours prêt à affronter le danger, parce qu'il aimait prouver qu'on ne trouverait pas meilleur que lui. C'était une attitude typique d'immigrant et d'enfant qui ne grandirait jamais.

Bien sûr, elle était consciente de souffrir elle-même d'un syndrome identique. D'abord en tant que lycéenne, à Stanford, puis à UCLA, lorsqu'elle avait entrepris ses études supérieures de médecine. Elle n'avait pas besoin d'être toujours forcément la première mais, lorsqu'elle perdait quelques places dans le classement, elle se sentait comme blessée dans son amour-propre. Elle avait laissé derrière elle son enfance de sauvageonne en Haïti mais, au fond, il lui semblait porter sur ses épaules le fardeau de l'île tout entière. Une autre preuve de son complexe d'émigrée ? Elle n'avait jamais réussi à se défaire du léger accent qui ponctuait chacune de ses phrases. Ses amis, et les hommes qui étaient passés dans sa vie, aimaient ces inflexions chantantes. Elles évoquaient des images de calypso et de déhanchements suggestifs, alors que pour elle, c'était le seul moyen de garder en mémoire les rues sales et la pauvreté de Port-au-Prince.

Célia se décida enfin à regarder dans le microscope. Elle étudia un échantillon du sang qu'on lui avait demandé d'examiner en urgence. Celui d'une jeune fille. La scientifique plissa l'œil, le reposa sur l'objectif, et ajusta le microscope. Mais lorsqu'elle se reconcentra sur l'échantillon, l'image que lui en donnait l'instrument n'avait pas changé.

— Ken ? appela-t-elle, pivotant sur sa chaise.

Dans le laboratoire, il y avait un autre chercheur. Il s'appelait Ken Diebold. Comme elle, il était vêtu d'une combinaison stérile et d'un masque. Les laborantins portaient ces blouses comme une seconde peau. Célia se fit la réflexion que, dans pareil cas, un environnement stérile s'avérait essentiel.

— Tu peux venir voir une minute, s'il te plaît ?

Diebold était un type bien, excepté pour son humour qui ne faisait rire que lui.

— De quoi s'agit-il ? La reine des Caraïbes a besoin de moi, maintenant ?

— Regarde, répondit Célia.

Ken s'approcha et, sans s'asseoir, se pencha et jeta un œil dans le microscope. Puis il se redressa vivement, et son regard croisa celui de sa collègue. Ensuite il s'assit sur une chaise, se plaça devant l'appareil qu'elle lui céda, et revint à son observation, oubliant tout à coup son sens de la repartie.

— Ça vient d'où ? demanda-t-il enfin, au bout d'une longue minute.

— De la CAT de Los Angeles. Ils viennent de nous l'apporter.

— La CAT de Los Angeles, répéta Diebold, la voix blanche. Ce patient se trouve actuellement aux États-Unis ?

Célia acquiesça en signe d'assentiment.

— Tu sais de quoi il s'agit ? interrogea Diebold.

— D'un filovirus. Il est apparenté à celui d'Ébola.

— Ou à celui de Marburg, supposa son collègue.

— Non, il ne s'agit pas de ce genre de virus. Ses filaments en forme de crochet ne correspondent pas.

— A-t-on isolé le patient ? Quand a-t-il été exposé au virus ?

— Je l'ignore. Mais nous avons tout intérêt à le savoir au plus vite, lâcha Célia d'une voix sinistre. Avant que la moitié de Los Angeles ne meure des suites d'une fièvre hémorragique.

15:14
Immeuble fédéral, à l'ouest de Los Angeles

La porte du fourgon de police fut soudain ouverte. Des mains plongèrent et tirèrent un à un les prisonniers hors du véhicule. Jack, qui se trouvait près de la porte, fut un des premiers à sortir. Il y avait beaucoup de monde autour du fourgon, applaudissant à chaque fois qu'un des prisonniers était libéré. Au-delà de la foule, on apercevait une rue sur une distance d'un kilomètre mais, plus loin, Jack vit une masse d'émeutiers qui bousculaient des policiers munis de boucliers et de bâtons. Les manifestants semblaient avoir perdu la raison, car ils se jetaient sur les forces de police, en ignorant les coups de matraque que celles-ci leur distribuaient.

— Nous avons réussi à nous en sortir, fit un des manifestants en s'adressant à Jack, comme un soldat qui donnerait ses consignes à un collègue. Ces bâtards ont fait du bon boulot en nous expulsant de la place... avec leurs satanés chevaux ! Mais nous vous avons tirés de là.

L'homme, qui parlait avec un léger accent hispanique, tenait une paire de pinces coupantes. Il se plaça derrière Jack et cisailla ses menottes.

— Hé ! appela un des émeutiers, penché dans le fourgon. Un des types est blessé. Et sérieusement on dirait.

Jack regarda dans sa direction. Le blessé en question était l'homme à la chemise bleue. Il cria alors qu'on le hissait hors du fourgon. Sa jambe gauche était brisée à hauteur du tibia. À cet endroit, elle formait un angle droit, ce qui donnait l'impression que le blessé était pourvu d'un second genou.

— Regardez ce qu'on a trouvé ! hurla un autre manifestant qui se tenait près de la cabine du fourgon.

Jack longea le véhicule et tomba sur trois types qui tiraient un policier inconscient de la cabine. Il reconnut le flic qui lui avait promis de téléphoner à la CAT. Blessé au niveau du crâne, son visage était couvert de sang et ses yeux semblaient vides. Il était aussi mou qu'une poupée de chiffons et ne représentait aucune menace. Mais parce qu'il portait un uniforme et que les émeutiers étaient devenus fous furieux, l'un d'eux le frappa brutalement à la tête.

Jack s'empara de la pince coupante et s'avança en direction de l'attroupement. Quand il l'atteignit, un autre manifestant levait son pied en direction du policier. Jack lui donna un coup dans la jambe. L'émeutier poussa un cri de douleur et bascula sur le côté. Les deux autres regardèrent Jack avec stupeur. Bauer en profita pour frapper l'estomac du premier, à l'aide de sa main armée de la pince coupante. Le bec de celle-ci s'enfonça dans le ventre du type qui, aussitôt, s'effondra sur le sol. Le troisième, revenu de sa surprise, attrapa Jack par le revers de sa chemise, mais l'agent de la CAT le gratifia d'un violent coup de tête dans le nez et l'envoya ainsi valser à quelques mètres.

— Mais qu'est-ce que tu fous, Bon Dieu ? hurla l'hispanique.

— Il n'est pas des nôtres, cria le blondinet qui venait juste de sortir du fourgon. C'est un flic !

Oui, mais un flic avec un flingue, car il venait juste de subtiliser l'arme de service du policier à terre. Il leva son 9 mm Beretta et, se redressant, il en menaça ceux qui commençaient à l'encercler.

— Foutez-moi le camp ! Sauf toi, ordonna Jack en désignant l'homme à la chemise bleue, étendu sur le sol. Allez, déguerpissez ! Tout de suite, sinon…

L'émeutier qui gisait sur le sol grommela.

— Merde, alors. Tu ne vas quand même pas…

Jack se pencha et appuya sur la détente de son arme, en visant juste à côté de son oreille. Devant le bruit de la déflagration, les émeutiers reculèrent tous d'un pas.

— Maintenant, dégagez ! ordonna-t-il.

La foule parmi lesquels les trois assaillants du flic – s'éparpilla comme une volée de moineaux. Jack observa leur dispersion jusqu'à ce qu'elle ne représente plus un danger potentiel. En hâte il s'agenouilla près du policier, qui le chercha du regard.

— Ça va ? demanda Jack.

— Pas… vraiment, répondit l'homme. Merci… Sans vous, ils…

— Gardez vos remerciements pour plus tard, le coupa Bauer. Espérons qu'ils vont vite nous oublier.

Il jeta un œil en direction de l'immeuble fédéral, mais il n'y avait pas d'uniforme en vue. Ils étaient tous, soit dans le bâtiment, soit en train de repousser les émeutiers. Il s'empara de la radio du policier.

— Allô, Central, ici…

Jack regarda autour de lui pour s'aviser du nom de l'officier, mais ne trouva aucune inscription sur son casque.

— Agas… tonetti, souffla le flic.

— Ici l'officier Agastonetti, reprit Jack. Policier à terre entre Federal et Wilshire, juste après l'immeuble fédéral. Je répète, policier à terre.

Il coupa la communication très vite. Moins il donnerait de détails, plus vite les secours arriveraient sur place.

Jack avait besoin de renforts, mais pas tout de suite. Il se retourna et se dirigea vers le type à la chemise bleue. Il s'accroupit près de lui. L'homme frémissait et sanglotait de douleur. Son pantalon était taché de sang. Jack comprit, sans l'examiner, qu'il souffrait d'une fracture ouverte. Son tibia avait été brisé quand le fourgon s'était brutalement renversé.

Il prit le visage du type d'une main et le tourna vers lui, de manière à ce que leurs regards se croisent.

— Ton nom.

L'homme sanglota de nouveau, puis répondit.

— Kassim… Turkel.

— Kassim, tu as subi un sacré choc, fit Jack d'une voix calme. Ta jambe est brisée et tu as une hémorragie du côté du tibia. Tu vas crever, si je ne t'aide pas tout de suite. Tu as envie de mourir ?

Kassim secoua la tête en signe de dénégation. Jack s'assit à côté de lui et soupira.

— Personnellement, je me désintéresse de ton sort.

Que tu crèves ou que tu vives, ça ne change rien pour moi.

Une lueur de terreur pure passa dans les yeux de Kassim. Jack poursuivit, sur le même ton.

— Si tu veux que je m'occupe de toi, d'une façon ou d'une autre, il va falloir que tu répondes aux questions que je vais te poser. Tu as compris ?

Kassim acquiesça.

Jack esquissa un sourire de satisfaction. Il donna un bref coup de crosse sur la jambe cassée de Kassim. Celui-ci poussa un hurlement déchirant.

— Bien. Alors, commençons.

15:18
Laboratoire du National Health Services,
Los Angeles

Célia se leva quand Eli Hollingsworth, le directeur de la NHS[1], entra dans la pièce. Il avait hâtivement enfilé une tenue stérile au-dessus de son costume trois pièces.

— Faites-moi voir, dit-il laconiquement.

Célia lui céda la place et le laissa examiner l'échantillon de sang. Au bout d'un moment il se redressa, le visage blême. Il paraissait soudain plus âgé que ses quarante-sept ans.

— Les données que vous avez relevées dans cet échantillon correspondent aux informations qui viennent de nous parvenir du Brésil. Les autorités locales de la province de Mina Gerais ont découvert un natif du pays dans sa hutte. Son corps était complètement lacéré, mais l'autopsie a exclu la mutilation pour expliquer les plaies. Cet homme a souffert d'une terrible fièvre hémorragique qui l'a détruit de l'intérieur.

1. National Health Services. *(N.d.T.)*

— La plupart de ces fièvres proviennent d'Afrique, souligna Célia.

— Pas celle-ci, affirma Hollingsworth. Du moins si l'on en croit les premiers examens. Il s'agit du premier cas de fièvre déclaré si loin de son foyer habituel, dans un espace de population non protégée et probablement avec un très fort taux de transmission d'un individu à l'autre. Je ne vois pas comment quelqu'un a pu rapporter ce virus de là-bas. On peut donc en conclure que la fièvre s'est déclarée dans la région.

— Et maintenant il est ici, ajouta Célia d'une voix blanche. Est-ce qu'on a des informations complémentaires concernant notre patiente ? Et où en sont-ils, au Brésil ?

— La CAT ne nous a encore rien dit, pour raisons de sécurité. Tout ce que nous savons, c'est qu'on a découvert le virus ce matin, à neuf heures. Ah, dernière précision : une différence sépare ce virus de celui de Minas Gerais. Celui de L. A. semble se reproduire plus lentement que son homologue. J'estime qu'il faudra attendre à peu près vingt heures avant l'apparition des premiers symptômes. Peut-être plus même. Le malade brésilien, lui, est mort en un peu moins de douze heures.

— Nous voilà donc confrontés à deux souches de virus, conclut Célia d'un ton sinistre. Des souches pour lesquelles il n'existe aucun vaccin.

15:23
Immeuble Fédéral, à l'ouest de Los Angeles

Kassim Turkel hurla de nouveau, mais son cri résonna faiblement dans la rue désormais déserte. Jack l'avait à peine touché, et il laissa le canon de son arme sur la jambe blessée de Kassim.

— Tu appartiens au mouvement d'indépendance du Turkestan Oriental, n'est-ce pas ?

— Oui.

— Et tu as payé Ayman al-Libbi pour venir ici et commettre un attentat contre le G8 ?

Il n'y eut aucune réponse. Aussitôt le petit museau froid de l'arme tapota la jambe blessée. Tap, tap.

— Oui ! Oui ! hurla Kassim.

— Que prévoit Ayman ?

— Je ne sais pas.

Tap, tap, tap.

— Je ne sais pas ! Vraiment, je l'ignore ! cria en ouïgour Kassim, avant de recommencer, cette fois en anglais.

— Il lui faudra de l'aide pour mener à bien son projet. Où est-il allé ? Qui a-t-il rencontré ?

— Je ne sais...

Nouveau coup : tap.

— Argh ! gémit Kassim, les yeux pleins de larmes. Je... Je n'ai jamais rencontré son contact avant. On est allés le chercher, mais il attendait à l'extérieur. Je ne sais pas ce qu'il voulait.

— Son nom.

— Fa... Farrigian.

Tamar Farrigian. Jack le connaissait. C'était à la fois un recéleur et un trafiquant qui évoluait en eau trouble. Parfois, il jouait les informateurs pour la CAT, ce qui lui avait permis de s'éviter des problèmes et de continuer son minable petit business. Mais s'il avait vendu des armes pour un type comme al-Libbi, il risquait gros.

— Quel type d'armes lui a-t-il acheté ?

— Des bombes. Ou des roquettes. Des explosifs en tout cas. Je n'ai pas vu de quoi il s'agissait.

— Son attaque est prévue pour quand ? demanda Jack. Et où aura-t-elle lieu ?

Il n'y eut aucune réponse. Il tapota de nouveau gentiment la jambe de Kassim, mais l'homme se contenta de crier et de sangloter dans sa langue natale. Jack n'alla pas plus loin. Il ne pensait pas al-Libbi susceptible de dévoiler ses plans à ses comparses.

— Que sais-tu sur le virus ? demanda-t-il, en pensant à Kim.

— Le... Le quoi ? répondit Kassim.

Il ne semblait pas feindre.

— Le virus ! insista Jack en appuyant très fort sur la jambe de Kassim.

— Je ne sais pas, je ne sais pas de quoi vous parlez ! bégaya l'homme. Quel virus ?

Cette fois, Jack le crut.

15:29
Consulat général du peuple chinois, Los Angeles

Le consulat chinois se situait près du centre-ville, aux alentours de Vermont et de Wilshire et à un jet de pierre du parc Lafayette. Nina Myers rejoignit l'immeuble en près de trente minutes. Elle parcourut à toute vitesse des routes qui serpentaient le long de Mulholland Drive. Elle suivit la courbe de Laurel Canyon puis, toujours pour éviter la manifestation, embraya sur un demi-tour à gauche le long de Third Street, le tout en ignorant une partie des feux rouges.

Au Consulat, une jeune femme discrète, en tailleur couleur gris perle, étudia ses lettres de créances, puis lâcha quelques mots chinois dans le micro fixé au revers de son col. Ensuite elle se leva et accompagna Nina jusque dans une petite pièce, meublée d'une large table flanquée de fauteuils en cuir.

— De l'eau ? proposa la jeune Chinoise qui se déplaçait comme une ombre.

Comme Nina déclina l'offre, elle s'inclina et sortit, en silence. Richard Hong fit irruption dans la pièce un moment plus tard, aussi bruyant que la jeune femme s'était montrée discrète.

— Mademoiselle Myers, comment allez-vous ? s'enquit-il avec un bel accent américain.

Il lui serra vigoureusement la main et, se laissant tomber dans le fauteuil en face de la jeune femme, croisa les jambes. La table basse, plus appropriée à un thé entre amis qu'à une réunion de travail, lui arrivait aux mollets. L'homme sourit et demanda.

— Que puis-je faire pour vous ?

Nina connaissait les règles du jeu, mais refusait de s'y soumettre. Elle coupa court aux finesses diplomatiques.

— Pourrais-je connaître les raisons qui ont poussé le gouvernement chinois à nous cacher le véritable nom de Marcus Lee, à savoir : Nurmamet Tuman ? Et une autre question : pourquoi votre compatriote a-t-il donné de l'argent au groupe indépendantiste MITO ?

Manifestement, la jeune femme prit son interlocuteur de court. L'homme se redressa et son expression bonhomme disparut. Ses yeux noirs se mirent à briller. Il l'observa quelques secondes, jeta un coup d'œil rapide en direction de la porte d'entrée, puis revint à Nina. À cet instant, cette dernière devina plusieurs choses. D'abord, que la pièce était certainement placée sous écoute. Ensuite, que ses accusations s'avéraient suffisamment sérieuses pour que Hong s'attende à voir surgir ses collègues… Et manifestement, quelqu'un de plus haut placé que son interlocuteur avait décidé de laisser l'entretien se poursuivre.

Richard se reprit en lui répondant, d'une voix neutre.

— Il n'existe pas d'organisation appelée MITO.

Nina s'apprêta à protester, mais Hong la devança, retrouvant sa bonhomie.

— Bien sûr, il y a quelques mécontents, dit-il, aimable. Mais les assimiler à un mouvement d'indépendance serait aussi saugrenu que de considérer l'équipe des Clippers comme une équipe de basket-ball professionnelle. Stricto sensu, oui, mais pas dans les faits.

— MITO a pourtant perçu deux millions de dollars,

répliqua Nina. Et, dans les faits, c'est Tuman qui les leur a donnés. De plus, il est assez astucieux pour avoir trafiqué son dossier. Ainsi personne ne s'est rendu compte qu'il avait changé de nom… ou qu'il fut, réellement, un supporter actif de la résistance du Turkestan Oriental en Urumchi.

Hong lui jeta un œil noir fort peu diplomatique. Nina ne se laissa pas intimider. Rien de ce qui pouvait lui faire perdre ses moyens ne se trouvait dans cette pièce.

Un petit bip retentit. Hong s'excusa, sortit son portable d'une poche, l'ouvrit et écouta ce que son interlocuteur lui disait. Il répondit quelque chose en chinois, puis rangea son téléphone.

— Mademoiselle Myers, voici tout ce que je peux vous dire : Monsieur Marcus Lee ou Nurmamet Tuman, comme vous l'appelez, ne représente une menace, ni pour vous, ni pour les États-Unis d'Amérique. Il a servi comme officier dans l'Armée du Peuple, et si vous ne me croyez pas, alors je me suis trompé sur votre compte.

Cette phrase, en apparence énigmatique, signifiait tout simplement ceci : *Lee était autrefois un espion. Vous-même en êtes certainement une, donc vous comprendrez que je ne puisse en dire plus*.

— Il a changé de nom, ajouta Hong, pour protéger sa vie privée, mais au nom du peuple chinois, je vous affirme qu'il est maintenant à la *retraite*.

— Son vrai nom est ouïgour, fit Nina, remerciant silencieusement Jamey Farrell et les autres techniciens de la CAT pour les leçons de géographie qu'ils lui avaient données pendant qu'elle conduisait. Avant qu'il prenne sa retraite, a-t-il travaillé dans la région autonome du Xianjing-Ouïgur ? A-t-il infiltré MITO ?

Richard Hong se leva en souriant toujours aussi chaleureusement. Il se comportait comme si Nina venait de prendre congé, et non s'il s'apprêtait à répondre à une nouvelle question.

— Très heureux de vous avoir rencontré, lui lança-t-il, dans son superbe accent américain. J'espère qu'on se reverra.

Il s'inclina, lui serra la main, sans se préoccuper du fait qu'elle était toujours assise et qu'elle le regardait, stupéfaite.

— Bonne journée, ajouta-t-il, avant de sortir, laissant la jeune femme seule dans la pièce.

15:40
Immeuble fédéral, à l'ouest de Los Angeles

Jack avait envoyé les informations soutirées à Kassim Turkel, au bord de l'évanouissement. Il savait qu'il n'aurait pas pu soutirer davantage d'informations concernant le nom de Tamar Farrigian. Il espérait trouver ailleurs des renseignements sur le virus, mais s'était attendu à ce que Turkel ignore tout à ce sujet. Ayman al-Libbi était connu pour ne jamais rien divulguer et il avait rendu certains de ses patrons furieux en gardant pour lui des données en sa possession.

Un énorme hurlement se déversa tel un flot furieux le long de Wilshire Boulevard. Jack jeta un coup d'œil en direction de l'est et vit que la ceinture de sécurité, formée par la Police, venait d'être brisée. Les flics reculaient devant l'attaque impétueuse des émeutiers. Ceux-ci se répandaient dans la rue en plusieurs vagues brutales. *Quels abrutis*, pensa Jack. *Tout ce qu'ils récolteront, ce sera un nouvel assaut de la Police montée et des jets de balles en caoutchouc. Et tout ça pourquoi ?*

L'agent spécial abandonna Turkel dans la rue, projetant de demander au FBI ou à d'autres agents de la CAT de le récupérer plus tard. De toute façon, avec sa jambe brisée, le terroriste ne risquait pas d'aller bien loin. Pour le policier blessé, par contre…

Jack le rejoignit.

— Pouvez-vous marcher ? demanda-t-il.

Le policier hocha la tête.

— Seulement si vous empêchez la rue de trembler sous mes pas.

— Allez, venez.

Jack Bauer aida l'homme à se relever et le soutint, en passant son bras sous son aisselle. Ensemble ils clopinèrent en direction de l'immeuble fédéral, se faufilèrent maladroitement au milieu d'une rangée de piliers en pierre, traversèrent la pelouse et se retrouvèrent enfin devant les portes vitrées. Des agents en uniforme leur ouvrirent de l'intérieur et les attirèrent dans le bâtiment. Une jeune femme aux cheveux courts se trouvait parmi eux. Elle tendit la main à Jack.

— Agent Bauer ? Je me présente : Cynthia Rosen.

Jack se souvint lui avoir parlé au téléphone.

— Merci pour votre aide. Pourriez-vous me prêter une voiture ? Je dois retourner à la CAT. C'est urgent.

Rosen réagit au quart de tour.

— Hé bien, oui. Mais au sujet de votre fille…

Kim. Jack eut un pincement au cœur. La première urgence pour un père consistait à protéger sa fille. Il avait trouvé très pénible d'inventer un mensonge pour qu'elle entre dans l'enceinte protectrice du bâtiment. Maintenant que le danger immédiat était écarté, il ne souhaitait qu'une chose : la prendre dans ses bras et la dorloter. Il savait pourtant pertinemment que Kim avait bel et bien été infectée par un virus mortel. À en croire son ravisseur, il ne lui restait que quelques heures avant de courir un danger ou de devenir contagieuse. Ainsi, le mieux à faire pour la sauver, c'était de mettre la main sur ceux qui lui avaient inoculé cette saloperie, les forcer à la soigner… avant de les punir pour leur forfait.

— Avez-vous des agents pour escorter ma fille jusqu'à la maison, agent Rosen ? demanda-t-il. Moi, je dois y aller. C'est très urgent. Et maintenant, conduisez-moi à cette voiture.

15:47
Mountaingate Drive, Los Angeles

La camionnette blanche avec l'inscription *Sanchez, Paysagiste* inscrit sur le côté s'engagea lentement dans l'allée circulaire. Là, un agent des Services Secrets lui intima l'ordre de s'arrêter. L'homme portait un jean et un T-shirt, mais ses cheveux coupés courts, sa stature et son air autoritaire le trahissaient. Bien entendu, même sans ces éléments, al-Libbi aurait reconnu en lui un agent secret, puisqu'il n'ignorait pas que plusieurs d'entre eux occupaient la maison.

— Puis-je vous aider ? demanda le jeune type.

— Je veux. Je suis le jardinier, fit al-Libbi en prenant un accent mexicain identique à celui de l'homme qu'il avait tué.

Avec sa barbe naissante, sa peau bronzée et son accent, il passait aisément pour un Latino. Il avait utilisé cette identité un grand nombre de fois depuis son arrivée aux États-Unis, et même quand il avait voyagé au Salvador ou au Guatemala.

— Un problème ? poursuivit-il.

L'homme des Services Secrets secoua la tête en signe de dénégation, après avoir soigneusement examiné le jardinier. Il s'écarta de la camionnette, se détourna et dit quelque chose dans le microphone qu'il portait accroché au col de sa chemise. Un moment plus tard, la porte d'entrée s'ouvrit et Nurmamet Tuman – qui, ici, se faisait appeler Marcus Lee – apparut, suivi d'un autre agent secret en costume.

— Tout est règle, Monsieur Lee ? demanda al-Libbi d'un ton anxieux. Vous savez, j'ai la carte verte…

Tuman hocha la tête, jouant le type agacé.

— Évidemment, il s'agit bien là de mon jardinier, répondit-il sèchement aux deux agents.

— Bon, laissons-le faire son boulot, décida celui qui portait un costume.

Ayman al-Libbi leur adressa son plus beau sourire et démarra la camionnette.

15:49
Santa Monica, Californie

Il s'appelait de son vrai nom Bernard Copeland. Il était docteur en biologie et, depuis peu, il avait projeté de sauver le monde.

Pour l'instant, il se contenta de trébucher devant le porche de son élégante maison située sur Fourteenth Street, dans le nord du Montana à Santa Monica ; il ferma la porte derrière lui et, exténué, glissa sur le sol marbré. Pendant quelques secondes, il écouta son cœur qui battait à tout rompre, avant de sortir de sa poche un petit bout de papier qu'il déroula. Il contenait un petit tas de feuilles de maracuja. Copeland en enfourna deux dans sa bouche et, tout en les mâchant avec soin, il poussa intérieurement un soupir de soulagement.

Copeland savait que le monde courait à sa perte depuis plus de vingt ans déjà. Il avait vu l'espèce humaine détruire avec acharnement son propre environnement quand il travaillait en tant qu'étudiant en biologie dans la forêt amazonienne. Il avait rejoint la EPA un peu après avoir obtenu ses diplômes, unissant alors toute son énergie à celle du gouvernement qui tentait de préserver l'habitat humain. Mais sept ans à l'Agence de Protection Environnementale lui avait donné la vraie définition de l'expression « double langage ». Il s'était en effet retrouvé très vite obligé, non pas de se battre contre les promoteurs, mais de légitimer les alliances que l'Agence avait contractées avec eux. Le gouvernement justifiait toujours son attitude permissive envers les industries qui empoisonnaient les rivières, balançaient des gaz à effet de serre dans l'atmosphère et transformaient de grandes parties du poumon vert en terres à bâtir. Dégoûté, Bernard Copeland avait donné sa démission. Pour dissimuler ses véritables intentions, il était allé travailler pour l'ennemi. Il avait offert ses services à une entreprise de recherche qui étudiait les propriétés médicales de la faune en Amazonie. Cela lui avait donné une excuse pour retourner dans cette région qu'il aimait, en même temps que cette nouvelle fonction lui fournissait une couverture. La firme pour laquelle il travaillait était pro-industrielle. Il portait cette bannière en public le plus souvent possible, et même bruyamment s'il le fallait.

En sous-main, le docteur Copeland entretenait des relations avec les mouvements écologistes. Au départ il rencontra des gens de Greenpeace et de Sierra Club, mais il réalisa très vite que ces groupes s'avéraient trop timorés pour prétendre atteindre ses objectifs. Il avait travaillé dans les services gouvernementaux et savait que la paperasserie administrative finit toujours par vous étouffer. Arrêter cette lourde machinerie gouvernementale réclamait des moyens bien plus radicaux que ceux mis en œuvre par les mouvements écologistes. Cependant, au fil des années, et grâce au Sierra Club, il entra en contact avec des sectes jusqu'au-boutistes, comme les Earth Firsters ou le Earth Liberation Front. Pour protéger son identité, il avait choisi un faux nom, dégoté dans le livre favori des écoterroristes, à savoir *Les Singes de la clé à molette*. Son pseudo : « Seldom Seen Smith » fut accueilli avec des rires mais préservait au moins son anonymat.

Copeland n'avait rien d'un utopiste. Il n'attendait pas que le monde redevienne un paradis antédiluvien. Ni végétarien ni protecteur de la cause animale, c'était avant tout un scientifique. Il avait étudié les données du problème posé par l'environnement, et en était arrivé à cette conclusion : l'homme ne pouvait pas continuer à détruire la planète sans que cela n'engendre de terribles conséquences. Quelqu'un devait arrêter l'espèce humaine dans son œuvre d'*auto-anéantissement*, et ce quelqu'un s'appelait Bernard Copeland.

Il commit quelques petits actes de terrorisme les premières années : brûla des cabanes isolées appartenant à des compagnies forestières, ou garnit de pointes certains arbres pour briser les chaînes des tronçonneuses des bûcherons. Mais il savait qu'il ne s'agissait là que d'un entraînement. Il pouvait bien protéger des millions d'arbres, il ne stopperait jamais l'œuvre dévastatrice des Forces de l'Argent.

Au début, il se servit de ses connaissances scientifiques pour convaincre les grosses compagnies de préserver la région qu'il adorait plus que tout : l'Amazonie. Il publia des articles décrivant les effets curatifs de la turbocuarine, dont le pouvoir naturel apaisant pouvait aider les patients atteints de la maladie de Parkinson. Il fit de nombreuses études sur le *Podophyllum peltatum*, plus connu sous le nom de mayapple, produisant des etoposides aidant à soigner le cancer des testicules. Pourquoi devrions-nous ravager la forêt amazonienne, argumenta-t-il, si on trouve, en son sein, de tels remèdes naturels ?

Mais rien de ce qu'il entreprit ne fonctionna vraiment. Même si la fabrication de médicaments motivait les grosses compagnies, les profits qu'elles en tiraient restaient bien inférieurs aux bénéfices issus du déboisage sauvage, et de l'utilisation a posteriori de ces terrains pour bâtir. Plus les années passaient, et plus Copeland comprenait le principe basique de la nature humaine : la cupidité commandait, l'homme demeurait secondaire. En fait, ce qui prévalait sur tout, c'était la peur. Ce sentiment poussait l'humanité en avant. Montrer les profits exploitables de l'Amazonie ne suffisait donc pas. En usant de moyens basés sur la coercition et sur la peur qu'elle suscitait, Copeland devait faire comprendre aux multinationales que cette région du monde était indispensable à la survie de la planète.

Pendant des années, il avait agi sans plan précis et un jour, par accident, il avait découvert les bienfaits curatifs de la résine du Croton lechleri au Brésil : la gomme en question avait pour nom *Sangre de Dragon*, c'est-à-dire Sang de Dragon. Ensuite, grâce à une nouvelle coïncidence – à moins que le destin ne soit intervenu ; même si Copeland ne croyait pas beaucoup à ce dernier –, il avait découvert un virus si mortel qu'il n'avait pas son équivalent dans toute l'Amazonie. Un des germes les plus terrifiants qu'il ait jamais rencontrés : il tuait très vite son hôte. Existant à l'état naturel, personne ne pouvait le détruire. Il s'agissait d'une variante de la fièvre hémorragique, un cousin éloigné de l'Ébola et du Marburg en Afrique. Copeland s'était spécialisé dans la biologie et non l'anthropologie. Il avait néanmoins élaboré une théorie selon laquelle le virus provenait de l'Empire Maya. La souche commune, qu'il avait découverte chez un petit groupe de singes capucins, porteurs sains, tuait un homme en à peu près vingt-quatre heures. En Amazonie, la forêt était si dense qu'il fallait parfois une bonne semaine pour la traverser. Les explorateurs avaient certainement « découvert » le virus une centaine de fois au cours des trois siècles précédents, mais personne n'avait réussi à y survivre, et donc à le rapporter en ville.

Dans sa forme première, ce virus s'avérait terrifiant. En moins de vingt-quatre heures, des lésions apparaissaient sur la peau sous la forme de plaques. Certains indigènes qui vivaient dans les petits villages à la frontière de la forêt, racontaient toutes sortes de légendes sur cette *uña de gato*, ou Griffe de chat.

Bernard Copeland avait trouvé l'arme qu'il avait tant convoitée.

Mais, comme il ne pouvait pas résister à la tentation d'altérer la nature en usant de son sens de l'observation,

Copeland rassembla ses compétences pour « améliorer » la Griffe du Chat. Il éleva des souches de plus en plus agressives, jusqu'à développer un virus qui tuait en moins de douze heures.

Son projet était à la fois simple et particulièrement vicieux. Il souhaitait infecter des gens haut placés pour les forcer à reconnaître – et ce publiquement – qu'il fallait à tout prix préserver la forêt tropicale où l'on trouvait du Sang du Dragon, seul antidote au poison. S'ils se refusaient à cette déclaration, ils mouraient.

Rendre son plan opérationnel n'avait rien de simple pourtant. Copeland avait passé des années à constituer un groupe d'écoterroristes dont certains membres défendaient des idées bien plus radicales que les siennes. Ils avaient notamment suggéré de répandre le virus dans le monde entier et d'attendre vingt-quatre heures avant de diffuser l'information concernant l'existence d'un antidote. Il faut utiliser le virus comme un moyen de persuasion, disaient-ils. Et aussi convaincre l'humanité de la nécessité de préserver la forêt tropicale.

Copeland avait reculé. En tant que scientifique, il évaluait toujours les répercussions d'une découverte. Il avait reconnu que quelques personnes devraient mourir. Par contre, en lâchant le virus sur la planète entière, des milliers, voire des millions d'individus disparaîtraient. Il trouvait le coût à payer en vies humaines beaucoup trop élevé. Copeland avait également étudié les actions de groupes terroristes tels que le PLO et Al-Qaïda. Il avait compris le principe qu'ils suivaient : il ne s'agissait pas de tuer le plus grand nombre de civils mais de les affoler.

Du temps avait passé. La petite armée de Copeland avait grossi, mais peu connaissait son patronyme. Il continuait à utiliser son nom de guerre, Seldom Seen Smith, et avait baptisé son groupe *Les Singes de la clé à molette*, considérant comme une couverture imparable cette appellation ridicule. Personne ne prendrait au sérieux un mouvement d'activistes à l'intitulé si grotesque. Pendant ce temps, il poursuivait son recrutement dans les entreprises, dans les universités et même au sein du gouvernement, cherchant ceux qui défendaient la cause environnementale. Quand il apprit que le sommet du G8 devait se tenir à Los Angeles, Copeland sut que le moment était venu.

Pourtant les événements ne s'étaient pas déroulés comme prévu. Le Bernard Copeland qui s'était évanoui sur le sol de sa maison de Santa Monica ne s'appelait plus Seldom Seen Smith. Smith s'était fondu aux émeutiers qui attaquaient l'immeuble fédéral. Smith avait été poursuivi par la police et traqué par un agent fédéral. Il avait usé de ruse avec Jack Bauer, en lui instillant son marqueur chimique expérimenté en Amazonie pour le suivre, sans se douter que Jack se montrerait plus malin que lui. Smith avait réellement infecté la fille de Bauer, mais elle ne courait pas le moindre danger. Il possédait un grand nombre de doses de vaccin qu'il lui ferait parvenir très facilement. Néanmoins, il savait très bien que quiconque étudierait un échantillon de son sang en sortirait terrifié... et c'était précisément ce qu'il cherchait.

Et puis, d'un coup, tous ses grands projets avaient volé en éclats. A cause de cette satanée flic...

Copeland frissonna, revivant l'instant fatal où elle avait brisé les précieuses fioles contenant le virus. À présent, il avait besoin du vaccin. Il ignorait si lui ou Frankie avaient été exposés aux souches tueuses. Par contre, l'inspectrice, elle, était sans aucun doute contaminée.

— Et elle ne le sait pas, murmura-t-il, ses mots rendus indistincts par les feuilles de maracuja qu'il continuait à mastiquer.

— La détective ne sait pas qu'elle est infectée, répéta-t-il tout haut. Et qu'elle peut tuer des milliers de gens...

— Et alors ? fit soudain une voix.

Copeland sursauta, tenta de se relever, le cœur bondissant dans sa poitrine.

— Relax, ce n'est que moi, lança la voix de Frankie Michaelmas.

Elle se tenait debout dans l'embrasure de la porte, aussi calme que si elle sortait d'une séance de shopping. Copeland se leva avec difficulté – en raison des effets apaisants de la maracuja – et se dirigea vers elle en titubant légèrement. Il la prit dans ses bras, l'embrassa à pleine bouche et, parce qu'il était agité et sous l'emprise de la drogue, il ne remarqua pas qu'elle lui tendait ses lèvres sans chaleur.

— Ne sois pas si dure, dit-il enfin. Je m'inquiète vraiment pour cette femme-flic. J'ignore à quelle souche la détective a été exposée. Peut-être qu'elle le transmettra en moins d'une journée, répandant ainsi la maladie dans toute la ville. Nous devons prévenir quelqu'un.

Frankie sursauta. Elle repoussa Copeland et alla s'asseoir dans un fauteuil.

— Tu détiens plusieurs ampoules de vaccin, n'est-ce pas ? demanda-t-elle nonchalamment.

— Bien sûr. Mais je dois en fabriquer d'autres. Pour toi et moi.

— À quelle souche penses-tu ?

Copeland secoua la tête.

— Je n'en ai aucune idée. Mais si on se dépêche, je le saurais peut-être à temps. Prévenons les autres. Ils nous aideront.

Frankie l'approuva.

— Je m'en charge. Dis-moi qui je dois contacter.

Copeland hésita. Le secret avait toujours été sa principale préoccupation, pour lui et son virus. Seuls quelques personnes du mouvement se connaissaient. Et pour éviter qu'ils fassent un mauvais usage du virus, il ne leur avait jamais révélé où il avait caché le vaccin. De cette manière, personne n'était tenté de se la jouer perso.

— Ok, lâcha-t-il enfin.

Il se dirigea vers un rayon de la bibliothèque pour y prendre la liste de ses contacts, une simple feuille pliée en deux glissée entre les pages d'un livre.

— Bien, reprit la jeune femme. Mais n'avertis personne. Il s'agit d'une maladie qui se soigne. Propageons d'abord notre petit bébé, ensuite nous leur parlerons du vaccin pour y remédier. Comme ça, nous pourrons nous en sortir.

Ces paroles brutales figèrent Copeland de surprise. Il se reprit bien vite et répliqua, sèchement :

— Nous devons prévenir les services sanitaires, dit-il. Et filer d'ici. Nous emmènerons l'antivirus avec nous. Tu comprends, cette flic a vu mon visage. Elle sait que tu es impliquée. Tout comme cet agent fédéral. Je ne pensais pas que les Feds nous trouveraient si vite. Ils peuvent nous serrer en moins d'un moment à l'autre…

Frankie l'interrompit.

— C'est vrai. Mais rappelle-toi ; nous connaissons des gens capables de nous aider. Des gens qui ont l'habitude de se cacher et de passer inaperçus.

L'impact de ces phrases se répercuta en écho dans l'esprit embrouillé de Copeland. Il replaça la feuille avec l'adresse de ses contacts entre les pages du livre et posa sa main dessus, comme pour empêcher quiconque de s'en emparer. Il lui semblait désormais évident qu'il ne devait absolument pas confier à Frankie où était caché le vaccin.

— Hors de question, siffla-t-il.

— Tu les connais bien pourtant, souligna Frankie.

Elle se pencha sur la petite table et souleva un lourd morceau de jade. Copeland lui avait raconté une bonne douzaine de fois l'histoire de cet objet, trouvé dans un endroit désert, lors d'une de ses excursions. Elle en aimait le poids et les arêtes irrégulières.

— C'est toi qui voulais apprendre à leur ressembler, au départ, ajouta-t-elle.

— Leur philosophie ! Comment ils parviennent à leurs fins ! cracha-t-il. Je refuse de commettre la même erreur ! Ces types tuent de sang-froid. Leurs objectifs sont minables. Nous devons essayer de…

— De sauver la planète, l'interrompit Frankie comme une gamine face à son père. La récompense de toute ton action va se résumer à une belle cellule si les autres t'attrapent. Ces gens nous permettront de sortir du pays.

Il secoua furieusement la tête.

— Je ne les ai pas vus depuis des mois. Je n'ai plus aucun contact avec eux.

— Moi, si.

Copeland ouvrit grand ses yeux de surprise. Il s'efforçait de lutter contre les effets de la drogue pour se focaliser sur elle.

— Toi ? Mais comment as-tu… ? Tu leur as parlé ?

Frankie répondit par l'affirmative.

— Ils veulent tuer des gens ! Ils ne feront rien avec ce vaccin, déclara fermement Copeland, en tentant de se remettre du choc causé par l'aveu de Frankie. Je ne les laisserai pas faire !

Il s'avança vers le téléphone tout en maugréant.

— On doit prévenir quelqu'un. Avertir la Police. Ils placeront la flic en chambre stérile avant qu'elle ne devienne contagieuse.

Il posa la main sur le combiné.

Frankie Michaelmas se leva d'un bond, s'approcha de lui avec, à la main, le lourd morceau de jade. Elle le leva et l'abattit sur la nuque de Copeland. Elle s'était souvent demandée s'il saignerait beaucoup quand elle le tuerait. Elle ne tarderait plus à le savoir désormais.

10

LES ÉVÉNEMENTS SUIVANTS SE DÉROULENT ENTRE 16 H ET 17 H

16:00
Siège de la CAT, Los Angeles

Ryan Chappelle déboula dans le bureau de Christopher Henderson, le visage cramoisi, semblable à un cabot au bord de l'hystérie.

— Bauer.

Il cracha ce nom comme s'il s'agissait d'une insulte.

— Pas ici, répondit doucement Henderson. Qu'est-ce qui se passe ?

— Ça, fit le directeur, en lui tendant un minidisque, comme si le fait de l'exhiber allait tout expliquer.

Henderson s'empara de l'objet, ouvrit son lecteur de CD, et le glissa à l'intérieur avec une lenteur étudiée. Il lança le programme vidéo et, une minute plus tard, Henderson regardait la silhouette de Bauer jaillir d'un panier à salade. On ne voyait pas bien son visage – la caméra n'avait pas dû être bien réglée et avait filmé Jack de profil – mais Henderson reconnut les épaules affaissées de son agent ainsi que ses cheveux blonds. D'autres images se succédèrent, encore plus floues. Cinq à dix minutes plus tard, un plan montra Bauer en train de parler à un homme en chemise bleue. Le directeur comprit qu'il s'agissait de Kassim Turkel. Le terroriste était étendu sur le sol, manifestement blessé. Soudain, Henderson vit Bauer donner un violent coup dans la jambe du blessé. Il sursauta imperceptiblement, comprenant tout de suite ce que cela signifiait. Matois, il feignit de n'avoir rien remarqué d'anormal.

— Oui, et alors ? demanda-t-il.

— Alors ? Alors on vient de visionner une vidéo sur laquelle on aperçoit distinctement un agent de la CAT en train de torturer un homme ! Et ce, devant témoins ! éructa Chappelle, hors de lui.

Henderson aurait aimé pouvoir ériger un mur de huit mètres entre lui et son supérieur, pour se protéger de ses invectives.

— Vous connaissez Jack. Il avait une bonne raison.

— Bauer avait certainement une bonne raison d'agir de la sorte. Je suis sûr, par contre, qu'elle ne me plairait pas et que si cette vidéo est diffusée ce soir au journal, nous devrons nous attendre à une véritable catastrophe.

— Détruisez-la. Comment l'avez-vous obtenue ?

Chappelle fit quelques pas dans le bureau, incapable de contenir son énervement. Il pouvait parfois se montrer aussi froid qu'un serpent, mais le nom de Bauer – ou sa présence – le mettait toujours dans tous ses états.

— Voilà bien le hic. Cette scène a été filmée par un manifestant. Vous saisissez, Henderson ? C'est un émeutier qui a pris ces images ! Probablement un de ceux qui se sont attaqués au fourgon de la Police. Et ce type réclame la moitié d'un million de dollars pour toutes les copies. Dans le cas contraire, il la remettra à CNN.

Henderson se frotta précautionneusement les tempes. La présence de cette vidéo posait sacrément problème. Surtout en de pareilles circonstances. Le public verrait un agent fédéral tabasser un suspect. Personne ne tiendrait compte du fait que la victime soit un terroriste sur le point de commettre un attentat, et que l'agent ait passé des heures à tout faire pour l'arrêter.

— Donc, soit on achète cette vidéo, soit on tente

d'intimider ce gentil cinéaste pour le convaincre de renoncer à son deal…

— Ou troisième solution, renchérit Chappelle. Je me sers de cette vidéo comme d'une preuve à charge contre Bauer.

16:08
Brentwood

Mercy Bennet avait suivi Copeland/Smith à pied, de l'immeuble fédéral jusqu'à l'ouest de Los Angeles, dans Santa Monica. Le terroriste croyait certainement l'avoir semée dans la foule, lorsqu'elle avait hésité en voyant Bauer. Mercy s'était donc montrée discrète ensuite. Le filer à pied semblait ridicule, mais comme l'inspectrice était toujours privée de moyen de communication, elle ne pouvait appeler personne pour demander un véhicule.

Elle le suivait à distance, en restant le plus loin possible de Copeland, sans le lâcher des yeux, se dissimulant derrière des voitures en stationnement, des panneaux de signalisation et de nombreux autres obstacles naturels pour ne pas se faire repérer. Copeland avait adopté une trajectoire zigzaguante, passant d'un pâté de maisons au nord, à un autre dans l'ouest, et ainsi de suite. Par deux fois elle pensa l'avoir perdu, mais chaque fois elle le retrouva, sans qu'il la remarque jamais.

Sa filature mena Mercy dans des quartiers jouxtant Santa Monica, juste au-dessus de Montana Boulevard. Quand Copeland arriva, il se détendit. Il ralentit le pas et, de là où elle se trouvait, la jeune femme eut l'impression qu'il se relâchait. Il semblait chez lui.

Il termina sa course devant une belle maison en briques, près de Fourteenth Street, le genre de demeure qu'elle ne pourrait jamais s'offrir avec sa paye d'agent du gouvernement. Elle le vit entrer dans la maison. Elle courut à demi courbée, pensant se dissimuler derrière un chêne situé dans le parking, devant la maison, de l'autre côté de la rue. Une Chevy Tahoe était garée près de l'arbre. *Il vaut mieux que je me cache derrière cette voiture*, se dit-elle. Elle s'accroupit derrière le large véhicule, reprenant péniblement son souffle en réfléchissant à la conduite à adopter. Elle vit alors une Toyota Prius s'engager dans la rue. Mercy jura tout bas quand elle aperçut Frankie Michaelmas sortir du véhicule et entrer dans la maison de Copeland. Quelques longues minutes plus tard, elle réapparut, chargée de quelques valises. Elle fit un second voyage et rapporta d'autres bagages, puis plaça le tout dans sa voiture et démarra. Mercy résista à son envie irrépressible de sauter sur le capot du véhicule pour arrêter Frankie. Mais elle se ravisa, ne considérant pas la jeune femme comme sa cible prioritaire. Il fallait qu'elle se focalise sur Smith.

Elle s'adossa contre le marchepied de la Chevy et ferma les yeux. Elle retrouvait un peu de ses forces, sans cesser de s'interroger sur la marche à suivre, quand une femme entre deux âges arriva à sa hauteur. Elle avait un visage rond, un foulard en soie couvrait sa tête chauve et elle tenait en laisse un vieux chien. Tous deux arboraient le même air las.

— Pardonnez-moi, fit Mercy. Loin de moi l'idée de vous importuner, mais... auriez-vous un téléphone portable ?

La femme jeta un œil interrogateur à Mercy.

— Pourquoi ?

— Je suis officier de police. J'ai perdu ma plaque et ma radio pendant une course-poursuite et il faut que j'appelle mon service. C'est une urgence, ajouta-t-elle.

— Vous n'avez pas d'insigne ?

Mercy prit une expression contrite.

La femme l'examina avec curiosité. L'inspectrice essayait de s'imaginer ce qu'elle pensait : son histoire ne tenait pas debout… mais qui irait jusqu'à s'inventer officier de police, tout ça pour emprunter un portable ?

— Qui me dit que je peux vous croire ? demanda-t-elle quand même.

— Je ne vous veux aucun mal, lui certifia Mercy. Et puis vous pourrez tout à fait rester là, à côté de moi, pendant que je passerai mon coup de fil.

La femme l'examina une fois encore, haussa les épaules et lui tendit son téléphone. Mercy composa le 911. Cette fois, la connexion fut aussitôt établie. Les émeutiers, se dit-elle, s'étaient certainement calmés. Elle s'identifia et son correspondant contacta son service en son nom. Quand il lui annonça qu'il la mettait en relation avec Sandy Waldman, l'inspectrice grimaça. Waldman, qui travaillait dans la boîte depuis vingt ans, comptait parmi ceux qui s'étaient moqués de sa théorie sur les écoterroristes.

— Sandy, j'ai besoin d'aide, attaqua-t-elle derechef, dès qu'il fut en ligne.

— Toi… et la moitié de cette satanée ville, répliqua-t-il, d'un ton cassant.

Elle l'imaginait très bien, assis, les pieds sur son bureau, son ventre de vétéran s'affaissant sur la boucle de son ceinturon.

— Je suis en code cinq dans la Fourteenth Street à Santa Monica, dit-elle, en utilisant la réglementation du département de police. Envoie-moi des unités aussi vite que possible pour un code deux.

— Ohoh, c'est la flic qui parle, hein ? se moqua Waldman. Tu es vernie. Nous sommes restés en code treize pendant un bon moment, mais maintenant on en vient au quatorze.

Mercy détestait Waldman à cet instant précis, même si elle se réjouissait d'apprendre que le code de sécurité était redescendu d'un cran. Cela signifiait que les émeutiers commençaient à se calmer.

— Je t'envoie deux voitures tout de suite, poursuivit son interlocuteur.

— Merci. Pourrais-tu rentrer une adresse dans l'ordinateur et me dire ce que tu trouves ?

Elle lui donna les coordonnées de la maison de Copeland.

— Ne quitte pas… je lance la recherche.

— Que lui voulez-vous, à cette maison ? intervint la femme au foulard.

Mercy comprit intuitivement que la femme avait perdu ses cheveux suite à une chimiothérapie.

— Affaire… heu, policière, Madame.

— Mais vous parlez de la maison de Bernie Copeland, n'est-ce pas ? J'espère qu'il n'a pas de problème…

— Vous le connaissez ?

— Hé bien, c'est un voisin, fit la femme, comme si ce terme impliquait obligatoirement des liens étroits entre elle et les gens qui habitaient dans la rue. Il voyage souvent. La plupart du temps en Amérique du Sud, je crois, mais il m'arrive aussi de l'apercevoir dans son jardin, lorsque je promène Sugar.

Elle tapota affectueusement la tête de son chien.

— Avez-vous remarqué quoi que ce soit d'inhabituel dans le comportement de Monsieur Copeland ?

— Pas jusqu'à présent, répondit la femme, dubitative. Bon, puis-je récupérer mon téléphone.

— Attendez encore un peu.

Sandy Waldman reprit la ligne. C'était bien Bernard Copeland qui habitait à son adresse. Il avait trouvé d'autres informations intéressantes le concernant. Alors que l'inspectrice prenait connaissance de certaines d'entre elles, deux voitures de police banalisées débouchaient dans la rue. L'une d'elles passa devant la maison. La seconde s'arrêta une trentaine de mètres avant. Les policiers qui les occupaient portaient tous l'uniforme.

— J'attends tes ordres. Je les leur transmettrai ensuite par radio, fit Waldman.

Pour un abruti, il agit en policier efficace, se dit la jeune femme. *Autant pour moi.*

— Je veux qu'ils approchent dès qu'ils me verront bouger. Les flics de la première voiture feront le tour de la maison pour empêcher le suspect de s'enfuir. L'autre m'accompagnera. Pour l'instant, Copeland est chez lui.

— Bien reçu.

Un moment plus tard, une des voitures banalisées démarra doucement pour contourner la rue. Mercy savait que son occupant restait en contact radio avec son collègue.

— Merci, Madame, fit l'inspectrice en rendant le portable à la passante.

Elle avança lentement, s'efforçant de garder son calme en restant bien campée sur ses jambes. Après un long détour, elle traversa la rue, le pas de plus en plus assuré. Dans la rue, le premier agent la suivit aussitôt, l'arme à la main. Ensemble ils gravirent les quelques marches qui conduisaient à l'entrée de la villa de Copeland. D'un coup de pied, l'officier enfonça la porte qui s'ouvrit violemment.

Mercy laissa son collègue entrer en premier, puisqu'il était armé, mais elle sut immédiatement qu'il n'aurait pas à tirer le moindre coup de feu.

Seldom Seen Smith – alias Bernard Copeland – était étendu sur le sol du living-room, gisant dans une flaque de sang.

— Vite, appelez une ambulance ! hurla-t-elle à l'attention de l'agent qui l'accompagnait.

Elle se précipita vers le blessé, pendant que le policier arpentait la maison, arme à la main, tout en réclamant des secours dans sa radio. Mercy entendit l'autre flic entrer par-derrière.

Elle s'agenouilla près de Smith, allongé face contre terre. Le bas de son crâne ressemblait à un steak haché, fourré avec des touffes de cheveux. Il respirait, mais faiblement.

— Copeland ! dit-elle. Copeland, vous m'entendez ?

Il ne répondit pas.

— Smith ! cria-t-elle. Seldom Smith !

Les paupières du blessé frémirent puis se soulevèrent.

— Smith ! répéta Mercy. Nous sommes de la Police. Une ambulance va bientôt arriver.

Elle se plaça devant lui. Celui-ci la regarda un moment et sa respiration s'accéléra. Sa bouche remuait mais aucun son n'en sortait.

— Calmez-vous, fit-elle.

Il semblait risqué de le déplacer, si l'on en croyait les bulles de sang qui venaient éclater au bord de ses lèvres, et sa respiration sifflante.

— On va vous venir en aide.

Mercy savait déjà que c'était Frankie Michaelmas qui l'avait mis dans cet état.

La bouche du blessé frissonnait. Parfois des sons s'en échappaient, rauques, incompréhensibles. Il finit par lancer quelques mots.

— Vous, bafouilla-t-il. (Puis il ajouta :) Infectée.

Mercy ne savait pas ce qu'il entendait par là, mais elle sentit son ventre se nouer quand elle l'entendit maugréer entre deux borborygmes.

— Quelques heures… Seulement…

Les lèvres de Copeland tremblaient désormais. Il ferma les yeux et resta ainsi, les paupières closes. Il toussa, et des gouttelettes de sang tombèrent sur le parquet. Puis il recommença à bredouiller.

— An… ti… dote.

Il fut pris d'une nouvelle quinte de toux avant de lancer.

— Parti.

Un des policiers revint dans la pièce en disant, tout haut.

— Tout est OK et…

D'un geste, Mercy lui intima de se taire car Copeland semblait vouloir poursuivre.

— Elle… va l'uti… liser. Terreur. Vander… Bilt. Chercher An… tidote. Elle… va l'uti… liser. Terreur.

Les mots se déformaient à mesure que la voix faiblissait. Copeland ouvrit de nouveau les yeux. Il replaça son bras droit qui reposait près de son visage, sur le sol. Il remua lentement les doigts jusqu'à ce qu'ils atteignent la flaque de sang qui ne cessait de s'étendre. Avec effort, le mourant se servit du liquide poisseux pour tracer des lignes ensanglantées. Sa main cessa de bouger, comme s'il allait s'évanouir mais, rassemblant ses dernières forces, il dessina trois nombres : 13, 48, 57. Ensuite, il s'immobilisa et ses paupières se fermèrent. Ses lèvres frémissaient toujours. Dans une plainte d'animal blessé à mort, il formula une dernière phrase. Mercy tendit l'oreille et crut comprendre « Uma ». On aurait dit le prénom de l'actrice de cinéma, Uma Thurman. Copeland ajouta un autre nom « ghetto ».

Ensuite, il garda à jamais le silence.

16:20
Hôtel Century Plaza, à l'ouest de Los Angeles

Mitch Rasher entra dans la suite présidentielle du Century Plaza.

— La situation revient à la normale, dit-il.

Barnes leva les yeux du compte rendu du briefing et demanda.

— Et les émeutiers ?

— Ça fera les gros titres des journaux du soir, dit-il. Mais on a pratiquement rétabli le calme dans les rues. Tout sera rentré dans l'ordre pour votre rendez-vous de ce soir.

— Avez-vous renforcé la sécurité ? J'espère que plus personne ne viendra troubler le sommet.

— Ne vous inquiétez pas, Monsieur. Tout est sous contrôle maintenant. Dois-je aussi rassurer les autres participants ?

Barnes considéra la question. Il accordait beaucoup d'importance à la réunion qui devait se tenir le soir même. Il adorait prendre les problèmes à bras-le-corps. Les émeutes, si elles avaient continué, auraient rendu la réunion impossible et ainsi obtenu gain de cause sans le savoir. Mais si Rasher estimait que toute menace était écartée, eh bien…

— Allez-y, dit-il, en souriant.

16:22
Siège de la CAT, Los Angeles

Jack arriva au quartier général de la CAT à exactement seize heures trente. Il avait mal partout. La dialyse ultrarapide l'avait plus épuisé qu'il ne voulait l'admettre. Il avait l'impression que le fourgon de police lui était passé sur le corps. Mais il ne voulait surtout pas ralentir le mouvement.

Il traversa le rez-de-chaussée et se rendit au premier étage, au bureau d'Henderson. Son visage portait les stigmates de sa lutte contre la police, ses yeux étaient injectés de sang, à cause des gaz lacrymogènes et sa chemise était en lambeaux. Il ignora les coups d'œil interrogateurs des différents agents qu'il croisa dans les couloirs avant d'atteindre le bureau du chef des opérations de terrain.

— A-t-on des nouvelles de Kim ? demanda-t-il en guise de bonjour.

Henderson secoua la tête en signe de dénégation.

— Les services de la National Health n'ont pas appelé.

Jack serra les dents. *Elle a toujours le virus*, se dit-il. *Eton n'a toujours pas trouvé le vaccin.*

Tony Almeida et Nina Myers étaient également

présents dans le bureau d'Henderson. Comme d'ailleurs Jessi Bandison, assis dans un coin. Toute la cellule de crise était réunie.

— Si vous me parliez de Farrigian, fit Jack.

Sur le chemin, il les avait contactés pour leur révéler tout ce qu'il avait appris sur Turkel.

— Il est mort, lui annonça Henderson. On l'a retrouvé dans son entrepôt, une balle dans la tête.

Jack n'avait que faire d'un petit poisson dévoré par un plus gros que lui.

— Que donne l'inventaire ? demanda-t-il ensuite.

Henderson haussa les épaules.

— Nos agents s'en occupent mais pour l'instant sans résultat.

— Nous savons qu'ils vont utiliser des explosifs, résuma Jack à voix haute. Mais de quel type ? Une bombe ? Une roquette ? Je vois mal ces salopards cacher une bombe dans un appartement qu'ils auraient loué. Et ils n'arriveraient pas à la déplacer sans attirer l'attention… Quelle est leur cible au juste ? Les huit leaders du G8 se déplacent séparément. Alors…

— Je suis convaincue qu'il faut chercher du côté de MITO, affirma Nina. La Chine va bientôt intégrer le G8. Le premier ministre chinois est venu ici pour l'occasion.

— On va avoir du mal à arrêter les terroristes, si on ne connaît pas la cible qu'ils ont choisie, martela Jack, frustré. Turkel semblait croire qu'ils attaqueraient ce soir. Est-ce qu'on nous a donné l'itinéraire des membres du G8 ?

Jessi Bandison pianota sur le clavier de l'ordinateur d'Henderson. L'emploi du temps très détaillé des huit grands s'y afficha aussitôt. Dans quelques heures à peine, les chefs d'état devaient assister à une réunion à l'hôtel Beverly Wilshire.

— Le premier ministre chinois n'y sera pas, constata Henderson.

Il pointa du doigt une colonne qui comportait l'agenda complet du premier ministre chinois qui resterait dans sa suite pendant l'assemblée, dans un autre hôtel.

— Mais on a déjà conclu qu'al-Libbi ne s'en prendrait pas à lui. Cette information ne nous est donc d'aucune utilité, fit Nina, sur un ton soudain peu convaincu.

Jack étudiait soigneusement le tableau. Quelque chose le chiffonnait.

— Pourquoi le premier ministre ne sort-il pas ce soir ?

— Que voulez-vous dire ?

Bauer fit glisser son doigt le long de la colonne qui répertoriait les activités du Chinois au cours des prochains jours. Il s'arrêta sur l'une d'entre elles.

— Le programme du premier ministre chinois est blindé. Il a des rendez-vous tous les jours, et tous les soirs. Il ne dispose que de ses nuits pour dormir et de quelques heures de pause dans la journée. Mais jamais en soirée. Sauf aujourd'hui.

Tony comprit où Jack voulait en venir.

— Tu penses qu'il a prévu de retrouver quelqu'un ?

Pendant qu'il parlait, Jack étudiait l'emploi du temps du président Barnes.

— Visez-moi un peu ça : je dirai que ces deux-là se sont donné rendez-vous ce soir.

Il sourit à ses interlocuteurs et précisa sa pensée :

— Il ne nous reste plus qu'à savoir où aura lieu la rencontre. Réunissons tous les éléments dont nous disposons et voyons si certains d'entre eux se recoupent.

Chaque membre de l'équipe procéda à un rapide résumé des récentes découvertes. Tony rapporta que Dyson était mort sans avoir pu répondre à ses questions. Il s'était contenté de marmonner des mots sans suite avant de succomber. Jack lança un juron, en apprenant ce qui s'était passé, mais se dispensa de tout autre commentaire. Ensuite il rapporta les informations qu'il avait réussi à soutirer à Kassim Turkel. Nina par contre leur donna un renseignement qui surprit l'ensemble de ses collègues.

— Nurmamet Tuman est un ancien agent secret chinois. Je n'ai pas obtenu davantage d'infos de la part de mon contact au consulat, et croyez-moi, ça ne fut pas du gâteau, commenta-t-elle. Je pencherai pour l'hypothèse suivante : ce Tuman est un Ouïgour, engagé par les Services Secrets chinois, pour infiltrer son propre peuple et jouer les indicateurs. Il serait ensuite devenu agent double. Mais mon contact n'a rien confirmé de tout ça, désolée…

— Tu as certainement raison, fit Jack. En apparence, ce type trahissait les siens, mais au fond de son cœur, il demeurait fidèle à sa région d'origine.

Nina l'approuva.

— En effet, mais je n'ai aucun argument solide pour étayer cette hypothèse. Dur d'avoir une conversation avec des gens qui nient l'existence d'un mouvement séparatiste. Ah, au fait… Encore une chose.

Elle marqua une pause et poursuivit.

— Au moment où je quittais la maison de Tuman, les gens du FBI se sont pointés. Ils n'ont pas voulu me révéler la raison de leur présence, mais ils semblaient bien connaître Tuman.

— Tu penses que Barnes et son homologue ont prévu de se retrouver chez lui ? interrogea Tony. Ça n'aurait pas de sens. L'endroit est trop public, trop petit, trop difficile à protéger.

Jack se tourna vers Henderson.

— Il faut absolument que nous fournissions toutes nos informations au FBI. Même s'ils ne nous apprennent rien, ils préféreront peut-être différer leur entrevue et ce changement de programme pourrait dissuader al-Libbi.

Henderson approuva gravement d'un signe de tête. Parfois, une simple modification dans la date, l'itinéraire ou l'horaire suffisait à contrecarrer le plan d'un terroriste. Démentir une information constituait le B.A. BA du contre-espionnage, un outil fondamental dans toute organisation antiterroriste.

— Je vais en glisser un mot à Chappelle. En espérant qu'il sera de meilleure humeur que tout à l'heure…

Jessi s'était tenue à l'écart de la conversation depuis un moment, ce qui ne l'empêchait pas d'étudier soigneusement les données qui s'affichaient sur l'ordinateur.

— Vous savez quel est le troisième emploi du temps qui corresponde avec les deux autres ? dit-elle. Je vous le donne en mille ! Il s'agit de celui du Président russe Norvatov. Souvenez-vous : mon contact était russe, et les informations sur Tuman provenaient également de ce pays.

16:29
Siège de la CAT, Los Angeles

Jessi sut ce qu'ils allaient lui demander à la minute où elle leur livra son information. Henderson lui tendit le combiné téléphonique et elle composa un numéro. Un moment plus tard, elle avait Anastasia Odolova et sa voix si particulière à l'autre bout du fil.

— Ma petite Jessi, que puis-je faire pour vous ?

Jessi sentit sur elle le regard des quatre agents expérimentés.

— Anastasia, je vous remercie de m'avoir aidée mais, si vous le permettez, j'aimerais profiter encore une fois de vos lumières.

Elle marqua une pause. Elle imaginait parfaitement le sourire qui devait étirer les lèvres de son interlocutrice.

— Avant tout, Jessi, appelez-moi Anna. Et maintenant, dites-moi tout.

Jessi jeta un œil en direction de Bauer et des autres, qui la scrutaient attentivement. Jack la rendait particulièrement nerveuse. L'intensité de son regard, son dynamisme brutal, l'avaient toujours mise mal à l'aise. On n'imaginait pas que son visage de bon gamin dissimulait une telle détermination. Elle savait qu'il faisait du très bon boulot, mais elle priait pour ne jamais se retrouver face à lui.

— Je patauge dans cette histoire de Marcus Lee, avoua-t-elle à sa correspondante, en choisissant soigneusement ses mots. Où que je me tourne, la Russie apparaît. Je crois que vous pourriez m'en dire un peu plus à propos de ce Tuman, ou Lee, ou quel que soit son nom…

— J'ai bien une idée ou deux, répondit Odolova. Mais les théories donnent souvent lieu à des malentendus. Mieux vaudrait que je vous les communique en personne.

Pas à moi, pensa immédiatement Jessi. *Je ne suis pas un agent de terrain.*

— Je peux vous envoyer quelqu'un.

— Non, non, refusa Odolova gentiment mais fermement. Vous êtes une amie de Kelly. Je veux bien vous rencontrer, vous, et personne d'autre. Et vous n'aurez pas à attendre longtemps. Je peux être au Cat & Fiddle, sur Sunset, en trente minutes. Je porterai du blanc.

Cette dernière phrase indiquait à Jessi qu'il s'agissait là d'une offre qu'elle ne pouvait pas refuser.

— D'accord, répondit donc la jeune femme.

Et Odolova coupa la communication. La jeune technicienne rapporta aussitôt ses propos.

— Jessi n'est pas un agent de terrain, observa Tony, résumant la pensée de chacun.

— Et pourtant, c'est elle qui doit y aller, insista Jack. Il manque des pièces à notre puzzle, et si cette Odolova en détient quelques-unes, nous les prendrons. Allez, Jessi !

Il attrapa le poignet de sa collègue et commença à la guider fermement vers la sortie quand le téléphone sonna. Henderson s'en empara. On demandait à parler à Bauer. Ce dernier délivra Jessi qui avait donc le temps de passer un coup de téléphone personnel avant d'aller au rendez-vous.

16:33
Siège de la CAT, Los Angeles

— Bauer, se présenta Jack.

— Agent Bauer, ici Ken Diebold des services de la National Health. Vous nous avez fait parvenir un échantillon de sang pour qu'on l'examine.

Jack se figea et son attention se focalisa sur la voix, à l'autre bout du fil.

— C'est exact. Vos conclusions ?

— L'échantillon contient un virus... une souche que je n'avais jamais vue auparavant. Les virus Ébola ou Marburg vous disent quelque chose ?

L'agent eut l'impression qu'une main de fer se refermait autour de son cœur.

— Oui.

— Ces virus provoquent des fièvres hémorragiques. Celui qu'on a trouvé dans l'échantillon appartient à ce groupe. Nous n'en savons pas beaucoup mais nous essayons de nous baser sur les informations que nous détenons sur Marburg. Nous n'avons, à ce jour, étudié qu'un seul cas similaire à celui-ci.

— Attendez. Mes collègues doivent entendre notre conversation.

Jack mit le haut-parleur et fit signe à Nina de fermer la porte du bureau.

Diebold continua.

— Si notre information est exacte, le sujet est contagieux vingt-quatre heures après avoir été exposé au virus et meurt quelques heures après.

Diebold s'éclaircit la voix, puis reprit :

— Je connais un peu les activités de votre agence,

agent Bauer. Votre patient est-il détenu quelque part ? Autre chose : savez-vous à quand remonte l'infection ?

La main de fer tentait maintenant de réduire le cœur de Jack en bouillie. Il se racla la gorge, regarda sa montre et répondit, d'un ton calme.

— Oui. À huit heures environ.

— Il faut impérativement l'isoler sur-le-champ, affirma Diebold. Pour l'instant, il ne représente aucun danger pour personne, mais nous pensons que des lésions vont bientôt apparaître sur sa peau et le patient deviendra alors contagieux. Le virus pourrait alors se répandre.

— Est-ce qu'il existe un antidote ?

— On vient difficilement à bout d'un virus, vous savez, répondit le docteur, après une hésitation. Il n'y en a pas pour Marburg.

— Vous avez parlé d'une première étude… intervint Henderson.

— On nous a rapporté un cas similaire, survenu au Brésil. Il a été découvert dans la province du Minas Gerais. Nous espérons que c'est de là que provient le virus original. Votre patient aurait-il passé quelques jours dans cette région ?

— Non, répondit Jack, distrait par l'attitude de Tony Almeida

Ce dernier avait ouvert de grands yeux en entendant le docteur évoquer le Brésil.

— Agent Bauer, fit Diebold. Il est impératif que vous placiez votre sujet infecté en quarantaine, et ce, le plus tôt possible. Si ce virus s'avère aussi contagieux que celui de Marburg, il emportera la moitié de la population de Los Angeles en quelques jours à peine.

— Je m'occupe immédiatement de ce problème, assura Jack avant de raccrocher. Qu'y-a-t-il ? demanda-t-il alors à Tony qui avait toujours les sourcils froncés, comme quelqu'un à la mémoire défaillante qui chercherait à se rappeler un fait.

Almeida se frotta pensivement la joue.

— C'est la seconde fois que j'entends évoquer cette région. Minas Gerais… ou quelque chose de ce genre. Dyson en a parlé ce matin, juste avant d'essayer de me tuer. Il évoquait son intérêt pour le café. Mais je ne sais pas si on peut en tirer une quelconque conclusion.

Jack fulminait de frustration. Sa fille était en train de mourir sans le savoir, et Almeida n'était pas foutu de se rappeler une information capitale.

— Dyson t'a-t-il dit autre chose ? s'enquit-il sur un ton égal malgré sa colère.

Tony se rendit compte que les yeux de Bauer brillaient d'une lueur sauvage, en complète contradiction avec le calme de sa voix.

— Non, rien, à part des mots sans suite qu'il a bafouillés avant de mourir, répondit-il précipitamment. Il m'a vu et a bredouillé quelque chose à propos de « singes », je crois. Mais il n'a pas eu le temps de terminer sa phrase.

Le regard de jack s'illumina. *Les Singes de la clé à molette !* Il se tourna vers Henderson.

— Nous devons retrouver Mercy Bennet immédiatement !

16:45
Mountaingate Drive, Los Angeles

La brise océanique soufflait sur le versant sud des montagnes de Santa Monica, rafraîchissant la pelouse de Nurmamet Tuman qui formait une belle flaque d'or sous les rayons du soleil couchant. Tuman était dehors, profitant de ce petit souffle tiède. Il avait laissé les deux agents secrets seuls dans son salon.

Dans l'arrière-cour, son « jardinier » avait sorti son équipement et taillait les haies. Il les massacrait, en fait.

Ce qui n'avait rien d'étonnant. Ayman al-Libbi avait toujours été un boucher…

Depuis que cette femme – cet agent fédéral – était venue frapper à sa porte, Tuman était resté anxieux. Il avait tout fait pour dissimuler son inquiétude et elle ne s'était rendu compte de rien. Tuman avait passé une grande partie de sa vie à cacher ses pensées et ses désirs, même lorsque survenait un imprévu. Mais bien qu'il soit arrivé à taire sa peur devant la flic, celle-ci s'était lovée en lui et lui serrait les tripes. Si un des services de sécurité s'intéressait à lui, le FBI ne tarderait pas à être mis sur le coup. Dans ce cas, les plans soigneusement élaborés par Tuman fondraient comme neige au soleil.

Pour couronner le tout, il avait été contacté par le Consulat du Peuple. Bien sûr, ils ne se doutaient pas le moins du monde de ses projets. Ils étaient aussi aveugles que des chauves-souris. Mais ils s'inquiétaient de l'intérêt soudain que lui portait le gouvernement américain. Ils voulaient savoir ce que pouvait bien fabriquer « Marcus Lee » pour attirer ainsi l'attention. Et Tuman avait eu bien du mal à leur répondre…

Il s'approcha d'al-Libbi et murmura, tout bas, pour que personne d'autre ne l'entende.

— Tu es en train de taillader mes roses rouges. Arrête de les martyriser ainsi !

Al-Libbi se tourna vers Tuman, le visage couvert de sueur, ses yeux noirs luisant dans le soleil couchant. Pour l'heure, il semblait tirer beaucoup de plaisir à « jardiner ». Il acquiesça, donna une tape à sa casquette et pivota pour se remettre au travail.

— Il faut tout annuler, murmura Tuman.

Le terroriste arrêta son massacre.

— Quoi ?

— Il y a d'abord eu cet agent fédéral. Et maintenant, mon consulat qui m'appelle. Je n'aime pas ça.

Al-Libbi ficha le bout de son taille-haie dans la

pelouse et resta immobile, les mains appuyées négligemment sur la plante.

— Tu me sembles bien nerveux pour un type qui a travaillé comme agent double en Chine pendant vingt ans.

— Je me fie à mon instinct, répondit Tuman. J'ai fait croire pendant des années à mes « employeurs » que j'avais oublié mes origines, que j'étais membre du parti avant tout et que mon ethnie Ouïgour passait au second plan. Je sais toujours quand quelqu'un ne gobe pas mes bobards et c'est ce que je ressens actuellement. Un type se ballade, quelque part, sait que je travaille pour MITO et tôt ou tard cette personne lâchera le morceau !

— Ne t'inquiète pas pour ça, fit al-Libbi en se penchant sur le taille-haie. Écoute, mon frère, il est trop tard pour tout arrêter.

— Non, il n'est pas trop tard, insista Tuman. Nous pouvons te rembourser les frais que tu as engagés et…

— Ah bon ? ricana al-Libbi. Tu as vraiment cru que je n'avais accepté ce boulot que pour gagner deux millions de dollars ? (Il sourit et ajouta) : J'ai accepté ce job parce qu'il va me rendre la place que j'avais perdue.

— En tête de liste des terroristes les plus recherchés, c'est ça ?

Al-Libbi esquissa un sourire.

— Il existe deux listes, en fait : l'une établie par les gouvernements de l'Ouest, et l'autre par mes employeurs du Moyen-Orient.

— Je ne peux pas te laisser faire ça, lâcha Tuman.

Ce dernier se décala de manière à cacher son interlocuteur aux yeux des agents secrets qui se trouvaient dans le salon.

Il venait de sortir de sa veste un petit automatique.

11

LES ÉVÉNEMENTS SUIVANTS SE DÉROULENT ENTRE 17 H ET 18 H

17:00
Centre Médical de l'UCLA

Mercy s'éloigna du Centre Médical d'UCLA dans la Ford Crown Vic[1] qu'elle avait empruntée. Son bras était légèrement ankylosé depuis qu'on lui avait fait cette prise de sang. À peine le coroner et d'autres policiers s'étaient-ils présentés à la maison de Fourteenth Street, que Mercy avait filé vers l'hôpital. Elle n'avait pas compris grand-chose aux dernières paroles de Copeland, mais le terme *virus* lui avait glacé le sang et interrompu, une seconde, les battements de son cœur. Elle s'était soudain rappelée l'étrange comportement du biologiste et des membres de son gang quand elle avait brisé les petites ampoules. Au lieu de se précipiter dans sa direction, ils avaient tourné les talons et s'étaient enfuis. Elle comprit alors qu'elle avait cassé des fioles contenant un virus. La jeune femme s'était arrêtée au Centre Médical et avait demandé à subir quelques tests. Ils n'avaient rien trouvé d'anormal et l'avaient laissée partir, en lui promettant de l'avertir dès qu'ils auraient du nouveau.

Mercy devait retourner à son bureau et se ressaisir.

1. Abréviation de la Ford Crown Victoria. *(N.d.T.)*

Sa première affaire avait porté sur les circonstances de la mort de Gordon Gleed. Son intuition lui disait à présent que Copeland n'était pas impliqué dans ce meurtre, enfin pas directement. Frankie Michaelmas l'avait commis. Elle semblait apprécier assommer les gens jusqu'à ce que mort s'ensuive. La détective sentait cette femme beaucoup plus violente au fond que ne l'était Copeland. Frankie devenait désormais sa cible principale bien qu'insaisissable.

Mercy appuya sur la pédale de l'accélérateur.

17:04
Mountaingate Drive, Los Angeles

Ayman al-Libbi sourit en voyant surgir l'automatique, comme s'il s'agissait d'un simple bouquet de fleurs que lui offrait son vis-à-vis.

— Tu vas me tirer dessus ? demanda-t-il avec calme. Tu t'exposes autant qu'en lançant une roquette, tu sais.

— Je suis un héros, dit Tuman, qui avait réfléchi à cette option depuis un moment. J'ai mis hors d'état de nuire un terroriste qui a supprimé des agents fédéraux.

— Tu m'as laissé franchir le seuil de ta porte. Tu leur as assuré qu'ils n'avaient rien à craindre de moi… Tu ne pourras pas éviter les questions, tu sais.

Tuman continua à lui communiquer son scénario, comme s'il n'avait rien entendu.

— Tu as d'abord tué les types des Services Secrets. J'ai essayé de t'arrêter.

Le terroriste hocha lentement la tête.

— Si je comprends bien, tu vas les tuer et arranger le tout après ma mort. C'est une bonne histoire. Ça pourrait marcher… Tu tiens ta chance.

Al-Libbi porta son regard au-delà de Tuman, comme s'il regardait quelqu'un. Mais l'agent double ne tomba pas dans le panneau. Pas vraiment. Néanmoins ses yeux lâchèrent al-Libbi une fraction de seconde qui suffit amplement au terroriste.

Avec une rapidité phénoménale, sa main gauche s'empara de l'automatique, pendant que sa main droite cognait le visage de Tuman. Les doigts d'al-Libbi s'enfoncèrent en crochet dans ses cavités orbitales. Avant que le Ouïgour ait pu crier, l'arme lui était arrachée. Cependant, al-Libbi ne pouvait pas l'utiliser sans alerter les gens du FBI. Alors que Tuman chancelait, les mains refermées autour de ses yeux, le terroriste glissa le pistolet dans sa poche et se saisit du taille-haie. Il le brandit et l'abattit sur les mains de son adversaire. Sous la douleur, Tuman les éloigna de son visage, laissant ainsi sa gorge sans protection. Le tueur frappa de nouveau, en visant la glotte.

Al-Libbi abandonna Nurmamet Tuman sur la pelouse, gigotant à terre, la gorge à moitié tranchée, le sang jaillissant par intermittence, en dépit de ses efforts pour comprimer son horrible plaie. Le terroriste s'achemina calmement en direction de la maison pour s'occuper des types des Services Secrets.

17:09
Le Pub Cat &Fiddle[1]*, Los Angeles*

Jack braqua le volant du 4×4 de l'Agence en direction d'un parking situé à un pâté de maisons du pub Cat &Fiddle. Il se gara.

— Attends, fit Jack, en serrant l'avant-bras de Jessi Bandison pour l'empêcher de descendre de voiture.

Il regarda attentivement dans le rétroviseur pour vérifier que tout était normal. Il aperçut quelques véhicules qui passaient dans la rue.

1. Célèbre chaîne de pubs et de restaurants que l'on trouve dans les pays anglo-saxons. *(N.d.T.)*

— Qu'y a-t-il ? demanda Jessi.

Elle était toujours aussi nerveuse. La compagnie silencieuse de Bauer, pendant le trajet, avait augmenté son appréhension.

La Camaro rouge que Jack observait passa lentement avec, à l'intérieur, un type au volant. Il l'avait repérée deux fois pendant le trajet. Il n'excluait pas la possibilité qu'il s'agisse de deux Camaros jumelles, ces voitures connaissant une certaine popularité dans certains milieux. Néanmoins, Jack n'aimait pas en avoir croisé deux. La première fois qu'il avait remarqué le véhicule, elle contenait un conducteur et un passager. La procédure classique dans une filature voulait qu'on utilise deux, voire davantage de voitures, pour éviter de se faire repérer. Jack n'avait jamais vu de voitures aussi semblables. Peut-être était-il suivi par une seule équipe dont un des membres était descendu de la Camaro ?

— Rien, répondit l'agent spécial à la jeune femme au bout d'un moment. J'y vais d'abord. Tu attends quelques minutes, puis tu rentres dans le pub. Tu t'en sortiras très bien, ne t'inquiète pas.

Il attendit qu'elle ait hoché la tête pour sortir du 4×4 et se ruer vers la porte du Cat & Fiddle. L'intérieur était sombre et tranquille. Si la cigarette n'avait pas été prohibée, un léger brouillard de fumée aurait certainement envahi l'endroit. Le Cat & Fiddle était un club branché comme l'indiquait le nombre de clients qui s'y pressaient. Jack se voûta délibérément en entrant, comme quelqu'un qui sort d'une dure journée de boulot. Il ne se donna pas la peine de regarder autour de lui, même s'il repéra quelqu'un en tailleur blanc assis au bar. Il aurait bientôt tout le temps d'observer la salle. Il sut immédiatement où s'installer, à une table en coin qui permettait de voir les clients qui entraient et sortaient. En outre, la table se trouvait près de l'issue de secours. Hélas, elle était occupée par un type en T-shirt bleu. Heureusement toutes les places n'étaient pas prises, aussi Jack choisit-il un tabouret à l'angle, près du bar. Deux écrans diffusaient les programmes d'ESPN, la chaîne des sports. Une serveuse quadragénaire lui donna un menu, mais il commanda une bière et regarda un match de l'équipe de foot MLS. La télévision lui donnait une excuse pour garder la tête levée et lui permettait ainsi de surveiller la salle. Il aperçut la femme en blanc et décida qu'il pouvait l'observer un moment sans attirer l'attention. Il n'arrivait pas à distinguer son visage, mais il voyait parfaitement le tatouage japonais qu'elle portait dans le bas du dos, entre son court corsage et sa jupe. La Russe était blonde, avec des épaules étroites et de longs bras.

Jack s'efforçait de rester concentré. Il avait énormément de mal à comprendre les tenants et les aboutissants de toute cette histoire. Il devait se focaliser sur les différents éléments du problème. Kim était infectée par le virus. Ils ne détenaient pas d'antidote, mais quelqu'un le possédait et il fallait que Bauer le trouve. Pour cela, il devait se focaliser sur lui et…

Jessi entra. Quelques visages se tournèrent sur elle, alors qu'elle traversait le bar. Et, parmi eux, celui de l'homme à la chemise bleue. Ce dernier revint assez vite à sa bière mais son regard s'était attardé quelques secondes de trop sur la jeune femme.

Jack en déduisit alors qu'Anastasia Odolova avait emmené une baby-sitter.

17:25
Le Pub Cat & Fiddle, Los Angeles

L'apparence physique d'Odolova correspondait à sa voix. Elle était élancée, mince et avait de la classe. Quand elle parlait, elle bougeait avec grâce, sa main droite s'agitant délicatement comme si elle tenait entre ses doigts une cigarette invisible. Son visage anguleux et délicat était illuminé par des cheveux blonds coupés assez courts. Bizarrement, elle utilisait un lourd mascara noir pour souligner ses yeux bleus. Ce noir tranchait avec sa silhouette et sa peau claire, et transformait son regard, le rendant à la fois dérangeant et magnétique.

— Vous êtes Jessi, évidemment, fit la Russe. Que désirez-vous boire ?

— Rien, merci, répondit Jessi.

Anna se pencha en avant en fixant ses yeux hypnotiques sur son interlocutrice.

— Bien sûr que si, vous voulez boire, ma Jessi. Sinon pourquoi serions-nous venues ici ?

Elle a raison. Il faut soigner les apparences, pensa la jeune femme.

— Un Newcastle, s'il vous plaît, demanda Jessi à un serveur.

— Eh bien, vous voyez quand vous voulez… lâcha Odolova, d'une voix douce. Et maintenant, si vous me disiez en quoi je peux vous être utile ?

Jessi savait ne pas avoir l'habileté de la Russe, aussi ne prit-elle pas la peine de prétendre le contraire.

— Le président Novartov a-t-il prévu de retrouver le Président américain et le Premier Ministre chinois ce soir ? Cette rencontre ne serait-elle pas la cible de Tuman ? demanda-t-elle d'une voix suave.

Odolova donna une petite pichenette sur son poignet comme pour en chasser la cendre de sa cigarette imaginaire.

— On peut apprendre beaucoup d'une personne au ton qu'elle emploie pour commander une boisson, vous savez. Vous, par exemple, vous montrez très directe. Forte. Vous passeriez facilement pour une Russe.

Elle sourit légèrement et reprit :

— Dommage que je ne puisse pas parler de ce genre de problèmes avec vous. Mais vous êtes sur la bonne piste. Vous voulez en savoir plus sur Nurmamet Tuman, je suppose ?

— Évidemment.

Odolova parla longtemps, en développant parfois certains éléments. Elle raconta l'histoire suivante : Nurmamet Tuman avait travaillé comme espion pour les Chinois pendant près de vingt ans. Il était d'origine Ouïgour, avait perdu ses parents et on l'avait placé dans un orphelinat où on l'avait endoctriné pour qu'il devienne un vrai Maoïste, puis un membre du nouveau Parti Communiste « progressiste ». Il grimpa les échelons de l'Armée du Peuple avec intelligence. Mais pendant une purge, qui avait eu lieu quelques années plus tôt, ses supérieurs qui ne l'aimaient pas et se méfiaient même de lui, à cause de ses origines, le mirent à la retraite. On l'envoya aux États-Unis sous un nouveau nom et avec un faux dossier où il créa et dirigea une petite entreprise de software. Le gouvernement chinois garda le contact avec lui, lui confiant parfois quelques missions basiques, mais pour tous, il avait été exilé.

Mais les dirigeants communistes n'avaient jamais su que Marcus Lee était toujours resté Nurmamet Tuman, un Ouïgour. Donc, noyé dans les profondeurs des Services Secrets chinois, Lee avait continué à travailler en secret pour l'indépendance du Turkestan Oriental. Les Russes étaient persuadés que Marcus avait sauvé des membres de MITO par deux fois dans sa carrière. Depuis qu'il résidait aux États-Unis, il avait pu reprendre plus facilement contact avec MITO, jusqu'à devenir un de leur bailleur de fonds. Sa loyauté envers sa communauté était renforcée par son amertume. Il ne pardonnait pas aux Chinois de l'avoir exclu du monde des espions.

— Mais pourquoi attaquer ici ? demanda Jessi. Pourquoi pas en Chine ? Et puis MITO voudrait que l'Ouest lui accorde davantage de considérations. La Chine contrôle toutes les informations diffusées, surtout dans les provinces rurales. MITO a commis quelques attaques terroristes en Urumchi afin d'attirer l'attention, mais personne n'en a jamais entendu parler. Par contre, s'ils commettent un attentat à Los Angeles, le monde entier les prendra enfin au sérieux.

— Comment savez-vous tout ça ? demanda Jessi, avec naïveté. Vous n'êtes pourtant pas mieux placés que nous…

— Ça n'a rien de vraiment impressionnant, fit Odolova, avec cependant une pointe de fierté dans la voix. En fait, nous en avons appris beaucoup grâce à un petit trafiquant d'armes de Los Angeles. Des armes russes – des RPG-29s – ont été volées et nous avons remonté la filière jusqu'à cet homme. Nous pensions que c'était lui qui les avait achetées, alors qu'en fait elles avaient été dérobées par MITO et confiées au trafiquant pour qu'il les mette en sûreté.

— Farrigian, fit Jessi d'une voix neutre.

Odolova sourit avec chaleur.

— Décidément ! Vous n'avez rien à nous envier. Ces RPG volés nous ont ainsi incités à nous intéresser à MITO, puis ensuite à Tuman.

— Avez-vous trouvé la moindre preuve pour appuyer vos accusations ?

— Aucune, ma chère.

Jessi dissimula mal sa déception. Elle savait que Chappelle exigerait des faits avant de se lancer à la poursuite d'un ressortissant chinois.

— Je pense…, commença-t-elle.

— Dans notre métier, nous nous contentons parfois de simples présomptions, assena la Russe.

— Mais pourquoi les Chinois ont-ils fait confiance à Tuman ? Ils nous ont affirmé qu'il était clean.

— Personne n'aime reconnaître ses torts, fit Odolova. Ils croient à leur propre propagande. Ils n'ont aucune raison de penser que MITO puisse leur porter le moindre dommage. Ils ne croient même pas à l'existence de ce mouvement séparatiste, alors… Ils ne peuvent pas imaginer un seul instant qu'un traître est entré dans leur rang.

La Russe sourit à son interlocutrice comme si elle attendait d'elle une réponse. Comme rien ne venait, elle prit une gorgée de sa boisson et susurra :

— Maintenant, je pense qu'il est temps que vous m'offriez un verre.

— Oh, bien sûr, bégaya la jeune femme. Vous désirez un autre…

L'agent russe éclata de rire.

— Je veux dire qu'il est temps que vous me fournissiez quelques informations.

Jessi, les joues cramoisies, bredouilla.

— Des informations ? Heu… Je ne sais pas si je peux…

Le visage de la Russe se ferma. Son mascara, qui avait rendu son regard hypnotique, le transforma en une pointe métallique.

— Parlez-moi des RPG-29s. Qui les détient ? Où sont ces armes ?

Jessi réalisa alors que, même si elle connaissait la réponse aux questions que posait Odolova, on lui aurait interdit de les lui communiquer.

— Hé bien, je… Je ne sais pas si je peux en dire plus et…

Les yeux de son interlocutrice flamboyèrent de colère. Elle se passa nerveusement la main dans ses cheveux blonds.

— Je ne fais pas la charité, Jessi ! Je vous ai donné des renseignements et j'en attends moi-même en retour.

Soudain, Jessi Bandison sentit comme un poids peser sur elle. Elle se retourna et vit un homme en T-shirt bleu, collé à sa chaise, son estomac proéminent contre son coude.

— Et si nous partions en balade ? On pourrait en profiter pour parler, fit Anastasia sur le ton de la plaisanterie.

Mais il ne s'agissait pas d'une simple invitation, comme le comprit la coéquipière de Bauer. L'homme posa une main lourde sur le bras de Jessi. Ensuite, les événements se précipitèrent.

Alors que le Russe la tirait pour qu'elle se lève de sa chaise, Jessi entendit un bruit sourd suivi d'un autre, plus sec. Les yeux du type se troublèrent et, tel un immeuble qui s'effondre, il glissa à terre, révélant à sa place la silhouette de Jack Bauer.

17:45
Le Pub Cat & Fiddle, Los Angeles

Jack n'avait entendu que des bribes de la conversation, de sorte qu'il n'en avait pas retenu grand-chose. Odolova savait baisser naturellement le son de sa voix pour la rendre pratiquement inaudible. Quand l'ange gardien de la Russe se leva, Jack l'imita aussitôt. Il se glissa derrière lui et le mit hors d'état de nuire en lui brisant le genou, après lui avoir fait lâcher le bras de Jessi Bandison.

Le Russe gisait à terre désormais, gémissant. Il se tenait le genou à deux mains.

— La discussion est terminée, annonça Jack à Odolova.

Gentiment mais fermement, il obligea Jessi à se lever et la guida au travers du bar, passant devant les propriétaires qui se demandaient pourquoi un de leurs clients se tordait de douleur sur le sol. Jack et Jessi sortirent dans l'obscurité qui gagnait Sunset Boulevard.

Bauer avait emprunté un téléphone à la CAT. Celui-ci sonna. Il décrocha, alors qu'il se trouvait sous le porche du pub, loin de la porte d'entrée, au cas où la Russe les aurait suivis.

— Bauer.

— Jack, fit la voix de Mercy Bennet.

— Où es-tu ? Tu vas bien ?

— Si l'on veut, dit-elle sur un ton morose. La CAT

m'a contactée et m'a donné ce numéro. Quelle rude journée !

— *Les Singes de la clé à molette*... Smith. Tu avais raison sur toute la ligne.

Mercy émit un petit rire amer.

— J'ai tellement espéré entendre quelqu'un me dire ça ! Mais il est un peu trop tard maintenant.

Elle lui résuma alors ce qui lui était arrivé depuis le matin. Elle lui rapporta la manière dont elle avait suivi Smith, qui s'appelait en réalité Copeland, et comment elle l'avait découvert, assassiné. Elle apprit aussi à Bauer que l'homme lui avait affirmé avant son décès qu'elle avait été exposée à un virus.

— J'ai fait un check-up à l'UCLA, mais ils n'ont rien trouvé de particulier.

Jack sentit un poids peser lourdement sur ses épaules.

— Tu es sûr qu'il a dit ça ? demanda-t-il, la voix soudain rauque.

— Putain, ça oui ! jeta la jeune femme.

Jack était en fait écrasé par la culpabilité. Parce qu'il n'avait pas avoué à Mercy qu'il menait une enquête pour sauver sa fille. Il avait ainsi transformé son amie en victime accidentelle dans cette guerre contre le terrorisme. Il ne pouvait toujours pas lui dire la vérité, pas encore en tout cas, mais la jeune femme avait le droit de savoir les risques qu'elle encourait.

— Mercy... le virus est mortel. Il provoque une fièvre hémorragique.

Il y eut un long silence au bout de la ligne. Finalement, elle répondit, la voix cassée.

— Une fièvre hémorragique... Comme celle d'Ébola ?

— Exactement.

— Merde ! Jack, je suis en voiture. Est-ce que... Est-ce que je suis contagieuse ?

C'était du Mercy Bennet tout craché. Elle venait juste d'apprendre qu'elle avait contracté un virus mortel, et elle s'inquiétait des conséquences sur les gens qui l'entouraient.

— Pas encore à mon avis, dit-il d'une voix rauque. Ma fille a également été infectée. Par les gens de Copeland. Les médecins m'ont assuré que, pour le moment, elle n'est pas contagieuse. Il doit donc te rester quelques heures.

— Je ne vais pas à l'hôpital tout de suite, décréta aussitôt Mercy. J'ignore ce qu'il a voulu dire en employant le mot « Terreur », mais je sais qui a tué Copeland : Frankie Michaelmas. A côté d'elle, Copeland ferait figure de saint.

Un frisson parcourut l'échine de Jack. Il savait ce que le terme « Terreur » signifiait mais, là encore, il ne pouvait pas l'apprendre à Mercy, tant qu'il aurait encore besoin d'elle.

— Tu devrais quand même aller à l'hôpital. Te mettre en sécurité. Contacte le National Health et…

— Va te faire foutre ! cracha Mercy. Si je ne suis pas contagieuse, je vais chercher cette petite salope.

— Mercy, il vaudrait mieux que tu…

Mais Bennet avait raccroché.

— Il faut qu'on y aille, dit Jack à Jessi. Plus les heures passent, et plus cette histoire tourne à la catastrophe.

12

LES ÉVÉNEMENTS SUIVANTS SE DÉROULENT ENTRE 18 H ET 19 H

18:00
Le Pub Cat & Fiddle, Los Angeles

Jack avait descendu la moitié de Sunset Boulevard pour rejoindre son 4×4, Jessi Bandison dans son sillage. Il venait juste d'atteindre l'arrière du véhicule quand il aperçut la Camaro rouge, garée en travers de la rue. La pénombre laissait voir la silhouette du chauffeur. Elle était tournée dans sa direction.

— À terre ! ordonna Jack en saisissant Jessi et en la poussant sur le sol alors qu'un éclair sifflait au-dessus de leurs têtes.

Il entraîna la jeune femme derrière le 4×4. *Plink, plink, plink!* Des petits trous apparurent comme par enchantement sur la carrosserie de la Camaro. Un autre se dessina dans le métal, à quelques centimètres de sa tête. Jack demeura prudemment caché derrière la roue arrière qui lui offrait un meilleur abri et poussa Jessi en avant.

— Reste-là ! Derrière le bloc-moteur.

D'autres projectiles chuintèrent, cette fois tirés d'ailleurs, non pas de l'autre côté de la rue mais d'en haut. Bauer et Jessi étaient pris entre deux feux.

Jack dégaina son arme, le pistolet semi-automatique

.45 Springfield qu'il avait également emprunté. Il resta accroupi, cherchant un moyen de riposter, mais il avait adopté une mauvaise position qui ne lui permettait de voir que la rue. Les snippers étant équipés de silencieux, aucun des véhicules qui circulaient ne réalisait qu'ils traversaient un champ de tirs. Jack se glissa à l'arrière du 4×4 et étudia, le Springfield dans sa main gauche, l'autre côté de la rue. Contrairement aux armes des tueurs, son .45, lui, n'était pas muni de silencieux. Il tira. Le coup de feu brutal arracha un cri à Jessi. La réponse ne se fit pas attendre. La vitre côté passager de la Camaro éclata en mille morceaux. Jack se rejeta en arrière et se dissimula derrière son véhicule, genou à terre, cherchant à repérer où se trouvait le premier sniper. Il n'y avait rien d'autre à voir que Sunset Boulevard bordé de dizaines d'immeubles, de parkings et de véhicules roulant sur l'asphalte. Un projectile écailla le métal derrière lui, et il se colla encore plus étroitement contre le 4×4.

D'autres balles criblèrent la tôle, provenant d'un autre endroit, transformant sa voiture en écumoire. Le tireur de la Camaro changeait constamment de positions. Jack tira en l'air deux coups de feu pour faire du bruit. Quelqu'un appellerait certainement la Police. S'il réussissait à échapper aux deux tueurs jusqu'à l'arrivée des renforts, ils auraient une chance de se tirer d'affaire. Quelques minutes après les détonations, une alarme se déclencha quelque part, et quelqu'un, en face, se mit à crier.

Des mouvements… Bauer entendit des bruits de pas. Un type, venu de l'immeuble en courant, tentait d'atteindre un véhicule se situant à une centaine de mètres du 4×4. Jack comprit qu'il s'agissait du second tireur. Le premier, certainement pour couvrir la progression de son collègue, tira de nouveau, faisant éclore deux autres trous dans la carrosserie de la voiture, toujours au-dessus de la tête de l'agent. Le pare-brise arrière explosa. Jack roula sur lui-même et, visant l'avant de la voiture qui stationnait à quelques mètres de là, il appuya sur la gâchette. Des banlieusards passèrent devant lui en voiture, et il aperçut, comme un flash, leurs visages effarés. Puis le véhicule disparut à toute allure dans la nuit. Il les oublia bien vite, car le tireur de la Camaro venait de s'effondrer. L'avait-il vraiment descendu ?

Comment savoir que vous avez atteint votre cible ? était la phrase favorite de son vieil instructeur.

L'avez-vous vraiment descendue ?

Elle a pu tomber, elle joue peut-être la comédie. Il n'existe qu'une seule façon de le vérifier : il faut affronter votre adversaire, lui tirer dessus et rester concentré sur lui. Veillez à ce que vos yeux soient rivés à la cible. Ainsi, tout se passera bien.

Le tueur n'était pas resté dans le champ de vision de Bauer. Et l'autre était toujours en vie…

Des sirènes mugirent dans le lointain. Bonne nouvelle. Mais Jack avait vidé son chargeur. Le temps de le remplacer par un autre, et le tireur avait quitté l'abri d'un magasin. Il tira deux fois de suite, très vite. La carrosserie du 4×4 s'agrémentait maintenant d'une quinzaine de petits trous. Jessi se recroquevilla sur elle-même, cherchant à se faire aussi petite que possible tandis que Jack changeait à son tour de position. Le tireur qui les surplombait bougea et Bauer le mit en joue, puis tira, faisant exploser la vitre du magasin. Son deuxième coup de feu pulvérisa une poubelle. Un homme, qui se trouvait à quelques mètres de la boutique, cria quelque chose avant de courir se mettre à l'abri.

Le duo, en face, n'appartenait pas à la mouvance écoterroriste. Ces tueurs travaillaient en tandem – l'un fixait Jack en le canardant, pendant que le second se déplaçait pour le prendre à revers. Un bon plan qui pouvait encore marcher, puisque les sirènes de la Police mugissaient encore trop loin du lieu du canardage.

Le tireur, placé en haut de la rue, le visa soigneusement

et fit feu. Jack riposta pour l'obliger à rester dissimulé. D'où il se trouvait, il ne voyait pas comment nuire à son autre adversaire sans cesser de lui tirer dessus. Soudain, un véhicule pila brutalement au milieu de la rue, une cinquantaine de mètres de là. *S'il s'agit d'un troisième tueur*, pensa Jack, *ça va se compliquer.* En entendant crisser les pneus, le tireur pivota, aperçut le nouveau venu et l'arrosa immédiatement. Le conducteur sauta de sa voiture et riposta. Surpris, le tueur modifia sa position, de sorte qu'il entra dans le champ de tir de Bauer qui le visa, appuya sur la détente… et constata avec dépit qu'il avait encore vidé son chargeur. Il le jeta d'un geste vif et réalisa qu'il n'avait désormais plus de munitions. Mais l'arme, même vide, pourrait toujours lui servir.

Le crépuscule avait cédé le pas à l'obscurité mais les lampadaires n'étaient toujours pas allumés. Jack n'arrivait pas à distinguer le visage de celui qui lui avait prêté main-forte et lui permettait de souffler. Il le vit pourtant se tourner, non pas vers lui mais dans une autre direction. Il y eut un sifflement suivi d'un bruit sec. Le conducteur poussa un cri et son arme lui échappa des mains. Il disparut derrière la voiture. Jack entendit quelqu'un courir dans la rue. Le tireur de la Camaro fonçait en direction du nouvel arrivant. Certainement pour l'achever. Jack se replia vers l'arrière de son 4×4 et fila de l'autre côté juste à temps pour apercevoir le sniper qui atteignait le véhicule, un Beretta dans la main. Le tueur tenta de pivoter pour lui envoyer quelques pruneaux, mais Jack fut plus rapide que lui. Bauer bondit sur lui, écarta d'une main le Beretta qui le menaçait et cogna son visage avec son arme vide. Il recula aussitôt et, sans attendre que son adversaire se ressaisisse, le frappa violemment à hauteur de gorge. L'homme, sonné, glissa à terre.

Sans s'arrêter, Jack jeta le Springfield, se pencha et s'empara du Beretta. Il mit un genou à terre et balaya les alentours du regard. Il ne releva aucun mouvement suspect, ni voiture. Les sirènes de Police, par contre, semblaient se rapprocher.

La silhouette du conducteur, tombé derrière son véhicule, se releva alors péniblement.

— Salut Jack, fit Kelly Sharpton.

18:15
Résidence des Bauer

— Je vais le tuer !

Teri Bauer reposa bruyamment le combiné sur son socle. Il s'agissait de son cinquième appel depuis la dernière demi-heure. Comme les autres, elle était tombée sur la boîte vocale de son mari.

Kim était assise dans la cuisine, sa main caressant mollement les irrégularités du revêtement en bois de la table. Elle était pâle et semblait affectée par la colère de sa mère.

— Il le fait exprès, gronda Teri. Il t'a accompagnée ce matin, mais uniquement parce qu'il travaillait sur une affaire.

— Maman, fit Kim d'une voix lasse, ne lui en veux pas. Quand les événements ont mal tourné, il s'est précipité pour me mettre à l'abri.

— Et t'obliger à attendre dans un sous-sol sordide pendant trois heures !

Furieuse, Teri arpentait la cuisine de long en large. La magie du mois passé avait disparu. La peur qu'elle avait ressentie était telle qu'elle l'avait immédiatement gommée. Jack réveillait une fois encore leurs problèmes de couple habituels. Elle avait vu son mari s'éloigner d'elle peu à peu. Au début, elle s'était inquiétée, le soupçonnant d'avoir une liaison avec une autre femme, et cette pensée ne l'avait pas complètement quittée. Même si la chose semblait peu probable – Jack était mu par des motivations sans liens avec le sexe.

Elle ne lui reprochait pas une quelconque déloyauté. Elle était furieuse contre lui d'avoir abandonné Kim, même si elle savait qu'il adorait sa fille. Finalement, Teri commençait à penser que son comportement était lié à son profond dévouement pour son pays. Un dévouement qui tenait beaucoup du sacerdoce.

— Tu te sens bien ? demanda-t-elle à sa fille.

Kim maintenait désormais sa tête entre les mains.

— Ouais… Je suis fatiguée, je crois. J'ai chaud. Je vais aller me coucher.

18:18
Le Pub Cat & Fiddle, Los Angeles

Un des tireurs était mort. Le second ne mangerait pas de nourriture solide avant longtemps et bredouillait des mots inintelligibles, suite au coup que Jack lui avait assené à la gorge.

Jessi Bandison étreignit Kelly Sharpton qui tressaillit. Son bras droit était couvert de sang.

— Tu es blessé ? demanda-t-elle.

— Pas vraiment, répondit Kelly.

Il releva la manche de sa chemise. La balle avait glissé à l'intérieur de son bras, labourant la chair de son poignet jusqu'à son épaule, mais elle était ressortie.

Sharpton semblait un peu plus âgé que lorsque Jack l'avait rencontré lors de son court passage à la CAT. Son visage s'était légèrement empâté, sa chevelure virait au gris. Ils avaient bien collaboré ensemble, sans pour autant devenir amis, ni adopter le même bord politique. Néanmoins, Kelly lui avait sauvé la vie. Et Jack lui en était reconnaissant.

— Elle vous a appelé, hein ? demanda-t-il en désignant Jessi.

Sharpton hocha la tête en signe d'assentiment.

— Je connaissais Odolova pour avoir pris contact avec elle il y a des années.

— J'étais nerveuse à l'idée de me retrouver sur le terrain, confessa Jessi. Je suis désolé de ne pas t'avoir prévenu.

Jack esquissa un geste vague de la main. La fin justifiait les moyens et, le plus important : ils étaient tous sains et saufs.

Les voitures blanches et noires de la Police se matérialisèrent enfin, trouant l'obscurité de leurs différents gyrophares. Sharpton, qui n'était pas en service, mit son arme de côté. Jack brandit sa plaque et, après avoir expliqué les raisons de leur présence sur les lieux, les policiers baissèrent leurs armes et commencèrent à sécuriser le périmètre. Un LAPD téléphona pour demander une assistance médicale. Le tireur survivant hésitait entre la vie et la mort.

— Maintenez-le en vie, ordonna Jack. Je dois encore l'interroger.

— Vous voulez que je m'en occupe ? demanda Sharpton.

Jack secoua la tête en signe de dénégation.

— Vous êtes un civil.

— Un civil qui vous a sauvé les miches ! répliqua Sharpton, amusé.

Jack le reconnut.

— Pour votre geste, veuillez accepter les remerciements de la nation reconnaissante…

— Et un simple dollar de récompense, soupira Sharpton.

Jack se retourna vers sa collègue.

— Jessi, vérifie que nos amis les policiers prennent bien soin de notre tireur. Je tiens à ce qu'on le ramène au QG de la CAT pour lui faire subir un interrogatoire. Ne les laisse pas te raconter des craques sur son état de santé. Va le leur dire.

Il se détourna, ignorant l'éclat de panique que son

ordre avait allumé dans le regard de la jeune femme. Il téléphona à son quartier général avec le portable emprunté. Un moment plus tard, il parlait avec le directeur des opérations. La voix d'Henderson résonna dans l'écouteur.

— On nous a tiré dessus, fit Jack en décrivant brièvement l'attaque qu'ils avaient essuyée. Je pense qu'al-Libbi a quelques amis en ville.

Il lui rapporta l'entretien avec Odolova, mentionna les RPG-29s et l'informa que la Russe leur avait confirmé qu'une offensive se préparait le soir même. Il dressa enfin un rapide bilan de tout ce qu'ils savaient.

— Les leaders de la Russie, des États-Unis et de la Chine doivent se retrouver secrètement ce soir, aux alentours de dix-neuf heures. Al-Libbi a certainement prévu son attaque à ce moment-là.

— Les RPG-29s ont été conçus pour détruire des tanks. Ils peuvent pulvériser des limousines présidentielles. Mais rien ne dit que la rencontre va se tenir dans la maison de Marcus Lee. Pourquoi donc le FBI aurait-il choisi ce lieu ?

Jack lui parla de la conversation qu'il avait eue avec Mercy Bennet, et il évoqua le *Complexe Vanderbilt*.

— Là, je comprends mieux, intervint Nina Myers. L'endroit n'est pas loin. La maison de Lee donne directement sur le complexe. Voilà pourquoi les Services Secrets ont déboulé chez Lee.

— Il faut les prévenir de ce qui se trame, fit Jack.

— Restez en ligne, dit Henderson.

— Ça n'a pas été une partie de plaisir, hein ? intervint Sharpton pendant que Jack patientait.

— Ouais… Parce que, ces temps-ci, je manque singulièrement de sommeil, grommela celui-ci.

Au même moment, Henderson reprit la communication.

— Jack, les Services Secrets nous ont assuré qu'ils

ont sécurisé la maison de Lee. Ils ont contacté leurs gars qui ne leur ont signalé aucun problème.

Ce n'est pas vrai, pensa Bauer. *Ayman al-Libbi possède un ou plusieurs RPG-29s. Il s'agit d'un propulseur de roquettes antichars. Les écoterroristes, eux, ont mis au point un virus. Quant aux dirigeants des trois pays les plus importants de la planète, ils ont organisé un rendez-vous secret ce soir au complexe Vanderbilt. Si ont met tous ces faits bout à bout, on obtiendra forcément…*

— Je ne crois pas que les Services Secrets connaissent la vérité, finit-il par dire. On doit la leur apprendre.

— Bauer ! claqua une voix dans le haut-parleur.

Jack reconnut aussitôt le ton nasillard de Chappelle.

— On a déjà parlé des différentes options que nous avions ! J'ai passé un mémo au Président. La rencontre de ce soir entre notre Président et le Premier Ministre chinois est importante, capitale peut-être. De plus, les Services Secrets se portent garants de la sécurité de ce minisommet. Nous devons rester à l'écart !

Enervé, Jack cogna fugitivement le combiné contre son crâne.

— Je serais plutôt d'avis, finit-il par dire, d'envoyer un de nos gars jeter un œil chez Lee. Je vais m'y rendre. Vous m'envoyez du renfort ?

La voix de Ryan Chappelle monta d'une octave.

— Bauer, vous ne bougez pas, compris ? Vous croulez sous un tas de problèmes, vous n'avez pas idée. Et d'ailleurs…

— Mais que se passe-t-il ? l'interrompit Jack en donnant un coup contre le combiné. Y a de la friture sur la ligne…

— Bauer ! Revenez au quartier général immédiatement !

— Je vous perds, Monsieur. Ce téléphone est pourri, désolé ! cria Bauer en raccrochant.

Sharpton secoua la tête de droite à gauche, en souriant.

— Les temps changent à ce que je vois, dit-il, sur un ton sarcastique.

Bauer ne l'écoutait pas. Il pensait déjà à l'itinéraire le plus rapide pour accéder au complexe Vanderbilt. S'il y trouvait al-Libbi, il n'arriverait pas à l'arrêter tout seul. Il se tourna vers Sharpton et demanda.

— Vous êtes sûr d'avoir quitté le terrain ?

18:30
Mountaingate Drive, Los Angeles

Il avait trouvé ça facile, vraiment. Toujours sous son déguisement de jardinier, al-Libbi avait disposé de plusieurs heures pour espionner les communications des Services Secrets. Il avait saisi la manière dont ils répondaient et mémorisé leurs différents codes d'usage. Par ailleurs, il avait un véritable don pour l'imitation, ce qui l'avait toujours servi.

Chaque fois que les agents du FBI l'avaient contacté, il avait donné l'indicatif adéquat en prenant la voix de l'agent censé répondre. Ce dernier aurait eu bien du mal à le faire puisque le tueur, après lui avoir tranché la gorge, avait fourré son corps dans une armoire.

Le moment de passer à l'action approchait. Ignorant les cadavres des agents assassinés, le terroriste se dirigea vers la camionnette, portant de longues boîtes à travers le jardin. Il répéta ces allées et venues plusieurs fois. Une grande haie de bambous marquait la lisière de la maison, et dissimulait une partie du complexe Vanderbilt. Al-Libbi empila les caisses. Il prit les cisailles qui avaient servi à tuer Tuman et entreprit de percer la barrière de bambous. Quelques minutes plus tard, il s'était dégagé une excellente vue sur le bâtiment voisin. En fait, son regard tombait directement sur le hall de réception, placé au cœur de la demeure. Le RPG-29s, qui avait une portée de cinq cents mètres, suffisait amplement.

Le portable d'al-Libbi vibra. Tous ceux qui connaissaient son numéro étaient des individus importants. Pourtant celui qui s'afficha sur son écran le surprit.

— Je croyais que nous étions tombés d'accord sur les détails de l'opération, dit-il en guise de bonjour.

— Il y a eu un changement dans la direction des opérations, fit la voix de Frankie Michaelmas. Désormais c'est moi qui commande et je voudrais passer un nouveau marché avec vous.

18:36
Complexe Vanderbilt

Si Stan Chupnik était nerveux, il ne le montrait pas. En fait, il ne ressentait aucune angoisse.

Il s'habilla lentement et avec minutie. Son pantalon était repassé et le pli tombait à la perfection. Sa chemise amidonnée était d'une blancheur éclatante. En outre, Stan s'était rasé deux fois pour s'assurer des joues et un menton irréprochables.

Après un peu plus de dix minutes passées à se bichonner, Chupnik se plaça face à la glace, accrochée derrière la porte des toilettes pour hommes, pour s'examiner une dernière fois. Il dénoua son nœud papillon légèrement de travers, et le refit avec soin. Pas de fausse note. Ce genre de détail différenciait les Vanderbilt du commun des mortels.

Stan travaillait comme serveur au Vanderbilt – ici, les employés disaient seulement « Le Van » – depuis son ouverture. Il assistait toujours aux importantes réunions organisées dans le complexe. Bien sûr, on gagnait nettement plus en occupant une place de serveur à l'*Almandine*, un restaurant cinq étoiles où il fallait compter quatre cents dollars minimum par tête. Stan trouvait là son principal salaire. Mais accepter un extra au complexe, lors de soirées VIP, lui permettait de respirer le même air que certaines célébrités ou grands leaders mondiaux. Du plus loin qu'il se souvienne, il n'était jamais rentré chez lui avec un pourboire inférieur à cent dollars. Et cette nuit ne ferait pas exception.

— Est-ce qu'ils t'ont harcelé ? demanda Daniel Schuman, un autre serveur, à un de ses collègues qui se trouvait en compagnie de Chupnik dans les toilettes. Pour ma part, ils m'ont posé des centaines de questions. J'y ai répondu, mais ces types de la sécurité ont reposé les mêmes questions, comme s'ils n'avaient rien compris.

Un autre type de la restauration ajouta.

— Que t'ont-ils demandé par exemple ?

Daniel tira sur son nœud papillon pour le rajuster.

— Tout tournait autour des pays arabes. J'ai visité Jérusalem, il y a un moment, et chaque fois que j'y suis allé, j'ai poussé jusqu'à Damas, ou en Iran, bref, dans d'autres pays de la région. C'est ça qui les intéressait.

— Nom de Dieu ! Tu aimes les problèmes, toi ! s'exclama l'autre serveur.

— Ouais, surtout que ces bâtards m'en ont fait baver. Ils ont bien failli m'empêcher de prendre ce boulot. Et tout ça, pour le refiler à Lopez. T'imagines ?

— C'est entièrement de ta faute, dit Stan Chupnik, prenant le parti de l'autre serveur. Que crois-tu qu'ils puissent faire d'autre avec tout ce qui se passe dans le monde aujourd'hui ?

— Je suppose que Toi, Monsieur-Je-Sais-Tout, tu n'as jamais voyagé nulle part ? rétorqua Schuman.

— C'est ce qui te trompe, mon chou, répliqua Stan d'un air suffisant. Mais pas dans des endroits louches. Moi, j'adore le Costa Rica. J'aime aussi le Brésil et le Pérou. Des régions magnifiques.

— Tu y as fait du surf ?

— Parfois, mais le plus souvent j'ai marché dans la jungle avec mon sac sur le dos.

— J'ai moi aussi tâté de la marche, avoua l'autre serveur. C'est un genre d'écotourisme.

— Exact, fit Stan avec fierté. Je suis un véritable écotouriste.

13

LES ÉVÉNEMENTS SUIVANTS SE DÉROULENT ENTRE 19 H ET 20 H

19:00
Mountaingate Drive, Los Angeles

À l'horizon, le soleil, d'un roux flamboyant, expirait doucement. À l'est, l'obscurité gagnait du terrain mais, au-dessus des montagnes de Santa Monica, le ciel se teintait de rouge.

Jack gara son véhicule à quelques maisons de celle de Marcus Lee. Sharpton et lui descendirent tranquillement. Ils étaient de nouveau armés, Jack ayant récupéré, lors de la fusillade, le Sig-Sauer. Ils marchèrent le long de la rue sur laquelle donnaient, de chaque côté, des hôtels particuliers très prisés en ce moment. Les lampadaires publics étaient allumés et Jack évitait les halos de lumière pour ne pas être repéré trop facilement. Il se retrouva bientôt devant une grande demeure blanche, en retrait des autres habitations.

On avait allumé le porche, ainsi que d'autres lampes, à l'intérieur de la maison, mais l'endroit était silencieux. Les Services Secrets leur avaient certifié qu'on n'avait rien signalé d'anormal, mais Jack refusait d'y croire. Si son intuition s'avérait fausse, Chappelle ne le lâcherait pas.

19:07
Complexe Vanderbilt

Le Président Barnes entra dans la salle de réception d'un pas assuré. Il trouva la pièce vide à l'exception des tableaux de maître suspendus aux murs, d'une table dressée pour le dîner, avec deux fauteuils en vis-à-vis, et de la présence du Premier Ministre chinois.

Xu Boxiong. Le nom était aussi étrange que le personnage. Xu se tenait debout, de l'autre côté de la table, ses bras le long du corps, avec sur son visage rond une expression énigmatique, ni hostile, ni amicale. Bien que Xu ait atteint la soixantaine, ses cheveux étaient restés d'un noir de jais et très épais. Le leader chinois portait une paire de lunettes, alors que Mitch Rasher avait assuré à Barnes que le leader chinois ne souffrait pas d'un problème de vue. L'homme cherchait à cacher son âme derrière ses verres comme s'il utilisait une barrière protectrice.

Barnes réalisa alors qu'il rencontrait pour la première fois de toute sa carrière politique un communiste.

La main tendue, il franchit la distance le séparant de Xu Boxiong en disant :

— Monsieur le Premier Ministre, c'est un plaisir pour moi de vous rencontrer enfin.

Xu esquissa un sourire et serra fermement la main de Barnes en répondant.

— Tout le plaisir est pour moi, Monsieur le Président.

Comme si cette poignée de main avait brisé un sortilège, d'autres personnes entrèrent dans la pièce. Quatre agents de la sécurité – deux pour chaque pays – se positionnèrent devant chaque issue de secours. Des serveurs apportèrent les boissons favorites des deux leaders. Barnes leva son verre en direction de Xu, qui l'imita. Ils burent tous deux une gorgée.

— Quel dommage que le Président Novartov n'ait pu se joindre à nous, lâcha Xu après avoir bu. Il aurait pris froid, paraît-il. Mais, au fond, cela vaut peut-être mieux, ajouta le Chinois après quelques secondes de silence. Nous pouvons ainsi parler plus directement.

Barnes approuva. Il ne se sentait néanmoins pas encore prêt à entrer dans le vif du sujet.

— Voulez-vous vous asseoir, ou préférez-vous que nous admirions les œuvres d'art de la galerie ?

— J'ai entendu dire beaucoup de bien de la collection Vanderbilt, répondit Xu en balayant la pièce de son regard bridé. On pourrait faire un petit tour, non ?

Barnes hocha la tête et esquissa un signe de la main. Xu le suivit et tous deux arpentèrent la pièce, s'arrêtant devant chaque portrait pour l'admirer ou, dans le cas du Président Barnes, pour feindre son admiration, car il n'avait jamais particulièrement aimé la peinture. Il passa devant une toile qui représentait un barbu, à moitié nu, affublé d'une peau de bête, symbole de la Force brute, mais cette œuvre ne suscita aucune émotion chez lui. Devant une autre montrant un jeune homme en rouge, le nom de Raphaël lui revint en mémoire. Comme avertis par un signal muet, tous deux s'arrêtèrent devant un portrait de Louis XIV, le Roi-Soleil.

— Voici ce que j'appelle un chef d'état, commenta Xu Boxiong pensivement.

— Il n'avait pourtant pas rejoint le parti, plaisanta Barnes.

Son interlocuteur se tourna vers lui et répondit, un vague sourire sur les lèvres.

— Personne, hélas, n'est parfait… En fait, je parlais de sa façon de gouverner, non de la politique qu'il a menée. Je prends modèle sur ce genre d'homme, et je serais curieux de savoir si, vous aussi, cherchez à lui ressembler, Monsieur le Président.

— On peut toujours espérer que votre modèle répondra aux attentes de ces nations qui se déclarent prêtes à vous accueillir dans le Groupe des Huit.

Xu prit le temps de prendre une nouvelle gorgée avant de demander :

— Puis-je connaître ces attentes ?

— Les droits de l'homme, répondit simplement le Président. Nous souhaiterions que vous les ratifiiez afin d'éviter que ces manifestations, comme celle d'aujourd'hui, ne se reproduisent.

Le Premier Ministre chinois se plaça face à Barnes cette fois.

— Nous nous étonnons de voir les USA si préoccupés par le sujet des droits de l'homme en Chine... quand votre pays détient de nombreux prisonniers politiques dans des camps, un peu partout dans le monde...

Barnes avait prévu l'attaque, évidemment. Politique mise à part, il accordait une grande importance aux droits de l'homme. Pendant sa présidence, ce problème éthique était toujours resté au centre de ses préoccupations. Il avait souvent mis son intégrité de côté, mais jamais lorsqu'il s'agissait de soulager la souffrance et de dénoncer l'injustice qui s'abattait sur les peuples.

— Monsieur le Premier Ministre, dit-il avec fermeté, si nous devons avoir une conversation plus approfondie, évitez de comparer nos prisons remplies de terroristes et de meurtriers avec celles qui détiennent de simples opposants à votre régime.

Xu Boxiong ne répondit pas immédiatement. Il étudia Barnes, ses yeux réduits à une fente au-dessus de ses lunettes, des yeux pareils à des lance-flammes. La déclaration du Chinois, Barnes le savait, avait été calculée. Ses proches n'ignoraient rien de ses fameuses colères et il suspecta Xu d'avoir voulu le tester. S'il comptait poursuivre sur cette lancée, se dit Barnes, la nuit promettait d'être longue.

19:24
À l'extérieur du complexe Vanderbilt

Mercy arrêta sa voiture juste devant les genoux de l'agent de la sécurité. Elle en sortait quand un homme en imperméable sombre contourna son véhicule, main tendue, paume en avant.

— Désolé, Madame, mais le musée est fermé cette nuit pour une réunion privée.

— Je sais. J'ai appelé, fit-elle en présentant son insigne. Inspecteur Bennet. Il faut que je parle à votre supérieur.

L'agent garda une de ses mains levées. De l'autre, il enclencha son micro et parla. Après avoir écouté ce qu'on lui disait, il secoua la tête et se tourna vers Mercy.

— Ils ont effectivement reçu votre appel, Madame. Je vais vous conduire au complexe, mais vous devez laisser votre voiture ici. Suivez-moi, je vous prie.

L'homme la conduisit vers une petite bâtisse en stuc et l'invita à monter dans un petit train automatique.

— Vite, le pressa-t-elle. C'est une urgence.

— Oui, Madame, répondit l'agent d'un ton placide.

Le train entama sa montée vers le complexe Vanderbilt, mais il avançait avec une lenteur désespérante. Mercy était convaincue qu'elle irait plus vite en marchant. Enfin ils arrivèrent en haut de la colline, et le tram la déposa près d'une aire dégagée. Il y avait là une volée de marches qui donnaient sur une double porte. Deux agents descendirent les escaliers. L'un d'eux tendit une main que Mercy serra brièvement.

— Adam Carter, responsable de la sécurité, fit l'homme. De quoi s'agit-il ?

— Je vous en ai déjà parlé au téléphone. Il y a un…

— Un complot contre le Président, oui, c'est ce que vous m'avez dit. Mais qu'en est-il de cette histoire de virus ?

Mercy répéta le petit speech qu'elle avait préparé en conduisant.

— Un groupe d'écoterroristes a mis sur pied un plan qui prévoit d'utiliser un virus, genre Ébola, et je pense qu'ils vont vouloir le répandre ici, ce soir.

— Connaissez-vous l'identité des comploteurs et leur mode opérationnel ? demanda Carter, la voix grave. Sincèrement, même si je suis prêt à croire que la sécurité du Président est menacée, il me faut plus d'informations.

— J'ignore encore comment ils comptent s'y prendre, dut reconnaître Mercy, mais j'ai obtenu ces renseignements de la bouche même du type qui chapeautait l'opération.

L'agent Carter fronça les sourcils et Bennet réalisa la faiblesse de son argument.

— Et ce comploteur, où est-il maintenant ?

Dépitée, elle dut reconnaître.

— Mort.

— Hé bien, dans ce cas je ne vois pas très bien…

— Agent Carter, le coupa-t-elle, je vous en prie, réfléchissez deux secondes. Le virus représente une menace réelle. Appelez le bureau de L. A. de la CAT. Ils vous le confirmeront.

Carter secoua la tête.

— Je vous assure que je ne cherche pas à vous mettre des bâtons dans les roues, Madame. Vous êtes inspectrice et nous prenons en considération les alertes de la police. Nous avons déjà reçu un coup de fil de la CAT. Ils nous ont posé des questions à propos de la maison située un peu plus haut, sur la colline. Nous y avons envoyé nos agents qui nous ont assuré que tout allait bien.

Carter appuya son propos en désignant l'angle droit du complexe. À une centaine de mètres à peine, on apercevait la silhouette d'une maison légèrement surélevée par rapport au Vanderbilt. Mercy se demanda si cette bâtisse tiendrait un rôle dans cette histoire, et si Bauer se trouvait à l'intérieur. Carter poursuivit.

— Vous ne m'avez hélas pas donné de preuves convaincantes. Je ne pense pas pouvoir faire évacuer le Président sur une simple rumeur, surtout quand nos propres agents affirment que tout est sous contrôle.

— Laissez-moi au moins entrer ? Je n'ennuierai pas le Président, mais comme je connais certains de ces écoterroristes, je pourrais peut-être en reconnaître un.

Carter hésita. Elle le vit osciller entre son désir de la chasser, et celui de s'assurer que le Président ne courrait vraiment aucun danger, en acceptant de l'introduire dans le complexe. Finalement, il accéda à sa demande.

19:27
Mountaingate Drive, Los Angeles

La rue était aussi tranquille que n'importe quelle autre rue du voisinage. Jack et Sharpton surveillaient la demeure blanche depuis un moment. Bauer ne voyait qu'un moyen de savoir ce qui s'y passait : y pénétrer par effraction. Si les Services Secrets les surprenaient alors qu'ils entraient subrepticement dans la maison, cela ferait un sacré ramdam. Voilà pourquoi il traversa à grandes enjambées l'allée circulaire, Sharpton sur ses talons, s'attendant à être intercepté à tout moment par un agent dissimulé dans un coin. Mais personne ne se montra.

L'alarme interne de Jack s'alluma, lui soufflant qu'ils se retrouvaient confrontés à un problème de sécurité évident. Il aperçut une camionnette de paysagiste garée dans un coin de l'allée. On croisait nombre d'engins de ce genre dans ce quartier huppé, mais jamais la nuit. Jack s'empara du Sig-Sauer et, le bras à moitié levé, le brandit. Sharpton dégaina et l'imita.

19:29
Complexe Vanderbilt

Mercy était impressionnée par le calme de Carter. Celui-ci se comportait en véritable professionnel. Il n'avait pas réagi de manière excessive à ses conclusions, ni ignoré ses vagues avertissements. Elle, au contraire, voulait alerter tout le monde pour faire évacuer le Président dans l'instant, mais elle ne pouvait blâmer le responsable de la sécurité pour sa discrétion. Elle ne lui avait en effet rien donné de concret pour remporter son adhésion.

Il lui fallait trouver un moyen de le convaincre, elle le savait. Mais lequel ? Elle se surprit alors à se poser une question qu'elle n'aurait jamais cru se poser un jour : *Que ferait Jack en pareille circonstance ? Confronté à un complot, comment Bauer s'y prendrait-il pour mettre en évidence la réalité de la menace ?*

Il trouverait un autre moyen de mettre le Président en sécurité, pensa-t-elle. Et ce, sans se préoccuper aucunement de sa vie et de sa réputation. Mercy échafauda alors un plan. Quand elle se retrouverait le plus près possible du Président, elle sortirait son arme et ferait feu. Les Services Secrets la descendraient certainement, mais ils préféreraient aussi évacuer le Président, le conduire en lieu sûr, dans un endroit beaucoup moins dangereux. Et il ne risquerait plus rien. Le plan de Copeland serait déjoué.

Pendant qu'ils montaient les marches en direction de la double porte, elle se conditionna en vue de mettre son plan à exécution. La maison des Vanderbilt était composée d'un étage, pourvu de plusieurs couloirs donnant chacun sur différentes parties du complexe, avec çà et là des statues et des peintures, venues de la Grèce ancienne et de la Renaissance. On avait même consacré un espace au courant impressionniste. Un de ces corridors menait directement à la Galerie Centrale, qui recélait en son sein les plus beaux chefs-d'œuvre. Deux agents du FBI veillaient sur eux. Carter leur adressa quelques mots et ils laissèrent entrer Mercy. Des tableaux étaient suspendus aux murs mais la jeune femme passa sans les voir, tellement elle était pressée d'atteindre la galerie. Le couloir se termina sur une intersection en T, sur laquelle s'ouvraient d'autres corridors, plus étroits. Un passage voûté s'étendait devant elle, menant à une pièce luxueuse. Quatre agents dont deux Chinois gardaient une large porte. En face d'eux, Mercy aperçut une table dressée de manière exquise, et deux fauteuils vides. Elle eut l'impression de regarder une œuvre d'art contemporain, censée dénoncer le côté dérisoire de la vie.

— Je vous ai amenée aussi loin que je le pouvais, lui déclara Carter. Si vous avez autre chose à me dire, faites-le maintenant.

Mercy regarda autour d'elle, mais elle ne cherchait pas d'autres œuvres d'art. Elle avait besoin de preuves pour étayer son hypothèse et, hélas, elle n'en trouvait aucune. De l'autre côté de la galerie, elle vit deux hommes aller de tableau en tableau. Elle prit soudain conscience de son arme placée contre une de ses côtes. Il fallait qu'elle se décide, qu'elle se lance.

Trois silhouettes en costume blanc surgirent du corridor de gauche, armés de plateaux d'argent sur lesquels reposaient des plats en argent eux aussi. Un autre agent secret les accompagnait. Il adressa un signe de la main à ses collègues qui gardaient la porte. Ceux-ci arrêtèrent brièvement chaque serveur, inspectèrent le contenu des plateaux, puis les laissèrent avancer.

— Inspecteur ? demanda Carter.

Il posa doucement la main sur son avant-bras.

C'est tout juste si Mercy l'entendit. Quelque chose chez les serveurs avait éveillé son attention. Ils lui tournaient le dos. Elle chercha à comprendre ce qui la gênait. Les serveurs posèrent le contenu de leur plateau sur la table. Avec des gestes précis, ils placèrent les assiettes de porcelaine précieuse à l'endroit adéquat.

Seul un des garçons se comportait différemment. Juste un. Elle plissa des yeux en se concentrant sur cet employé aux cheveux sombres. Elle l'avait déjà vu. Elle en était certaine. Comme il pivotait, son regard rencontra celui de Mercy. En une seconde, l'assurance du jeune homme s'évanouit et, sur son visage, se peignit une expression terrifiée. Une expression que Mercy avait déjà vue quand elle était tombée au milieu des ampoules de virus.

— C'est lui, hurla-t-elle. C'est lui !

19:35
Complexe Vanderbilt

Stan Chupnik eut l'impression de recevoir un crochet au foie. La soudaine apparition de la détective du LAPD lui coupa le souffle. Elle ne pouvait pas être là ! Elle n'aurait pas dû… Mais pourquoi donc ne se trouvait-elle pas ailleurs que dans le complexe ?

Le cri de la détective rompit le sortilège et Stan sut ce qu'il lui restait à faire. Il se mit à courir, mais pas pour fuir. Il se rua sur le chef-d'œuvre accroché au mur non loin de lui, le portrait de Louis XIV, un grand tableau. De toutes ses forces, Stan s'empara du cadre et tira d'un coup sec pour l'arracher. Il savait que la peinture était solidement fixée et que même en prenant appui sur le mur, il ne parviendrait pas à la décrocher. Stan s'en moquait. Le tableau ne l'intéressait pas et il savait qu'il n'arriverait pas à le sortir de son support. Il voulait juste déclencher l'alarme.

19:36
Mountaingate Drive, Los Angeles

Jack avança dans le vestibule de la maison de Mountaingate. Lui et Sharpton avaient passé un moment à inspecter l'entrée de la maison, avant que Jack ne se décide à ouvrir la porte d'entrée. L'intérieur de la maison était sombre, hormis une faible lumière qui venait de la cuisine, via des lampes fluorescentes éclairant un des meubles. Jack fit signe à Sharpton d'aller à l'étage. Il inspecta la cuisine et le garage, calmement, sachant déjà qu'il ne trouverait personne. Si les terroristes visaient le complexe Vanderbilt, ils se positionneraient certainement à l'extérieur de la demeure. Mais Jack voulait s'assurer que personne ne viendrait le surprendre, lorsqu'il inspecterait le jardin. Voilà pourquoi il avança lentement vers le living-room.

19:37
Complexe Vanderbilt

Les alarmes retentirent au moment où le serveur tirait sur le tableau. Les sirènes hurlèrent si fort que même les agents des Services Secrets, pourtant dûment entraînés, tressaillirent un moment. Ceux qui se trouvaient dans la pièce réagirent les premiers. Deux d'entre eux foncèrent sur le serveur, alors que deux autres fondirent sur le Président Barnes pour l'entraîner vers la sortie. Carter, le responsable de la sécurité, avança de quelques pas, son arme à la main, quand il comprit que quelque chose d'étrange se passait. Une plaque de Plexiglas descendait lentement du plafond et isolerait bientôt l'arche de l'entrée de la galerie principale.

— Nom de Dieu, mais qu'est-ce que c'est que ça ? cria-t-il.

La barrière de plexiglas était descendue à mi-chemin.

Il plongea dessous et roula sur lui-même dans la galerie, balayant d'un coup d'œil rapide la pièce qu'il venait de quitter. Il vit quelques agents chinois le surveiller, l'arme brandie, au travers de la palissade translucide.

Ensuite, tout se déroula très vite. Les deux agents tombèrent sur le serveur. Il se débattit un moment, puis leva les mains. Pendant une minute, Carter craignit qu'il ne détienne un détonateur. Impossible. Les détecteurs auraient relevé la présence d'un explosif.

Il avait raison. Le serveur ne tenait dans sa main qu'une banale ampoule en verre. Il la jeta en direction des deux leaders. Les agents de la sécurité placèrent instinctivement leur corps devant celui de Barnes et celui de Xu. En pure perte. L'objet se brisa et, pendant une seconde, chacun tressaillit. Mais rien de dramatique ne s'ensuivit. Des petits fragments de verre se répartirent un peu partout, suivis par un petit bruit étouffé, puis on vit un léger gaz blanchâtre se répandre dans l'air et disparaître presque aussitôt. La barrière de plexiglas était maintenant descendue jusqu'au sol où elle s'arrêta, en émettant un claquement sonore. Il y eut un long moment de silence.

Le calme céda ensuite le pas à un véritable tohu-bohu. Les deux agents plaquèrent le serveur contre terre. Les deux autres, qui avaient saisi le Président Barnes, se précipitèrent sur la barrière de Plexiglas, qui bloquait l'issue à l'autre bout de la pièce et cognèrent dessus avec rage. Carter pointa son pistolet en direction du bouclier mais, songeant que s'il tirait, des balles ricocheraient sur le revêtement, il baissa la main. Quant aux agents chinois, ils hurlaient en mandarin.

De l'autre côté du couloir, Mercy, qui se trouvait avec une foule d'autres agents et une partie du staff, observait le spectacle à travers la barrière, n'en croyait pas ses yeux. La pièce avait dû être fermée hermétiquement car elle n'entendait pas ce que Carter et les autres personnes se disaient, mais elle les voyait bouger fébrilement. Un moment plus tard, Carter parla dans sa radio et un de ses collègues, près de Mercy, répondit.

— Oui, Monsieur. Nous allons relever la barrière de sécurité immédiatement.

— Non ! hurla Mercy.

Elle se tourna vers l'agent et ordonna :

— Laissez-moi parler à votre patron.

Après avoir consulté Carter, l'homme se tourna vers elle. L'inspectrice s'empara de l'appareil et s'en servit comme d'un micro.

— Carter, ici l'inspecteur Bennet. Si j'ai raison, la pièce dans laquelle vous vous trouvez est contaminée par un virus. Vous ne pouvez pas ouvrir cette barrière de sécurité.

— C'est des conneries ! jura Carter en s'approchant de la clôture de Plexiglas.

Il resta debout, regardant la jeune femme droit dans les yeux, le visage rouge de colère. Le Président des États-Unis se trouve enfermé ici et je détruirai ce foutu bâtiment pour l'en sortir si nécessaire. Avec ou sans virus !

— Alors, vous prenez le risque de propager une épidémie dans tout Los Angeles, fit Mercy.

Le Président Barnes apparut aux côtés du responsable de la sécurité. Mercy n'en revenait pas. Elle, un simple agent de la LAPD, se retrouvait d'un coup face au leader du monde libre, debout derrière une plaque de plexiglas. Barnes n'était pas différent de l'homme qu'elle avait vu à la télévision. Néanmoins, il arborait désormais un visage écarlate et une veine gonflait sur son front.

— Mais Bon Dieu, que se passe-t-il ici ? Qui êtes-vous ?

Carter le renseigna sur l'identité de Mercy.

— Il y a un virus dans cette pièce, Monsieur, répondit la jeune femme.

Le visage de Barnes devint soudain tout pâle.

— Vous êtes sûre… ?

Il s'apprêtait à demander à son chef de la sécurité si cette femme était certaine de ce qu'elle avançait, mais il y renonça. Évidemment. Sinon, elle ne serait pas intervenue.

— Et ce virus se soigne ?

— Non, il est fatal, répliqua-t-elle. Mais pas avant quelques heures. Et je pense qu'il existe un antidote. Mais si nous ouvrons cette barrière de protection, il risque de se répandre dans toute la ville.

Barnes prit aussitôt les mesures adéquates. Il se tourna vers Carter et ordonna :

— Débarrassons-nous de toute personne non indispensable. Isolez entièrement tout le complexe. Appelez les services du National Health et demandez-leur de préparer des genres de containers stériles pour nous conduire en lieu sûr. Maintenez toutes ces ouvertures fermées jusqu'à ce qu'on ait procédé à l'évacuation de tout le bâtiment.

— Mais, Monsieur, protesta Carter.

À cet instant, un de ses collègues poussa un cri pour alerter son chef. Ce dernier pivota et le vit qui brandissait un petit appareil. Comme lui, un moment plus tôt, le cœur de Mercy rata quelques battements car elle pensa aussitôt que l'agent venait de trouver une *bombe*, mais très vite elle réalisa qu'il ne s'agissait que d'un lecteur de DVD.

— Le type qui a planifié tout ça n'est pas un terroriste, plutôt un activiste politique, apprit la jeune femme à Carter. Je parie qu'il a enregistré un message à notre intention.

Le responsable de la sécurité alluma le lecteur et, sur l'écran, apparut aussitôt un visage. Mercy, coincée entre Carter et le Président Barnes, put quand même y jeter un œil. Quant au discours, l'agent des Services Secrets se chargea de le lui transmettre.

Malgré la taille de l'image, Mercy reconnut immédiatement l'homme qui passait à l'écran : Copeland.

— Bonjour, fit celui-ci d'une voix élégante. Vous pouvez m'appeler Seldom Seen Smith et, si vous regardez ceci, Monsieur le Président, c'est que vous venez de contracter un virus mortel. Il vous reste environ douze heures à vivre.

Carter jeta à Mercy un regard noir, comme s'il lui reprochait d'avoir eu raison.

— Notre but est très simple : sauver la forêt amazonienne. Vous vous demandez sûrement le lien qu'il y a entre notre cause et votre infection. Laissez-moi vous assurer qu'il existe. On appelle le virus qui se répand dans votre sang *La Griffe du Chat*. On le trouve originellement en Amazonie. Bon, je dois vous confesser que je l'ai légèrement modifié. Dans son état naturel, il tue un homme en à peu près vingt-quatre heures. La souche que j'ai développée rien que pour vous conduit au même résultat en moitié moins de temps. J'ai découvert tout ça par un heureux accident, mais une de mes équipes se charge d'améliorer encore ces souches pour les introduire bientôt dans nos civilisations. Heureusement pour vous, il existe un antidote à ce virus… qu'on trouve aussi dans la forêt amazonienne. À ce jour, je suis la seule personne à connaître l'identité des plantes qu'il faut synthétiser pour obtenir un vaccin.

Ma proposition est très simple. Demandez à passer à la télévision, Monsieur le Président. Ordonnez la sauvegarde immédiate des forêts tropicales et l'abandon de toute exploitation criminelle de l'espace forestier. Après votre discours, je vous enverrai l'antidote et vous vivrez. Si vous refusez, vous n'entendrez plus parler de moi et vous mourrez. Notez bien que j'ai veillé à contenir le virus en vous isolant dans la galerie principale. Le système de sécurité a agi comme une véritable zone de quarantaine. Je tiens à éviter de tuer inutilement des innocents. Mais vous détruisez la planète et je dois vous en empêcher. Si vous ne m'obéissez pas, je me verrai dans l'obligation de répandre ce virus sur la population, pour la forcer à préserver l'Amazonie jusqu'à ce que vos équipes scientifiques découvrent le vaccin. Mais avant qu'ils y parviennent, l'épidémie aura fait auparavant des milliers de morts. D'autre part, j'attends que vous relâchiez mon associé sain et sauf. Lui seul sait comment me contacter.

Et l'écran s'éteignit.

19:41
Mountaingate Drive, Los Angeles

Au moment où les alarmes du complexe voisin commencèrent à faire un raffut de tous les diables, Jack cessa d'avancer doucement et prudemment pour piquer un sprint. Il traversa le living-room à toute allure, ouvrit les portes-fenêtres, et il se précipita dans le patio situé dans l'arrière-cour, en évitant de faire trop de bruit.

Toutes les lumières étaient éteintes. Une rangée de gros arbustes délimitait la propriété et séparait la cour de la ville, gommait les lumières de L. A., plongeant l'endroit dans une obscurité menaçante. Jack s'accroupit, attendant impatiemment que ses yeux s'habituent, tout en balayant l'espace autour de lui. La clôture naturelle attira son attention. Bientôt, il aperçut une silhouette voûtée, presque invisible, collée contre la haie d'arbres. Jack oublia les avertissements d'usage. Il leva son Sig-Sauer et, retenant sa respiration, tira par trois fois. Le bruit et les flammes des coups de feu brisèrent la nuit et le silence, suivis presque aussitôt d'un cri de surprise et de douleur mêlés. Jack appuya de nouveau sur la détente. La nouvelle flamme s'échappant du canon de son arme lui permit de voir, en un flash brutal, la silhouette d'Ayman al-Libbi, un genou à terre, son visage déformé par la douleur, qui pointait un RPG droit sur Jack.

Ce dernier plongea sur le côté en entendant le chuintement caractéristique d'une roquette, doublé de son sifflement strident. L'engin passa près de lui et continua sa route pour faire exploser la façade de la maison. L'agent de la CAT fut littéralement soulevé par la déflagration qui forma une énorme langue de feu et une pluie de bouts de verre chatoyants comme autant d'étoiles filantes. Sonné, Jack resta allongé sur le sol, ses deux mains serrées autour de son Sig-Sauer. Au bout d'une minute, il se mit maladroitement à genoux, en secouant la tête, les oreilles bourdonnantes. Dans la maison, quelque chose brûlait et éclairait le jardin par à-coups. La lumière suffisait pour se repérer. Jack leva son arme et vit la silhouette d'Ayman al-Libbi, à l'extrémité de son angle de vision. Avant qu'il ait pu appuyer sur la détente de son arme, quelqu'un lui administra un violent coup dans les côtes. Jack fut propulsé sur le côté et tomba lourdement sur le gazon. Cette fois, il lâcha son arme. Son agresseur manquait d'expérience, mais une rage certaine l'animait, puisqu'il lui flanqua un violent coup de genou et frappa brutalement son visage. Jack parvint à attraper le bras de son adversaire, glissa sa jambe autour de celle de son agresseur, et le surplomba. Sans se poser de questions, il lui donna un coup de tête. Son crâne rencontra rudement le visage de l'inconnu. Il profita de son ascendant pour lui cogner l'épaule, dans l'intention de la déloger. Il prit une seconde pour reprendre sa respiration. Celui qui l'avait attaqué n'était autre que Muhammad Abbas. Son visage, à moitié démoli, dégoulinait de sang.

Jack surveillait Abbas mais maintenait tous ses sens en alerte, conscient qu'un autre danger le menaçait quelque part. Il perçut un mouvement derrière lui et réagit à temps. Il roula sur lui-même et évita la pelle qui s'abattait sur sa tête. Il tenta de se dérober, reçut le coup de côté, si bien que son crâne se mit à bourdonner. Al-Libbi avait deux complices. Mais où diable était passé Sharpton ?

Sonné, Jack chercha quand même à retrouver son pistolet. Mais il entendit le bruit caractéristique du métal qu'on arme et il comprit que son assaillant l'avait dénichée avant lui.

— Bouge pas, fit une voix d'homme.

C'était Abbas. Jack se retourna lentement. Le terroriste était debout, la moitié du visage éclairé par des dizaines de petits incendies que sa roquette avait allumés dans la maison. À côté de lui une femme de petite taille, aux cheveux blonds bouclés, empoignait la pelle d'une main et de l'autre brandissait le Sig-Sauer. Elle le tenait mal, mais son bras ne tremblait pas et ses yeux semblaient déterminés. Elle saurait certainement appuyer sur la détente.

Al-Libbi cria quelques mots en arabe à quelqu'un d'invisible, au fond du jardin. Ces mots sonnaient comme autant d'injures. Il se plaça ensuite derrière la fille et lança :

— Je vais voir ce qu'il fait. Tue ce type.

Et il se déplaça au milieu des ombres.

La blonde avança d'un pas. Il y eut un coup de feu et Jack tressaillit. Mais il comprit tout de suite que ce n'était pas la fille qui avait tiré. Il vit surgir un trou à l'épaule de son adversaire qui se mit à hurler, en laissant tomber l'arme. Jack sut que Sharpton venait d'intervenir. Il se rua en direction du Sig-Sauer et s'en empara. Il saisit la fille par les cheveux et la poussa en avant, la plaquant durement sur le gazon, tout en jetant un œil autour de lui pour repérer les compagnons de la blonde. Il distingua deux silhouettes qui se découpaient au milieu des ombres du jardin. Il fit feu, mais les terroristes continuèrent à courir jusqu'à ce qu'ils aient atteint un des angles de la maison.

La fille… Sharpton… Al-Libbi…

Jack avait mis de l'ordre dans ses priorités. Il se releva, s'approcha des pieds de Michaelmas qui gémissait et lui brisa une cheville, d'un coup sec. La blonde hurla sous l'effet de la douleur. Ainsi handicapée, elle ne pourrait plus aller nulle part. Jack courut dans le jardin, parallèlement à la maison et aperçut Sharpton, gisant en travers du seuil. Ses vêtements étaient en piteux état et, par endroits, sa peau avait été arrachée. Dessous, sa chair se liquéfiait. Il avait cependant gardé son arme dans sa main droite. Celle avec laquelle il venait de tirer. Jack sauta au-dessus de la dépouille et atteignit l'angle de la bâtisse. Des lumières éclairaient l'endroit et il se savait bien trop visible. Il s'appuya contre l'angle du mur et jeta un rapide coup d'œil de l'autre côté. Il fut accueilli par deux coups de feu qui délogèrent quelques tuiles. Courbé en deux, Jack s'élança, exécuta un roulé-boulé et tira au jugé plusieurs fois. Il se plaqua de l'autre côté du mur, dans un endroit moins exposé. Il attendit un peu, reprit son souffle, puis se mit à zigzaguer en direction de l'endroit d'où provenaient les coups de feu. Il contourna ainsi une partie de la demeure. Cette fois, personne n'essaya de le tuer. Devant la maison, Bauer constata que les battants du portail étaient ouverts. Il décida de concentrer un feu nourri dans cette direction pour empêcher al-Libbi et son comparse de le tirer comme un lapin. Il n'y eut aucune réplique, tout semblait tranquille. Jack courut en direction du trottoir. De nombreuses lumières éclairaient l'intérieur des maisons donnant sur la rue et quelques personnes étaient sorties dehors, leur portable à la main, le visage inquiet. Jack aperçut les feux arrière d'une voiture qui démarrait en trombe, mais il faisait trop sombre pour lire la plaque d'immatriculation du véhicule.

19:49
Complexe Vanderbilt

Les derniers serveurs accompagnés de tout le personnel administratif du Vanderbilt avaient été évacués. Les sirènes des ambulances se rapprochaient. Les agents des Services Secrets apprirent à Mercy que le personnel des Services du National Health arriverait bientôt.

À l'intérieur de la galerie principale, toujours fermée hermétiquement, les officiers de la sécurité chinoise braillaient dans leurs portables. Carter les écoutait tout en parlant lui aussi dans sa radio, pendant que ses deux collègues tenaient fermement le terroriste pour lui poser quelques questions. Mais l'homme demeurait muet, refusant de parler, un sourire suffisant sur les lèvres, puisque tout se déroulait selon ses plans.

Mercy savait qu'une autre catastrophe avait eu lieu quelques minutes plus tôt. Un grondement avait ébranlé le bâtiment. Semblable au bruit d'une explosion lointaine qui se répercutait de canyons en canyons. La moitié des agents s'étaient rués à l'extérieur, arme à la main, prêts à toute éventualité.

A la grande surprise de Bennet, les deux hommes qui gardaient leur calme au milieu de l'agitation générale, étaient le Président Barnes et Xu Boxiong. La détective, qui ne s'était jamais retrouvée aussi près du pouvoir, les examina intensément. Ils semblaient réussir à se concentrer dans cet univers chaotique. Ils posaient des questions simples et rapides et leurs ordres s'avéraient réfléchis. Mercy ne connaissait pas le Premier Ministre chinois, ni même le Président Barnes, mais elle estima leur comportement digne, propre à un chef d'État : ces deux hommes savaient prendre des décisions adaptées aux circonstances, sans se préoccuper de leurs propres sentiments.

Soudain le Président Barnes se campa devant elle, et la fixa des yeux, à travers la barrière infranchissable. Il lui parla via une radio.

— Qui sont ces gens ? Si nous leur obéissons, tiendront-ils leur part du marché ? Nous enverront-ils le vaccin ?

— Hé bien… Tout le problème est là, Monsieur le Président, bredouilla Mercy. L'homme qui a élaboré ce complot est décédé. Tué par une de ses complices.

Barnes se renfrogna.

— Êtes-vous en train de me dire qu'il n'y a plus personne avec lequel négocier ?

— Oui, Monsieur.

19:52
Mountaingate Drive, Los Angeles

Jack éteignit son portable après avoir parlé à Henderson à peine une trentaine de secondes. Il lui avait appris qu'al-Libbi s'était enfui, que les explosions avaient été causées par un RPG lance-roquettes, qu'il tenait un des suspects et qu'il voulait une ambulance le plus rapidement possible. Ensuite il traversa la maison pour se retrouver dans le patio de derrière. La blonde était roulée en boule, une épaule en sang et une main protégeant sa cheville brisée.

L'agent de la CAT alla s'agenouiller près de Sharpton. L'ancien agent secret était allongé sur le côté. Il lui enleva délicatement sa veste. La peau du cou et une partie du visage de Sharpton étaient horriblement brûlées. Un de ses yeux était fermé, l'autre se fixa sur Jack.

— Kelly, souffla ce dernier d'une voix douce. Tiens le coup. Les secours vont arriver.

Sharpton se mit à tousser.

— Espèce… de menteur.

— Je te remercie. Sans toi, j'y passais.

Sharpton cligna plusieurs fois son œil valide.

— Ça fait… deux fois et…

Il se tut, cette fois définitivement.

Jack resta un moment silencieux. Depuis le début, tout était allé trop vite et il n'avait pas trouvé un seul moment pour se reposer. Il lui faudrait attendre encore un peu. Il se leva péniblement et rejoignit la fille. Celle-ci le regarda. Ses yeux étaient remplis de larmes, mais elle ne pleurait pas.

— Vous m'avez cassé la cheville, espèce de sadique ! lui lança-t-elle.

Jack mit un genou à terre et inspecta les dégâts causés par la balle de Sharpton. L'épaule de la terroriste était probablement bousillée, mais elle vivrait. Le sang coagulait déjà en partie.

Le portable de Jack sonna. Il répondit et reconnut, au bout du fil, la voix de Mercy.

— Oh, Jack, on vient de m'apprendre qu'une explosion était survenue sur la colline, au dessus du complexe Vanderbilt ! Quelque chose me dit que tu es au courant.

— En effet. Tu m'avais parlé d'une fille que tu voulais rencontrer, n'est-ce pas ? Je crois que je la tiens.

Il y eut un silence dans l'écouteur.

— Il faut absolument que je lui parle, lança-t-elle, sur un ton menaçant. Ici, c'est l'état d'urgence. Le Président et le Premier Ministre chinois ont contracté le virus.

Jack jura silencieusement.

— Jack, tu es toujours là ?

— Ouais, fit-il. On doit interroger cette fille au plus vite. Il faut trouver un vaccin à ce virus immédiatement. Sinon, demain matin, les gens vont commencer à tomber comme des mouches.

14

LES ÉVÉNEMENTS SUIVANTS SE DÉROULENT ENTRE 20 H ET 21 H

20:00
Domicile de Jack Bauer

Teri s'assit sur le lit de sa fille et posa une serviette humectée d'eau fraîche sur son front.

— Ça te fait du bien ?

— Un peu, répondit Kim. J'ai horreur d'être malade.

— Je sais, chérie. Je suis désolée. J'ai appelé les Tashman, mais ils n'étaient pas là. Dès qu'ils seront rentrés, j'irai à la pharmacie chercher de quoi te soigner.

— Vas-y maintenant, M'man, la pria Kim d'une voix ensommeillée. Je…

— Tu ne vas pas assez bien, ma chérie. Si ton père était ici, comme il me l'avait promis, je pourrais y aller tout de suite.

— À t'entendre, on croirait que tu le hais ! commenta Kim de cette façon à la fois boudeuse et passionnée propre aux adolescents.

En entendant sa fille, Teri se mordit les lèvres. Elle n'aurait pas dû montrer combien elle était furieuse contre Jack. À l'avenir, elle ferait plus attention.

— Je ne le hais pas, ma chérie. Pas du tout. Mais j'ai du mal à supporter ses absences répétées. Quelquefois, j'aimerais qu'il… enfin, qu'il soit plus avec nous.

20:03
Complexe Vanderbilt

Une seule pensée occupait l'esprit du Président Barnes. *Si je peux me sortir de ce pétrin, je suis capable de gérer à peu près n'importe quelle situation.*

Il concentra tous ses efforts pour affronter cette crise en continuant d'afficher un calme parfait. Pas un instant, le poids du regard de Xu Boxiong ne l'avait quitté. Le Chinois, qui semblait lui-même déployer toute son énergie à conserver lui aussi une sérénité digne d'un maître zen, le jaugeait. Barnes en était conscient. Il s'évertua donc à donner des ordres d'un ton égal, tout en grappillant les amuse-gueules laissés dans la salle, mais il lui fallait prendre sur lui.

Quelle épreuve ! Barnes avait vu des enregistrements vidéo de victimes d'Ébola, ravagées par le virus. Il ne voulait pas mourir comme elles. Cela dit, même s'il restait physiquement en vie, son décès au monde de la politique semblait imminent. Comment ses agents de sécurité avaient-il pu se laisser dépasser ainsi ? Où étaient passées ses fichues équipes antiterroristes ?

Comme s'il avait lu dans ses pensées, Carter s'approcha de lui.

— Ryan Chappelle vient d'arriver, Monsieur. C'est le directeur régional de l'unité antiterroriste.

— Je me souviens de lui, répondit Barnes en se levant pour aller se poster devant la vitre blindée.

De l'autre côté de la paroi translucide, se trouvait un type courtaud au crâne dégarni, au visage de fouine, un talkie-walkie plaqué sur son oreille. Près de lui, Barnes reconnut Mitch Rasher, son plus proche conseiller. La seule présence de ce dernier le rassura.

— Désolé, Monsieur le Président, dit Chappelle.

— Réparez les dégâts au lieu de vous excuser, grommela Barnes. Dites-moi d'abord ce qui se passe, bon sang !

— Je vous apporte quelques éléments de réponse, Monsieur, mais il nous manque encore quelques pièces au tableau. Pour l'instant, nous savons que deux complots se préparaient. Nos agents ont empêché un premier groupe de terroristes de faire exploser des grenades au lance-roquettes dans cet immeuble, mais par ailleurs, des écoterroristes ont réussi à…

— Je suis au courant, l'interrompit Barnes, agacé. Comment se fait-il que vos hommes n'en aient rien su ?

Chappelle grimaça. Manifestement, il n'était pas habitué à livrer la vérité à ses supérieurs.

— À vrai dire, Monsieur, j'avais des gars sur le coup, mais on n'a appris ce qui se tramait qu'à la dernière minute.

Contrarié, Barnes reporta son regard sur Rasher. C'était lui qui avait eu l'idée de cette réunion. Lui aussi qui avait insisté pour qu'elle soit organisée dans le plus grand secret. En bon animal politique, son conseiller croyait aux fabuleuses capacités de négociation de Xu, et avait craint d'exposer le Président à la curiosité publique, au cas où il aurait échoué à obtenir des concessions des Chinois. Les négociations secrètes n'avaient d'intérêt que si elles le restaient…

— La presse ? demanda Barnes.

— Elle est sous contrôle, répondit Mitch Rasher dans sa radio. Seuls nos hommes sont montés jusqu'ici. Officiellement, il s'agit d'une tentative de cambriolage. On a obtenu l'accord de la direction du complexe Vanderbilt.

— C'est déjà ça, concéda Barnes. Les gens du NHS sont arrivés ? Ils ont trouvé un vaccin ?

— Il leur faudra encore cinq bonnes minutes, fit Rasher.

— Mais, protesta l'homme de la CAT, franchement,

Monsieur, le NHS a déjà examiné plusieurs pistes. Ils n'ont pas encore d'antidote.

— Alors vous confirmez les affirmations de ce crétin sur le DVD ?

Au même instant, un homme blond se fraya un passage parmi la foule et fendit les rangs des vigiles. Barnes le vit s'adresser à Chappelle. Il semblait sortir tout droit de l'enfer. Sa chemise était déchirée, tout un côté de son visage était cramoisi et des traces de sang maculaient ses manches et son pantalon. Barnes n'entendit pas ses paroles dans sa radio, mais s'il en croyait l'expression de Chappelle, ce dernier n'aimait guère le nouvel arrivant.

20:09
Complexe Vanderbilt

— Comment ça, il a disparu ? l'interrompit Chappelle. Ne me dites pas que vous l'avez laissé filer !

Jack lui lança un regard furieux.

— Si vous ne m'aviez pas refusé la couverture dont j'avais besoin chez Lee, il ne se serait pas enfui. Sans compter que si je vous avais écouté, je ne serais jamais allé dans cette maison, et qu'à l'heure qu'il est, vous seriez au milieu d'un gigantesque cratère et non dans une zone de quarantaine.

Chappelle s'apprêtait à protester, puis s'abstint. Tout le monde autour d'eux, y compris le Président, assistait à leur dispute. Jack comprenait le raisonnement du directeur. Il avait mis un terme au double jeu de Marcus Lee, mais malgré cela, l'aspect politique de la situation lui échappait. Les Services Secrets avaient écarté Lee, et s'étaient postés chez lui. On les rendrait responsables de toute cette pagaille. Grâce à Jack Bauer et à Nina Myers, la CAT avait été la seule agence fédérale à voir clair dans le jeu de Lee.

Jack s'assura d'un regard que Mercy se portait bien. Celle-ci hocha la tête, comme si elle avait lu dans ses pensées. Ils avaient pas mal de choses à se dire, elle et lui, il en était bien conscient, mais cela devrait attendre encore un peu.

— Bien, dit Chappelle. Il faut trouver al-Libbi.

— Laissez tomber le terroriste, tonna Barnes. Trouvez-moi plutôt le vaccin. D'après le message, on a moins de dix heures devant nous.

Jack tourna son regard vers le type des Services Secrets qui se tenait aux côtés du Président.

— Amenez-moi le serveur, dit-il.

Les deux autres agents placés en quarantaine poussèrent sans ménagement l'homme vers l'écran blindé, contre lequel ils le plaquèrent rudement. Quelqu'un posa une radio à son oreille.

— Tu t'appelles Stan, dit Jack.

— Laissez-moi partir, menaça l'autre. Sinon, vous n'entendrez plus jamais parler de lui.

— Lui ? C'est à Bernard Copeland que tu fais allusion ?

À ces mots, Jack vit le serveur perdre ses couleurs. Il poursuivit :

— C'est plutôt lui qui n'entendra plus jamais parler de toi, Stan. Il a été assassiné cet après-midi. Par un de tes collègues.

Stan blêmit.

— Vous… vous mentez, bredouilla-t-il.

— Je crois que c'est Frankie qui a fait le coup, affirma Jack en consultant Mercy du regard. Ce serait bien son genre.

Prêcher le faux pour savoir le vrai… constituait peut-être l'une des plus vieilles ficelles du métier. Pourtant, Jack voyait bien que l'autre avait mordu à l'hameçon.

De fait, l'expression effarée de Stan valait tous les aveux.

— Oh, non… murmura-t-il. Elle est cinglée.

— Stan, dit Jack comme s'il s'adressait à un gosse. Tu

comprends bien que tout ça n'est pas anodin. Tu as été exposé au virus, comme tous ceux qui se trouvent ici. Le type sur qui tu comptais pour te vacciner est mort. Les heures qui te restent à vivre peuvent maintenant se compter sur les doigts de la main. Dis-nous ce que tu sais.

Stan passa aux aveux, mais ses révélations, pour intéressantes qu'elles soient, n'apportèrent rien de vraiment neuf. Le rôle du serveur dans le complot écoterroriste se limitait à celui de tout fanatique issu d'une telle organisation, sans plus. Recruté pour son zèle, il avait été affecté à des missions à haut risque sans jamais être mis dans le secret des décideurs. Cependant, ses affirmations confirmaient les soupçons de Jack et de Mercy à propos de Frankie Michaelmas.

— Elle est folle à lier, dit Stan. Nous autres, on voulait seulement attirer l'attention du grand public. Elle, elle tenait absolument à faire du mal aux gens. Elle a donc décidé de contacter de vrais terroristes. Elle disait que personne ne nous prendrait au sérieux tant qu'on ne défendrait pas l'Amazonie comme le Hamas défend la Palestine.

— Et vous voyez où cela vous a menés, murmura Mercy.

D'un côté du Plexiglas comme de l'autre, le serveur percevait la tension qui montait autour de lui et se focalisait sur sa personne.

— Copeland n'était pas d'accord, dit-il, mal à l'aise. Ni aucun de nous ! Frankie les a quand même contactés de son propre chef, parce qu'elle a continué à nous proposer de nouveaux modes d'action. On s'est séparés en petits groupes, et personne n'a su tout ce qui se passait, sauf Bernie. Il adorait tout chapeauter. Il était complètement parano, il ne voulait pas que les gens sachent ce qu'on faisait, surtout le gouvernement fédéral.

— Venons-en aux questions importantes, Stan, intervint Jack. Qui d'autre dans ton groupe détient le vaccin ou peut se le procurer ?

Stan secoua la tête.

— Si je le savais, je vous le dirais. Je n'ai pas envie de mourir de cette saleté, moi ! Je suis certain qu'il y en a d'autres, mais je ne les connais pas. Frankie, elle, saurait vous répondre.

Jack se tourna vers Mercy.

— Je vais parler avec elle. Tu m'accompagnes ?

20:15
Autoroute 405

Ayman al-Libbi perdait son sang sur le cuir flambant neuf du siège passager de la Chrysler 330, louée par Muhammad Abbas. La balle avait arraché un lambeau de chair à son flanc droit, mais elle avait dû ricocher sur ses côtes, et en briser au moins une. Ses jours ne semblaient cependant pas en danger.

— Accélère, dit-il, sans se départir de son calme habituel. Les autres voitures roulent plus vite que nous.

Abbas obéit.

— La maison est encore à un bon quart d'heure d'ici. Vous tiendrez le coup ?

Ayman hocha la tête.

— Bien sûr. Je refuse de rater la suite. Toute cette affaire commence à peine à devenir intéressante.

D'un geste satisfait, il tapota sa poche, dans laquelle se trouvaient deux petites ampoules de verre.

20:20
Los Angeles

— Comment te sens-tu ? demanda Jack à Mercy.

Tous deux avaient quitté le complexe Vanderbilt et pris l'autoroute en direction de la CAT.

— Très bien, répondit la jeune femme. Je ne ressens

encore aucun effet du virus. Mais furieuse. Ça oui, je suis furieuse.

Jack lâcha le volant pour poser une main sur la sienne.

— On va le trouver, ce vaccin. Je ne te laisserai pas mourir.

— Ne me fais pas de promesses que tu ne pourras pas tenir, Jack, dit-elle en répondant à son geste. Et il y a d'autres personnes plus importantes que moi dont tu dois t'occuper. Ta fille, par exemple. Comment va-t-elle ?

Jack secoua la tête.

— Il faut que je prenne de ses nouvelles. Copeland a tenu parole, à mon avis. S'il ne lui a pas administré la version foudroyante du virus, il lui reste encore plusieurs heures devant elle.

— Tu dois être épuisé, dit Mercy. Moi, je n'en peux plus.

— Je n'ai pas le temps d'être fatigué, dit Jack en changeant de voie pour se diriger vers l'Est.

Puis, après un silence :

— Il faut que tu me promettes..., ajouta-t-il. D'après les estimations du NHS, on devient contagieux à partir du moment où des lésions apparaissent. Alors tu...

— Je ferai ce que j'ai à faire, l'interrompit-elle. En attendant, et tant que je ne représente aucun danger, je reste sur l'affaire.

Jack ne put retenir un sourire.

— J'ai toujours adoré ton cran.

— Parce que tu aimes les filles qui se bagarrent, comme la nana, dans Alias.

Ils demeurèrent un moment silencieux, à regarder les lumières de Los Angeles qui défilaient, brouillées par la vitesse, de part et d'autre de la voie.

— Alors, qu'est-ce que c'était ? demanda Mercy. Le démon de midi que tu as courageusement terrassé ? Tu me trouvais à ton goût et maintenant que tu m'as à ta portée, je ne t'intéresse plus... Je me trompe ?

Jack se félicitait d'avoir pris le volant. Ça lui permettait de focaliser son attention sur la route.

— Tu ne voulais pas qu'on se voit, lui rappela-t-il. Tu m'as dit…

— Je sais très bien ce que je veux ou ne veux pas, l'interrompit-elle. Pour l'instant, nous parlons de toi, je te signale. Explique-moi ce que tu cherchais dans cette relation. N'oublie pas que je suis flic. Il me faut des réponses. Désirais-tu simplement satisfaire le besoin bien masculin d'avoir une autre femme ? Si c'était ça, dis-le-moi franchement, que je sache à quoi m'en tenir. Moi, je ne raisonne pas comme ça, mais je peux comprendre.

Malgré lui, Jack éclata de rire. Mercy était vraiment la femme la plus directe qu'il ait jamais connue.

— Je n'étais pas juste démangé par des envies, dit-il. Promis. Je répondrai à ta question une autre fois. Pour l'instant, je dois me concentrer là-dessus.

Joignant le geste à la parole, il désigna le siège de la CAT à Los Angeles, devant lequel il venait de garer la voiture.

L'agence bourdonnait d'activité. On avait tenu secrètes l'attaque contre le président et la fusillade de Mountaingate Drive. Le grand public et les médias ignoraient tout, mais le petit monde du renseignement était en effervescence. La CAT reprochait à la CIA son manque de professionnalisme à propos de Marcus Lee. La CIA condamnait les Chinois, qui ne leur en avaient pas assez dit. Et tout le monde en voulait au NHS de ne pas pouvoir fournir plus d'informations sur le virus inconnu qui menaçait le monde entier.

Jack fendit l'assemblée telle une torpille traversant un tourbillon. Nina Myers lui hurla que sa prisonnière se trouvait dans la cellule de détention numéro deux. Elle n'avait pas fini sa phrase qu'il s'y présentait déjà.

Frankie Michaelmas était assise sur une chaise métallique conçue tout exprès pour. Son épaule disparaissait sous un énorme pansement. Sa cheville était plâtrée. Elle avait perdu beaucoup de sang, ce qui expliquait sa pâleur. Mais un médecin rassura Jack sur son état : il pouvait l'interroger.

Quand il entra dans la salle, elle lui sourit.

— Vous êtes le type qui m'a mise dans cet état, lança-t-elle en désignant son pied cassé. Vous avez eu Ayman ?

Jack ne se donna pas la peine de répondre.

— Non, il a filé, en déduisit-elle. Sinon vous ne feriez pas cette tête.

— Vous allez me lâcher le nom de celui qui est capable de fabriquer le vaccin, fit Jack d'une voix sèche.

Puis, consultant sa montre, il ajouta :

— Je vous donne trois minutes chrono.

Frankie secoua la tête, agitant aussi ses boucles blondes sur son front.

— Top secret, mon vieux. Je suis dans la merde jusqu'au cou. Vous ne croyez tout de même pas que je vais sacrifier mon seul atout ?

— Votre atout ? Frankie, vous êtes impliquée dans un attentat visant le Président des États-Unis d'Amérique. Vous avez aidé et encouragé des terroristes. On va vous coller au trou. Tout ce que vous pouvez encore négocier, c'est la hauteur de laquelle on vous jettera…

Elle ne le lâchait pas du regard. Jack devait bien le reconnaître, Frankie Michaelmas avait des nerfs d'acier. Il n'aurait su déterminer l'origine d'un tel sang-froid : du désespoir ou du simple courage. Toujours est-il qu'il la trouvait impressionnante.

Comment va votre fille ? demanda-t-elle.

À ces mots, une fureur meurtrière déferla dans ses veines, mais il n'en montra rien.

— Le plus drôle, poursuivit-elle, c'est que Bernie ne l'aurait jamais laissée mourir. Il s'attendait à ce que vous l'ameniez chez le médecin qui confirmerait qu'il s'agissait bien d'un virus. Il vous aurait envoyé le vaccin, dans tous les cas. Quelle mauviette !

— Vous n'avez pas sa faiblesse, fit observer Jack.

Elle ne réagit pas au compliment.

— Il prétendait qu'on ne doit pas franchir certaines limites. Quelles foutaises, hein ?

En fait, elle ne cherchait pas son approbation. Jack voyait à son regard qu'elle avait dépassé les bornes depuis bien longtemps.

— La fin justifie les moyens, point final, reprit-elle. Voilà d'où vient l'efficacité des terroristes. Pas de tabous. Je n'arrêtais pas de le répéter, mais il n'a jamais voulu m'écouter.

— Quelqu'un d'autre sait fabriquer ce vaccin. Donnez-moi son nom.

— En échange, dit-elle en comptant sur ses doigts, je veux une amnistie, un billet d'avion pour la destination de mon choix et cinq cent mille dollars.

— La perpétuité plutôt que la chaise électrique, proposa Jack en ignorant si les autorités accepteraient de réduire la peine.

— L'amnistie, le billet d'avion et le fric, insista Frankie.

Jack regarda sa montre.

— Plus qu'une minute.

— J'ai lu tout ce qui concernait les interrogatoires, dit Frankie. Je sais jusqu'où vous pouvez aller. Seulement là, vous n'avez pas le temps. Vous manquez encore plus de sommeil que moi. Qu'espérez-vous ? M'obliger à rester debout pendant dix heures ? Très bien, alors le Président mourra. Il est trop tard pour vos saloperies de pression psychologique.

Jack hocha la tête.

— Exact, dit-il.

Puis, sans prévenir, il assena une violente bourrade sur le pansement qu'elle avait à l'épaule. Frankie poussa un hurlement de douleur. Jack attendit qu'elle ait fini de crier et que ses imprécations se transforment en hoquets.

— Mais qu'est-ce qui vous… ? s'écria-t-elle.

Il ne lui laissa pas le loisir d'achever sa phrase. D'un coup de pied à sa cheville brisée, Jack la fit taire. Frankie émit alors une longue plainte.

Dès qu'il fut sûr qu'elle pouvait l'entendre, il se pencha vers elle.

— Moi non plus, Frankie, je ne connais pas de limites. Ni de tabou. Attendez que je m'occupe de vos membres encore valides et vous verrez.

Il s'écarta d'elle.

— Avant de mourir, Copeland a griffonné trois nombres sur le plancher. Treize, quarante-huit et cinquante-sept. Qu'est-ce que cela signifie ?

Toujours secouée de hoquets douloureux, l'éco-terroriste leva les yeux vers lui. Il en fallait plus pour l'attendrir.

— Il a aussi essayé de dire quelque chose. Un nom : Uma, et le mot ghetto. Quel est le sens de ces paroles et de ces nombres ?

Le visage de Frankie, tordu de douleur, s'éclaira d'un sourire fou.

— Il s'est toujours montré tellement sentimental.

— Répond, Frankie.

— L'amnistie, le billet, le fr…

S'approchant de nouveau d'elle, Jack posa une main sur son épaule disloquée. Sous le pansement, il percevait le jeu désordonné de ses os et de ses chairs. Elle prit une inspiration saccadée et fut parcourue d'un long frisson. Alors que Bauer se penchait sur elle, son attention fut attirée par une rougeur à la lisière du sparadrap. Cela ressemblait à une coupure ou à une écorchure. C'était pourpre, comme une ecchymose, et en relief. Une sorte de gros bouton, qui lui évoquait une étrange éruption cutanée. Ou une lésion.

Oh, merde. Il recula d'un pas. Frankie continuait de trembler comme une feuille. Soudain, elle se plia en deux. Une sueur froide voila son front. Jack continua de s'éloigner. La lésion à son épaule se fendit, un jet de pus sanglant en jaillit. Frankie laissa échapper un nouveau soupir, et cette fois, un filet de sang coula de ses lèvres, telle de l'eau d'un robinet mal fermé.

Elle fut secouée par une quinte de toux.

— C'est ultrarapide, bredouilla-t-elle.

— Jack ! appela une voix dans un haut-parleur.

Il n'avait pas besoin qu'on le lui dise : il était déjà presque sorti de la cellule. Il claqua la porte derrière lui et examina ses bras et ses mains. Pas de sang. Le virus se transmettait-il par voie respiratoire ?

Jack courut à la salle d'observation, où plusieurs agents de la CAT, dont Nina, Tony, Christopher Henderson et Mercy Bennet, assistaient à la décomposition de Frankie. Aucun autre terme n'aurait pu décrire le spectacle. Sa peau semblait se fendre comme si d'invisibles griffes lacéraient son cou et ses épaules. Elle vomit de nouveau du sang à deux ou trois reprises.

— Appelez immédiatement le NHS, ordonna Henderson. Faites sceller cette porte.

Jack regarda Mercy. Il savait ce qu'elle se disait : bientôt son tour viendrait. Son cœur se serra lorsqu'il songea que, s'il échouait, Kim serait la prochaine sur la liste.

20:31
Ouest de Los Angeles

Ayman al-Libbi était étendu sur le canapé de l'appartement qui lui servait de planque. En dépit des efforts du gouvernement des États-Unis, il avait conservé depuis plusieurs années quelques solides amitiés en Amérique – d'autant plus solides qu'il ne leur avait jamais rien demandé. Jusqu'à présent. La situation était devenue si critique qu'il avait appelé l'un de ses anciens débiteurs, rencontré des années auparavant en Jordanie. Voilà pourquoi Abbas et lui se trouvaient à présent dans un appartement qui n'apparaîtrait jamais sur la liste des résidences surveillées par les autorités.

Il hocha la tête en signe de remerciement en voyant Abbas lui apporter une tasse de thé. Qu'aurait-il fait, toutes ces années, sans son fidèle Muhammad ? Ce jour, ce dernier lui avait une fois encore sauvé la vie. Sans lui à ses côtés, Ayman y serait sûrement passé. Il avait toujours pu compter sur son dévouement.

Tout en déposant la boisson sur la table basse, Abbas laissa ses yeux errer sur le visage et le corps d'Ayman. Ce dernier avait déjà intercepté de tels regards, et une fois de plus, il se demanda s'il fallait voir, dans l'attachement de son serviteur, plus que de l'amitié. Les fondamentalistes de l'Islam condamnaient de tels penchants, bien entendu, mais ils existaient tout de même. Bien des jeunes gens avaient passé leur adolescence à étudier dans les madrassas[1] et avaient, au moins une fois, fait l'objet d'approches subtiles ou d'œillades appuyées de la part de camarades trop timides ou trop chastes pour exprimer leur attirance de façon explicite. Ayman vivait depuis trop longtemps dans ce monde laïque et cynique pour ne pas comprendre que de tels comportements résultaient de la séparation des sexes.

Il attendit patiemment que Muhammad ait fini de l'observer, puis il déclara :

— Je vais les appeler.

Muhammad, qui s'apprêtait à s'asseoir dans le fauteuil en face de lui, resta debout.

— Le faut-il vraiment ? C'est aussi dangereux que de traiter avec les yankees.

— Le temps est venu de prendre des risques, dit Ayman.

Il se redressa pour prendre le téléphone que Muhammad

1. Université destinée prioritairement à l'enseignement religieux. *(N.d.T.)*

lui tendait, puis composa le numéro longue distance qu'il avait pensé ne plus jamais utiliser.

Une voix maussade lui répondit.

— Ayman al-Libbi, annonça-t-il en arabe. Passez-le-moi.

Il y eut un silence à l'autre bout de la ligne.

— Ne reste pas trop longtemps ! chuchota Muhammad. Les Américains pourraient intercepter la communication.

Une autre voix résonna dans le combiné, qu'Ayman n'avait pas entendue depuis bien des années. L'une des sommités du ministère iranien de la Défense.

— Vous ne pouvez pas être Ayman al-Libbi, disait-elle. Cet homme est mort.

— Inch Allah ! répondit celui-ci, retrouvant les expressions pieuses de sa jeunesse. Vous trouverez au fond de votre cœur de quoi me ressusciter.

— Infidèle, lâcha l'Iranien.

— Un infidèle qui tient entre ses mains la vie du Président des États-Unis.

— Il faut être fou pour parler de cela au téléphone !

— Alors nous sommes deux, car vous allez m'écouter.

En quelques phrases concises, il résuma sa situation.

— Je détiens le virus des *Griffes du Chat*, ainsi que le vaccin du *Sang de Dragon*. J'ai le pouvoir de gracier ou de condamner le Président américain. Je peux vous livrer le virus et le vaccin. En échange, j'ai besoin d'aide ici, à Los Angeles. Je sais que vous entretenez des relations sur place, à l'insu des yankees.

— Est-ce que d'autres personnes savent fabriquer l'antidote ? demanda l'Iranien.

— Oui, trois plus exactement.

Il marqua une pause avant d'ajouter :

— Votre proposition nous intéresse, mais nous devons y réfléchir. Nous vous contacterons.

20:53
Siège de la CAT, Los Angeles

Dix minutes de vie en moins pour Kim. Dix minutes de vie en moins pour les chefs des deux superpuissances. Dix minutes de moins avant l'hémorragie fatale qui emporterait Mercy Bennet.

Jack chassa ces pensées de son esprit. Il se trouvait dans la salle de conférences de la CAT, en compagnie de Mercy. Des membres de l'équipe avaient scellé la porte de la cellule de détention, masquant l'effrayant spectacle. Le NHS n'allait pas tarder à arriver. En attendant, on avait verrouillé toutes les portes de la CAT, au cas où le virus se serait propagé. Jack ne voyait pas comment il aurait pu être contaminé mais, par mesure de prudence, il s'était volontairement enfermé dans la salle de conférences. Sans donner d'explication à personne, Mercy l'y avait rejoint.

— Il faut qu'on trouve la clé de l'énigme, fit Jack. Copeland était peut-être dingue, mais pas stupide. Il savait ce qu'il faisait en nous laissant ces indices.

Mercy hocha la tête. À mesure que son esprit se concentrait sur les faits pour les trier et les ordonner, son visage retrouvait son calme. La policière, en elle, reprenait les rênes.

— Il a essayé de nous mettre sur une piste, murmura-t-elle. Il ne voulait pas que le virus se diffuse de façon aléatoire. Quoi que signifient ses indications, elles ont un rapport avec le moyen d'enrayer l'expansion du virus.

Jack inscrivit les chiffres sur le tableau blanc.

— Treize, quarante-huit, cinquante-sept. Qu'y a-t-il de commun entre eux ?

Mercy réfléchit.

— Ce ne sont pas des nombres premiers. Ils se suivent selon une progression irrégulière. Chacun d'eux comporte deux chiffres.

Elle n'élaborait pas une théorie, elle se contentait d'énumérer des faits.

Jack se massa les tempes. La fatigue commençait à le gagner, mais il avait déjà connu ce genre de situation. Si son corps faiblissait, sa volonté, elle, demeurait inébranlable.

— Frankie a dit quelque chose à propos de Copeland… elle l'a qualifié de sentimental.

— Il l'était, confirma Mercy. Il suffit de voir les noms qu'il a choisis pour son association : Gang de la clé à molette. Et pour lui : Seldom Seen Smith.

Leurs regards se croisèrent. Jack formula à voix haute ce qu'ils pensaient tous les deux.

— Y aurait-il un lien ? C'est toi qui as travaillé sur *Les Singes de la clé à molette* ? Pourrait-on les mettre en relation avec ces nombres ?

— Je ne vois pas, admit Mercy, mais ça ne signifie pas qu'il n'en existe pas. À mon avis, on devrait retourner un peu fouiller sa maison.

Jack hocha la tête.

— On y va, dit-il.

— Mais… la CAT est bouclée !

Jack lui jeta un regard entendu. Comme si une simple petite serrure suffisait à l'arrêter.

15

LES ÉVÉNEMENTS SUIVANTS SE DÉROULENT ENTRE 21 H ET 22 H

21:00
Complexe Vanderbilt

Le président Barnes regardait son homologue chinois, lequel observait les médecins et les techniciens du NHS. Dès leur arrivée, les membres de l'équipe médicale s'étaient activés pour construire un sas en plaçant des bâches en plastique sur l'un des deux écrans de Plexiglas. Une fois qu'ils eurent terminé, quatre toubibs en scaphandre de protection bactériologique apparurent, et la vitre s'ouvrit pour les laisser entrer.

Visiblement gênés dans leurs mouvements par leur lourd équipement, ils rejoignirent les deux leaders planétaires pour procéder sur eux à des prélèvements sanguins.

— Bonjour, Monsieur le Président. Je suis le docteur Diebold. Je vais vous faire une prise de sang pour déterminer si vous avez été ou non exposé au virus.

La voix du médecin parvenait à Barnes par l'intermédiaire du petit micro logé dans son casque de plastique cubique. Le chef d'État acquiesça.

— Que savez-vous pour l'instant sur ce virus ?

Derrière le masque translucide, il vit le visage de

son interlocuteur se contracter et arborer une mine soucieuse.

— Assez pour connaître l'ampleur de ses effets, Monsieur, mais pas assez pour l'enrayer. Pas encore.

Barnes pivota vers Xu, qu'un autre médecin était occupé à piquer. Il lui décocha un sourire.

— Quelle soirée, non ? dit-il d'un ton léger.

— Inoubliable, répondit le dirigeant chinois.

Derrière ses lunettes, ses yeux bridés n'étaient plus que deux fines lignes sombres.

— Je ne pensais pas des terroristes capables de frapper avec une telle précision, ajouta Xu.

Barnes, qu'on avait mis au courant des derniers rebondissements, avait une réponse toute prête.

— Moi non plus, assura-t-il. Enfin, si un homme peut travailler comme agent double pour les renseignements chinois pendant des années sans se faire prendre, je suppose que tout est possible…

Le président des USA sourit en voyant l'expression déconcertée du Chinois. Xu venait d'abandonner son masque. Barnes savait que son homologue s'abstiendrait désormais de tout commentaire.

21:10
Santa Monica

S'échapper de la CAT s'était avéré un jeu d'enfant. La cellule était dotée, en cas de risque majeur, d'une procédure de verrouillage qui aurait donné du fil à retordre à Jack. Mais une quarantaine organisée à la hâte ne lui avait posé aucun problème.

Il rejoignit la villa de la Quatorzième rue en suivant les indications de Mercy. Il s'était attendu à trouver des véhicules de police garés devant et une barrière de sécurité courant tout autour de la maison. À sa surprise, on avait recouvert toute la demeure de bâches, et évacué toutes les habitations voisines de celle de Copeland.

— Le NHS prend l'affaire au sérieux, on dirait ! s'exclama-t-il.

Ils descendirent de voiture et se dirigèrent vers l'entrée de la maison, où ils furent arrêtés par deux hommes, un agent en uniforme et un type à l'air contrarié, vêtu d'un pull rouge, un petit carnet à la main.

— Désolé, on n'entre pas, dit celui-ci. Vous ne risquez rien, on désamiante, mais les autorités…

Jack montra sa plaque.

— Nous savons ce qui se passe, l'interrompit-il. Nous devons entrer.

L'autre recula d'un pas en secouant la tête.

— J'appartiens au NHS. Si vous connaissez l'affaire, vous comprendrez que vous n'avez rien à faire ici.

Mercy s'avança vers lui.

— C'est moi qui ai procédé aux premières constatations. Je ne crois pas cet endroit contaminé. Le propriétaire ne conservait pas les souches du virus ici, et même dans le cas contraire, peu m'importe.

— Pourquoi donc ?

— Je l'ai contracté. Et vous me faites perdre un temps précieux.

La réaction de l'homme fut immédiate. Jack le vit bondir en arrière, laissant Mercy entrer dans la maison.

— Tu préfères rester dehors, au cas où… ? proposa celle-ci en se tournant vers lui.

Jack réfléchit. Mercy était mieux renseignée que lui sur Copeland. S'il y avait des indices, elle saurait mieux que lui où les trouver. En outre, il n'aiderait personne en tombant malade, lui aussi. Il brandit son portable pour lui indiquer qu'il attendrait son appel.

— Vas-y, dit-il.

21:13
Villa de Bernard Copeland

L'entrée de la maison de Copeland avait été équipée d'un sas similaire à celui que Mercy avait vu au complexe Vanderbilt. Elle le franchit et pénétra à l'intérieur.

L'obscurité totale régnait. Mercy tâtonna jusqu'à ce que ses doigts rencontrent un interrupteur sur lequel elle appuya. Elle trouva la villa dans le même état que lors de sa dernière visite. Ne manquait que le corps du propriétaire qu'on avait enlevé. Seules quelques taches de sang indiquaient l'endroit où on l'avait retrouvé.

La mort de Copeland et celle de Frankie présentaient des similitudes, songea-t-elle. Le premier était devenu terroriste pour une juste cause, et il avait été assassiné de sang-froid par une femme plus pragmatique que lui : une femme qui avait compris que le terrorisme constituait en soi une barbarie. Frankie, elle, avait été broyée par l'arme même qu'elle avait tenté d'exploiter à des fins destructrices. Il y avait peut-être une justice dans ce monde finalement. Non. Elle ne serait rendue qu'une fois que les secrets de Copeland seraient percés, et le vaccin fabriqué. Le bon droit reposait comme toujours sur la seule volonté – pour ne pas dire l'entêtement – de simples mortels comme elle.

La justice devrait se choisir de plus solides défenseurs, songea Mercy avec amertume.

Treize. Quarante-huit. Cinquante-sept. Elle ne parvenait pas à trouver la logique commune à tous ces nombres, et les analystes de la CAT n'y étaient pas arrivés non plus. Fallait-il chercher ailleurs ce qui les liait ? Passer en revue les adresses, les numéros de téléphone ? Il fallait bien qu'il y ait quelque chose…

Mercy arpenta la maison pour s'imprégner de la personnalité du propriétaire. Cet intérieur était tenu avec soin, comme on pouvait s'y attendre chez un chercheur scientifique. Copeland avait préparé l'attentat contre la vie du Président avec soin. Il avait même prévu un plan de secours au cas où des agents tels que Jack et elle découvriraient le premier. Il était méthodique et organisé. Et prudent. Ses employés ne se connaissaient pas, peu d'entre eux bénéficiaient d'une vue d'ensemble de l'organisation. Sans doute les trois nombres composaient-ils la combinaison d'un coffre, ou un code d'accès. En homme méticuleux, Copeland avait forcément conservé ces informations quelque part… mais en responsable prévoyant, il les avait cachées.

Et il était « ridiculement sentimental ».

Au cours d'une enquête, Mercy arrivait toujours à un point où les différents éléments se rassemblaient, une vérité émergeait, tandis que les scories s'éliminaient. Elles disparaissaient d'elles-mêmes, et ne restait finalement que la réponse, claire et précise.

Le livre ! Ce bouquin au titre idiot… Mercy fouilla frénétiquement la bibliothèque du couloir, sans succès. Elle entra dans un bureau où elle tomba sur un poste de télévision et des étagères surchargées d'ouvrages, mais celui qu'elle cherchait ne s'y trouvait pas. Elle monta dans la chambre de Copeland. Il était posé là, sur la table de nuit. Un vieil exemplaire fatigué du *Gang de la Clé à molette*, d'Edward Abbey. Les pages étaient cornées à force d'avoir été tournées. Mercy l'ouvrit. Des notes avaient été griffonnées sur la première page, sur la deuxième, ainsi que la troisième… Certaines étaient illisibles, d'autres incomplètes.

Mercy tourna les pages jusqu'à la treizième, et elle sourit.

21:30
Ouest de Los Angeles

En entendant la sonnerie du téléphone, Ayman al-Libbi décrocha sans dire un mot.

— Vous devriez remercier Allah, mon ami. Votre nom vient de passer de notre liste d'ennemis mortels à celle, très restreinte, de nos meilleurs alliés.

Il reconnut la voix du ministre iranien.

— Que la volonté d'Allah soit faite ! s'exclama Ayman, qui se préoccupait davantage de s'assurer un abri que du rôle d'Allah dans cette affaire.

— Je vais avoir besoin de votre aide pour la livraison du colis…

21:32
Siège de la CAT, Los Angeles

Jessi frappa à la porte vitrée du bureau de Christopher Henderson. Ce dernier lui jeta un regard fatigué. La journée avait été longue. Il aurait volontiers pris un moment de repos. Il était resté assis quelques minutes en frottant ses paupières. Le NHS avait presque envahi la CAT pour relever les traces du virus. Christopher venait d'entendre le verdict du docteur Diebold : résultat des tests négatif, on avait donc pu relâcher tout le personnel.

— Avez-vous une minute ? demanda Jessi.

— Je t'en prie.

— Je n'ai pas vu Jack Bauer, dit-elle, et je n'ai pas pu consulter les mises à jour : le NHS ne m'a pas laissé m'approcher des ordinateurs.

— Tout est rentré dans l'ordre, lui annonça Christopher.

— En fait, je voulais juste savoir si Jack… si quelqu'un avait eu des nouvelles de Kelly Sharpton.

Il s'adossa à son fauteuil.

— Jack ne t'a pas… personne ne t'a rien dit ?

— Jack m'a renvoyée ici avec la prisonnière. Je ne les ai pas revus depuis.

Christopher se redressa.

— Jessi… Je suis désolé. Il y a eu une fusillade.

Sharpton est parti avec Jack. Il a été… Jessi, il a été tué.

Jessi tressaillit. Son supérieur la vit blêmir.

— Vous en êtes… vous en êtes sûr ?

— Jack se trouvait à côté du corps quand il a appelé.

Les yeux de la jeune femme s'embuèrent de larmes. Elle pivota sur ses talons et quitta en chancelant le bureau d'Henderson.

21:35
Venice, Californie

Il s'appelait Todd Romond, et il fichait le camp de Los Angeles.

— Ça va trop loin, marmonna-t-il en jetant des vêtements à la hâte dans une valise rouge à roulettes. Ça va beaucoup trop loin !

Il y avait un vol de nuit qui reliait Los Angeles à l'aéroport Kennedy, à New York, et il comptait bien le prendre. Une fois là-bas, il contacterait des amis et disparaîtrait quelque temps… C'étaient de bons copains d'autrefois, d'avant sa période Earth First ! Personne n'irait le chercher là.

On frappa. Todd réprima un sursaut nerveux. Il alla à la porte en s'exhortant au calme et regarda par le judas. Mme Neidemeyer – une petite dame d'un mètre trente au maximum, au crâne surmonté d'une touffe de cheveux blancs, enveloppée dans un long peignoir bleu porcelaine, se tenait devant la porte.

— Todd ? l'appela-t-elle de sa voix faussement fragile.

Lui, qui ne payait pas toujours son loyer à temps, connaissait le pouvoir de persuasion de ce timbre frêle.

— Todd, votre voiture bloque l'allée. Les autres locataires vont finir par se plaindre.

— J'en ai pour deux minutes, Madame Neidemeyer. Je suis presque parti. Excusez-moi ! dit-il avant de refermer la porte.

— Arrangez-vous pour la bouger au plus vite, répliqua-t-elle d'un ton sec.

C'était bien son intention, et il avait des motifs autrement plus pressants que ceux de sa logeuse. Parmi ses plus grandes préoccupations figurait celle de ne pas être réveillé à trois heures du matin par les imprécations et les coups de klaxon de Junior Merkle, qui rentrait de sa répétition. Lui, il essayait de sauver sa peau.

Frankie était passée à l'acte. Elle avait contacté des terroristes – des vrais, pas des gens qui s'enchaînent à des bulldozers pour protéger les arbres. Pas des types comme lui. Elle avait toujours fait pression pour que le groupe apprenne à employer la violence, mais les terroristes tuaient les bébés et les vieillards. Todd ne tenait qu'à une chose : préserver la forêt tropicale. Pour ça, il était disposé à aller loin, y compris à pousser le gouvernement dans ses derniers retranchements.

Todd était diplômé du Massachusetts Institute of Technology. En général, il comprenait vite. Smith (Todd l'appelait ainsi, et non Copeland, depuis qu'il avait adopté ce nom de guerre) avait disparu de la circulation et sa maison s'était transformée en scène de crime, jusqu'à ce qu'on la recouvre de grandes bâches de plastique. Frankie l'avait appelé trois heures plus tôt. Elle ne lui avait rien dit, sinon qu'elle avait pris la tête de l'organisation, qu'elle bénéficiait de la protection d'amis influents, et qu'elle allait tous les sortir de là. Todd, qui l'avait écoutée attentivement, avait su lire entre les lignes. Elle s'était ralliée au camp des meurtriers et des terroristes, auxquels elle avait livré le vaccin. Il en était certain. Sinon, pourquoi auraient-ils tous accepté de travailler avec elle ?

D'après lui, les terroristes auraient tôt fait d'en tirer les conclusions qui, dans leur logique, s'imposaient.

Maintenant qu'ils disposaient du vaccin, ils se demanderaient qui d'autre connaissait la formule… et dès qu'ils le sauraient, l'élimineraient.

Todd Romond comptait parmi les trois personnes capables de le fabriquer. Il refusait catégoriquement d'attendre que la police établisse un lien entre le docteur Bernard Copeland et lui-même, et encore moins d'être descendu par les terroristes. Il boucla sa valise et la fit rouler jusqu'au petit séjour, où il s'arrêta, le temps de passer deux coups de fil.

On frappa à nouveau.

— Todd ? appela Mme Neidemeyer.

Dans un soupir d'impatience, il alla ouvrir.

— Je vous ai dit que j'en avais pour un instant, Madame Neidemeyer. J'allais…

Il s'interrompit net. Mme Neidemeyer n'était pas seule.

21:45
Ouest de Los Angeles

Normalement il n'aurait fallu qu'une dizaine de minutes pour se rendre en voiture de Santa Monica à Venice, mais un accident sur Wiltshire Boulevard avait déclenché des embouteillages. Jack pianotait sur la carrosserie d'un geste impatient. Enfin, ils dépassèrent le lieu de la collision et la circulation redevint fluide. Mercy secoua la tête d'un air désabusé.

— Ce doit être la seule ville au monde où on se retrouve pris dans des embouteillages à dix heures du soir !

Ils bifurquèrent dans Lincoln Boulevard et traversèrent successivement Colorado Avenue et Pico Boulevard. Enfin, ils entrèrent dans la cité balnéaire de Venice.

Todd Romond figurait en haut de la liste de Copeland et son curriculum vitæ était résumé à la page treize. Ce diplômé du MIT – spécialiste du comportement des virus – avait renoncé à un poste avantageux dans une société pharmaceutique de premier plan pour organiser des circuits d'écotourisme au Costa Rica. Il était l'une des trois personnes qui avaient aidé Copeland à modifier son virus et à développer un vaccin.

Ça allait marcher, pensa Jack. Ils trouveraient ce Todd Romond et ils guériraient Kim.

L'appartement de Romond, qui devait dater des années soixante-dix, était construit en U, autour d'une pelouse qui donnait sur le trottoir. Sur un côté, une allée conduisait à un garage, au-dessus duquel se trouvait l'appartement de l'étage supérieur. Une voiture stationnait en travers du chemin.

— Celle de Romond ? demanda Jack, qui connaissait déjà la réponse.

Mercy consulta les informations qu'on lui avait communiquées lorsqu'elle avait appelé le service pour demander une description de Romond.

— Exact. Soit il est arrivé en catastrophe, soit il est pressé de partir.

— À ton avis ?

Jack arrêta la voiture au milieu de la chaussée et en sortit rapidement, aussitôt suivi par Mercy. Il faillit trébucher sur le trottoir, tout son corps fatiguait. Son arme à la main, il examina rapidement le véhicule de Romond. Vide. Il se dirigea au pas de course vers l'appartement qu'on lui avait indiqué. La salle de séjour était éclairée.

Jack tambourina à la porte.

— Romond ! Police fédérale, ouvrez !

On ne répondit pas. Jack ne perdit pas plus de temps. Il recula d'un pas, puis assena un coup de pied dans la porte de toutes ses forces. Le lourd battant céda à la troisième tentative, dans un craquement de bois volant en éclats.

Mercy, qui avait attendu derrière lui, le contourna

pendant qu'il dégageait son pied de ce qui restait de la porte. Jack la vit entrer dans l'appartement et disparaître vers la gauche. Il lui emboîta le pas, son arme levée. Une vaine précaution.

Todd Romond était étendu sur le dos, sur le plancher du salon. Des gouttes de sang perlaient autour d'un petit trou qui marquait son front. À côté de lui, une vieille dame était à plat ventre, morte elle aussi.

Mercy inspecta la cuisine, la salle de bains et la chambre, qui constituaient le reste du petit appartement. Elle revint se pencher sur le corps de Romond.

— Al-Libbi, lâcha Jack d'une voix rauque. On n'a pas une seconde à perdre.

16

LES ÉVÉNEMENTS SUIVANTS SE DÉROULENT ENTRE 22 H ET 23 H

22:00
Siège de la CAT, Los Angeles

Christopher Henderson regarda les employés du NHS sortir de la cellule de détention un cercueil hermétiquement scellé. Ils avaient aspergé la pièce de puissants désinfectants chimiques et rassemblé les contenants usagés dans des containers spéciaux. Ils avaient récolté les restes du cadavre de la fille – pas grand-chose si l'on considérait que, deux heures plus tôt, elle vivait encore et prenait part à une fusillade. Un sort identique attendait le Président s'ils ne faisaient pas bien leur boulot.

Jack Bauer appela à ce moment-là. Henderson prit la communication sur un poste libre.

— Dites-moi que vous avez du neuf, Bauer.

— Affirmatif. On a trouvé les noms des trois personnes qui ont travaillé avec Copeland. On pense qu'ils connaissent la formule du vaccin.

— Bingo ! Qu'on aille les chercher tout de suite !

— Il faudra faire vite, dit Bauer. Le premier vient d'être abattu. J'ai le cadavre sous les yeux.

— Al-Libbi, déduisit Henderson.

— La fille lui a donné les noms. Il a pris de l'avance sur nous.

— Oui, mais il ne dispose pas de notre force de frappe. Dites-moi qui sont ces personnes, j'envoie tout de suite des équipes chez eux.

À l'autre bout du fil, Jack cita deux noms qu'il avait dénichés dans le livre de Copeland : Sarah Kalmijn et Pico Santiago.

— C'est noté, dit Henderson. Je vous rappelle.

10:06
Domicile de Jack Bauer

Teri décrocha le combiné avant la fin de la première sonnerie.

— Chérie ? dit Jack. C'est moi.

— Super. Comme c'est gentil de m'appeler, répondit-elle d'un ton glacial.

Le cœur de Jack se serra.

— Teri, je suis désolé. Je vais…

— Tu ne vas rien du tout, répliqua-t-elle en élevant légèrement la voix.

Elle n'était ni affolée, ni en colère. Juste sincère.

— Tu ne vas rien du tout, Jack, reprit-elle, et c'est bien le problème. Tu fais ton boulot, mais j'ai beau le savoir, je n'arrive pas à me montrer patiente. Il y a eu une fusillade aujourd'hui. Notre fille s'est retrouvée au milieu. Mon mari aussi. Je n'ai pas encore compris ce qui s'était passé que toi tu t'enfuies pour aller travailler sur Dieu sait quoi !

J'essaye d'empêcher un virus de tuer la moitié de la ville, songea-t-il. *De sauver la vie du Président des États-Unis, et celle de notre fille.* Mais bien sûr, il garda tout ça pour lui.

— Comment va Kim ?

— Elle dort, dit Teri en essuyant une larme au coin de l'œil. Elle avait de la fièvre aujourd'hui, elle s'est couchée tôt. J'espère qu'elle n'a rien attrapé de grave.

Il y eut un silence à l'autre bout du fil.

— Jack ?

— Excuse-moi, dit-il après quelques secondes. On a été coupé. Tu disais, Kim a de la fièvre ? Rien d'inquiétant, j'espère. Un des manifestants qu'ils ont arrêté aujourd'hui a fait une sorte d'éruption cutanée. Rien de grave, mais des gars du FBI l'ont attrapé et se sont plaints d'affreuses démangeaisons.

— Non, je n'ai vu aucun bouton.

— Très bien.

— Jack, à quelle heure rentres-tu ?

Il y eut de nouveau un silence au bout du fil.

— Aucune idée, Teri. Dès que je peux, promis. Je t'aime.

— Moi aussi, je t'aime, répondit-elle d'une voix aussi froide que lorsqu'elle avait décroché.

22:12
Venice, Californie

Jack raccrocha et baissa la tête. Un moment de faiblesse qu'il ne pouvait pas se permettre, mais peu importait… Teri était furieuse contre lui. Pourtant, elle ne savait pas la moitié de la vérité. Il faudrait bien qu'il la lui révèle. D'après sa montre, il lui restait encore quelques heures devant lui, en comptant une marge d'erreur… mais au final, il devrait placer Kim en quarantaine. Et elle le détesterait !

— Tu l'aimes, c'est évident, commenta Mercy.

Elle avait remarqué son expression douloureuse pendant qu'il téléphonait, et l'angoisse qui l'étreignait depuis quelques minutes.

Il haussa les épaules d'un air évasif.

— On a tout un passé en commun, tu vois…

— Oui, dit Mercy. Enfin, non, pas vraiment.

Il ne répondit pas. Sur le plan émotionnel, il avait

épuisé ses réserves. Il ne lui restait plus rien à donner, ni de quoi compatir à la vie de Mercy, qui avait renoncé à avoir un mari, une famille pour se consacrer à sa carrière…

Le portable sonna, et le dissuada d'une réponse à Mercy. C'était Henderson.

— Mauvaises nouvelles. Santiago et Kalmijn ont tous les deux disparu de la circulation.

— Al-Libbi ? demanda Jack.

— Rien ne le garantit. On n'a retrouvé aucune trace de lutte, et pas le moindre cadavre, répondit le chef des opérations sur le terrain. Les relevés d'appels téléphoniques indiquent qu'ils ont tous les deux reçu, il y a peu, un appel de Todd Romond.

— Il avait déjà fait sa valise pour se tirer, déduisit Jack, et il les a avertis.

— Ce qui signifie qu'ils se cachent. Il faut chercher auprès de leurs familles et de leurs amis et les retrouver.

Puis, après une pause, il ajouta :

— Je vais mettre Jamey Farrell sur les images vidéo et les données informatiques. Avec un peu de chance, une caméra de la circulation routière les aura localisés. Qui ne risque rien n'a rien.

— Moi, je m'occupe d'exploiter une autre piste, dit Jack.

Il raccrocha et résuma sa conversation téléphonique à Mercy.

— De quelle piste s'agit-il ? demanda celle-ci.

— Je t'y emmène, répondit Jack, refusant d'admettre à quel point il avait redouté cet instant.

Ils roulèrent dans un quasi-silence à peine ponctué par de brèves questions destinées à faire le point sur les événements de la journée. Frankie avait dû être contaminée par le virus en même temps que Mercy, mais par la version foudroyante, la même que celle qui avait touché le Président. Ils s'assurèrent que le NHS avait également pris soin de bâcher au mieux l'endroit où on avait conduit Barnes et Xu Boxiong. Jusqu'à présent, ils avaient eu de la chance : ils avaient réussi à contenir le virus dans des zones relativement faciles à contrôler. Quant à Mercy, elle pouvait se réjouir de s'être inoculé le moins foudroyant des virus.

Apparemment, la jeune femme ne comprit où ils allaient que lorsque Jack gara leur véhicule devant le 16150, Ouest Washington. Tandis que Bauer descendait de voiture, elle le suivit d'un air intrigué.

— Tu… tu connais cette adresse ? C'est celle de mon informateur au sein de l'organisation écoterroriste.

— Je sais, fit Jack.

Mercy sur ses talons, il gravit quatre à quatre l'escalier extérieur qui menait au premier étage et se dirigea droit vers l'appartement de Ted Ozersky, dit Willow. À peine avait-il frappé que la porte s'ouvrit. Willow lui serra la main et les invita à entrer.

La jeune femme s'assit, visiblement mal à l'aise.

— Je ne comprends pas, marmonna-t-elle.

Jack prit une profonde inspiration.

— Mercy, je te présente Ted Ozersky…

— Je le connais, ne sois pas ridicule ! l'interrompit-elle d'un ton irrité.

— Ted appartient à la CAT.

Ces paroles lui semblaient tellement absurdes que Mercy dut le faire répéter.

— Pardon ?

— Je suis un agent de la CAT, inspecteur, confirma Ozersky.

Son accent traînant de Californien bon teint avait disparu, remplacé par une diction sèche et précise.

Voilà plus d'un mois que Jack attendait de révéler cette information à Mercy. Il avait compris que le moment était venu en la voyant arriver à l'immeuble fédéral. En revanche, il n'avait pas pris le temps de réfléchir à la façon de le lui annoncer. Et maintenant que les événements se précipitaient, il avait dû tout lui avouer d'un bloc.

— Mercy, tu te souviens de ce que tu essayais de me dire ce matin, au sujet des écoterroristes radicaux ? Je savais que c'était vrai. La CAT les surveille depuis quelque temps, mais on a eu un mal de chien à les infiltrer.

Ozersky (elle avait cessé de l'appeler Willow dès l'instant où sa voix avait changé) ajouta :

— J'avais réussi à m'introduire dans les rangs de Earth First ! mais j'ai vite compris qu'ils n'intéressaient pas la CAT. La menace venait de leur frange radicale. Ces types sont complètement paranoïaques, pas moyen de les approcher plus. J'ai quand même transmis les infos que j'ai pu récolter.

— Notamment une : il y a plusieurs mois, un membre issu d'un groupe en marge de l'organisation a contacté Ayman al-Libbi afin d'en savoir plus sur ses méthodes, dit Jack. À partir de ce moment-là, Tony Almeida et moi avons commencé à nous pencher sérieusement sur cette affaire.

— Cela fait bien deux mois ! lâcha Mercy, visiblement sous le choc.

— Entre autres renseignements fournis par Ted, j'ai appris l'existence d'une rumeur selon laquelle les écoterroristes avaient infiltré une taupe dans les services de sécurité, mais nous ignorions son identité. Il s'agissait peut-être d'un agent du FBI, voire de la CAT. Les suspects étaient nombreux en fait… À l'époque, je n'aimais pas l'idée d'attirer l'attention sur notre opération.

— Quand Gordon Gleed a été assassiné, j'ai compris que les écoterroristes sortaient du bois… Il fallait que je mette un flic sur le coup, quelqu'un qui avait toute ma confiance et qui me transmettrait des informations sans se douter de l'implication de la CAT dans l'affaire.

— Quelqu'un qui te transmettrait des infos… répéta Mercy, sidérée.

Jack se raidit pour encaisser la colère de Mercy, qui

n'allait pas manquer d'exploser dès que la jeune femme aurait compris le sens de ses paroles, mais celle-ci ne réagit pas immédiatement.

— Tu… Jack, tu es en train de me dire que tu t'es arrangé pour qu'on me confie l'affaire Gordon Gleed ?

Il hocha la tête.

— Et j'ai fait en sorte que Ted devienne l'un de tes contacts. Il pouvait te fournir des informations utiles, et l'implication du gouvernement fédéral n'a jamais transpiré. Copeland – je n'ai su son nom que lorsque tu l'as découvert – nourrissait une véritable paranoïa envers le gouvernement fédéral. Un faux pas de notre part, et il disparaissait dans la nature…

— Tu étais au courant, pour le virus ?

— Des rumeurs. Par contre, on savait que les éco-terroristes avaient décidé de jouer dans la cour des grands et de prendre des leçons auprès de gens comme al-Libbi.

Apparemment, Mercy avait surmonté le choc. Il ne restait qu'un soupçon de colère dans sa voix.

— Ce matin, dans l'immeuble fédéral, grâce à toi je suis passée pour une parfaite idiote.

— Excuse-moi, Mercy. On était sur le point d'identifier les coupables. D'après Tony, la taupe travaillait au FBI, parmi les équipes de surveillance. Elles auraient pu écouter notre conversation et je tenais à éviter d'attirer leur attention.

— Mais…

— Écoute, j'ai essayé de te dissuader d'aller près de l'immeuble fédéral. C'est toi qui as insisté.

Il vit Mercy rougir.

— Alors je t'ai mis des bâtons dans les roues…

Jack sourit.

— Pas vraiment. Tu avais abattu tout le boulot. Tu as compris ce que tramait *Les Singes de la clé à molette*. On ne savait rien de ces gens, sinon qu'ils souhaitaient – du moins, certains d'entre eux – traiter avec al-Libbi qui, d'après nos sources, était venu dans le pays. Tu as juste semé un peu la pagaille lorsque tu as voulu me voir. Croyant que j'enquêtais sur lui, Copeland s'est affolé. Il s'en est pris à Kim et t'a kidnappée. On a perdu du temps, mais tout ce qu'on a appris sur eux, on ne le doit qu'à toi.

Le regard de Mercy passa de Jack à Ozersky, et inversement. Toutes les émotions qui la bouleversaient se lisaient sur son visage.

— Tu t'es servi de moi, l'accusa-t-elle, la voix rauque.

— Je suis désolé, répéta-t-il.

Il disait vrai. Il n'éprouvait aucun regret d'avoir agi ainsi pour mener à bien sa mission. D'après lui, on le payait pour ça. En revanche, il avait un immense respect pour Mercy, et détestait l'idée de l'avoir blessée.

— Maintenant, intervint Ozersky, brisant le silence tendu qui régnait entre eux deux, il faut faire le point. Deux personnes sont portées disparues. J'ai passé pas mal de temps à observer les franges du groupe. De votre côté, vous avez mené une enquête minutieuse. En mettant nos informations en commun, on devrait pouvoir trouver une piste.

Le moment qui suivit renforça l'admiration que Jack éprouvait pour Mercy. Elle venait d'être humiliée sur le plan professionnel et personnel par un homme qu'elle avait presque considéré comme son petit ami. Et elle rebondit immédiatement, se lançant dans un long échange avec Ozersky. Celui-ci évoqua les gens qu'il avait rencontrés dans le sillage de Frankie. De mémoire, elle élimina au fur et à mesure ceux sur qui elle avait enquêté, et dont elle avait compris la faible implication et le manque d'enthousiasme pour une action jugée excessive. Il ne leur fallut guère de temps pour établir une courte liste de contacts susceptibles de savoir où trouver Santiago et Kalmijn.

— Bien, conclut Jack. Tous les trois, on s'occupe des

amis de Santiago. Je vais appeler depuis la voiture pour mettre Tony Almeida et Nina sur la piste des autres.

— Santiago travaillait chez Earth Café, à Venice, dit Ozersky. On devrait commencer par là. Ça doit fermer d'un instant à l'autre.

Ils se levèrent et Ozersky prit rapidement son arme et son insigne. Mercy décocha un regard meurtrier à Jack mais sans faire de commentaires. Jack marchait sur des charbons ardents, mais quelque chose lui disait que le cauchemar venait à peine de commencer.

17

LES ÉVÉNEMENTS SUIVANTS SE DÉROULENT ENTRE 23 H ET 24 H

23:00
Siège de la CAT, Los Angeles

Christopher Henderson avait souvent été tenté de gifler Ryan Chappelle, mais cette fois-ci, il eut toutes les peines du monde à se retenir.

— Vous avez autorisé tout ça sans même m'en parler ! tonna-t-il.

Il avait crié si fort que les épaisses vitres de son bureau n'avaient probablement pas suffi à étouffer sa voix.

— Ne hurlez pas comme ça, répliqua Chappelle.

Ryan Chappelle était épuisé. Pendant plus d'une heure, il avait dû parlementer avec une équipe de conseillers présidentiels à bout de nerfs, tout en veillant à contrôler le dispositif de l'information qui tenait la nation tout entière dans l'ignorance de la fièvre hémorragique qui allait terrasser le Président.

— Ou je vous affecte au tri postal et à la recherche d'anthrax, ajouta-t-il.

— Vous vous foutez de moi ! gronda Henderson. Comment voulez-vous que je fasse mon job de directeur des opérations sur le terrain si vous confiez des missions clandestines à mon personnel dans mon dos ?

Chappelle venait d'informer Henderson des liens

que Jack avait établi entre les écoterroristes et Ayman al-Libbi. Il esquissa une moue de défi.

— On n'avait pas le choix. Gardez vos reproches pour Bauer ; c'est lui qui vous a doublé. Et commencez par balayer devant votre porte. Si j'ai bonne mémoire, c'est grâce à vous qu'il a atterri ici.

— C'est la meilleure ! Bauer souhaite travailler en sous-main et vous lui donnez carte blanche ? Son boulot consiste peut-être à s'affranchir d'un certain nombre de limites, mais le vôtre, c'est de les respecter.

Chappelle eut un rire grinçant.

— Vous voulez savoir ce que j'en pense ? Tout le monde est ravi d'avoir un franc-tireur comme Bauer... jusqu'au jour où le franc-tireur vient piétiner vos plates-bandes. Sharpton aimait Jack, lui aussi. Maintenant il est mort. Ne vous étonnez pas si un jour vous regrettez d'avoir ce type-là dans vos pattes.

23:07
Siège de la CAT, Los Angeles

Assise devant son bureau, Jessi regardait l'écran de son ordinateur. Elle était censée analyser les données des services de sécurité et les enregistrements filmés de la circulation routière et ce, dans un rayon d'une dizaine de kilomètres autour de deux domiciles. Ensuite elle devait brancher les systèmes d'identification biométrique pour voir si des caméras avaient localisé les suspects, mais elle ne parvenait pas à se concentrer. Le cœur n'y était plus. Ou plutôt, il était ailleurs. Avec Kelly Sharpton.

— Jessi, ça va ?

Elle sursauta en entendant la voix de Jamey Farrell, tout près d'elle.

— Tu as l'air perdue.

— Oh ! Non, je… tout va bien, répondit-elle. Désolée. Je m'y remets…

Pourtant elle ne remarqua pas sur son écran la mince silhouette d'un homme brun quitter son appartement. Si elle l'avait vue, elle aurait sauvé plus d'une vie.

23:10
Earth Café, Venice

L'une des serveuses s'apprêtait à fermer le Earth Café lorsque Jack, Ozersky et Mercy Bennet arrivèrent en courant. Jack bloqua la porte du plat de la main.

— Attendez ! s'écria-t-il. Il est à peine plus de onze heures !

Du menton, il désigna le panonceau qui indiquait que l'établissement restait ouvert jusqu'à vingt-trois heures trente.

La fille, une brunette d'une vingtaine d'années avec un piercing dans le nez et un ventre plat que dévoilaient son T-shirt brassière et son pantalon taille basse, appuya de toutes ses forces sur le battant.

— On ferme tôt, ce soir. Désolée, fit-elle, une lueur de panique dans les yeux.

D'un geste vif, elle rabattit la porte. Jack la laissa faire. Il la regarda tourner les verrous, puis se diriger d'un pas rapide vers le comptoir et disparaître dans l'arrière-salle.

— Eh bien, ils sont fatigués, ce soir ? demanda Ozersky.

— Elle semblait affolée, fit remarquer Mercy.

— On retourne à la voiture, ordonna Jack.

Tous les trois pivotèrent sur leurs talons pour s'éloigner le long du trottoir mais, après quelques pas seulement, Jack se retourna brusquement pour s'élancer vers l'arrière-cour du café, occupée par un petit parking mal éclairé. En prenant soin de rester dans l'ombre, Jack se rua sur la porte de service, sur laquelle il appuya discrètement. Fermée. Au-dessus, à droite, il repéra une petite fenêtre. Prenant appui sur une grande poubelle qui empestait le marc de café et l'épluchure de pomme de terre en décomposition, il se hissa sur le rebord et jeta un coup d'œil à l'intérieur.

L'ouverture donnait sur les cuisines de l'établissement. La fille au piercing était là, en compagnie d'un autre employé, un jeune type aux cheveux courts qui portait le bouc. Ils étaient adossés au plan de travail. En face d'eux, tournant le dos à Jack, se trouvaient deux hommes. Petits, minces, basanés. Et tous deux armés de revolvers. Ils interrogeaient les serveurs, qui paraissaient épouvantés.

Jack prit son portable et composa rapidement un SMS à l'intention de Mercy : *Faire diversion. Urgent.* Puis il descendit de son perchoir, atterrit en douceur et attendit.

Quelques instants plus tard, il entendit un fracas de verre brisé, comme si on avait cassé la devanture. À l'intérieur du bar, la fille poussa un hurlement de terreur. L'un des deux hommes cria quelque chose en Farsi. Jack jugea le moment adéquat pour donner un violent coup de pied à la porte. Dans un craquement de verrous arrachés, le battant céda. Les deux agresseurs réagirent instantanément. Ils s'étaient dirigés vers la salle mais, en entendant l'huis voler en éclats, ils firent demi-tour, l'arme au poing. Jack plongea vers le sol. Les balles sifflèrent à ses oreilles. Il riposta, et vit aussitôt l'un des inconnus se plier en deux et rouler à terre. L'autre tira et ses balles éraflèrent le ciment tout autour de Jack, qui visa avec soin et appuya à nouveau sur la détente. Sa cible s'effondra avant que les employés aient eu le temps de crier de nouveau.

Jack bondit sur ses pieds et se rua sur le second assaillant pour le désarmer. Les deux hommes étaient morts.

— Vous n'êtes pas blessé ? demanda-t-il aux jeunes gens qui s'étaient plaqués contre le plan de travail, tremblants de peur, l'air à la fois hagard et soulagé.

— Je suis agent fédéral, insista Jack. Tout va bien ?

Ils hochèrent la tête, puis la fille demanda :

— Qui sont ces gens ?

Mercy et Ted entrèrent alors, l'arme à la main.

— Tout est réglé, leur annonça Jack. Appelez la CAT.

Pendant qu'Ozersky obtempérait, Bauer se tourna vers la fille.

— Vous ont-ils posé des questions ?

Incapable de détacher son regard des deux cadavres, elle acquiesça.

— Oui, dit-elle finalement. Ils nous ont interrogés sur Pico. Ils ont menacé de nous abattre si on ne les aidait pas.

— Pico Santiago. Nous aussi, nous le recherchons. Savez-vous où il est ? Vous le connaissez bien ?

Le jeune homme, qui n'avait pas encore prononcé un mot, hocha la tête.

— Moi, oui. Ça fait à peu près deux ans qu'on bosse ici. Il a des problèmes ?

— Pas si j'interviens. Vous êtes un ami proche ?

La montée d'adrénaline consécutive à la fusillade irradiait toujours son corps mais Jack s'efforçait de conserver une voix ferme et assurée.

— Il faut qu'on le retrouve. Il n'est pas chez lui. Nous pensons qu'il a eu peur de ces hommes et s'est enfui. Avez-vous une idée de l'endroit où il aurait pu aller ?

Jack vit le gamin hésiter, les yeux rivés sur son arme. Bauer reconnaissait ce regard pour l'avoir vu chez les manifestants le matin même – une éternité plus tôt.

— Oui, je travaille pour le gouvernement, expliqua Jack avec impatience. Et je cherche ce garçon. Mais contrairement à ces hommes, je ne souhaite pas sa mort. Moi, j'aimerais le garder en vie. Alors, aidez-moi.

Le jeune homme se redressa.

— Il a travaillé ici ce soir. Il est parti comme une flèche. Il a dit qu'il était arrivé quelque chose et qu'il allait quitter la ville un certain temps.

— Où est-il allé ? interrogea Mercy. Et comment ? En avion ?

Le serveur secoua la tête.

— Non, c'est pas son genre. Pico et moi, on aime plutôt voyager au grand air. Vous le trouverez sûrement dans les montagnes.

— Donnez-moi son numéro de portable.

— Il n'en a pas. Il dit que les micro-ondes vous grillent les neurones.

— Dans quelle montagne ? insista Jack.

— Alors là, mon vieux, ça pourrait être à peu près n'importe où...

— Il a dû se réfugier dans un endroit qu'il connaît, l'interrompit Jack avec impatience. Dans un abri où il se sent protégé.

À ces mots, le jeune homme claqua des doigts.

— Temescal Canyon ! s'exclama-t-il. C'est son coin préféré. Il faut marcher jusqu'à la cascade, et ensuite, on se croirait presque au bout du monde.

— D'autres amis à lui connaissent-ils cet endroit ?

— Plein de gens connaissent cet endroit. Pico y a emmené des copains avec qui il traîne. Gina y est allée...

D'un coup de menton, il désigna la jeune fille, qui acquiesça d'un hochement de tête.

— Et moi aussi avec une cinglée, une ex-copine à lui.

— Une cinglée ? répéta Mercy.

— Oui. Une Frankie Quelque-Chose.

— Merci, dit Jack.

Puis, se tournant vers ses coéquipiers :

— Pas de temps à perdre.

Ils quittèrent la cuisine et se dirigèrent vers la salle du café. Derrière eux, la fille les appela :

— Eh ! Qu'est-ce qu'on fait des types ?

Jack l'ignora. S'il ne laissait derrière lui que deux cadavres, cette nuit, il considérerait qu'il avait de la chance.

23:37
Miracle Mile, Los Angeles

Si Eshmail Nouri avait eu le choix, il aurait étranglé Ayman al-Libbi, abandonné son corps dans une poubelle et serait retourné au 213, le bar, tout près de Wiltshire Boulevard qui lui appartenait et qu'il dirigeait. Il aurait volontiers désobéi, mais le courage lui manquait. Huit années aux USA, à vivre et se comporter comme un Américain, l'avaient doté d'un vernis de rébellion… un vernis seulement. Rien d'aussi profondément ancré que son attachement passé envers l'Ayatollah Khomeiny, et présent envers ses successeurs. Il exécuterait les ordres, même s'il les jugeait stupides.

Les ayatollahs avaient estimé plus sage de l'installer, parmi d'autres, sur le sol des USA bien longtemps avant que les Américains redoublent leur vigilance. Bien entendu, après le 11 septembre, Nouri et ses compatriotes avaient été interrogés, mais ils vivaient dans le pays depuis suffisamment de temps pour ne pas éveiller les soupçons. Eshmail prenait soin d'espacer ses communications avec les autres membres de sa cellule, ou de recourir à des lettres manuscrites qui ne laissaient pas de traces. Il se fondait dans la masse des milliers d'Iraniens qui avaient émigré ici au fil des années.

Tel était son principal atout. Nouri savait qu'on le considérait comme un élément de valeur. Sa cellule dormante constituait une arme précieuse, maintenue secrète par les ayatollahs, et si Allah le voulait, peut-être se révélerait-elle bientôt au monde entier en portant un coup à l'Amérique. Ses chefs avaient tenté de former d'autres groupes au cours des dernières années, mais les renseignements américains les avaient presque tous démantelés. Il lui semblait dangereux d'exposer l'une des rares cellules bien placées, tout ça pour satisfaire un caprice d'Ayman al-Libbi – récemment devenu un infidèle et un poids inutile.

Et les faits lui donnaient raison. Mahmoud et Ali auraient dû l'avoir appelé. Qu'ils aient réussi ou non à soutirer plus d'informations aux amis de la cible…

Eshmail Nouri ignorait l'existence du virus, et il n'avait jamais entendu parler de la CAT. Il ne savait qu'une chose : on avait activé sa cellule. Trois individus devaient être abattus, dont un était déjà mort et un autre sur le point d'être éliminé.

Mais il n'en démordait pas : il espérait toujours tuer Ayman al-Libbi une fois que toute cette affaire serait terminée.

23:54
Route de Temescal Canyon

Jack gara la voiture sur le parking de terre, à l'endroit où s'arrêtait la route goudronnée. Une Volvo gris métallisé s'y trouvait déjà.

— Nous auraient-ils déjà devancé ? demanda Mercy en descendant à sa suite.

Jack dégaina son arme et se dirigea vers l'autre véhicule.

— Le moteur est encore chaud, dit-il. Le ventilo tourne toujours.

La lune brillait haut dans le ciel. Cela faisait longtemps que Jack n'avait pas traqué un suspect de nuit.

— On prend les lampes torches, dit-il. L'un de vous connaît-il les environs ?

— Moi, dit Ted. Les chemins se prêtent à des randonnées, pas besoin d'escalader, mais certains passages de la piste sont assez difficiles. La cascade se trouve à trois kilomètres.

— On pourrait appeler l'équipe de secours en montagne du shérif ? suggéra Mercy.

— Bonne idée, approuva Jack.

Aussitôt, Mercy sortit son portable pour composer le 911.

— Il faut compter au moins vingt minutes avant de les voir arriver, même en hélico, lança-t-elle quelques instants plus tard. Personne ne peut arriver plus vite.

— Voyons ce qu'on peut faire en les attendant, répondit Jack en s'arrêtant pour recharger son Sig-Sauer.

Il glissa l'un des magasins dans la crosse et appuya d'un coup sec.

— On y va !

18

LES ÉVÉNEMENTS SUIVANTS SE DÉROULENT ENTRE MINUIT ET I H DU MATIN

00:00
Complexe Vanderbilt

— Ce n'est pas trop tôt! s'exclama le Président Barnes.

Le docteur Diebold, toujours vêtu de son scaphandre, hocha la tête.

— Le tunnel d'isolation est en place, Monsieur; il vous mènera directement au véhicule sécurisé. Avec les autres, vous serez conduit au NHS, où nous disposons d'une unité de confinement bactériologique.

Carter approuva d'un hochement de tête.

— Des équipes ont déjà préparé votre arrivée, Monsieur.

Barnes se tourna vers Xu Boxiong.

— Après vous, mon cher.

Le Chinois sourit en s'inclinant. Rien de tel qu'une situation de crise, songea le Président américain, pour que de simples connaissances deviennent les meilleurs amis du monde… ou les meilleurs ennemis. Si les services de sécurité de l'un des deux états avaient commis un impair, le chef de l'autre gouvernement aurait étranglé son homologue. Dans le cas présent, chacun des deux pays avait sa part de responsabilité. Ils s'étaient fichus ensemble dans le pétrin, ils s'en sortiraient donc ensemble.

— Je présume que les États-Unis ne verront pas d'un trop mauvais œil que la République populaire prenne des mesures plus efficaces pour briser le mouvement séparatiste ouïgour, dans la région autonome du Xinjiang ? demanda Xu d'un ton badin.

— Ma foi, si la Chine est disposée à faire un geste qui nous permette de sauver la face sur un certain nombre de questions humanitaires…

Xu acquiesça.

— Nous devrions pouvoir trouver un arrangement.

Ils franchirent le sas et s'engagèrent dans un long couloir aux parois translucides. Mitch Rasher les attendait, sa silhouette replète enveloppée dans une combinaison de protection.

— La situation est sous contrôle, Monsieur, dit-il.

Puis, se tournant vers le Président Xu Boxiong, il ajouta :

— Nous avons tout organisé en coordination avec nos collègues chinois, ajouta-t-il en s'inclinant rapidement. Les deux équipes ont publié des communiqués indiquant que vous souffrez tous les deux d'une intoxication alimentaire sans gravité et…

— Vous avez employé le mot intoxication ? l'interrompit Barnes.

— En aucun cas, Monsieur. Nous sommes restés allusifs.

— Tous les deux malades en même temps ? Ne croyez-vous pas que cela risque d'éveiller les soupçons ? l'interrogea Barnes.

Cette annonce revenait pour lui à demander trois cartes dans un jeu de stud poker à cinq cartes…

— En fait, la chance a tourné en notre faveur.

Malgré le casque et le micro qui déformaient sa voix, Rasher semblait presque content.

— Le Russe Novartov souffre justement d'une

intoxication alimentaire, ce qui arrange quand même notre affaire.

— Ce confinement paraît efficace, commenta Barnes alors qu'ils atteignaient l'extrémité du tunnel de plastique, fixé à la portière d'un imposant véhicule de sécurité de couleur jaune. Et l'autre ?

— Sûr à cent pour cent, jusqu'à présent, Monsieur, répondit son assistant. Ceci dit, cette réunion était classée top secret. Très peu de gens savaient que vous étiez ici. On ne pourra pas passer sous silence l'existence du virus – trop de policiers et de personnels du NHS sont au courant – mais votre contamination restera strictement confidentielle.

— Si j'y survis, fit remarquer Barnes d'un ton amer. Docteur, en savez-vous un peu plus sur ce virus ?

Diebold secoua la tête sous son casque.

— Non, Monsieur. J'ai mis Célia Alexis, l'un de mes meilleurs éléments, sur le dossier, mais nous étudions Marburg et Ébola depuis des années et nous n'avons toujours pas trouvé de traitement efficace. J'ai cru comprendre que la terroriste qui a orchestré tout cela disposait d'un vaccin. L'a-t-on retrouvée ?

Barnes hocha la tête.

— On y travaille.

00:11
Temescal Canyon

Jack marchait avec d'infinies précautions, posant lentement un pied devant l'autre en veillant à faire le moins de bruit possible. Il n'avait pas encore allumé sa lampe torche – pour ne pas alerter le conducteur de la voiture qu'ils avaient vue sur le parking. Et puis elle n'éclairait pas suffisamment pour faciliter leur progression.

C'est la pire façon de traquer un homme, songea-t-il. Il n'était pas équipé pour une telle mission, en pleine nature et au beau milieu de la nuit ; ni ses chaussures, ni sa tenue ne convenaient. Son Sig-Sauer était une bonne arme, mais il aurait volontiers troqué le semi-automatique et ses trois chargeurs contre un fusil M40, une demi-douzaine de cartouches, voire contre une bonne paire de jumelles à infrarouges.

La piste de Temescal Canyon prenait naissance sur Sunset Boulevard et s'élevait lentement vers la montagne le long d'un mince cours d'eau au lit tortueux qui dévalait le relief pour aller se jeter dans l'océan Pacifique. À l'exception du petit poste des gardes forestiers du parc, situé à l'entrée, le canyon était classé réserve naturelle et permettait d'accéder à la réserve montagnarde de Santa Monica. Il s'agissait d'une immense étendue de hautes terres situées le long des pics séparant le bassin côtier de Los Angeles de la zone intérieure de la vallée de San Fernando. Cette réserve offrait refuge à des colonies de daims, de lièvres, de faucons et de toutes sortes d'animaux. Il arrivait même que des randonneurs croisent un puma sur les pistes qui sillonnaient ses collines, mais la plupart des habitants de Los Angeles ignoraient l'existence de ce monde sauvage devant leurs portes.

Ted et Mercy suivaient Jack en s'efforçant de rester discrets. Le premier, qui avait déjà effectué plusieurs opérations sur le terrain sans bénéficier de l'expérience de Jack, progressait avec une certaine maladresse. Quant à la jeune femme, elle compensait son manque d'entraînement par son bon sens. Pourtant, Jack aurait préféré travailler seul ; il aurait perdu moins de temps.

La lune, presque pleine, dispensait assez de lumière pour éclairer le sentier, sauf lorsque celui-ci plongeait sous la couverture des arbres. Jack s'interdisait d'allumer sa lampe. Quelque part devant eux évoluaient des hommes semblables à ceux qu'il avait abattus au Earth Café. Capables de réactions fulgurantes. Il ne pouvait pas se permettre d'attirer l'attention de leurs compagnons sur lui plus que nécessaire.

Il avait beaucoup repensé aux deux hommes du café. Manifestement, Ayman al-Libbi avait trouvé des renforts, mais d'où provenaient-ils ? Contrairement à ceux qui l'avaient attaqué au Cat & Fiddle – sans doute des auxiliaires envoyés à al-Libbi par Marcus Lee – ou au type que Jack avait interrogé dans l'immeuble fédéral, ces sbires n'appartenaient pas à MITO. Ils semblaient plus originaires du Moyen-Orient que de Chine.

Al-Libbi voyait-il dans toute cette affaire une façon commode de rentrer dans les bonnes grâces des chefs terroristes ? S'il bénéficiait d'une aide aussi musclée, cela signifiait peut-être qu'il avait réussi… et dans ce cas, Jack ne pourrait pas estimer la puissance réelle de l'adversaire.

Tant pis. Il devait sauver Kim. Il devait protéger le Président. Il lui fallait trouver quelqu'un capable de guérir le virus. Malheur à celui qui se mettrait en travers de sa route.

00:22
Siège de la CAT, Los Angeles

Sur un comptoir, un portable sonnait avec insistance. Cela faisait plus d'une heure qu'il bourdonnait à intervalles réguliers – toutes les dix minutes environ – mais personne ne paraissait l'entendre. Chacun était trop occupé pour décrocher un téléphone sans propriétaire. Peu après minuit, cependant, on avait terminé le transfert du Président. L'atmosphère, encore légèrement tendue, avait retrouvé un peu de calme.

Aussi, lorsque la sonnerie retentit à nouveau, Jamey Farrell vit qu'elle provenait d'un sac en plastique posé devant l'ordinateur de Jack Bauer. Elle prit l'appareil sans répondre à l'appel et l'apporta au bureau de la sécurité.

— D'où vient ce téléphone ? demanda-t-elle.

Le vigile de garde n'en avait aucune idée, mais il consulta son registre.

— C'est quelqu'un de l'immeuble fédéral qui l'a apporté. Ils ont arrêté Bauer et pris son portable.

Jamey hocha la tête et apporta l'objet à Christopher Henderson.

— L'animal ! maugréa ce dernier. Il perd son arme, son insigne, son portable, et on ne retrouve que le téléphone.

À cet instant précis, la sonnerie retentit de nouveau.

— Poste de Bauer, répondit Henderson sur une impulsion.

— Tout de même ! s'écria une voix aux inflexions suaves. Ai-je l'honneur de parler à l'agent Bauer, ou à l'un de ses collègues de la CAT, la célèbre Cellule Anti-Terroriste ?

— Que puis-je pour votre service ?

— Ayman al-Libbi à l'appareil.

00:31
Temescal Canyon

Suivi de ses coéquipiers, Jack gravissait péniblement une pente escarpée. Devant eux, la piste surplombait une gorge pour gagner le sommet d'une colline. Il entendit alors le murmure d'une cascade quelque part en amont… immédiatement suivi par un cri. Quelqu'un appelait à l'aide. Jack s'élança.

00:34
Siège de la CAT, Los Angeles

Henderson venait à peine de raccrocher qu'on lui apportait déjà un enregistrement de la communication. Une fois le support numérique glissé dans un lecteur,

Henderson écouta de nouveau le message, en compagnie de Ryan Chappelle et de Jamey Farrell.

« Ayman al-Libbi à l'appareil. J'ai obtenu ce numéro d'une certaine jeune femme qui a également eu l'amabilité de me fournir un virus extrêmement virulent. Comme vous le savez peut-être déjà, je possède non seulement le poison, mais aussi l'antidote. Ce qui me place dans une position très avantageuse, car j'ai appris que votre Président, ainsi que le dirigeant chinois, avaient tous les deux été contaminés. Ils mourront dans quelques heures si on ne leur administre pas le traitement. Je vous recontacterai bientôt.

Ryan laissa échapper un chapelet de jurons.

— De combien de temps disposent-ils, d'après le serveur ?

Henderson consulta sa montre.

— Moins de huit heures.

00:38
Temescal Canyon

Bien des choses peuvent se passer en quatre minutes. Les terroristes auraient pu, dans ce laps de temps, abattre Santiago une douzaine de fois. Lui, ou quelqu'un d'autre. En admettant que ceux qui étaient venus en Volvo appartenaient à un groupe d'islamistes, ce que rien ne prouvait pour l'instant.

Pourtant, Jack courut comme si la vie de sa fille en dépendait. Il entendit d'autres appels retentir au-dessus de lui. Il n'avait pas le temps d'attendre Ted et Mercy. Il dévala une autre combe, avant de se retrouver à nouveau dans la lumière lunaire. Le sentier s'éleva encore, le bruit de l'eau s'amplifia.

Bauer entendit des éclats de voix en Farsi, puis des détonations. Apparemment, les terroristes avaient tenté d'interroger leur victime en douceur, sans résultat. Ils passaient aux choses sérieuses. Au loin, Jack vit luire des armes à feu.

Il s'arrêta pour reprendre son souffle, dégaina son semi-automatique et attendit. Un instant plus tard, il aperçut un nouvel éclair métallique. Jack visa un peu au-dessus du canon et appuya deux fois sur la détente. Un cri de douleur lui répondit, suivi de plusieurs appels au secours. Il avait trahi sa position, mais à présent, les terroristes allaient devoir focaliser leur attention sur leur victime et lui en même temps.

Il se décala vers le côté intérieur du sentier. Une rangée d'arbres le séparait de la cascade qu'il entendait gronder. Leurs troncs étaient fins et leurs branchages maigres. S'ils parvenaient à le dissimuler, ils ne le protégeraient pas des balles. Bauer ne pouvait faire autrement. Allant de l'un à l'autre, Jack s'approcha à pas de loup. Au loin, les deux hommes s'étaient tus.

Leur victime, en revanche, faisait un raffut de tous les diables.

— Au secours ! À moi ! criait le malheureux. Vous, là-bas ! Ils vont me tuer ! À l'aide !

Vas-y, pensa Jack. *Continue de beugler. Ça couvre le bruit de mes pas.*

Il poursuivit sa progression puis s'arrêta, l'oreille aux aguets. L'obscurité était presque totale, rien ne laissait présager le danger, mais son sixième sens lui murmurait que l'adversaire était tapi là, tout près. Lui-même aurait choisi cet endroit pour se tenir en embuscade.

Un gémissement s'éleva non loin de lui. Tel un aimant attiré par une masse de fer, son arme s'orienta dans cette direction, mais Jack ne tira pas. Il s'agissait de l'homme qu'il avait touché. *Ne révèle pas ta position en tuant un type déjà mort, ou presque*, se dit-il.

Il entendit un bruit de pas derrière lui – Mercy et Ted, qui devaient offrir des cibles bien commodes. Jack se prépara à passer à l'action.

Bientôt, il perçut le piétinement un peu lourd

d'Ozersky et la respiration haletante de Mercy. Ils allaient se faire canarder si les terroristes savaient se servir de leurs armes.

La fusillade commença à ce moment-là dans un déluge d'éclairs et de détonations. Dès les premiers projectiles, Jack localisa les deux tireurs. Il vida son chargeur dans leur direction. Les coups de feu cessèrent aussitôt. D'un geste précis, Jack remplaça le magasin vide par un nouveau. Puis, craignant que le déclic de la culasse révèle sa position, il avança de plusieurs mètres et s'aplatit sur le sol.

— À moi ! appela de nouveau la victime.

Les chutes d'eau n'étaient plus qu'à quelques pas. Jack ne pouvait les distinguer dans la faible lueur de la lune mais, d'après ce qu'il entendait, elles se composaient de deux cascades. L'une, de faible hauteur, tombait de la falaise dans une large piscine naturelle, et l'autre, bien plus haute, s'engouffrait dans une gorge en contrebas.

— Je ne tiendrai pas longtemps !

Les cris provenaient d'en bas. Jack prit sa lampe et l'alluma pour éclairer le ravin.

— Pico Santiago ? appela-t-il, sa voix couverte par le rugissement des flots.

— Au secours !

Le jeune homme se tenait au milieu de la faille rocheuse, agrippé à la corniche. En un éclair, Jack reconstitua la scène qui venait d'avoir lieu. Les terroristes avaient kidnappé Santiago pour essayer de l'éliminer sans laisser de traces. Ce dernier s'était débattu et échappé. Poursuivi par ses ravisseurs, il avait tenté de fuir en descendant le long de la falaise. Tentative aussi courageuse que stupide. En pleine nuit, cette voie s'avérait impraticable. Santiago était tombé, ou bien il avait glissé. Par chance, il s'était rattrapé à un rocher couvert de buissons.

— Tenez bon ! l'encouragea Jack. Je viens vous chercher !

Il ne voyait pas comment le tirer de là autrement…

même s'il s'apprêtait à se montrer aussi courageux et stupide que Santiago !

— Jack ? l'appela Mercy en le rejoignant, guidée par l'éclat de sa lampe. Attends l'hélico, il va arriver d'une minute à l'autre.

— Il ne tiendra pas longtemps, dit Jack, autant pour elle que pour lui.

La lampe était équipée d'un filin, que Jack enroula et passa en bandoulière. Puis, la torche entre ses dents, il entreprit de descendre le long de la faille. Il opta pour un passage situé entre la chute d'eau et Santiago, afin d'atterrir au même endroit que celui-ci, s'il venait à déraper. Ce chemin présentait néanmoins un inconvénient : la roche et la végétation, couvertes de gouttelettes d'eau, s'avéraient terriblement glissantes.

— Je ne tiens plus ! gémit Santiago.

— Accroche-toi, abruti, c'est un ordre ! tonna Jack.

— Mes mains…

— On se fiche de tes mains ! répliqua Jack, laissant tomber de sa bouche la lampe qui se balança au bout de sa corde.

Jack devait encore parcourir sept ou huit mètres avant d'atteindre Santiago.

— Tu vas tenir bon, reprit-il, parce que la vie de plusieurs personnes en dépend, tu m'entends ?

Un hurlement d'effroi lui répondit, presque couvert par le grondement de la cascade.

Jack baissa les yeux. L'une des mains de Santiago avait glissé.

— Courage ! hurla Jack en continuant de se rapprocher de lui de quelques centimètres.

Il priait pour que le jeune homme se montre plus fort, plus solide, mais toute sa volonté n'y ferait rien. Seul Santiago pouvait se battre ou renoncer.

Et il renonça. Son autre main glissa. Dans le faisceau mouvant de sa torche, Jack le vit tomber comme une pierre vers le fond du gouffre.

19

LES ÉVÉNEMENTS SUIVANTS SE DÉROULENT ENTRE 1 H ET 2 H DU MATIN

1:00
Siège de la CAT, Los Angeles

Christopher Henderson poussa un soupir de lassitude. Il n'était pas près de se débarrasser de sa migraine. Il avait commencé la journée soucieux de savoir s'il allait réussir à contrôler la foule devant l'immeuble fédéral, et préoccupé par le plan de Bauer – qu'il estimait insensé, autant que d'essayer de retrouver une aiguille terroriste dans une botte de foin. Des broutilles, comparées à la crise planétaire qu'il tentait de régler avec l'aide de Ryan Chappelle, pendant que Bauer semait des cadavres sur son passage d'un bout à l'autre de la ville.

À peine avait-il envoyé les médecins légistes à un endroit, que Bauer appelait d'un autre quartier pour demander que de nouvelles équipes viennent « nettoyer ».

Jamey Farrell était dans son bureau pour lui faire un rapport de toutes les dernières informations collectées. Sa voix s'enrouait à force de parler, mais elle semblait tenir le coup.

— Les deux tireurs qui ont attaqué Jack sur Sunset Boulevard cet après-midi appartenaient à MITO, on en est désormais certains. Ils figuraient sur une liste de personnes dites sensibles, mais on ne les a pas une seule fois repérés à un point chaud avant la fusillade, et on ne les a donc pas placés sous surveillance. Celui qui a réchappé aux tirs de Jack s'est montré coopératif, mais il n'en sait pas beaucoup plus que nous.

Henderson approuva d'un hochement de tête.

— Maintenant que Marcus Lee est mort et Kassim Turkel hors service, je dirais que MITO va réapparaître sur la liste des priorités. Et les autres ?

— Frankie Michaelmas est décédée ; Bernard Copeland aussi, ainsi que les deux hommes armés que Jack a abattus au Earth Café. En revanche, on a des renseignements sur eux.

— J'écoute, dit Henderson en tentant de se concentrer.

— D'après nos sources, ils n'ont rien à voir avec MITO. Ils sont iraniens et ont immigré, l'un en 1992 et l'autre en 1994. On a constitué des dossiers sur eux, les mêmes que le FBI, mais ils sont minces. On en a interrogé un après l'explosion du véhicule piégé au World Trade Center en 1993, et tous les deux après le 11 septembre. Dans un cas comme dans l'autre, les preuves accusaient les Saoudiens plutôt que les Iraniens. On les a relâchés. On a conservé leurs dossiers parce qu'ils fréquentaient une mosquée dirigée par un imam assez énergique, un dénommé Ahmad Moussavi Ardebili, mais à part ça, ils ne se sont jamais fait remarquer.

— Une cellule dormante ? réfléchit Henderson à voix haute.

— On dirait. Si c'est le cas, elle avait le sommeil profond.

— Bon, il faut mettre une équipe là-dessus. Je veux qu'on passe la base de données au peigne fin pour retrouver cet imam et qu'on me dresse une liste des suspects possibles.

1:09
Quartier de Silverlake, Los Angeles

— C'est le dernier, dit Tony Almeida.

— Dommage, répondit Nina. Ça commençait à me plaire de réveiller les gens en pleine nuit.

Pendant que Jack se lançait à la poursuite de Pico Santiago, Tony et Nina avaient reçu une liste de trois personnes susceptibles de savoir où se cachait Sarah Kalmijn. Les deux premières, manifestement peu au courant de la vie privée de Sarah, n'avaient rien pu dire. Quant à la troisième, elle habitait dans la petite maison du quartier bohême de Silverlake, au-dessus de Hollywood et loin du centre de Los Angeles.

Nina se dirigea vers la porte du bungalow Craftsman[1] pendant que Tony s'était replié non loin de l'un des piliers de bois qui faisaient la spécificité des constructions Craftsman. Avant d'appuyer sur la sonnette, Nina dégaina son arme. Tony l'imita aussitôt et s'avança pour voir ce que sa coéquipière venait de remarquer. La porte était fermée, mais l'encadrement avait volé en éclats. Quelqu'un était entré par effraction.

Sans un mot, Tony adressa un signe à sa partenaire pour lui indiquer qu'il contournait la maison. Nina hocha la tête et compta jusqu'à cinq afin de lui laisser le temps de s'exécuter. Puis elle poussa doucement le battant. La demeure était plongée dans l'obscurité. Nina tendit l'oreille. Le silence régnait, soudain troublé par un craquement en provenance de l'arrière du bungalow. Tony était à l'intérieur. Elle prit la petite lampe de poche *Surefire* glissée dans sa ceinture et l'alluma. Le faisceau lumineux tomba sur une silhouette étendue

1. Craftsman bungalow : développée en Californie, cette construction est caractérisée par des toits juxtaposés aux versants à pente faible, par l'utilisation de différents matériaux de revêtement et un porche, ouvert en façade. *(N.d.T.)*

sur le plancher de la pièce de séjour. Nina tâtonna à la recherche d'un interrupteur. Lorsque ses doigts le rencontrèrent, elle enfonça le bouton et alluma la lumière.

Une femme gisait sur le sol, un câble électrique autour de son cou. Nina s'agenouilla près du corps en prenant soin de ne pas l'effleurer. La langue du cadavre était gonflée, ses globes oculaires proéminents. Mort par étranglement, diagnostiqua-t-elle.

Tony entra à ce moment-là.

— Saloperie ! cracha-t-il. J'appelle la police pour demander un médecin légiste.

— Ces types ont de l'avance sur nous, dit Nina.

Une porte grinça derrière eux. Dans un mouvement identique, les deux agents firent volte-face, l'arme au poing.

— Ne tirez pas ! supplia une petite voix depuis un débarras.

— Sortez doucement, ordonna Tony. Les mains d'abord ! Je veux les voir !

Deux délicates mains féminines apparurent dans l'entrebâillement, suivies de bras aux courbes délicates. Puis la silhouette d'une jeune femme, trente ans au maximum, apparut. Brune, cheveux courts. L'air terrorisé.

— Ne me tuez pas ! supplia-t-elle dans un souffle. Je vous ai entendus dire qu'il fallait appeler la police. Vous n'êtes pas flics ?

— Nous sommes agents fédéraux, Madame, dit Tony. Que s'est-il passé ?

Une expression de profond soulagement se peignit sur les traits de la jeune femme. Combien de temps avait-elle attendu, folle d'angoisse, dans cette petite pièce obscure ? Elle se laissa tomber à genoux au chevet de la morte et fondit en larmes.

— Je l'ai laissée ici et je me suis enfuie, expliqua-t-elle quelques minutes plus tard, lorsque ses sanglots se furent apaisés. J'avais peur qu'ils soient encore là.

— Qui ? demanda Nina. De qui parlez-vous ?

— De deux hommes. Ceux qui ont forcé la porte. Je me trouvais là…

D'une main tremblante, elle désigna le débarras et poursuivit :

— Ils ont menacé Susan. Ils l'ont frappée jusqu'à ce qu'elle leur avoue ce qu'elle savait, et puis ils… ils…

De nouveau, des larmes roulèrent sur ses joues.

Tony s'approcha du débarras et comprit pourquoi les agresseurs n'avaient pas soupçonné la présence de cette autre femme. Tout au fond, à demi dissimulée derrière des manteaux, une porte ouvrait sur un profond placard.

Nina posa une main compatissante sur l'épaule de la victime.

— Je suis désolée, Madame, mais nous devons savoir ce qu'elle leur a dit. C'est très important. Que lui ont-ils demandé ?

La malheureuse essuya ses yeux en hoquetant.

— Ils… ils ont posé des questions sur Sarah. Sarah Kalmijn, une amie à nous… Ils la recherchaient. Susan leur a dit, mais ils l'ont tuée quand même.

— Que leur a-t-elle répondu ?

La femme les regarda avec méfiance.

— Que lui voulez-vous à Sarah ?

Tony lui adressa un sourire navré.

— Sauver sa vie, si c'est encore possible. Où pourrions-nous la trouver, à votre avis ?

La femme fondit en larmes mais, une fois encore, entre deux sanglots, elle répéta ce que la morte avait appris à ses bourreaux. Sarah aimait se détendre dans des raves-parties. Elle était avocate mais détestait son boulot et allait noyer ses soucis dans des soirées organisées par un ami de lycée, un certain Goodnight, qui dirigeait une petite société d'animation musicale. Elle n'en savait pas plus.

1:27
Siège de la CAT, Los Angeles

— Jamey, il faut que je m'en aille, dit Jessi.

Jamey Farrell leva les yeux du dossier qu'elle étudiait. Ses paupières étaient lourdes et son esprit embrumé par la fatigue. Elle avait déjà connu de longues journées dans ce job, mais jamais comme celle-ci.

— Tu ne veux pas rester encore un peu ? Je viens de recevoir un appel de Tony Almeida et je vais devoir effectuer quelques recherches.

— Tu ne comprends pas, dit Jessi. En fait, je dois quitter la CAT.

Jamey posa son stylo.

— Pour de bon ?

Jessi hocha la tête.

— J'ai perdu quelqu'un, aujourd'hui…

— Je sais, j'en ai entendu parler. Je suis désolée. Dans un boulot pareil, c'est le genre de choses qui arrivent…

Jessi secoua la tête.

— Et tout le monde semble trouver ça parfaitement normal. Kelly travaillait ici. Peut-être pas depuis aussi longtemps que Jack Bauer, ou que certains autres, mais il avait des amis parmi nous. Et on continue comme s'il ne s'était rien passé…

Jamey réprima un soupir de lassitude. Si Jessi espérait une marque de compassion, elle risquait d'être déçue.

— Écoute-moi, lui ordonna-t-elle, parce que je ne le répéterai pas. Personne ici n'estime qu'il ne s'est rien passé. Si tu veux bosser ici, il va falloir t'endurcir. Dans notre job, il y a des morts. Et tu sais ce qui arrive si on lâche tout pour les pleurer ? Encore d'autres morts. Les agents sur le terrain ne peuvent pas tout laisser tomber dès qu'un de leurs collègues se fait tuer en service, sinon, qui empêchera ces salauds de récidiver ? Eh bien, voilà pourquoi on doit continuer.

— Je... je sais. C'est pour ça que je crois qu'il faut que je m'en aille, dit Jessi en croisant les bras sur sa poitrine dans un geste défensif. Jamey, j'ai commis une bêtise, tout à l'heure. En visionnant les images filmées par les caméras de vidéo-surveillance, j'ai vu l'une des trois personnes qu'on recherchait. Pico Santiago. J'aurais pu le retrouver, envoyer Jack s'occuper de lui, mais je ne l'ai pas fait parce que j'étais furieuse.

— Alors maintenant, répare ton erreur.

— Il est mort ! Je ne vais pas le ressusciter !

— Non, mais tu peux continuer à bosser pour aider les agents sur le terrain à sauver le plus de gens possible.

À son tour, Jamey croisa les bras.

— Tu veux venger celui que tu aimais ? ajouta-t-elle. Eh bien, au boulot ! Coffrons ceux qui l'ont tué.

1:38
Temescal Canyon

À présent qu'ils ne craignaient plus de tomber dans une embuscade, Jack et ses coéquipiers dévalaient la colline. Ils avaient attendu l'arrivée des secours en montagne. Jack avait perdu de précieuses minutes à résumer la situation aux pilotes de l'hélicoptère qui observaient le carnage d'un air effaré. Puis ils étaient repartis au pas de course.

Au moment où ils montaient dans la voiture, le téléphone de Jack sonna. Il s'agissait de Jamey Farrell. Il l'appelait pour lui transmettre le rapport de Tony.

— Dans trente secondes, j'aurai une adresse à te communiquer. L'un des deux endroits susceptibles d'abriter Sarah Kalmijn. Tony et Nina s'occuperont de l'autre.

— Où est passé Henderson ? C'est lui qui est supposé m'appeler.

— Il est sorti. Les hommes que tu as abattus pourraient faire partie d'une cellule dormante. Il a décidé de les cueillir.

— Très bien, approuva Jack. On perd du temps avec tout ça. Le moment est venu de frapper un grand coup.

— Tu ne sais pas tout ! s'exclama Jamey.

En quelques mots, elle lui parla de l'appel d'al-Libbi sur son portable.

— Il a posé des conditions ? demanda Jack.

— Pas encore, mais Henderson et Chappelle sont persuadés qu'il ne tardera pas à rappeler.

— On l'aura avant.

— Tiens, voilà ta destination, dit Jamey, avant de lui indiquer une adresse.

1:54
Environs de Rancho Park, Los Angeles

Assis sur la banquette arrière d'un van de la CAT, Christopher Henderson étudiait une copie du plan de la maison d'Ahmad Moussavi Ardebili imprimée à la hâte. Le meilleur moyen de saboter une opération était d'en bâcler la préparation. Il n'avait pris que cinq minutes pour préparer ses troupes. Mais Henderson refusait de perdre un temps, dont il ne disposait plus, à faire un vrai briefing.

— On dirait qu'il y a deux entrées sur le devant, dit-il à A.J. Patterson, son chef d'escouade. Postez la moitié de vos effectifs de l'autre côté de…

— Je crois que ça ne sera pas la peine, dit quelqu'un à l'avant du van. Regardez !

Henderson se redressa pour jeter un coup d'œil par la vitre. Ils se trouvaient dans une zone bien éclairée, entourée de petits carrés de pelouses et de grandes demeures, des « palais persans » rénovés pour la plupart, assez répandus dans ce quartier. Quatre ou cinq individus venaient de sortir en courant de l'un d'entre eux, chargés de boîtes qu'ils déposaient dans le coffre d'un pick-up.

— Tiens ? On déménage, commenta Henderson en élevant son MP-5. Allons donner un coup de main à ces messieurs.

Le van s'arrêta et ils en descendirent en intimant aux hommes l'ordre de ne plus bouger. Trois d'entre eux s'exécutèrent, mais les deux autres se ruèrent à l'intérieur de la maison. Henderson, Patterson et deux agents s'élancèrent à leur poursuite.

Christopher franchit la porte immédiatement après son chef d'escouade. Il y eut une forte détonation, et Patterson tomba. Henderson faillit trébucher sur son corps mais il parvint à se rétablir et, brandissant son automatique, envoya une rafale de balles dans la direction d'où provenaient les tirs. Il eut tout juste le temps de noter qu'il se trouvait dans une salle de séjour et qu'un feu brûlait dans la cheminée. Puis quelqu'un le heurta violemment, projetant son arme contre le mur. Patterson se releva alors et utilisa sa mitraillette pour faire disparaître l'assaillant d'Henderson.

L'équipe d'assaut envahit la pièce, et Christopher Henderson remarqua alors un petit homme trapu, au menton orné d'une longue barbe poivre et sel, agenouillé devant l'âtre. Il brandissait une boîte et jetait des documents dans le feu. Il poussa un cri en voyant surgir les agents de la CAT. Henderson se jeta sur lui pour l'écarter de la cheminée. Négligeant toute prudence, Patterson plongea sa main dans les flammes pour fouiller dans les braises et en sortir les feuillets, dont certains brûlaient. Il se laissa tomber sur le tas de papiers et roula dessus pour éteindre les flammes.

— Ahmad Moussavi Ardebili, vous êtes en état d'arrestation pour conspiration et actes terroristes contre les États-Unis d'Amérique, dit Henderson, pantelant.

Il baissa les yeux vers les pages et s'adressa à ses hommes.

— Examinez-moi ça tout de suite.

20

LES ÉVÉNEMENTS SUIVANTS SE DÉROULENT ENTRE 2 H ET 3 H DU MATIN

2:00
Quartier de Fairfax

La boîte de nuit s'appelait le Plush[1], bien qu'elle n'ait rien de luxueux. Elle occupait l'entrée d'un vaste hangar le long duquel courait une immense planche de bois faisant office de bar. Elle ne comportait que deux atouts : un large choix de boissons et un DJ hors du commun. La plupart des clients venant là pour boire et danser, l'ensemble leur convenait parfaitement, et l'endroit était donc devenu un haut lieu de la vie nocturne underground.

Jack et ses coéquipiers avaient roulé en silence – lui uniquement préoccupé par l'urgence qui le pressait à trouver la dernière personne capable d'arrêter le virus, alors que Mercy, encore sous le choc de ses révélations, était plongée dans ses pensées. Quant à Ozersky, ayant deviné la tension qui régnait entre eux, il avait décidé de se tenir autant que possible à l'écart.

Ce n'est qu'en approchant de l'entrepôt, tout près de Fairfax Avenue, que Jack prit la parole.

— J'entrerai seul. Ted et Mercy, vous y allez ensemble.

1. *Plush* : somptueux. *(N.d.T.)*

On cherche un DJ dénommé Goodnight, un ami de Sarah Kalmijn.

Ozersky se dirigea vers l'entrée mais Bennet retint Jack par le bras.

— J'ai réfléchi, dans la voiture. Quand tu m'as parlé de ton mariage, tu m'as dit que vous aviez passé deux jours – un week-end extra – sur l'île de Santa Catalina, ta femme et toi.

— Exact, dit Jack d'un ton neutre.

— C'est là que tu as vu al-Libbi, non ? Sur le chemin du retour ?

— Si.

Elle secoua la tête, incrédule.

— Tu ne crois pas que tu exagères un peu ? Tu as profité de tes vacances avec ta femme pour surveiller les quais… Tu es le meilleur agent que j'aie jamais connu, et un beau salaud par-dessus le marché.

2:08
Melrose Avenue, Los Angeles

Tony et Nina allaient bientôt atteindre leur destination, une boîte de nuit sur Melrose Avenue, à un ou deux kilomètres à l'est du Plush, aménagée dans les locaux d'une salle de cinéma des années quarante. Le videur – un mètre quatre-vingt-dix de haut, bâti comme un superhéros de bande dessinée – tenta de les repousser, mais Tony sortit son insigne.

— Où pouvons-nous trouver un certain Goodnight ? demanda-t-il.

— Il est aux platines, mec, répondit l'armoire à glace en leur faisant signe d'entrer.

Tony et Nina pénétrèrent dans la salle. Aussitôt, ils furent aveuglés par les lumières du stroboscope, tour à tour rouges et bleues, selon les accords assourdissants d'une ligne de basse qui résonnait dans leur poitrine.

La mélodie, pour peu que le terme convienne, était si répétitive qu'elle en devenait hypnotique.

— Je parie, dit Tony, qu'on peut procéder à un lavage de cerveau avec cette musique.

— La preuve ! confirma Nina en désignant d'un regard éloquent la jeunesse échevelée qui s'agitait au rythme des vibrations sonores.

Ils se frayèrent un chemin à travers la foule jusqu'à une estrade de l'autre côté de la salle. Là aussi ils croisèrent un videur qui, en voyant leur plaque, leur céda le passage. Ils montèrent sur le podium où était installées les platines, devant lesquelles s'activait un Noir bien en chair au visage rond chaussé de petites lunettes carrées, qui transpirait abondamment sous ses écouteurs.

— Salut ! fit Tony en levant son insigne.

Le DJ hocha la tête, puis il sursauta en voyant la plaque. Une expression de méfiance se peignit sur son visage tandis qu'il ôtait le casque de ses oreilles.

— Eh, j'ai rien fait, man ! J'ai toutes les autorisations, je suis en règle.

Tony secoua la tête.

— Êtes-vous le dénommé Goodnight ?

— Affirmatif.

— Nous cherchons Sarah Kalmijn.

— Quoi ?

Tony s'approcha de l'homme et répéta ses paroles.

— Elle a des soucis ? demanda le disc-jockey en criant.

— Pas avec nous. Nous essayons de la protéger. Est-elle ici ?

Goodnight secoua négativement la tête.

— Essayez à l'autre boîte, elle y va aussi. Mais si elle a de gros problèmes, elle ira ailleurs.

— On pourrait la trouver où, dans ce cas ? cria Tony pour couvrir les décibels.

— Sa famille possède un rafiot à Marina del Rey. Elle va se réfugier là-bas quand elle déprime.

— Connaissez-vous le nom de ce bateau ?

— Désolé, man, mais je ne m'en souviens pas. Tout ce que je sais, c'est qu'il est accosté à Marina del Rey.

2:20
Le Plush

Jack ne perdit pas de temps. Le DJ du Plush n'avait jamais entendu parler de Sarah Kalmijn et lui conseilla d'aller jeter un œil à l'autre boîte de nuit, où DJ Goodnight officiait ce soir-là. Irrité, Jack pivota sur ses talons et intima à ses coéquipiers de le suivre d'un geste de la main. Ils traversèrent de nouveau la foule pour gagner la sortie.

C'est Ozersky qui, le premier, comprit le danger. Jack le vit dégainer son arme à la vitesse de l'éclair et se tourner vers lui pour lui crier quelque chose, mais ses paroles furent couvertes par le bruit ambiant. Ozersky hurla de nouveau en désignant la porte. Alors, Jack les remarqua. Trois hommes aux cheveux sombres qui tiraient sur eux. Les trois agents se jetèrent à terre. Puis l'un des assaillants repoussa les portes du hangar pour les refermer derrière eux. Juste avant de les rabattre, l'un des terroristes balança quelque chose à l'intérieur. Un grand bidon dont dépassait un chiffon.

— À terre ! cria Jack.

Ozersky se jeta sur ses voisins les plus proches et les plaqua sur le sol. Jack et Mercy plongèrent en même temps. Le petit engin explosa quelques secondes plus tard dans un déluge de flammes et d'essence. Le liquide brûlant atteignit des *ravers* dont il enflamma les vêtements, il éclaboussa les murs, consumant les posters et les planches de bois, avant de gagner le plancher. Des hurlements montèrent de la foule. Dans un mouvement de panique, tout le monde se rua vers la sortie. Jack eut tout juste le temps de se relever et d'aider Mercy à se redresser.

Quelqu'un poussa la porte, mais celle-ci s'ouvrait vers l'intérieur.

— C'est barré par une chaîne ! cria une voix. On nous a enfermés !

Le feu liquide, du napalm de fabrication artisanale, incendiait les matériaux combustibles et grillait les chairs. L'incendie se propageait rapidement. Déjà, une épaisse fumée gênait la visibilité de Jack. Levant les yeux, Bauer avisa une fenêtre située à plusieurs mètres du sol, au-dessus des portes.

— Aidez-moi ! cria-t-il.

Il joua des coudes et atteignit la base du mur, Ted et Mercy dans son sillage.

— Mets-toi là, ordonna-t-il à Ozersky.

Celui-ci plaqua son dos contre la paroi. Jack posa un pied sur sa cuisse, puis l'autre sur son épaule, pour se hisser vers la fenêtre, mais celle-ci demeurait encore hors de sa portée. En sautant, peut-être…

Autour de lui, régnait un chaos absolu. Le brasier avait envahi la salle à une rapidité impressionnante. La chaleur et les hurlements empêchaient presque de réfléchir.

— J'arrive ! cria alors Mercy.

Jack prit la main qu'elle lui tendait. Sans la moindre hésitation, elle monta sur le dos d'Ozersky, s'agrippa à Jack et escalada la pyramide humaine que formaient les deux agents, au sommet de laquelle elle se stabilisa. Une fois devant la fenêtre, Mercy dégaina son arme et, avec sa crosse, en brisa la vitre, avant de détacher les tessons toujours accrochés au cadre, pour ne pas se couper.

Elle passa la tête par l'ouverture et examina l'autre côté du mur. Le bruit qui régnait à l'intérieur l'empêcha d'entendre la détonation, mais elle sentit le souffle de la balle qui frôla son crâne, manquant de peu de lui arracher un morceau de peau. De surprise, elle se rejeta en arrière, au risque de tomber.

— On me tire dessus ! expliqua-t-elle en hurlant pour se faire entendre.

— Vas-y ! cria Jack. Vas-y !

— Tu es cinglé ?

— Regarde donc ! répondit son coéquipier.

En bas, le brasier s'étendait. Si le Plush était équipé d'un système anti-incendie, il ne fonctionnait pas. Des flammes léchaient les murs. Des ravers, pris de panique, se ruaient sur les portes, écrasant littéralement ceux qui se trouvaient devant eux.

Le virus ne me tuera pas, songea Mercy. *Mais Jack Bauer, si.* Elle se ressaisit, raffermit sa prise sur son arme et s'élança à travers l'ouverture, qu'elle franchit avant de retomber de la hauteur d'un étage sur le sol en contrebas. De nouvelles détonations résonnèrent à ses oreilles. Mercy roula sur le sol et se releva, l'arme à la main.

Durant les instants qui suivirent, la conscience de Mercy Bennet atteignit son paroxysme. Elle constatait la rapidité de ses mouvements sans éprouver la moindre sensation de précipitation. Elle se sentait très calme au contraire, comme un *snowboarder* qui dévale une pente vertigineuse en contrôlant parfaitement la situation malgré la vitesse. Elle visa un premier homme et lui logea une balle dans le corps, avant de se tourner vers le second. Des projectiles ricochèrent sur le sol autour d'elle. L'un d'entre eux déchira sa manche, entre son bras et ses côtes. Elle posa le canon de son revolver sur la poitrine du deuxième homme et pressa la détente. Elle s'apprêtait à régler le sort du troisième lorsque Jack atterrit lourdement sur celui-ci, l'écrasant de tout son poids. Bauer leva son arme et l'abattit sur le crâne de sa victime à trois reprises. Puis il se dirigea vers les portes, maintenues fermées par une fine chaîne passée entre les poignées. Jack braqua son Sig-Sauer sur les maillons et tira quatre coups, en portant une main à ses yeux pour les protéger des déflagrations, tout en priant pour qu'aucune balle ne l'atteigne par ricochet. Lorsque la chaîne tomba, de la fumée montait du canon de son revolver.

— Occupez-vous d'eux ! ordonna Jack.

Aidée de Ted, resté à l'intérieur, Mercy poussa les portes contre la foule qui s'amassait derrière.

— Dégagez ! Dégagez, bon sang ! hurla Ozersky.

Enfin, les ravers se replièrent suffisamment pour ouvrir les battants, et se déversèrent hors de l'entrepôt, dans une gigantesque bousculade.

Sans prêter attention aux gens qui se pressaient au dehors, Jack s'agenouilla près de l'homme qu'il avait frappé. Il en tenait un vivant.

— Quel est le plan d'al-Libbi ? demanda-t-il.

L'autre lui décocha un sourire édenté.

— Al-Libbi ? Connais pas.

Sans un mot, Jack prit sa main gauche, posa le canon de son arme dessus et pressa la détente. L'homme hurla.

— Oh, Seigneur ! s'écria Mercy derrière lui.

Bauer l'ignora.

— Son plan ? répéta-t-il.

Il n'aurait su dire s'il avait perdu la raison ou, au contraire, si son esprit était très clair, mais il savait que le temps pressait, qu'il fallait jouer serré, et que des gens importants allaient mourir s'il ne trouvait pas une solution.

— Je… je ne sais pas, dit l'autre d'une voix soudain plaintive et désespérée.

— Dis-moi ce que tu sais, ordonna Jack. Donne-moi des informations qui en vaillent la peine, ou je te fais boire ton fichu napalm.

L'homme passa aux aveux. Ce qu'il lui apprit n'aiderait en rien Jack à retrouver Sarah Kalmijn, mais c'était tout de même intéressant.

2:45
Voisinage de Rancho Park, Los Angeles

Henderson et ses hommes répartirent les papiers noircis sauvés du feu en cinq piles, et entreprirent de les déchiffrer. La plupart des pages étaient rédigées en arabe et devraient faire l'objet d'une traduction.

— Sait-on au moins ce qu'on cherche ? demanda Patterson à mi-voix.

Un peu plus tôt, il s'était effondré sous l'impact d'une balle qui avait traversé l'étoffe de sa veste. Le projectile avait rebondi sur le Kevlar mais l'impact avait brisé son sternum.

— Pas vraiment, avoua Henderson, mais si vous voyez des noms américains tels que Santiago, Romond, Kalmijn…

— Kal-mij'ne ? répéta un agent qui tenait un feuillet à moitié consumé entre ses mains.

— Kal-mane, rectifia Henderson. Montrez-moi cela ?

Il s'agissait d'une page arrachée à un bloc-notes, rédigée à la hâte en Anglais. Sous le nom de Sarah Kalmijn, Henderson lut l'adresse de deux boîtes de nuit, et les mots « Marina del Rey, At Last ». Un autre bar ?

— Appelez Jack Bauer, ordonna-t-il.

2:53
Siège de la CAT, Los Angeles

Lorsque le portable de Bauer sonna pour la deuxième fois, Ryan Chappelle se chargea de prendre la communication.

— À qui ai-je l'honneur ? demanda Ayman al-Libbi.

D'un geste, Ryan ordonna à ses agents de lancer le système de localisation de l'appel.

— Ryan Chappelle, directeur régional.

— Rien que ça ! s'exclama al-Libbi. Tant mieux, ce que j'ai à vous dire est important. Le Président des États-Unis retient cinq prisonniers dans une geôle secrète des environs de Los Angeles. Vous savez de qui il s'agit. Libérez-les. Si ce n'est pas fait dans une heure, je détruirai l'antidote. Dans le cas contraire, je vous le remettrai. Je vous rappellerai dans quarante-cinq minutes.

Il raccrocha. Chappelle leva les yeux vers Jamey Farrell, qui secoua négativement la tête et assena un coup sur la table du plat de la main.

— Il dispose d'un système de protection. On pourrait sans doute le contourner, mais il faudrait qu'il reste en ligne plus longtemps.

Le directeur passa la main sur son crâne dégarni. Il savait qui étaient les hommes que réclamait al-Libbi. Des Iraniens. La CIA et la CAT étaient certains qu'ils appartenaient à la mouvance terroriste iranienne. Trois d'entre eux avaient entretenu des liens étroits avec le Hezbollah. On les avait arrêtés dans différents pays d'Europe en employant des méthodes que certains auraient qualifiées d'illégales. On les avait cachés dans des bases secrètes en Europe, puis à Guantanamo, avant de les retirer de ces geôles lorsqu'elles avaient fait l'objet d'inspections, pour les placer dans une prison ultrasecrète, sous le contrôle de la CAT, quelque part en plein désert au nord de Los Angeles, le long de l'autoroute de Pear Blossom.

— Il faut que je m'entretienne avec le Président, dit Chappelle.

21

LES ÉVÉNEMENTS SUIVANTS SE DÉROULENT ENTRE 3 H ET 4 H DU MATIN

3:00
Ouest de Los Angeles

Jack descendait l'autoroute 405 à tombeau ouvert. C'était leur dernière piste. Tony l'avait appelé pour lui parler d'un bateau amarré dans Marina del Rey, mais il n'en savait pas plus. Jack avait sauté dans sa voiture, laissant tout juste le temps d'y grimper à Ted et Mercy, et il avait démarré en trombe.

— Demande à Jamey d'éplucher les registres de la capitainerie, dit-il à Tony. Le nom de famille de Sarah doit y figurer.

Il raccrocha et se concentra sur la route. Le silence retomba dans l'habitacle, bientôt rompu par Mercy, cette fois.

— Tu as tiré une balle dans la main de cet homme, dit-elle.

Jack hocha la tête.

— Ce type sait comment t'éviter de mourir dans les heures qui viennent.

— Je n'ai aucune sympathie pour lui, se défendit Mercy. Mais… tu ne te demandes jamais si tu ne fais pas erreur ? Ceux que tu traques… S'il s'avérait, un jour, qu'ils aient raison, et pas toi…

Jack resta de marbre.

— Il peut m'arriver de commettre une erreur, admit-il. Mais eux auront toujours tort.

Son téléphone sonna de nouveau.

— Bauer.

— C'est Jamey. Jack, Tony m'a transmis ta demande. Je n'ai trouvé aucune Sarah Kalmijn, ni personne du même patronyme, dans les registres de la capitainerie. Si elle possède réellement un bateau, la cale et l'appareil sont enregistrés sous un autre nom.

— Cherche encore, dit-il laconiquement. On va trouver.

Il coupa la connexion, mais le téléphone sonna de nouveau.

— Jack, c'est moi, dit Henderson. J'ai peut-être un tuyau qui pourrait vous intéresser. En espérant que vous comprendrez mieux que moi…

— J'écoute.

— Nous avons fait une descente chez l'imam Ardebili, où nous avons mis la main sur quelques archives. Même si nous échouons pour le reste, nous aurons au moins détruit une cellule dormante. En soi, on a réussi un gros coup. Quoi qu'il en soit, nous détenons des informations sur votre cible, Sarah Kalmijn. Je sais que vous avez déjà cherché dans les boîtes de nuit, mais j'ai ici une note indiquant « Marina del Rey, *At Last* ». Ça vous dit quelque chose ?

— Et comment ! s'exclama Jack. Merci, Chris. Vous ne savez pas combien votre appel tombe à pic.

Finalement, l'action sur le terrain s'avéra efficace grâce à l'équipe dans son ensemble. Un agent qui relaie un renseignement à un autre, les analystes du quartier général qui passent au crible des milliers de données pour y piocher des éléments décisifs… En moins de deux minutes, l'expédition hasardeuse de Jack à Marina del Rey avait pris une importance déterminante. Il avait suffit qu'il appelle Jamey Farrell et que celle-ci pianote sur le clavier de son ordinateur pour que Jack apprenne que le yacht *At Last* était amarré en cale 268, bassin H, dans Marina del Rey… et que les complices d'al-Libbi savaient eux aussi où le trouver et les y attendaient sûrement.

À trois heures du matin, les autoroutes de Los Angeles remplissaient leur fonction de voies rapides. Jack quitta la 405 pour s'engager dans la 90. Moins de dix minutes plus tard, il atteignait Marina del Rey.

— Je ne veux plus être pris au dépourvu par ces gars-là, dit-il. Ted, reste de ce côté du quai, au cas où ils arriveraient après nous. Mercy, suis-moi jusqu'au poteau de la cale 268. À partir de là, pars en reconnaissance, d'accord ?

Tous deux hochèrent la tête.

Marina del Rey était un immense port artificiel. On avait creusé quatre cuvettes qu'on avait reliées à l'océan. Celle qui les intéressait se situait juste après Admiralty Way. Jack gara la voiture dans un petit parking, près d'une guérite bleue où l'on proposait des leçons de navigation. Les trois agents descendirent de voiture et se dirigèrent au pas de course vers les quais. Dans la lumière des réverbères, les cales s'alignaient à perte de vue et, dans chacune, étaient amarrées des embarcations de toutes tailles et de toutes formes. Le dock principal, perpendiculaire à la rangée de coques, était ouvert à tout le monde, mais une barrière percée d'un portillon gardait l'entrée de chaque cale. Sans clés, on ne pouvait accéder aux bateaux.

Lorsqu'ils parvinrent à l'entrée du quai, Ted se posta dans l'ombre et attendit. Mercy et Jack descendirent la rampe qui menait au dock, qu'ils longèrent jusqu'à l'appontement où se trouvait le numéro 268. Au même instant, le moteur d'un bateau se fit entendre.

— Ah, non ! marmonna Bauer.

Il enjamba le portillon et courut sur l'appontement

auquel étaient amarrées les embarcations. Le numéro 268 se trouvait presque au bout. Lorsque Jack y parvint, le yacht – un neuf mètres blanc pourvu d'un seul mât – levait l'ancre. Jack redoubla de vitesse, prit son élan et bondit vers le bateau. Ses pieds touchèrent le pont, mais il faillit rebondir contre la corde de sécurité qui courait tout autour du navire. Il se rétablit d'un coup de reins et enjamba le filin.

— Fichez le camp ! hurla une voix féminine.

Jack reçut un coup de canne à pêche sur le visage.

— Descendez de mon yacht ! ajouta la femme.

— Attendez ! cria Jack en reculant sous le choc, au risque de tomber à l'eau.

Elle le frappa de plus belle, mais Bauer intercepta l'extrémité de la perche métallique pour l'immobiliser.

— Je suis agent fédéral, reprit-il. Je suis venu pour vous aider.

Cela ne la calma pas.

— Je vous dis de déguerpir ! hurla-t-elle. Je n'ai rien fait de mal !

Elle dégagea la canne à pêche et s'en servit pour redonner un coup à Jack dans l'estomac. Hors de lui, il pivota sur lui-même, lui arracha des mains son arme improvisée, la jeta sur le pont et plongea en avant. Il sauta sur le banc aménagé près de la barre et prit la femme par les poignets.

Elle était jolie, blonde, les cheveux courts avec des yeux adorables qui luisaient de panique.

— Taisez-vous, ordonna Jack, et écoutez-moi. Je suis agent fédéral. Je suis au courant, pour *Les Singes de la clé à molette* et Bernard Copeland, *alias* Smith ou Je-ne-sais-qui. Et aussi pour le virus.

À ces mots, elle s'agita de nouveau, saisie de terreur, mais Jack la tenait fermement.

— Je ne suis pas venu pour vous arrêter, reprit-il. Nous avons besoin de vous.

À ces mots, elle s'immobilisa.

— Pardon ?

— Vous êtes bien Sarah Kalmijn ?

— Oui.

— Alors, écoutez-moi attentivement, il nous reste très peu de temps. Le plan de Copeland a fonctionné, du moins en partie. Le Président a été contaminé par le virus. En fait, plusieurs personnes l'ont contracté. Frankie Michaelmas vous a trahis. Elle a donné le virus et l'antiviral à des terroristes. Des vrais. Il faut que nous sachions comment fabriquer le vaccin, ou beaucoup de gens vont mourir.

La jeune femme fut secouée par un frisson d'effroi.

— Leur a-t-elle confié la version naturelle, ou la version foudroyante ?

— Les deux. Et ne posez pas de questions, je vous dirai tout ce que vous voulez savoir en temps voulu. Pour l'instant, sachez que Pico Santiago et Todd Romond ont été assassinés. Vous êtes la prochaine sur la liste. Connaissez-vous la formule du vaccin ?

— Il ne s'agit pas d'un vaccin, mais d'un antivir…

— Peu importe. Pouvez-vous en produire ?

— Non, dit Sarah.

Le cœur de Jack flancha.

— Mais, reprit-elle aussitôt, je sais où Copeland conservait ses notes.

— Nous avons déjà fouillé toute sa maison.

— Il les a cachées à l'aéroport de Santa Monica. Je peux vous y conduire.

— Parfait.

Pendant qu'ils parlaient, le bateau avait dérivé vers le canal principal. Sarah redressa la barre, et fit tourner le bateau en douceur.

— Vous m'avez dit que le Président avait été contaminé… Il va bien ?

— Au dernières nouvelles, oui, mais ça ne devrait pas durer.

Sarah parut hésiter.

— J'ai peut-être quelque chose qui vous intéressera, dit-elle. Prenez la barre.

Elle plaça les mains de Jack sur le volant et se baissa pour fouiller dans son sac. Elle en sortit une housse d'appareil photo en cuir bourrée de chiffons. Elle les retira puis découvrit une fine ampoule contenant un liquide clair, qu'elle tendit à Jack.

— Est-ce le… ?

— L'antiviral, oui. Quand j'ai compris que Copeland se laissait dépasser par les événements, j'en ai volé un échantillon. Au cas où je serais affectée. Ce virus me terrorise.

Jack prit le remède et le glissa dans la poche de sa veste.

— J'ai vu les ravages qu'il…

Il fut interrompu par le puissant ronronnement d'un moteur auquel faisait écho le son caractéristique d'une coque fendant rapidement les eaux. Un hors-bord. Il s'approchait d'eux à grande vitesse. Un faisceau lumineux troua soudain l'obscurité, projetant une lumière aveuglante sur l'*At Last*.

— Couchez-vous ! hurla Jack.

Joignant le geste à la parole, il plaqua Sarah sans douceur sur le pont. Des tirs jaillirent de la vedette et des balles ricochèrent sur le yacht, éraflant la fibre de verre. Le hors-bord se rapprochait toujours. Manifestement, le pilote comptait bien les aborder. Jack dégaina son Sig-Sauer et fit feu. Il entendit un chapelet de jurons en Farsi, tandis que leurs poursuivants viraient de bord.

Jack lança une nouvelle rafale, mais les autres disposaient d'une puissance de feu supérieure. Ils devaient être quatre ou cinq, car un tir nourri s'élevait du hors-bord. Jack resta couché sur le pont, protégeant de son corps Sarah qui gémissait d'une voix nouée par la peur.

La vedette gagnait du terrain. Bauer dégaina et pressa de nouveau sur la détente, mais il lui fallait viser à l'aveugle. Cela ne suffirait pas à ralentir leurs poursuivants.

Mercy était restée à quai, et Ted sans doute cherchait la meilleure position à adopter pour lui venir en aide, mais de là où ils se trouvaient, ils n'arriveraient sûrement pas à localiser leur cible. La fusillade avait dû réveiller tout le port. Pourtant Jack savait qu'il ne pouvait compter sur une intervention immédiate des autorités.

Il regarda autour de lui, en quête d'une idée. En se tournant vers la poupe, il avisa une casserole. Il savait, depuis son voyage sur l'île de Santa Catalina, que cet ustensile faisait partie d'un barbecue.

Des balles ricochèrent sur la fibre de verre. Dans quelques secondes, leurs ennemis lanceraient l'abordage.

— Avez-vous une bouteille de gaz sur le bateau ? Et un four ? demanda soudain Jack à Sarah.

— Oui, répondit-elle en tremblant.

— Restez ici, ordonna-t-il.

Une recommandation bien inutile : la jeune femme était couchée sur le pont, la tête entre ses mains. Bauer rampa en s'écorchant les genoux et s'engouffra dans l'escalier qui descendait à la cabine. Là, il tâtonna dans l'obscurité avant de mettre la main sur une lampe de poche dans une niche aménagée au-dessus du four. Le mince faisceau lumineux lui permit de tourner les boutons des quatre brûleurs sans allumer de feu. Aussitôt, une nappe de gaz s'éleva de l'appareil.

L'agent remonta sur le pont. La vedette ne se trouvait plus qu'à une dizaine de mètres. Il vida son chargeur dans sa direction, et tous ses occupants se baissèrent comme un seul homme.

C'était le moment. Agrippant la jeune femme d'une poigne solide, Jack la releva de force et l'entraîna de l'autre côté du navire, puis la fit basculer avec lui par-dessus bord. Ils plongèrent ensemble dans les eaux glacées du port. Bauer retint son souffle et, posant sa main sur la bouche et le nez de Sarah afin de lui éviter la noyade, nagea sous la surface le plus longtemps possible en s'éloignant du yacht.

3:40
*Bassin H, à bord d'*At Last

Eshmail Nouri aborda le yacht le premier, un chargeur neuf dans son pistolet Glock. Deux de ses trois hommes l'accompagnaient, tandis que le troisième était resté sur le hors-bord.

Ils avaient passé une très mauvaise nuit. La cellule avait été activée pour rien. En un clin d'œil, des années de patience et d'abnégation étaient parties en fumée. Un vrai gâchis ! D'autant qu'à chaque opération, Eshmail avait perdu de bons amis et d'excellents agents… Car même lorsque les siens avaient réussi à mener une mission à bien, ils l'avaient payé de leur vie. Sa colère contre le gouvernement américain s'était transformée en une rage sourde et aveugle.

Oui, la soirée avait été mauvaise. Les Américains le paieraient. Nouri tourna le canon de son arme vers la cabine et ouvrit le feu. Il entendit le sifflement du gaz et sentit son odeur, mais trop tard. Une boule de flammes l'enveloppa, avec ses collègues, le yacht, et même le hors-bord. Ainsi prit fin la pénible nuit d'Eshmail Nouri.

3:42
Bassin H

Jack remonta à la surface et aspira l'air goulûment, dans le roulement de tonnerre qui s'éloignait, emportant les dernières flammes du brasier.

— Jack ! appela Mercy. Jack !

— Je vais bien ! répondit-il. J'ai la fille.

Il nagea en direction de la voix de Mercy. Lorsqu'il atteignit le quai, suivi par Sarah, Ozersky les avait rejoints. Des sirènes hurlaient au loin, et des plaisanciers, tirés de leur sommeil, avaient commencé à s'attrouper.

— Je te présente Sarah Kalmijn, dit Bauer à Mercy qui l'aidait à sortir de l'eau. Elle a accepté de nous conduire à l'endroit où Copeland a caché ses notes, et on va pouvoir fabriquer l'antiviral.

Bennet lui tendit une serviette qu'un badaud était allé chercher dans un bateau. Jack ôta sa veste et s'enroula dans le drap de bain. Il était ruisselant, glacé et épuisé, mais son énergie restait intacte.

— On y va, ordonna-t-il. Et vite, il n'y a pas de temps à perdre.

3:45
National Health Services, Los Angeles

Ryan Chappelle prit immédiatement la communication lorsque le portable qu'il tenait à la main se mit à sonner. Il venait d'arriver au NHS, où il devait retrouver le Président. L'appareil avait été relié à un dispositif mains-libres, de façon à ce que le Président puisse suivre son échange téléphonique depuis l'unité de confinement bactériologique où il se trouvait.

— J'écoute, annonça Chappelle.

— Tout comme les autres, je n'en doute pas, répondit al-Libby d'un ton triomphant. Je serai donc bref. Avez-vous pris une décision ?

D'un regard, Chappelle demanda au Président une ultime confirmation. Ce dernier hocha la tête.

— Nous acceptons vos conditions, déclara Chappelle. Vos cinq compatriotes vont être libérés sur-le-champ.

— Parfait. Rendez-vous à l'angle d'Olympic Boulevard et de Colby Avenue. Dès qu'on m'aura confirmé que vous avez tenu parole, vous y trouverez un colis.

Le terroriste raccrocha. Aussitôt, Chappelle s'empara d'un second appareil.

— Henderson, envoyez Myers et Almeida au croisement d'Olympic Boulevard et de Colby Avenue. Tout de suite !

De l'autre côté de l'écran transparent, le Président Barnes serra les mains jusqu'au sang. Il regarda Mitch Rasher, puis Ryan Chappelle.

— Une fois que tout ceci sera réglé, vous aurez carte blanche pour abattre cet individu, dit-il sèchement.

3:52
Siège de la CAT, Los Angeles

La CAT était plus calme que jamais ; la plupart des agents étant partis en mission, les analystes somnolaient devant leurs pupitres, recrus de fatigue.

Une seule personne travaillait encore. Assise devant son écran d'ordinateur, Jamey Farrell examinait les données enregistrées à partir des signaux émis par le téléphone portable d'Ayman al-Libbi. L'astuce qu'il avait utilisée pour ne pas être localisé était fort simple, comme le sont souvent les meilleures. Ses appels transitaient par plusieurs satellites de télécommunications avant de joindre leur destination, de sorte qu'il fallait un certain temps pour déterminer leur source géographique… et, bien entendu, il veillait à interrompre la connexion avant d'être retrouvé.

Cependant, chacun de ses coups de fil avait permis à Jamey d'affiner ses recherches. Elle savait qu'il se trouvait quelque part à Los Angeles, ce qui impliquait que le signal passait d'abord par une station locale. Dès son premier appel, elle avait exclu les quartiers ouest de Los Angeles. Au second, elle savait qu'il appelait d'un endroit situé au sud du centre-ville.

Maintenant qu'il se manifestait pour la troisième fois, elle le tenait. Il était à l'aéroport international de Los Angeles. Esquissant un sourire, elle composa le numéro de Jack Bauer.

22

LES ÉVÉNEMENTS SUIVANTS SE DÉROULENT ENTRE 4 H ET 5 H DU MATIN

4:00
Bassin H

Jack écouta Jamey Farrell et raccrocha. À présent, il savait ce qu'il avait à faire.

— Mercy, toi et Ted vous allez emmener Sarah à l'aéroport de Santa Monica. Vous apporterez ensuite les notes de Copeland au National Health Services. Moi, je m'occupe d'Ayman al-Libbi. Il est à LAX. Sarah, vous avez une voiture ?

Elle hocha la tête.

— Mais, ajouta-t-elle, les clés sont restées sur le yacht.

— Je saurai la faire démarrer. Dites-moi juste où elle se trouve.

Elle lui montra une Toyota Prius. Jack s'y rendit, mit le moteur en marche et s'éloigna.

Mercy se sentait prise de vertiges.

— Ted, est-ce que tu pourrais prendre le volant ?

— Bien sûr, répondit son coéquipier.

Ils montèrent en voiture et quittèrent les lieux avant l'arrivée de la police.

— Ça va ? lui demanda Ted.

— Non, admit-elle. Je ne sais pas combien de temps il me reste. C'est arrivé vers… voyons, une heure de l'après-midi.

Sur la banquette arrière, Sarah s'éloigna d'elle en sursaut.

— Est-ce que vous voulez dire… ce que je pense que vous voulez dire ?

Mercy hocha la tête.

— Ça s'est passé quand votre ami m'a enlevée. J'ai réussi à m'enfuir, mais j'ai été contaminée – comme votre jolie Frankie Michaelmas, d'ailleurs – et je suppose que j'ai contribué à répandre le virus autour de moi. Elle a été exposée à sa version la plus rapide. Moi, j'ai encore… disons, neuf heures à vivre.

— Je veux rentrer chez moi, dit Sarah d'une voix tremblante. Je n'ai rien à voir avec tout ça. Je refuse de me trouver dans les parages quand vous deviendrez contagieuse.

— Merci pour votre sympathie.

Mercy croisa les bras sur sa poitrine. Ses articulations étaient douloureuses. Elle leva les yeux vers son collègue.

— Ted, tu accepterais de la laisser retourner chez elle ?

Ozersky haussa les épaules d'un air évasif.

— Je te trouve sacrément classe, Mercy. Je l'ai toujours pensé, même quand je travaillais incognito. Pour répondre à ta question, je n'ai aucune raison de refuser.

Il ne l'avait pas regardée une seule fois pendant qu'il parlait. Peut-être, tout simplement, parce qu'il conduisait, mais Mercy n'en aurait pas juré. Elle voyait bien qu'il n'avait pas voulu en dire trop. Soudain, elle se demanda si, lorsqu'elle était tombée amoureuse, elle avait choisi le bon agent.

Ted pensait à Mercy. Il y pensait même beaucoup trop, se reprocha-t-il. Et il avait raison. S'il s'était montré plus attentif, il aurait remarqué la Mazda noire qui les suivait depuis qu'ils avaient quitté le port de plaisance pour emprunter l'autoroute.

À cette heure matinale, il ne leur fallut qu'une dizaine de minutes pour se rendre de Marina del Rey à leur destination. L'aéroport de Santa Monica, qui accueillait essentiellement de petits avions privés et quelques charters, arrondissait ses bénéfices en louant à des particuliers certains de ses hangars inutilisés et de ses abris de réparations mécaniques. Un scénariste de Hollywood, qui avait récemment installé ses bureaux dans l'une de ces vastes remises de tôle, affirmait qu'il était devenu beaucoup plus productif depuis qu'il était arrivé dans cet endroit car personne ne songeait à venir le déranger.

Il était tout juste quatre heures du matin. L'inspectrice, l'agent de la CAT et la jeune écoterroriste remontèrent la route principale, passèrent devant un bar, le Spitfire Grill, et s'arrêtèrent en face d'un hangar. Sans un mot ils descendirent de voiture et se ruèrent vers l'entrée.

— Je n'ai pas la clé, les prévint Sarah. J'ai appris que Copeland possédait un avion garé quelque part ici, mais je n'en sais pas plus.

— Moi, j'ai la clé, dit Mercy.

Dégainant son arme, elle tira plusieurs fois sur la serrure jusqu'à ce qu'elle cède et ouvrit la porte d'un coup de pied.

La pièce était petite, mais bien à l'image de Copeland. Les piles de papiers étaient impeccablement empilées, les dossiers étiquetés avec soin, les cartes roulées et bien rangées.

— Faites vite, s'il vous plaît, dit Mercy.

Sarah se dirigea vers un meuble classeur, en retira une chemise et la brandit.

— C'est ça ? demanda Mercy.

Puis elle répéta sa question, comme si elle y répondait elle-même. Ils avaient couru toute la nuit, ils avaient abattu des gens, ils en avaient vu d'autres mourir… et voilà que, tout d'un coup, son tour arrivait. C'était aussi simple que cela.

Ses jambes ne la portaient plus. Elle se laissa tomber sur le sol. Ozersky se précipita vers elle, mais Sarah recula en hurlant.

— Ne la touchez pas ! Non ! Regardez !

La jeune femme désigna la boursouflure qui venait d'apparaître dans le cou de Mercy. Ozersky ne recula pas, mais se figea, sa main près de celle de Mercy.

Celle-ci tâta son cou, jusqu'à ce qu'elle sente la bosse sous ses doigts.

— Oh ! gémit-elle. Je pensais… je pensais qu'il fallait vingt-quatre heures.

Sarah secoua la tête.

— Cela dépend des gens. Il est aussi possible que vous ayez été contaminée par la version foudroyante, et que celle-ci ait mis plus de temps que d'habitude à se déclarer.

Elle s'écarta d'un pas.

— Pardon, dit-elle. Vraiment désolée. Je ne peux pas rester ici. Vous êtes en train de devenir contagieuse…

Il sembla à Mercy que toutes ses articulations s'étaient soudain couvertes de rouille. Elles refusaient de lui obéir. Un incendie ravageait son crâne. Elle adressa un faible sourire à Ozersky.

— Willow, murmura-t-elle. Quel nom idiot.

— Tu y as cru, répondit-il sans conviction.

— Sauve-toi.

Elle le chassa d'un geste.

— Va donner ce dossier à tes collègues.

— Je ne peux pas te laisser ici, dit Ted.

— Pour tomber malade à ton tour ? Apporte plutôt ces documents là où ils seront utiles. Mais fais-moi plaisir…

— Oui ?

— Envoie-moi Jack Bauer. Il faut que je lui parle.

Si elle n'avait pas perdu une partie de ses facultés,

elle aurait remarqué l'expression douloureuse d'Ozersky. Celui-ci acquiesça d'un signe de tête et quitta le hangar en courant.

4:20
Siège de la CAT, Los Angeles

— Je sais qu'il est là, assura Jamey Farrell à Jack, à l'autre bout du fil. Seulement, je ne peux te signaler sa position exacte.

— Moi, si.

Jessi Bandison se tenait à ses côtés. Malgré ses traits tirés de fatigue, elle semblait déterminée à se mettre au travail.

— Je croyais que tu partais ? demanda Jamey.

— On a trop de boulot pour que je m'en aille.

Jessi s'assit devant le poste de travail voisin de celui de Jamey et activa une fenêtre qu'elle avait déjà préparée.

— Je me suis connectée aux caméras de sécurité de LAX. Voyons s'il n'est pas assis quelque part.

16:21
LAX – Aéroport international de Los Angeles

— Je n'ai pas eu de nouvelles de vos collègues, dit Ayman al-Libbi.

Il se trouvait dans sa voiture, au troisième étage du parking de l'aéroport, son portable collé à l'oreille. Il avait baissé sa vitre pour laisser entrer dans l'habitacle un peu d'air.

— Je sais que deux d'entre eux sont morts ; et le troisième a disparu.

— Les nôtres viennent de nous contacter, répondit la voix à l'accent iranien. Nos cinq camarades ont bien été libérés.

— Parfait. J'espère qu'à présent, vous savez ce que je vaux.

— Vous n'avez pas réellement donné l'antiviral aux Américains, je suppose ?

Al-Libbi ouvrit de grands yeux surpris.

— Bien sûr que non ! s'exclama-t-il. Le colis contient une surprise de mon cru. Peut-être penseront-ils à le faire déminer, mais on ne sait jamais.

— Avec les compliments de Jack Bauer ! s'écria alors une voix près de lui.

Ayman al-Libbi se tourna vers l'homme blond qui était apparu à côté de sa voiture. Trop tard. Un violent coup de poing l'atteignit au visage, et tout devint noir.

Jack assena quatre ou cinq bourrades à al-Libbi, même s'il savait que l'autre ne s'en rendait pas compte. Cela le soulageait, c'était déjà ça… Il ouvrit la portière et tira le corps inerte du terroriste à l'extérieur, avant de le traîner sur plusieurs mètres. Une fouille rapide lui permit de trouver son colt, un Springfield .45, ainsi que ce qu'il recherchait : deux ampoules de verre, dans la poche poitrine de sa veste. Il ne restait qu'à espérer qu'il s'agissait bien de ce qu'il pensait. Il se servit des lacets du terroriste pour lier ses mains, puis il le ramena jusqu'à sa voiture. Il aurait aussi bien pu approcher le véhicule pour y charger l'homme, toujours inconscient, mais l'idée de le haler sur le béton en l'écorchant sans ménagement ne lui déplaisait pas. Une fois son fardeau jeté dans le coffre, Jack appela la CAT.

4:27
Siège de la CAT, Los Angeles

— Jack l'a eu ! cria Jamey Farrell.

Ses collègues du CTU poussèrent des hourras. Même Henderson, pourtant épuisé, se joignit à leurs exclamations.

— Et il pense détenir l'antiviral pour le Président. Pour les deux chefs d'état, en fait.

On applaudit de plus belle.

— Appelez Ryan Chappelle au NHS, dit Henderson, et résumez-lui la situation. Je veux un cortège de voitures de patrouille au grand complet pour aller chercher Jack et l'antiviral là où ils se trouvent, et l'escorter au plus vite.

4:29
National Health Services, Los Angeles

Ryan Chappelle était si heureux d'apprendre la bonne nouvelle qu'il en oublia un instant sa haine envers Jack Bauer. Lorsque l'information fut communiquée au Président, une explosion de joie secoua le laboratoire du NHS. Même le leader chinois sourit et battit des mains.

Chappelle était tellement heureux que lorsque le vieux téléphone de Bauer sonna, il répondit sans réfléchir à ce que cela pouvait signifier.

4:31
Autoroute 405, en direction du Nord

Quand le cortège de véhicules de police rattrapa Jack, celui-ci les attendait. Il se rangea sur le bas-côté de l'autoroute, déjà embouteillée malgré l'heure matinale.

— Monsieur, dit l'un des agents en uniforme, nous sommes chargés de vous demander un objet en votre possession pour l'apporter au National Health Services.

Jack acquiesça d'un hochement de tête. Avec prudence, il retira les ampoules de sa poche et les tendit au policier.

— Savez-vous de quoi il s'agit ?

Bauer n'ignorait pas que Chappelle et toute l'administration s'étaient efforcés de garder le secret sur la crise qui se déroulait.

— Non, Monsieur.

— Alors laissez-moi vous dire que ces deux petits flacons représentent probablement ce qu'il y a de plus important au monde, à l'heure actuelle. Prenez-en le plus grand soin et apportez-les au NHS aussi vite que possible.

Le policier les saisit avec prudence.

— J'allais oublier, ajouta Jack. J'ai un prisonnier dans le coffre. Je ne savais pas où le mettre. Pouvez-vous demander à l'un de vos hommes de m'escorter jusqu'au siège de la CAT ?

La sonnerie du téléphone de Jack empêcha son interlocuteur de répondre.

— Bauer.

— Chappelle à l'appareil, se présenta le directeur régional d'un ton morose.

Décidément, il a le chic pour gâcher les bons moments, songea Jack.

— Écoutez cela, ajouta Chappelle.

Avant que l'agent ait pu répliquer, son patron avait lancé un enregistrement.

— Ici Muhammad Abbas. Je sais que vous avez pris Ayman al-Libbi et j'ai quelque chose à vous dire : Je suis allé dans l'aéroport avec des ampoules contenant le virus. Je l'ai répandu sur trois groupes de personnes voyageant sur trois vols différents. Voici mes conditions : si vous relâchez Ayman al-Libbi, je vous dirai lesquels pour que vous puissiez les intercepter. Sinon, la maladie se répandra dans tout votre pays. Je me fiche que vous me localisiez grâce à cet appel.

De fait, il laissait même son numéro de portable.

Non ! voulut hurler Jack. Non, non et non ! Pas après tout ce qu'il avait enduré pour rattraper ce salaud !

— Il peut bluffer, se contenta-t-il de lâcher à Chappelle lorsque celui-ci reprit la ligne.

— Possible. Nous n'avons aucun moyen de le savoir. Ils détiennent effectivement le virus. Il ne ment peut-être pas.

— Enfer ! tonna Bauer.

D'un geste, il éloigna les policiers qui le regardaient avec inquiétude.

— Que voulez-vous que je fasse ? Que je le libère ? Rien ne nous garantit que l'autre tiendra parole.

— Avez-vous une meilleure idée ? proposa Chappelle.

— Non, admit Jack. Attendez… si ! Mais il faut qu'al-Libbi et Abbas soient réunis. Je vous rappelle.

Jack alla ouvrit le coffre. Ayman al-Libbi n'avait pas perdu conscience. Son visage était écorché, ses lèvres tuméfiées, mais pour le reste, il semblait intact. Il arborait même un petit air triomphal.

— Muhammad Abbas vous a-t-il contactés ? demanda-t-il à Bauer pendant que celui-ci l'aidait à sortir de son inconfortable prison.

— À l'instant, confirma Jack. Mais je suis persuadé qu'il bluffe.

— Qui sait ? répliqua le terroriste d'un ton malicieux. Vous m'avez tout l'air d'aimer jouer. Gardez-moi avec vous, et vous serez fixé.

— Malheureusement, fit Bauer avec un soupçon de menace dans la voix, la décision ne dépend pas de moi. Si nous vous libérons, où voulez-vous aller ?

— À l'aéroport de Santa Monica, dit al-Libbi avec son meilleur accent américain. Et en vitesse !

4:45
National Health Services, Los Angeles

Ted Ozersky franchit rapidement les portes vitrées et montra son insigne trois fois à des agents des Services Secrets avant de trouver le docteur Diebold.

— Tenez, dit-il, haletant. Voici les notes de l'homme qui a tout déclenché.

Le médecin s'empara du document et commença à le compulser.

— Appelez Célia sur son *pager*, dit-il.

Aussitôt, l'un de ses assistants composa le numéro de Célia Alexis.

— Intéressant, murmura-t-il en parcourant les feuillets. Très intéressant… Jamais nous n'aurions trouvé cette formule à temps.

La jeune femme apparut dans le couloir et s'empara du dossier que lui tendait Diebold.

— Regarde ça, dit-il. Ils utilisent la résine d'un arbre brésilien. Elle contient une molécule faisant fonction de liant entre le virus et l'antiviral que nous choisissons d'introduire. Nous n'aurions pas pu le découvrir par nous-mêmes.

Le docteur Alexis semblait partagée entre la joie et la contrariété.

— On peut le reproduire, dit-elle, mais on n'y arrivera jamais à temps. Il va falloir des heures pour se faire expédier des échantillons de cette résine du Brésil. L'arbre s'appelle *Croton lecheri*. La résine est surnommée *Sangre de Drago*.

— Sang de dragon, traduisit Diebold. Au travail ! Plus tôt on s'y mettra, plus vite on aura fini.

4:55
Siège de la CAT, Los Angeles

Christopher Henderson lut le message et s'empara de son téléphone.

— Tony, ici Henderson. Ne ramassez pas ce colis.

— C'est déjà fait ! protesta Almeida. Je croyais que c'était pour le Président ?

— Nous avons trouvé l'antiviral. Débarrassez-vous de ce paquet, il est bourré d'explosifs. Et j'ai une mission urgente à vous confier pour Jack.

23

LES ÉVÉNEMENTS SUIVANTS SE DÉROULENT ENTRE 5 H ET 6 H DU MATIN

5:00
National Health Services, Los Angeles

Le Président Barnes vit le docteur Diebold s'approcher en courant de l'unité de confinement bactériologique, suivi par un autre médecin. Chacun tenait une seringue à la main.

D'un signe de tête, Diebold lui demanda de rouler sa manche.

— Si vous pouvez faire vite, Monsieur...

À peine Barnes eut-il obtempéré que le médecin planta l'aiguille dans sa chair, avant de presser le piston d'un geste lent et régulier. Puis il la retira, tamponna la goutte de sang qui perlait et laissa échapper un soupir de soulagement.

Barnes attendit, mais Diebold ne dit rien.

— Eh bien, demanda le Président, pas de fanfare ni de trompettes ? Pas de chœurs angéliques descendant du ciel ?

Le médecin secoua la tête.

— Dans ce type de maladie, la guérison est aussi discrète que la progression du mal, Monsieur. Mais nous avons tout vérifié. Vous venez de recevoir un antiviral spécialement conçu pour localiser le virus dans l'organisme et le phagocyter.

Barnes déroula sa manche et se tourna vers Xu Boxiong, qui venait lui aussi de recevoir l'injection. Il lui tendit la main, et le Chinois la prit.

— Quoi que nous puissions dire l'un de l'autre, ou à propos de nos pays respectifs, dans les temps à venir, dit Barnes sur un ton solennel, je tiens à vous féliciter personnellement : vous avez géré tout ceci comme un homme.

Le leader chinois s'inclina légèrement.

— Notre caractère se révèle dans l'épreuve, n'est-ce pas ?

5:12
En direction de l'aéroport de Santa Monica

Pour ce qui semblait la quinzième fois en quelques minutes, le téléphone de Jack sonna. Il était devenu une annexe de la CAT.

— Bauer ? C'est Ozersky.

— As-tu livré les documents ?

— Oui, bonne nouvelle : ils disent qu'ils vont pouvoir en faire quelque chose. Mais je ne t'appelle pas pour ça. Mercy est restée à l'aéroport de Santa Monica.

— J'y vais justement, dit Jack, même si c'est pour une tout autre chose.

— Jack… elle est en train de mourir.

— Pas à cause du virus ? Tu viens de me dire qu'ils pouvaient fabriquer l'antiviral !

— Oui, mais pour elle il est trop tard. Elle m'a demandé de la laisser seule. Elle est devenue contagieuse, à présent. J'ai demandé au NHS de lui expédier une unité de confinement bactériologique, mais ils sont occupés à boucler l'aéroport pour je ne sais quelle raison.

— C'est moi la raison, dit Jack. Enfin, al-Libbi plutôt, mais il est avec moi. Ah, bon sang !

Il assena un coup de poing sur le volant, dont il brisa une partie.

— Je vais la voir, Ted.

Il raccrocha. Il savait qu'il aurait dû concentrer son attention, pendant les dernières minutes du trajet, sur le plan d'action qu'il venait d'improviser, mais il en était incapable. Il pensait à Mercy Bennet – à ce qu'il lui avait fait, à tout ce qu'elle avait accompli pour lui – et il savait que la balance penchait plus d'un côté que de l'autre.

La CAT lui avait donné les cordonnées du lieu de rendez-vous, un hangar privé qui avait appartenu à Bernard Copeland. Jack se gara devant le bâtiment, descendit de voiture et alla ouvrir le hayon arrière. Al-Libbi semblait un peu vexé d'avoir été laissé dans le coffre, mais il s'en remettrait. Jack le remit brutalement sur pied. Il chercha le regard du terroriste, mais il avait vidé ses yeux de toute expression. Jack se demandait rarement ce qui pouvait motiver des individus tels que celui-ci. Ils incarnaient le mal, il fallait les écraser.

— Je vais vous tuer, lui promit-il.

Al-Libbi éclata de rire.

— Pas aujourd'hui, je suppose.

— C'est ce que nous verrons.

Jack regarda de l'autre côté du tarmac, vers un bâtiment éloigné. Mercy se trouvait quelque part dans cette direction. Mourante. Et il était ici, à accomplir le sale boulot. Il aurait dû se sentir en paix avec sa conscience puisqu'il faisait son travail, mais la présence du terroriste le privait de cette maigre consolation.

Une autre voiture apparut, une Mazda noire. Abbas en descendit. Il leur fit signe, puis se dirigea d'un pas rapide vers le hangar et pressa un bouton qui commandait l'ouverture de l'immense porte. Tandis que celle-ci roulait sur le côté, Jack aperçut un petit Learjet. D'un geste, Abbas leur indiqua de s'approcher.

Jack prit al-Libbi par le bras et lui fit traverser la piste, avant de s'arrêter devant le hangar.

— Libérez-le, ordonna Abbas.

Jack obtempéra et, à l'aide de son couteau à cran d'arrêt, sectionna les lacets qui menottaient son prisonnier.

— Voici ce qui va se passer, reprit son acolyte. Je vais vous donner les coordonnées de l'un des vols concernés et vous laisserez Ayman s'en aller. Je vous indiquerai le second vol quand notre appareil roulera sur le tarmac puis, par radio, le troisième une fois que nous aurons quitté l'espace aérien américain. Ces conditions ne sont pas négociables.

— Quel dommage ! s'exclama alors Jack en se tournant vers al-Libbi. Tant d'efforts fournis en pure perte.

— Donnez-moi votre accord, gronda Abbas.

Jack l'ignora superbement.

— Vous n'avez pas réussi à tuer le Président. Vous n'avez pas été très utile à vos amis de MITO. Quant à vos complices iraniens, vous n'êtes parvenus qu'à saboter l'une de leurs cellules dormantes.

Il sourit :

— Et en plus, vous n'avez pas le virus.

Al-Libbi lui jeta un regard indécis.

— Laissez-le partir, exigea Abbas.

— Donnez-moi le nom du vol, lui ordonna Jack d'un ton soudain tranchant.

Abbas indiqua une direction. Chicago. Aussitôt, Jack ouvrit son portable pour transmettre l'information. Puis, poussant al-Libbi devant lui :

— Vous n'allez pas me dire, reprit-il, que vous êtes devenus les meilleurs amis du monde avec les Iraniens sous prétexte que vous avez semé la pagaille ici ? S'ils tiennent tant à vous récupérer, c'est que vous avez mieux que cela à leur offrir. Le virus, par exemple…

— Ne lui réponds pas, intima al-Libbi.

— Allons, dit Jack d'un ton narquois, n'essayez pas

de prétendre que vous n'emportez pas un échantillon avec vous…

— À l'avion, Muhammad ! grommela al-Libbi en entraînant celui-ci.

— Un échantillon à taille humaine, insista Jack. Il vous a suffi de l'inoculer à votre ami.

Muhammad Abbas sursauta et se tourna vers lui.

— P… pardon ?

— Et oui, lança Jack en les suivant.

Ils avaient quelques pas d'avance sur lui, mais il refusait de les laisser trop s'approcher de l'avion.

— L'un des Iraniens m'a tout expliqué avant de mourir, poursuivit Jack. Il a révélé qu'Ayman s'en était vanté devant lui, mais que vous étiez trop naïf pour comprendre.

Abbas se tourna vers son compagnon d'un air affolé.

— Dit-il la vérité ?

Al-Libbi lui jeta un regard impatient.

— Enfin, tu ne vois pas à qui tu as affaire ? Il s'agit d'un Américain. Ils mentent tous, à nous, à tout le monde. Il faut être stupide pour croire à ses boniments !

— Il faut surtout être stupide, renchérit Jack en se tournant vers Abbas et en désignant Al-Libbi d'un coup de menton, pour s'imaginer que les Iraniens lui tendraient les bras, sans rien exiger en échange.

Muhammad Abbas toisa longuement Ayman. Ce dernier qui, pendant des années n'avait ressenti que de la haine, et par la suite de l'indifférence, se sentit soudain mis à nu. Abbas, qui le connaissait mieux que quiconque, le jaugeait à présent.

— Vous l'avez fait, Ayman, murmura-t-il d'un ton hagard. Vous m'avez sacrifié pour qu'ils puissent semer leur virus en moi.

Son visage se peignit d'une douleur si vive qu'elle en était effrayante.

— Alors vous le pensiez vraiment : rien d'autre ne compte que l'argent !

Ayman al-Libbi ouvrit les bras.

— Muhammad, souffla-t-il d'un ton de reproche peiné.

Puis, en un éclair, ce dernier plongea vers son comparse, retira son arme de sa ceinture et lui tira trois balles dans le corps. Il se tourna ensuite vers Jack, qui avait déjà roulé de côté. Alors, il s'élança en direction du Learjet.

Bauer se rua vers Abbas et s'agenouilla près de lui. Le terroriste avait les yeux grands ouverts. Il haletait, cherchant de l'air comme un poisson hors de l'eau.

— Donnez-moi le nom des vols, dit Jack. Donnez-les-moi, et il ne gagnera pas.

Il tapota la joue de l'homme à terre.

— Fournissez-moi ces informations, et vous mourrez ensemble. Comme il se doit.

Abbas battit des paupières et murmura six mots. Trois compagnies, trois villes. Cela suffisait. La CAT en déduirait le reste.

Les moteurs du Learjet vrombirent ; l'appareil quittait le hangar. Jack regarda le petit avion faire demi-tour pour se diriger vers l'une des pistes de décollage… tandis que Tony Almeida bondissait hors du bâtiment, un long tube entre les mains. Jack savait de quoi il s'agissait. Alors que son collègue s'approchait au pas de course, Bauer distingua plus nettement l'objet, un RPG-29 qu'al-Libbi avait lui-même acheté aux USA. Au moment où il rejoignit Jack, Tony armait une roquette.

— Bravo ! le félicita Jack.

— Tiens, fit Tony en lui tendant l'arme. Descends-le.

Le Learjet roulait toujours sur la piste mais il commençait à prendre de la vitesse. Bauer hissa le lance-roquettes sur son épaule et visa.

— Ne reste pas derrière, prévint-t-il d'un ton calme.

Il pressa la gâchette. Le projectile antichar fendit les airs et perfora le fuselage de l'avion. L'appareil explosa dans un puissant souffle de feu jaillissant de chaque hublot, de chaque fente de la carlingue.

24

LES ÉVÉNEMENTS SUIVANTS SE DÉROULENT ENTRE 6 H ET 7 H DU MATIN

6:00
Aéroport de Santa Monica

Jack ne prit pas le temps de voir ce qu'il advenait de l'avion. Il sauta dans sa voiture d'emprunt et roula à tombeau ouvert vers le hangar dont Ted lui avait donné le numéro. Là, il se rua à l'intérieur et trouva Mercy étendue sur le sol. Deux lésions étaient apparues sur son visage. Elle semblait faible, et un mince filet de sang coulait de son nez.

— On t'envoie une unité de confinement bactériologique, dit-il. On va te sortir de là.

— Je crois… que c'est trop tard.

— Il faut quand même essayer.

Elle haussa les épaules.

— D'accord. J'ai envie de vivre. Je n'arrive pas à croire que cela m'arrive…

Elle se hissa en position assise et Jack remarqua de nouvelles lésions sur sa poitrine.

— Tu sais, ce mot que Copeland essayait de me dire… Ce n'était pas *Uma ghetto*. J'ai lu ses dossiers. *Una de gato*. Griffe de chat. Je n'étais pas loin…

— Je t'ai trouvée impressionnante. Toute la journée, tu m'as bluffé, dit Jack.

Il se pencha vers elle mais ne la toucha pas.

— Au rayon héroïsme, j'ai fait mieux depuis, dit-elle. Regarde, là.

Elle désigna un bureau de l'autre côté de la petite pièce, plus près de lui que d'elle, où se trouvait une veste.

— Mais… c'est la mienne ! s'exclama-t-il.

Elle hocha la tête.

— Je l'ai prise au port de plaisance. Elle est encore trempée. Regarde dans la poche.

D'un geste lent, car il avait déjà compris, Jack glissa sa main dans la poche et en sortit l'ampoule d'antiviral.

— Je ne voulais pas que tu penses que je l'avais perdue. Je sais à quel point tu y accordais de l'importance.

Il tenait entre ses mains l'antidote qui pouvait la sauver. Elle, ou quelqu'un d'autre. D'une certaine façon, Jack n'était pas surpris que Mercy soit restée là, agonisante, alors qu'elle disposait de la formule qui aurait pu épargner sa vie.

— Pardon. Je la gardais pour…

— Ta fille, je sais, l'interrompit-elle.

— Mercy, je…

— C'est bon, Jack. Vraiment, ça va. Tu disais tout à l'heure qu'il pouvait t'arriver de te tromper mais qu'ils n'avaient jamais raison. Dans le cas présent, tu ne te trompes pas. Tu fais bien.

Elle se renversa en arrière et se mit à tousser. Lorsque sa main s'écarta de ses lèvres, Jack vit qu'elle était couverte de sang.

— Va-t'en, maintenant, dit-elle. Je ne veux pas que tu me voies comme cela.

— Je ne peux pas te quitter.

— Si tu ne m'accordes qu'une seule faveur, je choisis celle-là. Laisse-moi partir comme je l'ai décidé. Apporte ça à ta fille. C'est ton devoir.

Malgré son insistance, Jack attendit encore plusieurs

minutes. L'équipe de confinement bactériologique arriva. On ne pouvait plus grand-chose pour la malheureuse mais, au moins, elle ne mourrait pas seule.

Jack s'éloigna, quitta le hangar en courant, sauta dans sa Prius d'emprunt et rentra chez lui le pied au plancher. Il y avait un peu de circulation. Il atteignit pourtant sa maison en un temps record. Si les estimations de Copeland étaient justes, il avait encore un peu de temps devant lui, mais on ne savait jamais.

Il gara la voiture devant chez lui, prit le double de la clé dans sa cachette et ouvrit la porte. La maison était calme. Jack gagna la salle de bains en hâte, ouvrit l'armoire à pharmacie et en retira la trousse de première urgence. Il y trouva une petite seringue qu'il remplit de l'antiviral. Ensuite il alla dans la chambre de Kim, s'assit avec douceur sur son lit et lui posa la main sur le front. Elle était fiévreuse mais sans aucune lésion.

Il l'avait exposée à un terrible danger. Il ne voulait plus jamais recommencer.

Sans la réveiller, il lui injecta l'antidote. Elle vivrait, à présent. Il déposa un baiser sur sa tempe.

Puis il quitta la pièce et traversa le palier d'un pas lourd. Soudain, l'épuisement le submergea. Au même instant, Teri sortit de leur chambre en étouffant un bâillement. Elle le regarda et vit son visage décomposé par la fatigue. Elle parut un instant sur le point de lui reprocher d'avoir passé la nuit dehors mais, au dernier moment, elle lui tendit les bras et se serra contre lui. Elle ne saurait jamais exactement ce qu'il avait accompli, ou ce qu'il aurait pu advenir s'il n'avait pas accompli son travail, mais elle pouvait lui offrir ce réconfort.

Il se laissa aller contre elle. Il n'éprouvait qu'une envie, se mettre au lit et dormir.

Son téléphone se mit à sonner. Teri ne voulait pas le libérer. Il s'arracha doucement à son étreinte et décrocha sans la regarder.

— Bauer, j'écoute…

Fleuve
Noir

Achevé d'imprimer sur les presses de

BUSSIÈRE

GROUPE CPI

à Saint-Amand-Montrond (Cher)
en septembre 2007

FLEUVE NOIR
12, avenue d'Italie
75627 Paris Cedex 13

— N° d'imp. : 71588. —
Dépôt légal : septembre 2007.

Imprimé en France